Cicer Arieti

All Eyes On Me

Cicer Arieti

All Eyes On Me

Roman

PIPER

Mehr über unsere Autorinnen, Autoren und Bücher:
www.piper.de

Wenn Ihnen dieser Roman gefallen hat, schreiben Sie uns unter
Nennung des Titels »All Eyes On Me«
an empfehlungen@piper.de, und wir empfehlen Ihnen
gerne vergleichbare Bücher.

Wir produzieren nachhaltig
www.piper.de

Bei »All Eyes On Me« handelt es sich um eine bearbeitete Version
des auf Wattpad.com von CicerArieti ab 2019 unter demselben Titel
veröffentlichten Textes.

ISBN 978-3-492-50654-0

Redaktion: Cornelia Franke
Satz auf Grundlage eines CSS-Layouts
von digital publishing competence (München)
mit abavo vlow (Buchloe)
Covergestaltung: FAVORITBUERO, München
Covermotiv: Bilder unter Lizenzierung von Shutterstock.com genutzt
Vignette: kjpargeter auf Freepik
Druck und Bindung: CPI books GmbH, Leck
Printed in the EU

In diesem Buch sind Themen enthalten, die triggernd wirken können. Am Ende des Textes findet sich eine Aufzählung, die jedoch den Verlauf der Geschichte spoilern kann.

Wir wünschen ein bestmögliches Leseerlebnis.

Programm

Kanon in D-Dur – Johann Pachelbel
Nocturne in Es-Dur, Op. 9 Nr. 2 – Frédéric Chopin
Barcarole, Op. 37a Nr. 6 – Pjotr Iljitsch Tschaikowski
Breathe – Seeb feat. Neev
Klaviersonate Nr. 14, Op. 27 Nr. 2 – Ludwig van Beethoven
Ungarischer Tanz Nr. 5 – Johannes Brahms
Scarbo, Gaspard de la nuit – Maurice Ravel
Moment musical Nr. 3, D. 780 Op. 94 – Franz Schubert
Born to Die – Lana Del Rey
When the Rain Begins to Fall – Jermaine Jackson & Pia Zadora
Another Place – Bastille
Someone You Loved – Lewis Capaldi
Prélude in g-Moll, Op. 23 Nr. 5 – Sergei Wassiljewitsch Rachmaninow
Präludium und Fuge in c-Moll, BWV 871 – Johann Sebastian Bach
Summertime – George Gershwin
Consolation Nr. 3, S. 172 – Franz Liszt
Humoreske Nr. 7 – Antonín Dvořák
Experience – Ludovico Einaudi
Castles – Freya Ridings
Natural – Imagine Dragons

Zu finden auf Spotify und YouTube

Für alle Angsthasen.

Auftakt

Es war mucksmäuschenstill.

Kein Uhrzeigerticken, kein Magengrummeln. Nur diese Melodie, die ihm mit spielerischer Aufdringlichkeit durch den Kopf tanzte. Sie wollte ausbrechen aus seiner Fantasie, seinen Gefühlen einen Klang verleihen. Über die Tasten toben, die ihm einst die Welt bedeutet hatten.

»Ach, Sie sind am vierzehnten Februar geboren, Herr Hasenick?«, meinte die ältere Dame, die ihm im weißen Kittel gegenübersaß und in seinen Bewerbungsunterlagen blätterte. Ihre Fingerkuppen entlockten dem Papier ein so angespanntes Knarzen, dass die Aufregung wieder die Musik in seinen Ohren verdrängte. »Ich wünsche Ihnen alles Gute zum zwanzigsten Geburtstag.«

»Danke«, murmelte er und löste seinen Blick von ihren matt schimmernden Fingernägeln, um etwas Anstand zu zeigen. Sie konnte nichts dafür, dass sein Sachbearbeiter beim Jobcenter allmählich die Geduld mit ihm verlor. Aber warum musste es ausgerechnet eine Tierarztpraxis sein? Es gab keinen Ort, an dem er sich weniger gern aufhielt als in einem medizinischen Behandlungsraum. Selbst das Büro, in dem sein Vorstellungsgespräch stattfand, roch nach Desinfektionsmitteln.

Kasimir massierte nervös seine Finger unter dem Tisch, während die Tierärztin in Ruhe seinen Lebenslauf sichtete. Warum dauerte es dieses Mal so lange? Er musste sich auf den Weg machen, sonst war alles, worauf er über Monate hingearbeitet hatte, bedeutungslos. Das Lied in seinem Kopf, das nächtelange Üben. Alles.

»... interessieren, Herr Hasenick?«

»Wie bitte?«, erwiderte er. Die Dame verschränkte ihre Hände ineinander und bedachte ihn mit einem reservierten Blick, der ihm seine Unaufmerksamkeit tief ins Gewissen presste.

Komm, konzentrier dich. Bloß ein paar Minuten.

»Ich fragte, aus welchem Grund Sie sich für ein Praktikum in der Veterinärmedizin interessieren«, wiederholte sie. »Haben Sie Haustiere? Oder sind Sie im Umgang mit Kleintieren anderweitig vertraut?«

»Ich, ähm ... war mal in einem Streichelzoo.«

»Beschäftigt?«

»Nein ... zum Streicheln.«

Die Tierärztin kräuselte die Lippen, und Kasimir war sich sicher, dass sich sein Vorstellungsgespräch soeben verkürzt hatte. Das war auch besser, immerhin zitterten seine Finger unter Stress so stark, dass eine Assistenz im OP in einer Katastrophe enden würde. Es existierte nur ein Szenario, in dem sein Körper mentaler Belastung standhielt. Und dieses ereignete sich in einer halben Stunde im Altstadtzentrum.

Die Dame hob die Brauen und widmete sich erneut seinen Akten, denen kaum ein positiver Aspekt zu entnehmen war. Demotiviert, unkonzentriert und nicht teamfähig – allerdings in salbungsvolleren Worten.

»Ich möchte Ihnen eine Chance geben«, sagte sie schließlich und tippte auf seine beigefügte Zeugnismappe. »Ihren Schulnoten zufolge hat Ihnen das Lernen bis zur neunten Klasse keine Schwierigkeiten bereitet. Zugegeben, ich habe selten einen solch gravierenden Leistungsabsturz in der Biografie eines Bewerbers gesehen.« Sie hielt inne und musterte ihn aufmerksam. »Ist etwas vorgefallen, das Ihren Lebenswandel beeinflusst hat?«

»Meine Eltern sind gestorben«, antwortete Kasimir und blickte beklommen zur Seite, als sich die Stirn der Dame in Falten legte. Das war zwar nicht gelogen, lag jedoch länger zurück; er hatte seine Mutter nie kennengelernt. Eine bessere Erklärung für seine Erfolglosigkeit konnte er ihr allerdings nicht liefern.

Säße er am Klavier, wäre das anders. Er könnte den Kummer über seinen eintönigen Alltag mit Legato-Bögen weit über die Notenlinien spannen. Er könnte mit scharfen Pedaltritten und der Kraft in seinen Fingern die Tonleiter erklimmen, wie früher, als er sich gewünscht hatte, Konzertsäle zu füllen. Fremden Menschen Tränen in die Augen zu spielen und Sinfonien in ihren Köpfen erklingen zu lassen, die sie bis in den Schlaf verfolgten. Damals hatte er aufwühlen, begeistern, nach den Sternen greifen wollen.

Bis ihm dieser eine Tag den Takt aus dem Herzen gestohlen hatte.

»Das tut mir leid«, meinte die Tierärztin aufrichtig und legte ihre Hände flach auf seine Unterlagen. »Ich möchte Ihnen nicht zu nahe treten, aber gerade nach einem Schicksalsschlag hilft es, etwas an den Lebensumständen zu ändern. Ein geregelter Tagesablauf kann sehr viel in einer festgefahrenen Lage bewegen. Der Umgang mit Tieren ist ebenso heilsam.«

»Mag sein, aber ...«, erwiderte er mit einem leisen Seufzen, als seine Fingerspitzen wie auf Knopfdruck bebten. Er hatte Angst vor den Worten auf seiner Zunge und der Resignation in ihren blassen Augen, wenn er sie aussprach. »I-Ich bin nur wegen des Arbeitsamts hier ... ich habe, ehrlich gesagt, kein Händchen für Tiere.«

Kasimir verstummte. Die Dame sah ihm einen Moment schweigsam in die Augen und betrachtete dann das veraltete

Passfoto auf seinem Lebenslauf, welches einen schwarzhaarigen Jungen mit Ambitionen und eisernem Willen zeigte.

Nicht *ihn.*

»Das ist bedauerlich«, sagte sie. »Ich hätte Ihnen gern geholfen.«

»Danke …«

Kasimir nahm die Mappe mit seinen dokumentierten Misserfolgen entgegen. Ihr abschließendes »Ich wünsche Ihnen für die Zukunft alles Gute« brachte sein Gesicht zum Glühen, sodass er den Blick gesenkt hielt, als er sich sein Erscheinen quittieren ließ und mit einem knappen Abschiedsgruß den Raum verließ. Doch sobald die Tür hinter ihm ins Schloss gefallen war, ergab sich sein schlechtes Gewissen dem Rausch der Musik in seinen Ohren.

Sie trieb ihn vorbei am Wartezimmer mit den armen Hunden und Katzen, die er für eine Träumerei ihrem Schicksal überließ. Aber er musste es versuchen. Er würde sich all seine Fehltritte verzeihen, wenn er in den Bus zum Konzerthaus stieg und das Notenblatt, das er ebenfalls in seiner Mappe bei sich trug, vor den Juroren und dem Wettbewerbspublikum präsentierte. Ein Auftritt, den nur er ihnen bieten konnte, ein Ausweg aus der Dunkelheit in seinem Kopf. Daran wollte er glauben.

Doch sein Leben war keine Sinfonie mit Paukenschlag.

Das wurde Kasimir klar, als er die Praxistür öffnete, den Bus auf der anderen Straßenseite im zähen Verkehr heranrollen sah und ihn zweifellos erreicht hätte – wäre nicht dieses eine Gesicht vor ihm aufgetaucht. Das Gesicht des Menschen, der ihm an genau diesem Tag vor fünf Jahren seine Zukunftsmelodie gestohlen hatte.

»Oh … sorry … kann ich kurz durch?«

Der Junge war außer Atem, und seine Stimme klang gehetzt, als wäre er eine längere Strecke gelaufen. Sein blondes Haar schimmerte in der späten Wintersonne, seine Wangen waren gerötet, und er verbarg sein Kinn in einem bunt geflammten Wollschal. Während sie einander in die Augen sahen, wirkte seine Mimik für einen Sekundenbruchteil wie festgefroren, dann zupfte ein feines Schmunzeln an seinen Mundwinkeln. Vor der Brust hielt er einen roten Gitterkasten, dessen Insasse im Stroh scharrte.

Kasimir stand wie angewurzelt da. Das durfte doch nicht wahr sein.

Die Musik in seinen Ohren dröhnte, der schallende Applaus zerdrosch ihm das Trommelfell. Scheinwerfer tauchten den Jungen vor ihm in gleißendes Rampenlicht, während *er* im Schatten des Vorhangs seine Komposition zusammenfaltete und in seiner Kunstledertasche verschwinden ließ.

Nein. Bitte nicht du.

»Hey ... magst du mich vorbeilassen?«, versuchte es sein Gegenüber noch einmal, doch Kasimir brachte keinen Ton hervor. Wie bei einer anspruchsvollen Arie wirbelte der Stress durch seine Nervenbahnen bis in seine Fingerspitzen.

Nein, geh weg. Mach mir das nicht kaputt. Nicht schon wieder.

Der blonde Junge legte den Kopf seitlich, während sich seine Atmung allmählich normalisierte, und lächelte daraufhin so flegelhaft wie damals, als er die Jury um den Finger gewickelt hatte. Dieses makellose, leuchtende Siegerlächeln. Dann nickte er zu dem Tiertransportkäfig in seinen Händen. »Hazel hat Milben oder so was. Ich will sie durchchecken lassen, deswegen ... darf ich kurz durch?«

Sein Blick war bittend und fordernd zugleich. Goldbraune Augen, vertrauensselig wie die eines Plüschhasen. Doch dahinter verbarg sich die List einer Schlange. Das hatte Kasimir mit voller Härte zu spüren bekommen.

»Hör mal ... ich steh ein wenig unter Zeitdruck«, fuhr der Junge fort, nachdem Kasimir ihm eine Antwort schuldig geblieben war, und klimperte mit den Fingern seiner freien Hand in der Luft herum. »Ich habe ein Klaviervorspiel beim jährlichen Talentwettbewerb in der Zitadelle Harmonica.

Wenn ich zu spät komme, verzögern sich die Auftritte, und alle haben schlechte Laune.«

Er sprach, als wäre er ein berühmter Pianist, der regelmäßig durch die Welt reiste und musikalische Wettbewerbe gewann. Vielleicht tat er das mittlerweile sogar. Denn vor fünf Wintern, als sie bei ebendiesem Contest miteinander konkurriert hatten, war er erst dreizehn Jahre alt gewesen und hatte Kasimir mit seiner herausragenden Darbietung zu einem ziellosen Verlierer gemacht.

Einem erbärmlichen Angsthasen.

»I-Ich ... übernehme das«, haspelte Kasimir. Die unausgesprochenen Worte verstopften seine Kehle.

Der Junge musterte ihn skeptisch. »Was, bei dem Wettbewerb auftreten?«

Ja. Auftreten und gewinnen. Sag es ihm!

»Nein ... dein Haustier«, erwiderte er zögerlich und deutete auf den roten Transportkäfig, sein Zeigefinger zitterte. »Ich kann es für dich anmelden. Dann schaffst du es zu deinem Konzert.«

»Wie, ernsthaft? Wolltest du nicht eben gehen?«, fragte der Junge und betrachtete Kasimirs penibel gebundenen schwarzen Schlips, der unter dem Reißverschluss seiner Jacke hervorlugte. »Siehst auch aus, als wolltest du dich gleich an 'nen Flügel setzen.«

Ja, das wolltest du, du elender Feigling.

»Nein«, antwortete Kasimir und schluckte den Kloß herunter, der sich in seinem Hals festgesetzt hatte. »Ich hatte ein Vorstellungsgespräch. Ich arbeite jetzt hier.«

»Echt? Wow, Glückwunsch! Dann ist Hazel deine erste Patientin, oder? Das ist ja ein toller Zufall.«

Er hob den Käfig auf Höhe seines Gesichts und lächelte das Kaninchen an. Dieses verdammte falsche Lächeln. Es zerrte an Kasimirs Nerven. Wollte dieser Kerl ernsthaft vorgeben, dass er ihn nicht erkannt hatte? Sah er so tief auf ihn herab?

»Ich … brauche noch deinen Namen«, sagte Kasimir kontrolliert ruhig, doch der angestaute Missmut verdunkelte seine Stimme. »Für die Anmeldung. Vor- und Zunamen.«

»Klar, kein Problem. Leonhard Valentin. Kann dir auch meine Nummer geben, falls was sein sollte. Und wie heißt du?«

Leonhard griff in seine Jackentasche und kramte ein Kärtchen hervor. Kasimir nahm es mit den Fingerspitzen entgegen und hielt es umschlossen, um zu verhindern, dass sie einander die Hand schütteln mussten. Diese Unbedarftheit, mit der sein einstiger Konkurrent ihm begegnete, brannte bitter in seinem Mund.

Als Leonhard den Transportkäfig auf das Steinpodest stellte, kratzte er all seinen kümmerlichen Mut zusammen. »Du … weißt genau …«

Der startende Motor des Busses unterbrach ihn, und sie wandten sich zu dem brummenden Gefährt um.

Selbst ein Bus übertönt dich, du Versager.

Kasimir biss sich auf die Lippen und schluckte alle Gefühle herunter, die seit Jahren seine Seele verfaulen ließen. Dann ergriff er den Henkel des Transportkäfigs.

»Du solltest dich beeilen«, sagte er leise und nickte zur Bushaltestelle.

»Hast recht. Danke für deine Hilfe«, erwiderte Leonhard lächelnd, ehe er sich umwandte und auf die gegenüberliegende Straßenseite lief. Kasimir beobachtete, wie er in den Bus stieg, dieser die Haltestelle verließ und vom Durcheinander des Nachmittagsverkehrs verschluckt wurde. Sekunde um Sekunde verblasste die Melodie in seinen Ohren, und das Rauschen intensivierte sich. Seine Träume, die lauter als jedes Orchester getönt hatten, erstarben binnen eines Augenblicks.

Tosend still.

Der Bürgersteig war verwaist. Wie an einem Valentinstag zu erwarten, bevorzugten die Menschen den zweisamen Aufenthalt in einem Café oder schenkten einander Zärtlichkeiten im Kino und Theater. Oder sie schwiegen und hörten zu. Im Konzert.

Der eine Ort, an dem Kasimir ins Schweigen hätte einstimmen und nur die Tasten sprechen lassen sollen. Stattdessen schlurfte er resigniert durch eine Stadt, deren Treiben seine Schritte vertonte. Er schätzte das winterliche Knirschen des Streusplitts unter seinen Fußsohlen und das Vogelgezwitscher neben kreischenden Scheibenbremsen. Das Fließen der Elbe verlieh seinen Gedanken eine sonore Grundierung, wenn er über eine der Brücken aus dem barocken Herzen Dresdens trat. Aber heute gelang es ihr nicht, das Klagelied in seinem Kopf zu überstimmen.

Als er den Friedhof passierte, in dessen Kapelle er vor Jahren zum ersten Mal die Tasten eines Klaviers berührt hatte, nahm er ein leises Rascheln wahr. Er blieb stehen und musterte den roten Transportkäfig, den er an einem Plastikgriff mit sich trug. Das schwarze Fellknäuel hatte keinen Laut mehr von sich gegeben, seit ihm eine Tinktur in den Nacken geträufelt worden war. Kasimir hatte den bestbewerteten Tierarzt in seinem Wohnviertel aufgesucht, um das Kaninchen von seinen Parasiten zu befreien – und die gutmütige Veterinärin nach seinem verpatzten Vorstellungsgespräch nicht mit der Behandlung eines entführten Nagetiers behelligt. So weit, so gut.

Aber was nun?

Weder kannte er sich mit Kaninchen aus, noch wollte er sich um dieses milbenverseuchte Ding kümmern. Die Vorstellung, Leonhard Valentin sein Kuscheltier hinterherzutragen, schnürte ihm die Luft ab. Es schadete nicht, wenn dieser Pseudovirtuose ebenfalls die Erfahrung machte, das ihm Wichtigste zu verlieren. Im Gegensatz zu Kasimir konnte er es sich zurückholen.

Als er die besprayte Panzerglastür seines Wohnblocks erreichte, stellte Kasimir den Kasten ab und drückte mit der Fingerbeuge den Klingelknopf.

»*Ja?*«, schallte es kurz darauf.

»Ich bin's.«

Es verging ein schweigsamer Augenblick, ehe der Lautsprecher das Signal zur Entriegelung der Eingangstür gab. Kasimir schob sie mit dem Handrücken nach innen, ergriff den Käfig und verschwand im Echo seiner Schritte im Treppenhaus.

»Schon zurück?«, hörte er seine Schwester rufen, unmittelbar nachdem er ihre gemeinsame Wohnung betreten hatte. Dumpfe Kampfgeräusche hallten durch den Flur, und der Duft heißer Schokolade stieg ihm in die Nase.

Er streifte sich seine Clarks von den Füßen und tappte vor die Wohnzimmertür. Dort saß die menschgewordene Couchkartoffel in ihrem Plüschsack und zockte ein virtuelles Kriegsepos, wenn er die Schusssalven richtig deutete. Eine aufgerissene Chipstüte vegetierte auf dem Fußboden dahin, daneben lag ihre Brille. Cecilie schwor darauf, am effizientesten halb blind zu spielen.

»Wolltest du nicht zu diesem Klavier-Contest-Dings?«, fragte sie, ohne den Blick vom Bildschirm zu lösen. Ihr Gesicht verbarg sich hinter dem vollen, herbstlaubroten Schopf, dessen Spitzen bis zu ihrer drallen Hüfte reichten. Die Fettflecken auf ihrer hellgrauen Jogginghose verliehen dem Bild einer Endzwanzigerin im Freizeitmodus die Ehrenmedaille. »Oder war's doch ein heimliches Rendezvous?«

»Übertrag deine unerfüllten Valentinsträume nicht auf mich«, erwiderte Kasimir und ließ seine Tasche auf den Vinylboden fallen. Ein Rendezvous. *Er* und ein Rendezvous.

»Keine Sorge, meine Konsole und ich sind glücklich miteinander«, murmelte Cecilie konzentriert und drückte ihren Controller so fest zusammen, dass ihre Fingerknöchel weiß hervortraten, während sie die Kaserne des Feindes mit Handgranaten bombardierte. »Will heute noch einen Let's-Play-Part hochladen, die Community sehnt sich nach 'nem Update. Apropos Date, wie lief das Vorstellungsgespräch in der Tierarztpraxis?«

Rhetorische Fragen verdienten keine Antworten. Diese Maxime vertrat Kasimir, seit sie ihn am Tag seines Abiballs nach seiner Lieblingsfarbe gefragt hatte, obwohl er sein gesamtes Leben Schwarz getragen hatte. Schwarz wie die sechsunddreißig Obertasten einer Klaviatur.

Er wandte sich ab und ging mit seinem Diebesgut in Richtung Küche. Neben dem Esstisch ließ er die Transportkiste auf die Fliesen sinken und trat vor die magnetüberladene Kühlschranktür, öffnete sie und schürzte die Lippen angesichts der Fülle verschiedener Fertignahrungsmittel. Keine Salatblätter. Die waren ungefährlich für den Verdauungstrakt eines Kaninchens, oder? Ein unangenehmes Jucken im Gesicht begleitete seinen Gedanken, und er rieb sich über die Augen.

»Ach, doch so schlecht gelaufen?« Cecilie lehnte im Rahmen, mittlerweile hatte sie sich ihrer Brille bemächtigt. »Muss ein Wahnsinnsjob gewesen sein, wenn dich die Absage zu Tränen rührt.«

»Ich heule nicht«, gab er zurück, woraufhin auch seine Zunge und die Innenseiten seiner Wangen prickelten. Zur Hölle, was war das? »Selbst wenn es mir gefallen hätte, was hätte ich dort machen sollen? Blutige Bauchlappen halten? Du weißt, dass ich das nicht kann.«

»Falsch, Kasimir. Du willst nicht«, sagte sie strikt. »Du willst gar nichts, außer Klavier spielen. Aber selbst davor drückst du dich, sonst wärst du jetzt nicht hier.«

Kasimir versuchte, sich den Juckreiz aus den Augen zu blinzeln, doch das war genauso vergebens wie die Hoffnung, dass seine Schwester ihn verstehen würde. Aber das lag an ihm. *Er* hatte sich vor allen verschlossen.

Kasimir musste mehrmals nacheinander niesen.

»Gesundheit!«, sagte Cecilie und wollte sich soeben abwenden, als das Stroh in dem Transportkäfig knisterte. Ihr Blick heftete sich an das rote Gehäuse. »Nee, oder? Sag nicht, du hast ein Tier mitgehen lassen?«

Sie trat näher heran und kniete sich davor, um durch das Gitter zu linsen. Der Anblick des Kaninchens entlockte ihr ein verzücktes Quieken, und sie fummelte prompt am Verschluss herum. Das bloße Geräusch ließ sämtliche Warnleuchten in Kasimirs Kopf aufblinken.

»Wehe, du lässt es raus«, drohte er. »Wenn auch nur ein Parasit diesen Käfig verlässt, setze ich keinen Fuß mehr in diesen Raum.«

»Na sicher«, kicherte Cecilie und öffnete das Türchen, dann schob sie ihre Hand hinein und schmunzelte. »Der ist superflauschig! Komm her und sieh ihn dir mal an.«

Als sie ihm auffordernd zuzwinkerte, erschauderte Kasimir. Nichts reizte ihn weniger. Gleichzeitig fühlte er sich verantwortlich für das Kaninchen. Er hatte es aus einer Laune heraus entführt und fand nicht einmal etwas zum Knabbern, um ihm die Geiselnahme zu erleichtern.

Er trommelte unentschlossen mit den Fingern auf die Theke, dann hockte er sich neben seine Schwester und betrachtete sein Diebesgut. Es erwies sich als pechschwarzes, zusammengekauertes Häuflein Elend, dessen seidige Ohren dicht am Kopf angelegt waren.

»Sieht aus, als hätte man ihm die Löffel kastriert«, meinte Cecilie und stupste mit dem Zeigefinger gegen die kleine Nase.

»Kopiert ...«, berichtigte Kasimir und zog die Nase hoch. »Es heißt kopiert.«

»Hast du ihm schon einen Namen gegeben? Willst du ihn behalten?«

»Sicher nicht. Sie soll zu ihrem Besitzer zurück.«

»Wem gehört *sie* denn?«, wollte Cecilie wissen. Kasimir zögerte einen Moment, dann zuckte er mit den Schultern.

»Keine Ahnung. Irgendein Typ hat sie vor der Praxis ausgesetzt.«

»Echt? Sag bloß, wegen dieses kleinen Stinkers lässt du deinen Wettbewerb sausen? Ich dachte, das wäre das letzte Jahr, in dem du teilnehmen kannst?«

Ihre leichtfertigen Worte zupften an seinem Herzen, doch Kasimir versuchte, sich den feinen Schmerz nicht anmerken zu lassen. Der Klavier-Contest, bekannt unter der Bezeichnung seines Veranstaltungsortes »Harmonica«, wurde regelmäßig am Valentinstag ausgetragen. In diesem Wettstreit ging es nicht allein um Fingerfertigkeit, sondern auch um kompositorisches Können. Vor fünf Jahren, als er zum ersten und letzten Mal teilgenommen hatte, hatte ihm das Wort »Vision« den Weg zum besten deutschen Nachwuchspianisten verbaut. Die diesjährige »Liebe« hatte ihm deutlich weniger gelegen. Trotzdem hatte er sich hingesetzt, tagelang über Akkorden gebrütet und ein Lied komponiert, das sein Verständnis von diesem Gefühl in Noten ausdrückte. Ein melodisches Bekenntnis zu dem Schwelbrand in seinem Inneren, der endlich aufflammen musste, wenn er noch etwas aus seinem Leben machen wollte.

Stattdessen hatte er ein Kaninchen geklaut.

Kasimir seufzte, er hätte sich die Mühe sparen können. Der Wettbewerb richtete sich ausschließlich an den Musikernachwuchs von zehn bis zwanzig Jahren. Er war für eine nochmalige Teilnahme einen Tag zu früh geboren worden.

»Na ja, dann machst du's halt hobbymäßig«, sagte Cecilie und kitzelte das Kaninchen an den Pfötchen, woraufhin es sich mit dem Po gegen die Käfigwand drückte. »Kannst ihr ja deine gesammelten Werke vorspielen, vielleicht steht sie auf Klassik. Am besten, wir fahren ins Zoofachgeschäft und holen dem Racker was Leckeres zu mampfen und eine Unterkunft. Wie klingt das?«

Ja, wie klang es? Wie ein Menuett, ein Scherzo? Kasimir hörte keine Dissonanzen in ihrem Vorschlag, während er die schwarzen Knopfaugen dieses Kurzkörperkängurus beobachtete. Zwei Dinge waren jedoch sicher. Erstens, Cecilie hatte Leonhard Valentins Kaninchen bereits ins Herz geschlossen. Zweitens, Kasimir fühlte sich nicht in der Lage, es ihm zurückzugeben. Sobald er Leonhards Siegerlächeln sah, würde er sich erneut wie Abschaum fühlen, und das Lied in seinem Herzen würde diese Begegnung nicht überstehen. Es würde verstummen, ein für alle Mal.

»Okay«, sagte er. »Behalten wir sie.«

Exposition

1. Takt

Moll

Beethovens Fünfte vertonte die Stimme des Schicksals mit der unbändigen Wucht eines Orchesters. Niemand konnte sich ihrer Vehemenz entziehen, sobald das Vibrato der Streicher die Gehörknöchelchen zum Schwingen brachte. Auch kein Morgenmuffel an seinem verregneten Jahrestag.

Kasimir drehte sich murrend auf die andere Seite seiner Matratze und presste seinen Kopf ins Daunenkissen. Sein Smartphone brummte beharrlich über den Fußboden, und es dauerte, ehe er es zu fassen bekam. Hatte Cecilie seinen Handywecker manipuliert und auf höchster Lautstärke neu eingestellt?

Eine gespeicherte Sprachnachricht, las er vom Display ab und rieb sich abgespannt über die Augen. Wenn sich seine Schwester entschied, ihm vor ihrer Kraftsession im Fitnessstudio eine Botschaft zu hinterlassen, konnte das nichts Gutes bedeuten.

»Liebstes Brüderchen, einen wundervollen Morgen wünsche ich dir! Du bist gewiss voller Tatendrang, den Käfig

deines Langohrs zu reinigen und dir ein neues Rezept für deine Allergie-Tabletten ausstellen zu lassen! Zum Dank überlasse ich dir heute Abend meine Schicht im Restaurant. Und wenn du mich nicht blamierst, habe ich eine Geburtstagsüberraschung für dich. Ach, wo wir gerade dabei sind …«

Er zuckte zusammen, als das Tuten einer Plastiktröte sein Trommelfell attackierte.

»Happy Twenty-One wünschen dir Cecilie und dein Traumschwager Tommy! Auf dass du dieses Jahr einen Job finden mögest!«

»Danke …«, murmelte er, ließ das Smartphone auf die Matratze fallen und fuhr sich mit den Fingern durchs zerzauste schwarze Haar. Er war Cecilie dankbar, dass sie ihn mit Hausarbeiten davon abzulenken versuchte, nicht mehr an diesem dämlichen Wettbewerb teilnehmen zu können. Seit sie jedoch vor acht Monaten diesem muskelbepackten Fitnessproleten in die Arme gelaufen war und sechzehn Kilo geschmissen hatte, quoll ihre Motivation über, auch Kasimirs Leben zu verändern.

Er stand auf, trottete ins Wohnzimmer und hielt vor Cecilies Zockersofa inne. Die kümmerlichen Reste ihres veganen Eintopfs vertrockneten auf dem Couchtisch, vermutlich hatten sie und Thomas den gestrigen Abend einvernehmlich Zombie schlachtend verbracht. Kasimir klemmte die blauweißen Schüsseln, die einst seiner Großmutter gehört hatten, zwischen seine Finger, lief in die Küche und vertraute sie der Spüle an. Als er einen Juckreiz in der Nase spürte, fiel sein Blick auf den Käfig des einzigen Hausbewohners, den er für einen größeren Schmarotzer hielt als sich selbst. Jenseits der schmalen Metallstäbe war es verdächtig ruhig.

»Nicht dein Ernst …«, wisperte er und war sich nicht sicher, ob er seine Schwester meinte, die achtlos die Gittertür hatte offen stehen lassen, oder dieses durchtriebene Hasenvieh, das die Chance zur Flucht sofort ergriffen hatte. Er sah sich in der Küche um und entdeckte Stroh und krümelige Hinterlassenschaften auf den Fliesen. Angeekelt machte er einen Bogen um die Fäkalien und durchstöberte zunächst den Flur, dann das Wohnzimmer und Cecilies kitschig möbliertes Schlafgemach. Bis auf zwei leere Proteindrinks auf dem Teppich wirkte alles wie gewohnt, demnach blieb nur ein Ort übrig, an dem Hazel sich verschanzt haben konnte.

Mit angehaltenem Atem schlich Kasimir vor seine Zimmertür und lugte hinein. Und tatsächlich, ein Knistern. Nein, eher ein Knurpsen.

Er drosch die Tür auf und fokussierte mit weit aufgerissenen Augen das flauschige Übel – das sich nicht bei der Einverleibung seiner vierseitigen Komposition unterbrechen ließ. Erst als er fluchend in die Knie ging und seine Notenblätter zusammenklaubte, hielt Hazel in ihrer Kunstvertilgung inne.

»Verdammt noch mal!«, zischte er. »Ist dir klar, wie lange ich für diese Etüde gebraucht habe?«

Hazels Blick spiegelte ein Gemisch aus Desinteresse und Ignoranz wider, während Kasimir Tränen der Frustration in die Augen stiegen, als er seine fragmentierte Partitur zu retten versuchte.

Du hättest das Stück ohnehin nie gespielt, flüsterte eine garstige Stimme in seinem Kopf, und er biss sich zerknirscht auf die Unterlippe. Worüber regte er sich auf? Dass Hazel sich wie ein Kaninchen benahm? Oder dass er es seit einem Jahr nicht fertiggebracht hatte, sie ihrem rechtmäßigen Besitzer zurückzubringen? Er müsste sich nicht die Hände schmutzig machen bei der Kernreinigung des Käfigs, bräuchte keine Antiallergika zu schlucken. Wenn Hazel nicht wäre, müsste er nicht einmal die Wohnung verlassen. Damit wären alle Erwartungen an den Verlauf seines jämmerlichen Lebens erfüllt.

Hazel gluckste, vermutlich hatte sie sich an einem Papierschnipsel verschluckt. Kasimir musterte ihre dickbäuchige Gestalt seufzend.

»Was machen wir hier bloß?«, flüsterte er und legte seine Handfläche auf ihr weiches Fell. Als er daraufhin zweimal nacheinander niesen musste, widmete sie sich wieder einem Papierfetzen.

Dur

Leos Blick wechselte mehrmals zwischen dem geschwungenen Logo des Restaurants und seinem Smartphone-Display hin und her. Der anhaltende Regen und das Dämmerlicht erzeugten eine andere Atmosphäre als auf dem Vergleichsbild, doch der Schriftzug und der Fassadenschnitt waren identisch. Seine Mundwinkel zuckten nach oben. Kein Zweifel, hier war er richtig.

Er ließ das Handy in seiner Anzugtasche verschwinden und trat unter das französische Vordach, um seinen Schirm von den Regentropfen zu befreien. Die Straße hatte sich in einen flimmernden Strom verwandelt, der die Leuchtreklamen der Bars und Geschäfte reflektierte. Trotz des Wetters waren die Lokale gut besucht, vorwiegend mit Pärchen. Wie sollte es an einem Tag wie diesem anders sein?

Leo schmunzelte und sah auf seine Armbanduhr. Der dicke Zeiger näherte sich allmählich der Acht. Francesca hatte sich seit Stunden nicht bei ihm gemeldet, vermutlich war ihr etwas dazwischengekommen. Schade! Es wäre der erste Valentinstag gewesen, den sie zu zweit hätten verbringen können.

Er faltete seinen Schirm zusammen und strich sich das blonde Haar aus der Stirn, ehe er ins Foyer des Restaurants trat. Augenblicklich umspielte eine wohlige Wärme seine Wangen. Der Duft verglühenden Kerzenwachses, das dezente Klirren von hochwertigem Silberbesteck – die Atmosphäre war wie geschaffen für einen Abend im Klang des Pianos. Wenn Francesca nicht geflunkert hatte, würde er sogar auf einem nagelneuen Steinway A-188 spielen dürfen. Und er wusste, mit welchem Stück er die Gäste des Valentinsdinners als Erstes beeindrucken wollte.

»Excusez-moi, Monsieur. Haben Sie eine Reservierung?«

Leo drehte sich ruckartig um. Ein älterer Herr mit schwarzer Fliege und Jackett hatte sich ihm zugewandt. Angesichts der schlichten Eleganz seiner Kleidung kam sich Leo in seinem grün karierten Tweedsakko overdressed vor.

»Oh, äh ... nein, ich bin nicht zum Essen hier. Ich habe ein Engagement als Pianist.«

»Ah, Herr Valentin?«, erwiderte sein Gegenüber und hob verblüfft die Augenbrauen. »Meine Güte, Sie sind noch so jung. Ich hatte ein ganz anderes Bild vor Augen. Aber Ihre Managerin erwähnte bereits am Telefon, dass Sie ein Ausnahmetalent sind.«

Leo verzog die Lippen zu einem kümmerlichen Schmunzeln. Francesca wusste, wie sie seine Qualitäten verkaufen musste, um ihm hochdotierte Jobs wie diesen zu vermitteln. »›Ausnahmetalent‹ ist etwas übertrieben ...«

»Laut Ihrer Sedcard nicht«, antwortete der Oberkellner und griff einen Dokumentenstapel vom Empfangstresen, den er demonstrativ in die Höhe hielt. »Dreifacher Sieger des Jungpianisten-Talentwettbewerbs Harmonica, und das mit wie viel Jahren? Sechzehn?«

»Neunzehn«, korrigierte Leo lächelnd. Er war es gewohnt, dass man ihn aufgrund seiner Größe und der Unreinheiten in seinem Gesicht jünger einschätzte, aber die blieben heute unter einer Schicht kaschierender Hautcreme verborgen. »Meine Managerin meinte, sie hätte Ihnen eine Liedauswahl für das Abendprogramm zugeschickt?«

»Ja, richtig«, erwiderte der Mann eilig, sortierte eine Liste aus dem Stapel und reichte sie Leo. »Ihr Repertoire ist beeindruckend, wir hätten gern mehr Stücke ausgewählt. Ich hoffe, Sie sind mit dem Programm einverstanden.«

Auf sein Nicken ging Leo konzentriert die Einträge durch. Wenn er sich nicht täuschte, waren es acht Zeilen. Die meisten von ihnen waren ausgesprochen lang.

»Ist alles in Ordnung?«

»Mhm ...«, brummte Leo und sah nach einigen Sekunden auf. Auf den fragenden Blick seines Gegenübers überspielte er sein Zögern mit einem Lachen. »J-ja, überhaupt kein Problem. Die Lieder sind super.«

»Sehr schön. Wenn Sie möchten, können Sie sich schon mit dem Flügel vertraut machen. Meine Kollegin bringt Ihnen ein Getränk Ihrer Wahl, ehe das Vorspiel beginnt.«

»Danke«, antwortete Leo, in der Gewissheit, dass der Oberkellner seine unterschwellige Nervosität nicht bemerkt hatte. Zum Glück ließ ihn die Überzeugungskraft seines Lächelns nie im Stich.

Der Gastraum des *Prélude* erstrahlte in altfranzösischem Glanz. Rundtische mit weißen Damastdecken und purpurne Seidengardinen verliehen dem Saal ein verträumtes Ambiente; der Funkenflug zwischen den Paaren tat ein Übriges. Leo bemühte sich, keines von ihnen in seiner Zweisamkeit zu stören, während er sich zum Flügel vorarbeitete. Etwas wehmütig stimmte es ihn schon, dass Francesca sich nicht bei ihm meldete. Aber das würde er gleich selbst in die Hand nehmen.

Als er die Freifläche mit dem Instrument erreichte, ließ er sich auf dem Klavierhocker nieder und zückte sein Smartphone, um die Liste der Musikstücke abzufotografieren und an Francesca weiterzuleiten. Erst dann betrachtete er die Politur des tiefschwarzen Flügels und hob achtsam das Verdeck an. Die Klaviatur glänzte makellos, wahrscheinlich wurde sie selten bespielt.

Als er zu einer Probetonleiter ansetzen wollte, vibrierte sein Smartphone in der Hosentasche. Das war flott gegangen.

»Pachelbel und Chopins *Nocturne in Es-Dur«*, tönte es ihm entgegen. Francescas launische Stimme versetzte Leos Puls einen Schubs. Hach, Nörgel-Franna.

»Alles klar, danke. Und der Rest?«

»Sage ich dir vor Ort. Bin in zwanzig Minuten da.«

»Echt? Du kommst noch?«, erwiderte er, die Freude schob seine Stimmlage in die Höhe.

»Ja, sicher. Dachtest du, ich lass dich allein, nur, weil der Wettbewerb nicht stattfindet? Allmählich solltest du mich kennen, Bambino.«

Francesca telefonierte über die Freisprechanlage ihres Autos, ein konstantes Rauschen verfälschte ihre Worte. Trotzdem fühlte er jedes einzelne wie einen Stromschlag im Herzen. »Klasse. Ich freu mich.«

»Heb dir deine Euphorie für später auf. Konzentrier dich darauf, einen vernünftigen Job abzuliefern, capito?«

»Si, Signora«, bestätigte er und ließ seinen Blick durch das ausgebuchte Restaurant schweifen. Er konnte es kaum erwarten, all diesen Menschen einen unvergesslichen Abend ins Gedächtnis zu spielen. Jetzt, da er selbst vollgepumpt mit Glückshormonen war. »Haben sie *All Eyes On Me* im Programm aufgeführt?«

Ein ausgedehntes Seufzen am anderen Ende der Leitung versetzte Leos Hochstimmung einen Dämpfer. »Nein, haben sie nicht.«

»Oh ... okay. Meinst du, ich kann es trotzdem spielen?«

»Wozu? Niemand will eine No-Name-Komposition von einem No-Name-Komponisten hören. Wenn du nicht wie ein Verrückter daran hängen würdest, hätte ich das Lied längst vergessen.« Leo zog die Unterlippe zwischen die Zähne.

»Spar dir deine Energie für Stücke auf, die deine Aufmerksamkeit verdienen …«

Ein Scheppern unterbrach ihre Äußerung, gefolgt von scharrenden Stuhlbeinen. Leo wandte den Blick zu einer langen Tafel an der Fensterfront. Drei Gäste der Sitzgruppe hatten sich erhoben, eine Dame wischte sich eine dunkle Flüssigkeit von ihrem Kleid. Zu ihren Füßen lag ein Tablett mit umgekippten und teils zerbrochenen Gläsern, deren Scherben von einer Servicekraft zusammengesammelt wurden.

»Was war das?«, hörte Leo Francesca durch das aufkommende Gemurmel fragen. Die anderen Restaurantgäste beobachteten den unbeholfenen Kellner missbilligend.

»Jemandem ist ein Tablett runtergefallen.«

»Im Ernst? Ich dachte, das Restaurant hat einen Michelin-Stern. Was für Stümper beschäftigen die dort?«

»Keine Ahnung …«, murmelte Leo, während er den Kellner im Auge behielt. Die Ärmel seiner Dienstbekleidung waren ihm zu kurz, und das rabenschwarze Haar fiel ihm zerzaust in die Stirn. Er kam Leo bekannt vor. Verdammt bekannt sogar.

»Franna«, sprach er monoton ins Mikrofon seines Handys. »Der Typ, der *All Eyes On Me* geschrieben hat. Erinnerst du dich an den?«

»Wie kommst du jetzt darauf?«, erwiderte sie und grübelte kurz, ehe sie antwortete. »Langer, magerer Emo, ziemlich nichtssagend. Wieso?«

»Was glaubst du, wie alt er jetzt ist? Und was er macht?«

»Woher soll ich das wissen? Hast du nichts Besseres zu tun, als dir über dieses blöde Lied den Kopf zu zerbrechen?«

Nein. Nie.

Leo verfolgte gebannt, wie der schwarzhaarige Kellner von einer adrett uniformierten Kollegin zurechtgewiesen wurde. Ihr Gesichtsausdruck zeigte Verärgerung, seiner hingegen keine Regung. Wie damals, als er das gesamte Auditorium ins Staunen versetzt hatte. Und wie vor einem Jahr.

Als er ihm sein Kaninchen gestohlen hatte.

»Leo?«, drang Francescas Stimme an sein Ohr. »Alles in Ordnung bei dir?«

»Ja. Alles bestens«, erwiderte er und beobachtete, wie der getadelte Kellner mit gesenktem Haupt den Speiseraum verließ. »Ich glaube, das könnte ein sehr interessanter Abend werden.«

Moll

Kasimir betrachtete die Dampfschwaden, die aus dem Kanalisationsgitter im Hinterhof des Restaurants traten. Es sah aus, als nähme der Untergrund einen letzten Atemzug, ehe er sich dem Regenfall ergab. Das unnachgiebige Plätschern übertönte die Hektik hinter der angelehnten Personaltür. Nur das Geräusch berstenden Glases hallte in seinem Gewissen nach.

Er lehnte den Hinterkopf gegen die Fassade und atmete lauwarmen, bitteren Zigarettenqualm aus. Kaum zu glauben, dass er den Gestank ausgebrannter Lungen früher verabscheut hatte. Heute brauchte er ihn, um *sich* nicht zu verabscheuen. Sein Erzeuger hatte ebenfalls geraucht, wahrscheinlich lag es in seiner Natur, dieselben Fehler zu begehen wie dieses Monster.

Kasimir tippte den verbrannten Tabak von seiner Kippe und zog sein Smartphone aus der Hosentasche. Die Pop-up-Benachrichtigung auf dem Display verdeutlichte ihm, dass seine Schwester an seiner Abendgestaltung teilhaben wollte.

»Naaaaaa? Wie läuft's?«

»Erwartungsgemäß«, sendete er zurück und nahm einen tiefen Zug von seiner Zigarette. Die Erwiderung ließ keine Minute auf sich warten.

»Oje. Lass mich raten ... 3 Gläser? :-P«

»5. Und ein Teller.«

»Wow *-* Du bist der geborene Garçon, Brüderchen.«

»Was du nicht sagst?«

Sie antwortete mit einer langen Kette heiterer Smileys, Cecilies berüchtigte Kopf-hoch-Kombination. »Verstehst du dich wenigstens mit meinen Kollegen? Schon mit Ella gequatscht?«

»Ja … Freundschaft fürs Leben.«

»Aaaach komm, Kasi. Sie ist cool drauf … und gut aussehend … und SINGLE :)))«

Seufzend betrachtete Kasimir das rötliche Glimmen seines Zigarettenstummels. Er hatte in einundzwanzig Jahren kein einziges Mal Gefühle für eine Frau entwickelt, und er hatte es seiner Schwester nie erzählt. Das war seine Sache, und das blieb sie auch.

»Kein Interesse.«

»Schon klar. Du hast nur Augen für das EINE, stimmt's?«

Das zweideutige Emoji, das Cecilie ihrer Nachricht beifügte, entlockte ihm erstmals an diesem Abend ein Schmunzeln. Natürlich hatte seine Aufmerksamkeit zuallererst dem hochklassigen Steinway gegolten, als er das Lokal betreten hatte. Der letzte Kontakt seiner Finger mit glatt polierten Tasten lag über ein Jahr zurück, doch die Virtuosität, die ihn und sein Spiel ausgemacht hatte, schlummerte in seinem Inneren.

»Gib doch nach Ladenschluss ein Liedchen zum Besten. Ella findet Klavier spielende Jungs sexy … ;-)«

Kasimir beließ es bei ihrer Anspielung, steckte sein Handy zurück in die Hosentasche und schnippte seine Kippe aufs Pflaster. Die Glut ergab sich sofort der nassen Tristesse des Straßenmorastes, als hätte sie niemals Licht gespendet.

Der Temperaturwechsel legte sich schwer auf Kasimirs Lider, als er in seinem eng anliegenden Kellnerchic in den Gastraum zurückkehrte. Vielleicht schickte man ihn nach Hause, wenn er den Geschirrbestand weiter dezimierte. Oder zurück in den Hinterhof, Scherben entsorgen. Hauptsache, weit weg von diesem bunten Potpourri aus Menschen und Gesprächen.

»Da bist du ja endlich.«

Ellas Stimme jagte Kasimir einen Schauer über den Rücken. So hingebungsvoll ihm Cecilie ihre Kollegin auch angepriesen hatte, er schwärmte definitiv nicht für ihren Befehlston.

»Das waren deutlich mehr als zehn Minuten«, meckerte sie und drückte ihm ein Tablett in die Hand. Zwei Schoppen Rotwein, eine Apfelschorle. »Du bist für die Fensterplätze zuständig, Kasimir. Tisch siebzehn sollte seine Bestellung eigentlich vor dem Auftritt bekommen.«

»Wer?«

Ella verdrehte die Augen und zeigte zur anderen Seite des Speisesaals, dorthin, wo der schwarze Flügel stand. »Der Pianist. Er ist mit einer Dame hier. Wäre nett, wenn du wenigstens ihr die Getränke bringst … hörst du mir überhaupt zu?«

Kasimirs Blick haftete an dem jungen Mann, der sich am Klavier niedergelassen hatte.

»Das …«, begann er, brachte seinen Satz jedoch nicht zu Ende. Befand er sich im Delirium? War irgendetwas mit den Zigaretten gewesen?

»Keine Ahnung, wer dich engagiert hat«, meinte Ella kopfschüttelnd und ließ ihn mit seinem Tablett zurück.

Das war Leonhard Valentin.

Der Klavierschüler, der seinen Zukunftstraum in tausend Teile gesprengt hatte. Der Junge, dessen Haustier er entführt hatte und den er nie wiedersehen wollte. Doch das erübrigte sich in dem Moment, als sich ihre Blicke trafen und ein selbstgefälliges Schmunzeln über Leonhards Lippen schlich. Er wusste genau, wie er Kasimir den Hasenraub heimzahlen konnte. Und das tat er auch.

Mit der klangvollsten aller Strafen.

Leos Gefühle überschlugen sich, als die ersten Noten aus den schwingenden Saiten sprangen. Sie tänzelten um seine Fingerspitzen, hüpften über die Klaviatur und breiteten sich in all ihren kunterbunten Farben im ganzen Saal aus. Alle Gespräche waren verstummt, selbst in der Küche ruhten die Kochlöffel im Klang der Melodie. Die Gäste lauschten ihr, verfielen ihrer diffizilen Schönheit. Sogar ihr eigener Komponist.

Leo presste seine Lippen fest zusammen, um sich das Grinsen zu verkneifen. Er war es. Himmel, er war es, er stand da wie eine Statue und starrte zu ihm hinauf. Was ihm wohl gerade durch den Kopf ging? Ob er Leo verwünschte für seine Dreistigkeit? Hoffentlich. Sein Herz sollte rasen und gleichzeitig von den traumverlorenen Klängen beruhigt werden. So wie Leos, als er dieses Stück zum allerersten Mal gehört hatte. Dieses tobende, flammende, tiefsensible Lied.

All Eyes On Me.

Leos Finger erzählten die Geschichte eines von Fallen gespickten Weges, den man bezwingen musste, um über eine Klippe zu springen und sich in den Tiefen des Ozeans zu verlieren. Sich in der Stille wiederzufinden. Und schließlich, um die Sonne durch die Oberfläche schimmern zu sehen, aufzutauchen und die Freiheit zu atmen. Das erlösende Gefühl, es geschafft zu haben. All das umfasste dieses Stück. All das umfasste *seine* Fantasie.

Während er spielte, erhob sich Applaus von den Tischen. Überwältigender Applaus. Er konkurrierte mit den Tönen in Leos Händen, doch er ließ sie nicht im Jubel ersticken. Dieses Lied hatte seiner Passion Leben eingehaucht, seiner Kreativität Flügel verliehen. Er musste es bis zur letzten Note fühlen, und wenn er darum kämpfen musste. Genau wie dieser Junge vor sechs Jahren gekämpft hatte.

Als der finale Akkord unter seinen Fingern erklang, klopfte Leo das Herz bis zum Hals. Er hatte alles gegeben, um diesem Kunstwerk die Bühne zu bieten, die es verdiente. Dutzende Menschen waren von ihren Stühlen aufgestanden und klatschten ihm Beifall. Exakt wie damals, als dem Schöpfer die fehlerfreie Darbietung seines Meisterstücks geglückt war. Er musste dieselbe Euphorie verspürt haben wie Leo in diesem Moment, denselben Dopaminschub bei seiner Verbeugung. Bloß der Ausgang jenes Abends dürfte ihm nicht gefallen haben.

Nachdem Leo sich ausgiebig bei seinem Publikum bedankt hatte, trat er vom Plateau und schob sich zwischen den Tischen hindurch. Die Lobpreisung der Gäste tönte in seinen Ohren, als er Francesca an ihrem reservierten Platz am Fenster entdeckte. Sie hatte sich erhoben und erwartete ihn applaudierend. Leider nicht, um das Stück zu rühmen.

»Du bist ein unverbesserlicher Querulant«, sagte sie und umschloss ihn mit einer solch festen Umarmung, dass ihm die Luft wegblieb. Die Spitzen ihres duftenden brünetten Haars hinterließen ein Prickeln auf seiner Wange. »Wozu vereinbaren wir überhaupt Programmpunkte mit deinen Klienten, wenn du dich nie daran hältst?«

»Tut mir leid ... es kam so über mich«, japste er, woraufhin sie ihn von ihrer Umklammerung erlöste und mit einem kritischen Blick bedachte. Das gedimmte Licht der Kronleuchter spiegelte sich in ihren Augen und brachte das Rouge auf ihren bronzefarbenen Wangen zur Geltung. Leo musste sich zusammenreißen, ihre Schönheit nicht mit einem schwärmerischen Seufzen wertzuschätzen. Sie gab nichts auf seine Komplimente, ihrem festen Freund Marco sei Dank.

»Es kommt jedes Mal ›so über dich‹, Leonhard Valentin.«

»Ich kann nichts dagegen tun«, erwiderte er, die Euphorie kitzelte an seinen Mundwinkeln, während er sich auf seinen Platz setzte. »Es ist genial.«

»Aber nur, wenn du es spielst«, sagte Francesca, strich ihr rotes Paillettenkleid glatt und ließ sich graziös zurück auf ihren Stuhl sinken. »Als dieser Sonderling damals die Klaviatur damit gequält hat, klang es nicht annähernd so gefühlvoll. Kein Wunder, dass man nichts mehr von ihm gehört hat.«

»Ich bin mir ziemlich sicher, dass sich das nach heute Abend ändert.«

»Inwiefern?«

»Lass dich überraschen«, meinte Leo zwinkernd. Francesca hob die Augenbrauen. Der schimmernde Lidschatten setzte ihre olivgrüne Iris in Szene, das Kirschrot ihres Lippenstifts färbte auf Leos Seele ab.

»Deine Überraschungen bedeuten nie etwas Gutes«, murrte sie und ließ ihren Blick durch den Raum schweifen. »Hauptsache, du bringst den Rest deines Vorspiels vernünftig über die Bühne ...« Sie hielt inne, Zufriedenheit glättete die Falten auf ihrer Stirn. »Na endlich, da kommt er.«

»Wer?«

»Der Kellner mit meinem wohlverdienten Roches Noire.«

Leo fiel es zunehmend schwerer, sich auf ihr bezauberndes Antlitz einzulassen. Das Pochen in seiner Brust verstärkte sich, aber Francesca war nicht der Grund dafür.

»Sag mal«, murmelte er und nestelte an seiner Stoffserviette herum. »Was hat dich an diesem Typen damals eigentlich so gestört? Warum, glaubst du, hat er nicht gegen mich gewonnen?«

»Fängst du schon wieder damit an?« Sie rollte mit den Augen, nahm ihr Glas entgegen und betrachtete die Flüssigkeit abschätzig. »Zunächst einmal kam er an wie ein gerupftes Huhn. Zerzaust und finster gekleidet, sah noch schlimmer aus als dein geschmackloser Sturz in den Farbtopf. Dann diese Attitüde.« Sie kräuselte die Stirn, wahrscheinlich sollte ihr Gesicht grimmig aussehen. »Er hat im Vorfeld mit keinem geredet und ist direkt nach der Ergebnisverkündung verschwunden. Und zum Spiel muss ich nichts sagen. Charakterlos, fad … seine Präsentation hat keinerlei Emotionen in mir geweckt. Die einzige Leistung dieses Amateurs war, seinen Tinnitus sauber zu Papier zu bringen.«

Autsch!

Leo betrachtete schmunzelnd sein Gedeck. Aus dem Augenwinkel erkannte er, dass die Fingerspitzen des Kellners zitterten, eine Hand hatte er zur Faust geballt.

»Danke, das wäre alles«, meinte Francesca beiläufig und scheuchte ihn mit einer Handbewegung fort, ehe sie Leos Blick suchte. »Wieso bist du so besessen von diesem Lied? Ich kann mich nicht einmal an den Namen dieses Pseudokomponisten erinnern, du etwa?«

»Hm … nö«, erwiderte Leo und ergriff den Stiel seines Weinglases, um es zum Anstoßen anzuheben. »Na dann, auf den Niemand …«

Er hatte seinen Trinkspruch noch nicht vollendet, als ihm der Kellner plötzlich das Glas aus der Hand riss und es fest umklammerte. Bedrohlich. Er sagte kein Wort, doch seine Unterlippe bebte vor Anspannung. Und als Leo sein Lächeln nicht unterdrücken konnte, bekam er die Emotionsbandbreite seines Idols am eigenen Leib zu spüren.

2. Takt

Moll

Kasimir rang nach Luft. Er stützte die Hände auf seine Oberschenkel, während sich die Februarnässe durch seine Uniform fraß. Seine Muskeln zitterten vor Anstrengung, sein Herz pochte, und der Stress klopfte so fest von innen gegen seine Stirn, dass er bald wahnsinnig werden würde.

Wie in aller Welt hatte er sich so vergessen können?

Hinter der besprayten Glastür seines Wohnblocks war es stockfinster. Wenn er Pech hatte, verbrachte Cecilie den Abend in der schicken Eigentumswohnung ihres Verlobten. Die Angst vor einer Nacht im Freien übertünchte jedoch Kasimirs Schmach, dass er davongelaufen war und Tasche sowie Jacke im Restaurant zurückgelassen hatte. Er drückte die Klingel viermal nacheinander und lehnte den Kopf schwer atmend gegen die Armatur. Warum hörte es nicht auf? Selbst wenn er die Lider aufeinanderpresste und sich die Ohren zuhielt, verstummte die Melodie nicht. Wieso reizte sie ihn, wieso verfolgte sie ihn bis vor seine Haustür? Leonhard Valentins laute, schreckliche, wunderschöne Interpretation seiner in Noten gefassten Gefühle?

»Ja?«

Kasimir öffnete die Augen und blickte zum Lautsprecher, dem soeben das mechanische Krächzen seiner Schwester entwichen war.

»Bestimmt 'ne Schnapsleiche«, hörte er eine dumpfe Stimme aus dem Hintergrund motzen. *»Lass gut sein, Schnecke ...«*

»Sei doch mal still, ich hör nix. Hallo?«

Kasimir zögerte. Wie sollte er ihr unter die Augen treten? Wie sollte er das alles bloß erklären?

»Hallo?«

»I-Ich bin's«, wisperte er, seine Zähne klapperten.

»Kasi? Warum bist du schon wieder da? Die Schicht endet doch erst um ...«

»Mach bitte auf, ja ...?«

»Wie siehst du denn aus?«, fragte Thomas im Glanze seines gestählten Sixpacks, als er Kasimir vor Nässe triefend im Treppenhaus erblickte. Der grelle Schein der Hausflurbeleuchtung spiegelte sich auf seiner kahl rasierten Stirn, und er hatte die Arme vor der Brust verschränkt wie ein Türsteher, dem der um Einlass Ersuchende nicht gefiel.

»Wo ist Cecilie?«, erwiderte Kasimir fest, obwohl seine Stimmbänder vor Kälte bebten. Thomas warf demonstrativ einen Blick über seine Schulter und dann auf den Fußboden hinter sich. Dort lagen Kleidungsstücke wahllos verteilt.

»Zieht sich um«, gab er zurück und sah an Kasimirs tropfender Gestalt herunter. »Hast nicht das beste Timing abgepasst, Kleiner.«

Kasimir verstand seine Andeutung zunächst nicht. Erst als er Cecilie im knallpinken Bademantel am Ende des Flurs erblickte, dämmerte ihm, in welches Szenario er hineingeplatzt war.

»Kasi!«, rief sie und trat neben ihren Verlobten, der mit der Zunge schnalzte. »Was ist passiert? Du bist ja klitschnass!«

Kasimir brachte keinen Ton hervor. Sein Blick sank auf den Abtreter zu seinen Füßen. »Langohrentreff« stand darauf.

»Komm erst mal rein«, sagte Cecilie und schob Thomas beiseite, um ihm Zugang zu den beheizten Räumlichkeiten zu verschaffen. »Schäl dich aus deinen Badesachen und geh heiß duschen ... Moment, ist das die Uniform vom Restaurant?«

»Ja ... «, brachte er hervor und spürte, wie ihm das schlechte Gewissen auf die Kehle drückte.

Thomas pfiff gespielt anerkennend. »Gefeuert nach drei Stunden? Respekt. Neue Bestleistung, du Pfeife.«

»Halt die Klappe, Tommy«, meckerte Cecilie und legte Kasimir ein großes Handtuch über die Schultern. »Lass ihn erst mal ankommen, er wird es uns schon erklären.«

»Sicher, weil er auch sonst den Mund aufkriegt. Anstatt den Anstand zu besitzen, sich ein Hotelzimmer zu nehmen, kreuzt er mitten in der Nacht hier auf, um sich von dir bemitleiden zu lassen. Es ist *Valentinstag,* mein Gott. Denk mal drüber nach.«

»Und sein Geburtstag, also halt den Ball flach, okay?«

Daraufhin schob sie Kasimir ins Bad und schloss die Tür hinter sich. Das darauf folgende Wortgefecht hörte er, bis die beiden in Cecilies Zimmer verschwanden.

Er atmete tief durch und lehnte sich an die Tür, presste seine pochende Stirn dagegen. Es tat weh, aber wenigstens war die Musik in seinem Kopf verstummt. Dafür wurde alles wieder still um ihn herum.

Unerträglich still.

Kasimir drückte achtsam die Tür zu seinem Zimmer auf. Der Regen prasselte erbarmungslos gegen die Fensterscheibe. Das bloße Geräusch verstärkte die Kälte in seinen Knochen, während sich seine Stirn unnatürlich heiß anfühlte.

Er ließ sich auf den Rand seines Betts sinken und blinzelte in die Dunkelheit. Der Raum war spärlich möbliert und mochte auf Außenstehende ungemütlich wirken, doch Kasimir fühlte sich wohl in seinen vier Wänden. Niemand verurteilte ihn hier, niemand bedrängte ihn. Niemand konnte ihm etwas wegnehmen.

Als seine Lider zu brennen begannen, rieb er sich mit dem Handrücken übers Gesicht. Der darauf folgende Niesreiz versicherte ihm, dass die Tränen nichts mit seinem akuten Stimmungstief zu tun hatten. Diese verdammte Allergie, dieses verdammte Kaninchen. Dieses verdammte inhaltslose Leben.

Es klopfte, und er wandte sich mit triefender Nase zur Tür. Anscheinend war seine allergische Attacke nicht unbemerkt geblieben. »Kasi? Kann ich reinkommen?«

»Warte ...«, erwiderte er, erhob sich und kramte in seiner Kommode nach einer Unterhose. Leider nicht schnell genug. Beim Quietschen der Türscharniere schlang er sich das Handtuch enger um den Körper und musterte Cecilie konsterniert.

»Was?«, sagte sie schmunzelnd. »Schämst du dich vor deiner großen Schwester? Ist nicht so, als gäbe es für mich noch was Neues an dir zu entdecken. Ich musste dich Auslaufkönig windeln, bis du drei warst.«

»Das ist bald zwanzig Jahre her. Behandle mich gefälligst nicht ...«

Er musste abermals niesen und verdarb sich damit seine Missbilligung. Cecilie ließ sich auf dem Holzrahmen seines Bettes nieder und bedeutete ihm mit einem Nicken, sich neben sie zu setzen. Diesen *Sag, was los ist*-Gesichtsausdruck verstand er ohne Worte.

»Ich bin ein mieser Kellner«, murmelte er und senkte den Blick auf seine Zehenspitzen. Sie schmerzten von der stundenlangen Folter in zu engen Schuhen.

»Schon klar. Worauf muss ich mich gefasst machen?«

Eine Abmahnung, die Rechnung für den verschütteten Wein, die Reinigungsgebühr für das versaute Sakko und unter Umständen eine private Anzeige wegen Körperverletzung.

»Ich komme dafür auf«, fügte er kleinlaut an.

»Sicher. Und von welchem Geld?« Cecilie kam aus dem Kopfschütteln nicht heraus. »Ernsthaft, Kasi, seit wann fährst du so aus der Haut? Was war das für ein Typ?«

»Keine Ahnung ...«

»Veräppeln kann ich mich selbst«, erwiderte sie seufzend, ehe sie ihn mit einem mitleidigen Blick bedachte. »Ich hatte gehofft, dass es dir guttun würde, aus deinem Alltag rauszukommen. Die Gastro ist ein hartes Pflaster. Besonders der Service erfordert eine Menge Selbstdisziplin und Courage. Genau das, was dir in den letzten Jahren verloren gegangen zu sein scheint ...«

Ihre Worte verhallten im Trommeln des zunehmenden Regens. Tropfen klatschten gegen das Glas und perlten ab an seiner glatten, glänzenden Oberfläche. Manchmal wünschte Kasimir, er könnte Vorwürfe, Häme und Bedauern genauso gleichgültig von sich abprallen lassen.

»... Oma gewollt hätte.«

Kasimir blinzelte und wandte sich wieder seiner Schwester zu. »Entschuldige, ich hab nicht zugehört.«

»Komm schon«, erwiderte Cecilie und verzog reserviert die Lippen. »Ich meinte, dass es dir vielleicht hilft, wieder mit dem Klavierspielen anzufangen. Oma würde sich im Grabe umdrehen, wenn sie wüsste, dass du alles hingeworfen hast.«

Kasimir schwieg einen Moment und knetete seine Hände ineinander. Natürlich würde das seiner Großmutter nicht gefallen. Sie hatte all ihre Ersparnisse in seine Klavierstunden gesteckt. Und er Versager hatte es nicht einmal fertiggebracht, sie an ihrem Sterbebett zu besuchen.

»Das hatte nichts mit ihr zu tun«, antwortete er knapp.

»Ich weiß. Sondern damit, dass du den Wettbewerb verloren hast.« Cecilie griff in ihre Morgenmanteltasche, zog einen aufwendig verzierten Briefumschlag hervor und hielt ihn Kasimir vor die Nase. »Da du dir meine Nachricht heute Morgen offenbar angehört hast, erinnerst du dich bestimmt daran, dass ich eine kleine Überraschung für dich habe.«

Sie hielt ihm den Brief auffordernd hin, bis er danach griff. Die Lasche war mit Notenstickern beklebt, und auf der Stirnseite des Kuverts prangte ein selbst gemaltes, detailreiches Klavier. Darunter spürte Kasimir einen Widerstand, eine längliche Silhouette zeichnete sich auf dem Papier ab.

»Was ist das?«

»Das Öffnen erfordert Courage«, sagte Cecilie zwinkernd, »und die Umsetzung Selbstdisziplin. Alles Gute zum Geburtstag, kleiner Bruder.«

3. Takt

Moll

Kasimir saß in eine Fleecedecke gewickelt auf der Couch und fokussierte das Videospielszenario auf Cecilies überdimensioniertem OLED-Display. Thomas hatte ihr den Hightech-Bildschirm vergangenen Herbst zum Geburtstag geschenkt und ihre Begeisterung ausgenutzt, um ihr einen Heiratsantrag zu machen – den sie sofort angenommen hatte. Die bloße Erinnerung an ihre freudestrahlenden Augen ließ Kasimir innerlich aufseufzen, doch er konnte sie kaum für ihre Entscheidung verurteilen. Es war nachvollziehbar, wahrscheinlich wollte sie nicht länger als Tochter eines tragisch verunglückten Elternpaars bemitleidet werden. Oder als Babysitterin für ein uneheliches Geschwisterkind.

»Missbrauchst du meinen Account?«

Cecilies Stimme klang dumpf durch die geschlossene Wohnzimmertür. Kasimir pausierte das japanische Kampfspiel und quälte sich ein gekrächztes »Nein« über die Lippen, während er sich mühsam auf dem Sofapolster aufrichtete. Seine Kehle fühlte sich an wie bröseliges Sandpapier. Er beobachtete, wie die Klinke ein Stück nach unten wanderte und

Cecilie durch den Türspalt lugte. »Wehe dir, wenn doch. Miese Statistiken kosten mich Follower und Werbeeinnahmen auf meinem Kanal. Schreib dir das hinter die Ohren, Pest-Hase.«

»Schon klar«, flüsterte er stimmschonend und musterte ihre Perlenohrringe und die eng geschnittene schneeweiße Bluse ihrer Mutter, die ihr mittlerweile passte. Sogar Lidschatten hatte sie aufgetragen und sich Kontaktlinsen in die grauen Augen gefummelt. »Gehst du aus?«

»Ja, notgedrungen. Ein neuer Job muss her, sonst haben wir die längste Zeit in dieser Bruchbude gehaust.«

Kasimir neigte reumütig den Kopf gegen die Sofalehne. Trotz allen Flehens vor dem Restaurantbetreiber war Cecilies Verdienst im *Prélude* passé. Die offenen Rechnungen und die Anklageschrift des Geschädigten würden mit Sicherheit nicht lange auf sich warten lassen.

»Schon okay, mein Chef war eh ein Sklaventreiber«, sagte sie und rang sich ein zuversichtliches Schmunzeln ab. »Ich finde was Besseres. Das mit den Schulden bekommen wir auch in den Griff.«

»Ich mache das«, wisperte er und versuchte, bestimmt zu klingen. »Ich zahle alles zurück …«

»Wir hatten das doch besprochen, Kasimir. Mamas Schmuck wird für so was nicht verpfändet, verstanden?«

»Nein … ich kann auch arbeiten gehen.«

»Ja, sicher. Ohne Ausbildung und Referenzen. Werdet erst mal wieder klar im Kopf, Eure Pestilenz. Dann sehen wir weiter.« Daraufhin verschwand sie im Flur, das metallische Rasseln ihres Schlüsselbundes folgte. »Hab mir zwei Vorstellungsgespräche über Kontakte sichern können, wird also später werden. Deine Tabletten hole ich auf dem Heimweg von der Apotheke, versuch, die Küche bis dahin zu meiden. Stifte und Zettel hab ich versteckt, damit du nicht auf die Idee kommst, deine Genesung durch unnötige Gehirnaktivität hinauszuzögern.«

»Wie gemein ...«, murmelte er und rollte sich schmollend in seine Decke ein. Dann klackte das Wohnungstürschloss, und er war allein in seinem trauten Bazillennest.

Drei Tage Fieber hatte Kasimir seinem Regensprint zu verdanken. Hinzugekommen waren die Schuldgefühle gegenüber seiner Schwester, ganz zu schweigen von der Scham über seinen Kontrollverlust. Das Einzige, was ihn nicht bekümmerte, war, diesem Hochstapler eine Rotweindusche verpasst zu haben. Leonhard hatte ihn erkannt, hatte *gewusst,* wer dort in dieser lächerlichen Servierkluft vor ihm stand und jedes Wort mit anhörte. Bis Kasimir seinen Ärger nicht länger hatte unterdrücken können.

»Kasimir Hasenick«, wisperte er, während er die Wohnzimmerdecke von der Couch aus betrachtete. Genau das hatte er ihm zugeflüstert, ehe er ihn vom Stuhl gestoßen hatte und aus dem Restaurant gestürmt war. Das war der Name des Komponisten. Er war kein Niemand. Auch wenn niemand ihn kannte.

Das Geräusch der Türklingel ließ seine Gedanken zerschellen, und er hob mühselig den Kopf über die Lehne. 12:32 Uhr, werktags. Paketbote. Seufzend sank er zurück ins Kissen, während sein schwächliches Über-Ich mit jedem Läuten an sein Gewissen appellierte.

Nimm die Lieferung entgegen. Tu etwas, das deiner Existenz einen Wert verleiht.

Murrend quälte Kasimir sich von der Couch. Als er die Wohnungstür erreichte, aktivierte er den Knopf der Gegensprechanlage und trat an das Mikrofon heran. »Ja?«

»Hallo?«, antwortete eine mechanisch verfälschte männliche Stimme. Und schwieg.

»Ja, bin dran«, krächzte Kasimir.

»Ah, super, ähm ... Paket für Hasitzky?«

»Hasenick«, verbesserte er. »Ist richtig. Bringen Sie's hoch.«

Er betätigte den Öffner für drei Sekunden, hörte jedoch nicht das vertraute Schleifen der Türscharniere.

»Aber die Tür ist zu«, stellte der Paketbote verwundert fest.

»Sie müssen dagegendrücken …?«

»Oh. Ja, klar. Tut mir leid, ist mein erster Tag im Neubaugebiet.«

Kasimir schüttelte den Kopf und wiederholte seinen Öffnungsversuch, diesmal mit Erfolg. Dieser Anfänger nahm die Stufen recht flink, Kasimir hörte seine Schritte im Treppenhaus und massierte währenddessen seine Schläfen. Nur eine Unterschrift trennte ihn davon, den Rest des Tages auf der Couch zu verbringen. Oder auch nicht.

»Einen schönen guten Morgen!«, grüßte Leonhard Valentin fröhlich.

Kasimir tippte rastlos mit dem Fußballen auf den Vinylboden. Sein Tag hatte mit Kopfschmerzen und Reuegefühlen begonnen. Nun gesellte sich Hilflosigkeit hinzu.

»Wohnst du alleine hier?«, fragte Leonhard, während er sich im halbwegs möblierten Flur umsah. Neben dem abgenutzten Schuhregal beanspruchte vor allem die Fotocollage seine Aufmerksamkeit, die Cecilie gegen Kasimirs Willen aufgehängt hatte. Leonhard trat näher und betrachtete interessiert die in Bildern festgehaltenen Meilensteine. Das Gruppenfoto von Kasimirs Einschulung, seine schwarze Zuckertüte stach zwischen all den bunten Geschenkpappen hervor. Cecilies verschmitztes Zahnspangengrinsen, als sie ihre erste eigene Spielekonsole in den Händen hielt. Die Erinnerungsaufnahme anlässlich Kasimirs vierten bestandenen Musikexamens, auf welchem er und seine Großmutter letztmalig zusammen abgebildet waren, bevor sich ihr Gesundheitszustand verschlechtert hatte. Es war das einzige Bild, auf dem er lächelte.

»Ist das deine Freundin?«, fragte Leonhard und tippte auf ein kürzlich hinzugefügtes Foto von Cecilie im Trainingsoutfit, das sie bei der Vorbereitung auf ihren ersten Halbmarathon zeigte. »Nein, warte ... deine Schwester, stimmt's? Ihr habt dieselben hellgrauen Augen. Aber sonst seht ihr euch nicht besonders ähnlich.«

Er drehte sich wieder zu Kasimir um und lächelte ihn unbescholten an, als wäre er bei einem Freund zu Besuch. Mit derselben Selbstverständlichkeit hatte er vorhin seine karierte Steppjacke über die Türklinke gehängt und seine Straßenschuhe ins Regal gestellt. Kasimir hatte ihn nur in der Hoffnung hineingelassen, juristische Konsequenzen für seinen Übergriff zu umgehen, aber das war wohl ein Trugschluss gewesen. Sein ungebetener Gast hatte keine Eile damit, ihren Konflikt auszuräumen und sich wieder zu verabschieden. Er warf einen neugierigen Blick ins Wohnzimmer und verschwand dann mit einem Laut des Entzückens in der Küche. Kasimir starrte sich an seinen Zehenspitzen fest. Was lief falsch in seinem Leben? Wieso tauchte dieser Kerl ständig vor seiner Nase auf?

»Hazel!«, drang es aus dem Nebenraum, und Kasimir schlurfte missmutig zur Küchentür. Leonhard hockte vor dem Käfig und kraulte sein einstiges Haustier durch die Gitterstäbe hinter den Ohren, was sich Hazel anstandslos gefallen ließ. »Na, wie geht's dir? Gut siehst du aus, wohlgenährt. Lasst ihr sie manchmal frei laufen?«

Erneut wandte er sich mit einem strahlenden Lächeln an Kasimir, als hätte dieser nichts mit dem Diebstahl seines Kaninchens zu tun. Allerdings erinnerte ihn das bestialische Jucken in seiner Nase an das Gegenteil. Als er mehrmals nacheinander nieste, musterte Leonhard zunächst sein Kaninchen, dann Kasimir verblüfft.

»Bist du krank oder allergisch?«

»Beides …«, wisperte Kasimir und schlich zurück in den Flur. Es fühlte sich seltsam an, mit Leonhard zu sprechen. Als unterhielte er sich mit einem Fremden, der sich mit aller Kraft in sein Leben zu drängen versuchte.

»Ernsthaft? Und trotzdem hast du sie behalten? Respekt. Am besten, du gehst schon ins Wohnzimmer, ich bin gleich so weit.«

Das ließ sich Kasimir nicht zweimal sagen. Wenngleich ihm die Situation unangenehm war, musste er sie klären. Das war er Cecilie schuldig.

»Soll ich uns einen Tee machen?«, hörte er Leonhard rufen, nachdem er sich auf der Couch niedergelassen hatte. Kasimir antwortete nicht, nahm aber geschäftige Geräusche aus dem Nebenraum wahr und zuckte zusammen, als Leonhard mit einer etikettierten Tupperdose im Türrahmen auftauchte. »Ist das Tee?«

»Steht doch drauf«, erwiderte er heiser und hatte den Eindruck, dass Leonhards Lächeln für einen Moment flackerte. Allerdings kehrte der Blondschopf mit zwei dampfenden Keramiktassen ins Wohnzimmer zurück, bevor sich Kasimir darüber Gedanken machen konnte.

»Also, da sind wir nun«, begann Leonhard und setzte sich im Schneidersitz vor ihm auf den Fußboden. Der knallbunte Hasenaufdruck auf seinen Socken stach Kasimir ins Auge. »Auch wenn du nicht in der besten Verfassung bist, sollten wir über gewisse Dinge reden.«

Daraufhin schwieg er, sein Blick ruhte erwartungsvoll auf Kasimir. Was wollte er hören? Eine Entschuldigung? Das konnte er vergessen.

»Du hast mein Lied als dein eigenes verkauft«, krächzte Kasimir stattdessen und unterdrückte seinen Hustenreiz. Nicht die beste Strategie, um einem Anwaltsschreiben zu entgehen, aber sein Stolz war standhafter als seine Vernunft. »Ohne meine Erlaubnis.«

»Stimmt. Und du hast mein Kaninchen geklaut, mir Wein ins Gesicht geschüttet und mich vom Stuhl geschubst«, entgegnete Leonhard mit hochgezogenen Brauen und nippte an seinem heißen Tee. »Keine Sorge, ich habe nicht vor, wegen des versauten Sakkos vor Gericht zu ziehen. Aber es wäre nett, wenn du mir nach der Nummer ein wenig entgegenkommen könntest.« Er stützte die Ellenbogen auf die Knie und lehnte sich ein Stück vor. »Also, warum hast du mir damals mein Haustier gestohlen?«

»Ich habe es nicht *gestohlen«,* erwiderte Kasimir. »Du hast mir die Kiste vor die Füße gestellt, ohne zu hinterfragen, wer ich bin und was ich damit anstellen könnte.«

»Red dich nicht raus. Du hast sie mitgenommen, um mir eins auszuwischen.«

»Warum sollte ich?«

»Echt jetzt?« Leonhard schüttelte lächelnd den Kopf. »Komm schon, Hasitzky. Ist nicht so, als wären wir uns im Vorfeld nie begegnet.«

»Hasenick«, berichtigte ihn Kasimir, dieses hochnäsige Gehabe brachte sein Blut in Wallung. »Wenn du dich angeblich so gut an unsere *Begegnung* erinnerst, hättest du dein Hasenvieh jederzeit einfordern können.«

»Das hätte ich liebend gern getan. Aber ich kannte deinen Namen nicht und dachte wirklich, dass du in der Praxis arbeitest. Und dass Hazel noch da ist, wenn ich sie abhole.«

Nun war es Kasimir, dem ein Schmunzeln über die Lippen schlich. Wollte dieser Kerl ihn verhöhnen?

»Mein Name«, zischte er, »steht über dem verdammten Blatt Papier, das du leichtfertig als dein eigenes Werk verkaufst.«

»Das ist nicht ganz richtig«, antwortete Leonhard und nippte provokativ langsam an seinem Tee, bevor er weitersprach. »Das Lied, das ich im *Prélude* gespielt habe, wurde in der Anthologie der 14. Harmonica unter dem Urheber ›Anonym‹ abgedruckt. *All Eyes On Me* steht an zweiter Stelle des

Inhaltsverzeichnisses. Das ist der Grund, warum du deinen Namen hast schwärzen lassen, richtig? Weil du damals nicht gewonnen hast.«

Leonhard verzichtete auf weitere Ausführungen. Fast als wollte er Kasimir mit seinen Gedanken alleine lassen. »Wo steht eigentlich dein Klavier?«, fragte er stattdessen und sah sich aufmerksam um. Kasimir fiel dabei eine Hautrötung über seinem Wangenknochen auf, die sich unter einer Schicht Abdeckcreme verbarg. »In deinem Zimmer?«

Leonhard stellte seine Tasse auf den Boden, erhob sich und tappte auf leisen Sohlen aus dem Raum. Seine Äußerungen blieben zurück, und das Schlimme war, dass Kasimir sie nicht von sich weisen konnte. Denn Leonhard hatte recht. Verdammt noch mal, warum hatte er es nicht einfach ertragen? Das Gefühl, einem unbedarften Kind unterlegen zu sein. Anstatt zu seiner Niederlage zu stehen, hatte er seine Spuren verwischt und die Narben seines Misserfolgs übertüncht. Mit einem schwarzen Strich Anonymität.

»Habt ihr ernsthaft kein Klavier?«, hörte er Leonhard aus seinem Zimmer rufen. »Wo hast du bitte so fantastisch zu spielen gelernt?« Schritte hallten durch den Flur, und kurz darauf schob er seinen Kopf wieder durch die Türöffnung. Die Wissbegierde stand ihm ins Gesicht geschrieben, und die Faszination funkelte in seinen Goldaugen. Die Faszination für das Lied eines Versagers.

»Ich will, dass du jetzt gehst«, krächzte Kasimir und räusperte sich, während er langsam aufstand. Sein Gleichgewichtssinn fuhr kurz Achterbahn, doch die Schmach in seinem Herzen ließ ihn Haltung bewahren. »Raus aus der Wohnung. Jetzt sofort.«

Die Worte klangen selbst in seinen geschwollenen Gehörgängen bedrohlich und erzielten diese Wirkung auch bei seinem Gegenüber.

»Oh. Okay«, antwortete Leonhard und hob kapitulierend die Hände. Sein Schmunzeln verlor an Strahlkraft. »Entschuldige den Überfall! Du brauchst bestimmt Ruhe.«

Daraufhin verschwand er im Flur und lief zur Wohnungstür. Kasimir folgte ihm in gebührendem Abstand und beobachtete, wie Leonhard sich die blauen Chucks zuschnürte. Darüber trug er eine olivgrün karierte Jeans, einen hellgrünen Pullover und seinen Wollschal. Dieser desaströse Kleidungsstil hatte Kasimir schon vor sechs Jahren schlucken lassen, und er war ihm aus dem Weg gegangen, diesem bunten, leuchtenden, kontaktfreudigen Kind. Das ihn, auch wenn es seine Selbstachtung zermalmte, vergeblich nach seinem Namen gefragt hatte.

»Ach, jetzt hätte ich es fast vergessen«, meinte Leonhard und wandte sich um, bevor Kasimir ihm die Tür vor der Nase zuschlagen konnte. Er griff in seine Jackentasche und zog einen dünnen Briefumschlag hervor. »Deswegen bin ich eigentlich hergekommen.«

Kasimir nahm das versiegelte Schriftstück zögerlich entgegen und drehte es in den Händen. »Was ist das?«

»Eine kleine Aufmerksamkeit. Ich hoffe, du kannst es einrichten.«

Danach folgte Leonhard leichtfüßig dem Gang, bis seine Silhouette im Treppenhaus verschwunden war.

Als die Haustür klackte, lehnte sich Kasimir seufzend gegen die Flurwand und betrachtete sekundenlang den Briefumschlag. Erst jetzt, da der Eindringling seinen sicheren Kaninchenbau verlassen hatte, nahm er sein starkes Herzklopfen wahr. Ob vor Erleichterung oder Ungewissheit, konnte er nicht einordnen. Es kam ihm vor, als wäre ein Teelicht in seinem Inneren entzündet worden, das die Schatten zurückdrängte und seiner Seele ein wenig Freiheit schenkte.

Jedenfalls, bis er die Lasche öffnete, den Inhalt des Kuverts erkannte und das Flämmchen vor Schreck spitz aufloderte.

4. Takt

Dur

Leo betrachtete sein Gesicht im Spiegel. Die LED-Leuchten des Vorbereitungsraums ließen das Wachs in seinen Haaren glänzen und ihn selbstsicher wirken. Dank Francescas Grundierung waren die unreinsten Partien seiner Haut unter einer Maske verschwunden. Rein äußerlich war er bestens vorbereitet auf den Moment, wenn alle Augen auf ihn gerichtet waren.

Das Brummen seines Smartphones löste ihn vom Spiegelbild. Francesca. Sie ahnte sicher, wie nervös ihn die bevorstehende Aufgabe machte. Sein Publikum würde zahlreicher ausfallen, als er es gewohnt war, und dieses Event war in vielerlei Hinsicht besonders, genau wie die Künstler, denen es zugutekam. Heute würde jeder von ihnen die Art von Aufmerksamkeit bekommen, die er im Alltag oftmals vermisste. Auch wenn sich Leo nicht über regelmäßige Anteilnahme an seiner »Besonderheit« beschweren konnte.

»Ey, Pickelfresse! Magst du uns nicht was vorlesen?«

Er betrachtete noch einmal sein Spiegelbild. Sein Hals schnürte sich zu, seine Handflächen begannen zu schwitzen.

Er schluckte und griff nach Francescas Gesichtsmousse, um die Entzündungsherde auf seinem Kinn mit einer weiteren Schicht zu kaschieren.

Als es Minuten später an der Tür klopfte, atmete er tief durch und setzte sein Showlächeln auf. Es würde für die nächsten zwei Stunden halten müssen.

»Bambino!«, drang es durch die geschlossene Tür. »Wo bleibst du? Deine Vorgängerin steht schon auf der Bühne!«

»Komme«, antwortete er, zupfte seine grüne Fliege zurecht und erhob sich von seinem Stuhl. Ihm wurde die Ehre zuteil, als letzter Musiker an diesem Abend das Publikum in seinen Bann zu ziehen. Es war eine große Verantwortung, aber er fürchtete sich nicht davor.

Der Junge mit der Maske jedenfalls nicht.

»Dio, willst du dich so an den Flügel setzen? Dir ist klar, dass das kein Kammerkonzert ist?«

Francesca zupfte am Ärmel seines gepunkteten Sakkos herum, während sie den Personalbereich zum Bühnenzugang passierten. Das scharfe Klacken ihrer Absatzschuhe hallte an den Wänden des Flurs wider, und ihr langes königsblaues Abendkleid wirkte zu prachtvoll für den Off-Stage-Bereich. Manchmal grübelte Leo darüber, ob sie nicht besser für eine Show dieser Größenordnung geschaffen wäre als jemand, der ohne Hilfe nicht einmal das Programmheft entziffern konnte.

»Auffällige Locations erfordern auffällige Ausstattung«, verteidigte er sich und musste schmunzeln, als Francesca seufzte. Er wusste, dass sie seinen Kleidungsstil verteufelte. Deshalb betrachtete sie ihn, im Gegensatz zu Marco, nicht als respektablen Mann.

»Solange du dich nicht blamierst, soll es mir recht sein. Auch wenn mir schleierhaft ist, wie du das mit so einer stümperhaften Amateurkomposition anstellen willst.«

»Ich weiß, dass du sie nicht magst«, erwiderte er und lächelte dabei so kleinmütig, dass ihr klar sein musste, dass er das Lied dennoch vortragen würde. »Ist er da? Hast du ihn im Publikum gesehen?«

»Nein. Aber dieser Kerl ist dermaßen unspektakulär, ich würde ihm keine Beachtung schenken, wenn er direkt vor mir stände.«

»Sei nachsichtig, okay? Du wirst ihm bald öfter begegnen.«

»Ja, schönen Dank auch«, sagte sie und schürzte die Lippen. »Ich werde dir nie verzeihen, dass du mich dazu gezwungen hast.«

Und ich werde dir ewig dankbar sein.

Leo massierte seine Hände, während sie den abgedunkelten Bereich hinter dem Bühnenvorhang erreichten. Von hier aus konnte man jedes Geräusch aus dem Opernsaal wahrnehmen.

»Fühlst du dich bereit?«, fragte Francesca und richtete ein letztes Mal seinen Kragen. Die Kühle ihrer Fingerspitzen hinterließ ein Prickeln auf seiner Haut.

»Immer.«

»Man tritt nicht jeden Tag vor Hunderten von Zuschauern in einem Konzerthaus wie diesem auf. Das ist eine große Chance für deine Karriere. Nimm sie ernst.« Die Strenge ihres Blicks ließ Leo Haltung annehmen. Ihm war bewusst, wie viel ihr an seiner Zukunft lag. Und dass der Mensch, der hinter seiner Maske zitterte, in dieser Version seines Lebens keinen Platz hatte.

»Das mache ich doch immer«, wiederholte er und schenkte ihr ein spitzbübisches Grinsen. Es war leichter für sie beide, wenn seine Verunsicherung verborgen blieb. Auch wenn ihm der aufwallende Applaus jenseits des Schmuckvorhangs einen Schauer durch den Körper jagte.

Francesca legte ihre Hände an seine Schultern und drückte sie fest zusammen. Ihre Lippen formten Worte, die vom Hall des Klatschens verschluckt wurden. Als er unverständig den Kopf schüttelte, war sie es, die schmunzelte.

»Behalte dein Lächeln«, sagte sie, dieses Mal lauter, legte ihre Handflächen an seine Wangen und setzte ihm einen zarten Kuss auf die Stirn. Einen intensiveren Motivationsschub konnte es für ihn nicht geben.

»Immer.«

Moll

Der leuchtende Konzertsaal der Semperoper erstreckte sich vor Kasimirs Augen wie ein Sternenmeer mit goldschäumenden Wellen. Alles um ihn herum strahlte, während er den Blick über die Sitzränge schweifen ließ. Die Atmosphäre des Moments wirkte auf ihn so perfekt wie in seinen Träumen. Prunkvoll kristallen, malerisch erhaben. Mit dem Unterschied, dass *er* den gewaltigen Saal darin mit Leben erfüllt hatte, mit seinen Schöpfungen, seiner Musik. Nun fand er sich auf der gegenüberliegenden Seite wieder, unterhalten von den Klängen anderer. Oder vielmehr ihren Versuchen, seinen Argwohn zu zerstreuen.

Kasimir achtete auf jeden seiner Schritte, während er sich den Plätzen näherte, die Leonhard Valentin für ihn und seine Begleitung auserkoren hatte. Mittig, weit vorn, nach der Loge zweifellos die teuerste Preiskategorie. Dieser Kerl wusste, von wo aus man die beste Sicht auf die Bühne hatte. Er drängte ihn somit in die bestmögliche Position, um hilflos mitzuerleben, wie sich alles, was er je gewollt hatte, in greifbarer Nähe befand – und unerreichbar für ihn blieb.

Ein Anwaltsschreiben hätte er dieser Strafe definitiv vorgezogen.

Cecilie hielt Ausschau nach seinem schwarzen Schopf, den sie vor wenigen Stunden in Form gebracht hatte. Als sie ihn erspähte, hob sie winkend die Hand. Kasimir zwängte sich an den Knien der nobel gekleideten Herrschaften und ihren kritischen Blicken vorbei. Seufzend sank er auf seinen rot gepolsterten Sitz und rieb sich die Augen. Bis zum letztmöglichen Moment ließ ihn dieser Selbstdarsteller warten.

»Du hast Nerven«, flüsterte Cecilie. »Nicht die feine Art, mitten in der Arie aufs Klo zu gehen. Hättest dich ruhig die fünf Minuten zusammenreißen können, laut Programm steht nur noch ein Auftritt aus.«

Richtig, und diese Darbietung wollte er um nichts in der Welt verpassen. Auch wenn er sich dafür schämte, dass seine Aufregung unweigerlich anstieg. Verflucht, es ging hier um Leonhard Valentins Auftritt, nicht um seinen.

»Mir will immer noch nicht in den Kopf, dass du kostenlos an diese Tickets gekommen bist«, schwärmte Cecilie und spielte am Verschluss ihrer sonnengelben Lacktasche herum. Mit ihrem schwarzen Satin-Jumpsuit und den adrett hochgesteckten roten Haaren fügte sie sich nahtlos in die Extravaganz der Abendgesellschaft ein. »Stell dir nur mal vor, wenn Oma das wüsste. Wir beide auf einem Charity-Konzert in der Semperoper ...«

Kasimir rollte mit den Augen. Auf keinen Fall hatte er handeln wollen, wie es dieser Kaninchenfetischist arrangiert hatte. Doch nun saß er hier, in seinem hochwertigsten Jackett, und wartete darauf, dass sein Rivale ihn öffentlich vorführte. In welchem Punkt seiner Erziehung hatte seine Großmutter dermaßen versagt?

Cecilie musterte ihn aufmerksam. »Wir sollten uns bald nach einer neuen Robe für dich umsehen, dieser bist du langsam entwachsen.«

»Nicht nötig«, erwiderte Kasimir. Seit dem Vorstellungsgespräch in der Tierarztpraxis hatte er auf das Tragen formeller Kleidung verzichtet. Cecilie zuliebe hatte er sich breitschlagen lassen, auch um zwischen all den Smokings nicht aufzufallen. Leonhard Valentin durfte ruhig annehmen, dass er seine Einladung boykottiert hatte.

Die querschnittsgelähmte Koloratursopranistin, deren Arie Kasimir vom Bad aus undeutlich wahrgenommen hatte, hatte die Bühne nach Abebben des Applauses verlassen; nun fokussierte ein schwarzer Fazioli die Blicke der Zuschauer. Bisher hatte kein Pianist sein Können unter Beweis gestellt, wahrscheinlich würde ein Klavierstück den Abschluss des Galakonzerts markieren. Vorgetragen von einem allerhöchstens mittelklassigen Jungpianisten.

»Wieso tritt der überhaupt hier auf?«, murmelte Kasimir. »Alle bisherigen Künstler waren in irgendeiner Form gehandicapt, oder?«

»Wen meinst du?«, erwiderte seine Schwester und blätterte im Programmflyer. »Den Violinisten im Rollstuhl fand ich klasse. Und der Gitarrist mit Down-Syndrom hat mich beeindruckt ... ah, meinst du den Letzten? Leonhard Valentin?« Als Kasimir nickte, setzte Cecilie ihre Brille ab und beugte sich tief über die Künstlersteckbriefe. »Hm ... hier steht, dass er ein schweres neurologisches Leiden hat. Auf dem Foto sieht er unauffällig aus. Aber ziemlich schnuckelig, nicht?«

Sie hielt Kasimir die aufgeschlagene Seite vor die Nase, woraufhin er genervt ihre Hand wegschob. »Was weiß ich ...«

»Männer«, brummte Cecilie und zuckte zusammen, als ein Klingeln das Gemurmel um sie herum erstickte. Kasimirs Blick wanderte zum Bühnenparkett und dem blonden Jungen, der soeben vor den lackschwarzen Flügel getreten war und sich tief verbeugte.

»Schau, da ist er«, flüsterte Cecilie und zeigte nach vorn, doch Kasimir nahm weder ihre Worte noch den Empfangsapplaus wahr. Er beobachtete gebannt, wie sich Leonhard Valentin auf dem Hocker niederließ und flüchtig über die Tastatur strich. Wie fantastisch glatt sie sich unter den Fingerspitzen anfühlen musste. Geschmeidig wie Seide und dennoch fest wie die Facette eines geschliffenen Diamanten. Das musste er Leonhard zugutehalten. Er schien bei der Berührung der Tasten dasselbe zu empfinden wie Kasimir. Die Einheit zwischen dem Pianisten und seinem leblosen Partner, der seine Stimme in der Wärme fühlender Hände fand. Und als das erste Wort durch den altehrwürdigen Saal hallte, geschah es.

Kasimirs fragile Rüstung zersplitterte. Sein Panzer aus Skepsis und Missgunst krachte in sich zusammen. Seine Lippen bewegten sich, aber er konnte nichts sagen. Nichts, obwohl er die Noten vor sich sah. Sie gehörten ihm. Dennoch interpretierte Leonhard Valentin dieses Stück, als wäre es seinem Herzen entsprungen.

Es war eine Eingebung gewesen, vor drei, vier Monaten. Nächtelang hatte Kasimir über seinem Schreibtisch gebrütet und geschrieben, kaum gegessen oder getrunken und den fehlenden Schlaf erst Tage später nachgeholt. Nun hörte er die Noten in ihrer lautmalerischen Interpretation zum allerersten Mal. Erkannte jeden Fehler, jede Unregelmäßigkeit im Rhythmus, Unsauberkeiten in den Tempi, und dennoch. Dennoch erfasste ihn der Klang wie eine Welle eiskalten und kochend heißen Wassers zugleich. Die Sehnsucht, die diese Melodie in seinem Inneren hervorrief, rührte allerdings nicht von seiner Komposition.

Es war *Leonhards* Spiel.

Es war die Sorglosigkeit, mit welcher er die Tasten verführte und sich nichts daraus machte, wenn er sich kurz verspielte. Er arbeitete die Noten nicht ab; es war kein festgelegtes Stück, kein unverrückbarer Klang. Es war Dynamik. Das Echo eines Traumes, den er unabhängig von Regeln und Normen gestaltete. Er ließ seinen Gefühlen freien Lauf und raubte allen Anwesenden die Luft zum Atmen, brachte ihre Gedanken und Empfindungen zum Schweben. Und er machte so lange damit weiter, bis Kasimir sich in seiner Illusion verlor.

Leonhard Valentin spielte das Lied seiner Seele ergreifender, als er es jemals gekonnt hätte.

Als er die Kadenz einleitete, hatte Kasimir jegliches Zeitgefühl verloren. Wie hypnotisiert folgte er dem Lauf der Noten, die langsam auf den Boden hinabsanken – und schwiegen. So lautstark wie keines der vorangegangenen Stücke.

Der Applaus wallte binnen weniger Sekunden auf und ebbte ebenso schnell wieder ab, da Leonhard sich erhoben hatte und mit eindringlicher Geste darum bat, die Ruhe aufrechtzuerhalten. Er winkte eine Person aus dem Technik-Kontrollbereich heran und ließ sich ein Mikrofon überreichen, tippte an die Sensorik und positionierte es nah vor seinem Mund.

»Vielen Dank für Ihren Applaus, und entschuldigen Sie bitte, dass ich ihn unterbrochen habe«, sagte er lächelnd, während er über die Länge der Bühne schritt. Sein Blick wanderte suchend durch die Reihen. »Ich möchte gern etwas zu diesem Stück sagen.«

Leises Gemurmel erhob sich. Rechts von Kasimir, über ihm, unterhalb seiner Sitzreihe. Augenblicklich verkrampften sich sämtliche Muskeln in seinem Körper.

»Der Titel lautet ›Face the Facts‹ und entstammt nicht meiner eigenen Fantasie. Ich bin vor wenigen Tagen durch Zufall darauf gestoßen und war sofort gefesselt davon. Deshalb wünsche ich mir, dass Sie Ihre Bewunderung nicht nur mir, sondern auch der Leistung des Schöpfers zollen. Im Gegenzug wäre es fair, wenn du dich erheben könntest, damit alle sehen, wer diese Melodie erschaffen hat.«

Kasimir konnte nicht atmen. Seine Gedanken gefroren, als Leonhard stehen blieb und sich in seine Richtung wandte. Er wusste, wo er saß, aber er sah ihn nicht an. Er verriet ihn nicht ans Publikum.

Er spielte mit ihm.

»Also dann, verehrte Gäste, ich bitte um Applaus für den fabelhaften Komponisten: Kasimir Hasitzky!«

»Aus der Ferne betrachtet wirken die Sterne unantastbar«, hatte seine Großmutter gesagt, als sie an einem späten Sommerabend gemeinsam von der Friedhofskapelle nach Hause spaziert waren. Das Himmelszelt hatte sich atemberaubend weit über ihnen erstreckt, und Kasimir war mit erhobenem Blick vorwärtsgelaufen. »Sie scheinen sich alle zu ähneln, aber jeder für sich ist ein Unikat. Und manch einen sieht man kaum. Dabei strahlt er vielleicht am hellsten ... Vorsicht, Junge, fall nicht.«

Er war oft auf dem Weg gestolpert, wenn er sich am endlosen Firmament orientiert hatte.

»Und woher weiß man, dass er hell ist, wenn man ihn nicht sieht?«

Daraufhin hatte sie sanft gelacht. »Das musst du für dich herausfinden, Kasimir. Doch wenn du jemanden triffst, der dir das Universum zeigen möchte, kannst du die Welt mit anderen Augen sehen. Dann ist kein Stern so weit entfernt, dass du ihn nicht erreichen könntest.«

Kasimir hatte zu ihr aufgesehen, in ihre liebevollen silbergrauen Augen. Dort, wo ihr Glaube an ihn und seine Träume schöner gefunkelt hatte als jedes nächtliche Gestirn.

»Dann mache ich das«, hatte er voller Überzeugung gesagt. »Dann hole ich den schönsten Stern für dich da runter.«

Sie hatte gelächelt, ihm über den Kopf gestreichelt und war weitergegangen. Er war ihr gefolgt, den Blick weiterhin zum Himmel gerichtet.

Doch die Jahre waren vergangen, und sein Stern war weit entfernt geblieben, verloren in der schwarzen Unendlichkeit. Vielleicht gab es einen Grund, weshalb er abseits der anderen im Verborgenen bleiben musste, einen Grund, der seine Strahlkraft seit seiner Entstehung schwächte. Vielleicht durfte er nicht leuchten.

Er durfte nicht leuchten.

Nicht jetzt, nicht vor all diesen Fremden, deren Blicke die Reihen nach ihm absuchten. Sie applaudierten, ohne seinen Standort ausgemacht zu haben. Selbst der lächelnde Junge auf der Bühne klatschte, wusste in diesem Augenblick scheinbar alles über ihn. Wie die Angst Kasimirs Glieder lähmte, wie er vor Schreck keinen Atemzug tun konnte, in der Befürchtung, dass der kleinste Laut ihn an die jubelnde Meute verriet. Während Leonhard selbstbewusst im Scheinwerferlicht stand und glitzerte wie der prächtigste Stern am Nachthimmel.

»Wie jetzt …?«, hörte er Cecilie neben sich wispern und spürte ihren Blick wie eine Messerklinge am Hals. »Kasimir Hasitzky …? Meint der dich?«

Kasimirs Finger begannen, vor Anspannung zu zittern. Am liebsten wäre er davongesprungen wie ein Hase, dem ein Rudel ausgehungerter Wölfe auf der Spur war. Doch hier drinnen gab es keinen Zufluchtsort für seine schlotternden Pfoten. Er war umzingelt, und ihre Augen waren auf ihn gerichtet.

All Eyes On Me.

»Kasi, hast du das Stück geschrieben?«, drängte Cecilie und stupste ihn in die Seite. Erschreckt fegte er ihre Hand weg und bemerkte zu spät, dass er damit seine Deckung aufgegeben hatte. Die ersten Augenpaare fokussierten die Geschwister.

»Lass mich, kapiert?«, zischte er und krallte seine Finger in die Sitzpolster.

»Was ist? Steh auf, wenn das Lied aus deiner Feder stammt. Das wolltest du doch immer. Anerkennung für das, was du geschaffen hast …«

Sie redete und redete … und plötzlich schienen alle um ihn herum zu flüstern. Die ältere Dame neben Kasimir, die ihn vorhin pikiert gemustert hatte, berührte ihn an der Schulter, und er fuhr abermals zusammen.

»Sind Sie das?«, fragte sie auf Aufklärung erpicht. »Kasimir Hasitzky?«

Nein. Das war er nicht, so hieß er nicht.

Kasimir stand auf, die Angst brannte die Müdigkeit aus seinen Beinen. *Weg hier!* Er musste nicht darüber nachdenken, folgte nur seinem Instinkt und kämpfte sich durch seine Reihe, während der Applaus zu ohrenbetäubender Lautstärke anschwoll. Derweil klatschte Leonhard schmunzelnd in die Hände. Wie ein Raubtier, das seine Beute von seinen Schergen verfolgen ließ.

Als er den Gang erreichte, hatte ihn auch der letzte Gast erspäht. Dabei wünschte er sich nichts mehr, als wieder in der Dunkelheit zu verschwinden. Er hetzte zum Ausgang und fühlte sich wie der Mittelpunkt einer Zielscheibe, auf die alle Welt ihre Pfeile schoss. Und jeder von ihnen traf ins Schwarze.

5. Takt

Moll

Kasimir ließ wiederholt sein Feuerzeug schnappen, doch die Zigarette in seiner zittrigen Hand fing kein Feuer. Die Funken sprangen aus dem Zünder und verloren sich in der Schwärze der Nacht. Allein die bunten Leuchtgirlanden der Restaurantschiffe auf der Elbe spendeten etwas Licht. Und die Sterne am Firmament.

Er seufzte und hob den Blick zum Himmel. Warum hatte er sich als Kind an ihnen orientiert? Wenn der Weg dorthin solch ein Fiasko nach sich zog, wollte er sie niemals erreichen.

Letztlich war es ihm gelungen, das majestätische Gebäude der Semperoper zu verlassen, bevor ihn der Ansturm zur Garderobe überrollte. Er war über den Theaterplatz gehetzt, hatte das Terrassenufer überquert und war an der Elbe zum Stehen gekommen, atemlos und überdreht. Es hatte zehn Minuten gedauert, ehe die kühle Flussbrise seinen Puls gesenkt hatte. Nun beobachtete er aus der Distanz, wie unzählige Besucher die Semperoper verließen, manche zu Fuß, viele im Rollstuhl. Die Vorstellung, dass sie *seinem* Schaffen Respekt gezollt haben sollten, kam ihm inzwischen absurd vor. Vielleicht hatte er das alles fantasiert.

Eine Einbildung rechtfertigte allerdings nicht Cecilies Telefonterror, der seit Minuten nicht abriss, sodass Kasimir sein Handy auf lautlos gestellt hatte. Sie hatte ihn extra auf dieses Event begleitet, und er ließ sie sitzen. Thomas hätte nicht so eine Show abgezogen, ein richtiger Mann hätte sich seiner Verantwortung gestellt. Mittlerweile könnte er ein Buch darüber schreiben, was er alles *nicht* war. Aber wie hätte er es ihr erklären sollen? Dass ihm sogar der Mut fehlte, dafür einzustehen, was ihn ausmachte?

Als das Handy abermals in seiner Jackentasche zum Vibrationsangriff ansetzte, war es eine Frage des Anstands, Cecilie mitzuteilen, dass sie nicht auf ihn warten musste. Das bläute ihm sein letztes Quäntchen Stolz ein.

»Hab's begriffen«, seufzte er ins Mikrofon. Zu seiner Verwunderung erhielt er keine Antwort, obwohl jemand am anderen Ende der Leitung zuhörte. Erst als er seine Schwester beim Namen ansprach, folgte eine Erwiderung.

»Leg jetzt nicht auf, okay?«

Kasimirs Atem stockte. Nicht nur sein Klavierspiel, auch Leonhards Stimme war in der Lage, seinen Herzschlag vor sich herzutreiben.

»Du bist noch in der Nähe, oder? Ich würde dich gern treffen.«

Die Worte flossen durch Kasimirs Kopf, schneller und wesentlich unruhiger als die Elbe in seinem Rücken. Seine Finger krampften sich fest um das Smartphone, und sein Blick ging starr zur golden beleuchteten Semperoper. Es dauerte einige Sekunden, bis er seine Fassung wiedererlangte. »Das ist das Handy meiner Schwester.«

»Ich weiß. Ich hab sie an der Garderobe abgefangen und ihr alles erzählt. Wir warten am Eingang auf dich. Bis gleich!«

Es musste ein kurioses Bild abgeben, wie er sich dem Strom entgegen durch die Menschenmenge schob. Allesamt Gala-Gäste, das verrieten ihre hochwertigen Roben und Anzüge, hier und dort erklang ein schwärmerischer Kommentar über den erfüllenden Abend. Eine Dame verdeckte vorsorglich ihre Clutch, als Kasimir sie passierte, vermutlich wirkte er wie ein Taschendieb auf Raubzug. Nicht wie der Komponist, bei dessen Lied sie vorhin begeistert applaudiert hatte.

Es war keine Herausforderung, Leonhards Aufenthaltsort ausfindig zu machen. Ein Dutzend Gäste tummelte sich um den Eingangsbereich der Semperoper, und dieser kontaktfreudige Junge hielt sich im Zentrum der Versammlung auf. Dank seiner Größe entdeckte Kasimir Leonhards straßenköterblonden Schopf inmitten fragefreudiger älterer Damen. Anstatt sich hindurchzudrängen, pfiff er kurz, woraufhin Leonhard aufblickte.

»Ah, da bist du ja. Komm her, ich möchte dich jemandem vorstellen.«

Auf seine Worte teilte sich die Menge vor Kasimir, und er sah in ausnahmslos entzückte Gesichter. Sobald er ihn erreichte, griff Leonhard nach seinem Ärmel und zog ihn an seine Seite. Kasimir blieb keine Zeit, sich von ihm loszueisen, als Leonhard ihm ins Ohr flüsterte: »Entspannt bleiben und lächeln, ich regle das.«

Kasimir verstand nicht, was vor sich ging, erfasste aber, dass er soeben in ein Gespräch zwischen Leonhard und einer Dame im grellen Hosenanzug gestolpert war, deren grau melierter Haarschopf ihm bekannt vorkam. Sie musterte ihn nicht minder aufmerksam.

»Das ist er, Frau Dr. Weber. Erkennen Sie ihn wieder?«, sagte Leonhard in einer derart aufgeschlossenen Stimmlage, dass Kasimir innerlich erschauderte.

»Tatsächlich«, erwiderte sie herzlich. »Erwachsen siehst du aus, meine Güte. Als ich die Melodie gehört habe, ist mir sofort dein Auftritt in Erinnerung gekommen, dein Stil ist sehr markant. Und dieses Stück, wirklich beeindruckend. Es ist ein Jammer, dass du nie wieder angetreten bist.«

Die Kuratorin, schoss es Kasimir durch den Kopf. Sie gehörte dem Stiftungsrat der Harmonica an und hatte damals, am Tag seiner Niederlage, in der Jury gesessen. Wenn er sich recht erinnerte, war sie die einzige Jurorin gewesen, die ihm eine höhere Wertung zugestanden hatte als Leonhard.

»Wie geht es dir? Arbeitest du in der Branche?«

»Er hat schon mit den Vorbereitungen begonnen«, antwortete Leonhard an seiner Stelle, sodass der Blick der Kuratorin zu ihm zurückglitt. »Ich bin mir sicher, das neue Stück wird Sie begeistern.«

»Frau Vielli hat deinen Antrag beglaubigt, demnach dürfte die Freigabe nicht lange auf sich warten lassen«, erwiderte sie, bevor sie sich mit einem wohlwollenden Lächeln Kasimir widmete und ihm die Hand reichte. Er gab ihrer Geste zögerlich nach. »Dann möchte ich dir persönlich gratulieren. Ich bin gespannt, was du uns dieses Mal vorstellen wirst, mein lieber Kasimir Hasitzky.«

Kasimir verengte die Lider. Was in aller Welt ging hier vor sich?

»Ich werde die Details mit Kasimir besprechen«, versuchte Leonhard ihn zu beschwichtigen und legte ihm die Hand auf die Schulter. »Wenn Sie uns entschuldigen würden, Frau Dr. Weber?«

»Natürlich. Aber denk bitte daran, dass die Einreichungsfrist für den Rohentwurf der Komposition in Kürze abläuft, Leonhard. Für euch beide.«

Die Kulisse fegte wie im Zeitraffer an ihnen vorbei. Leonhard lief vorweg über den Theaterplatz, schüttelte auf dem Weg zahlreiche Hände und ließ mit einem Dauerlächeln das Lob fremder Menschen über sich ergehen, ehe sie das Epizentrum der Abendgesellschaft hinter sich gelassen hatten. Losgelöst von allem, was zwischen ihnen passiert war, bewunderte Kasimir die Professionalität seines Auftretens. Es musste anstrengend sein, diese freundliche Maskerade aufrechtzuerhalten.

Leonhard trat die Stufen zur Brühlschen Terrasse hinauf, als Kasimir innehielt und einen Blick über seine Schulter warf. Die Semperoper strahlte prachtvoll in dieser sternenklaren Nacht. Ein gewaltiges Konzerthaus, welches unzähligen begabten Künstlern eine Bühne geboten hatte, sodass alle Welt Anmut mit seinem Namen verband. Und nun war sein Lied darin erklungen.

»Hasitzky«, hörte er Leonhard rufen und drehte sich wieder um; er wartete unter den Linden des Terrassenplateaus. Ihre gewundenen Äste schirmten sie von den Altstadtmonumenten ab. »Lass uns hier reden.«

Kasimir atmete durch. Die Ungewissheit zehrte an seinen Nerven und zwang ihn, Schritt für Schritt nach vorn zu treten, bis die Elbe vor ihm auftauchte. Diesseits des Flusses überstrahlten Straßenlaternen und die hell beleuchteten Event-Schiffe die Uferpromenade, während am Horizont bunte Lichtreflexe das Neustädter Nachtleben in Szene setzten. Es wirkte, als teilte die Elbe die Melodien der Stadt wie eine Notenlinie.

»Was hast du der Kuratorin erzählt? Was sollte diese Show?«, fragte Kasimir, als er das Terrassengeländer erreicht hatte. Das Lächeln war von Leonhards Lippen verschwunden; er rieb die Hände ineinander und betrachtete sekundenlang die Pflastersteine zu seinen Füßen. Es war ungewohnt, diesen aufgeschlossenen Jungen kleinmütig zu erleben.

»Na ja, ähm …«, begann Leonhard zögerlich, »erst mal möchte ich dir danken, dass du meiner Einladung gefolgt bist.«

»Warum weichst du meiner Frage aus?«, erwiderte Kasimir und sah hinüber zum Theaterplatz. »Wo ist Cecilie?«

»Nach Hause gegangen. Sie war der Meinung, dass wir besser unter vier Augen sprechen.«

»Worüber?«

»Würde ich dir ja erklären, wenn du mich ausreden lässt«, sagte Leonhard mit einem zurückhaltenden Lachen, mit dem er vermutlich seine Nervosität überspielen wollte. »Es gibt da etwas, das ich dir schon vor einer Weile hätte sagen müssen. Genau genommen an dem Tag, als wir uns vor der Tierarztpraxis begegnet sind.«

Er griff in seine Jackentasche und zog einen zusammengefalteten Zettel hervor, den er ihm wortlos überreichte.

»Bekomme ich jetzt doch ein Anwaltsschreiben?«

»Nein. Das ist eine Kopie des Antrags, den ich vor einigen Tagen beim Stiftungsrat der Harmonica eingereicht habe, Frau Dr. Weber hat ihn kurz erwähnt. Ich versuche, dir all deine Fragen zu beantworten, nachdem du ihn gelesen hast.«

Eigenartig. Bei keiner ihrer bisherigen Begegnungen hatte Leonhard einen verzagten Eindruck auf Kasimir gemacht. Nun wich er seinem Blick aus.

Kasimir entfaltete den Zettel, der sich als digital geschriebenes Formular entpuppte. »Antrag auf nachträgliche Disqualifikation vom 14. Talentwettbewerb Harmonica«, las er vor und blickte auf. »Was soll das?«

»Lies weiter.«

Aufgrund der fälschlich als eigenes Werk gekennzeichneten Darbietung des Stückes »Allegretto primaverile« von Leonhard Valentin wird eine Aberkennung des Sieges beantragt und des Weiteren eine Neuernennung des ...

Kasimir hob irritiert den Blick. Nun stellte Leonhard sich ihm wieder, mit sichtbar zurückgewonnener Entschlossenheit.

»Ich bin ein Betrüger«, gestand er und klang dabei erleichtert, als würde er sich von einer schweren Last befreien. »Das Lied, das ich damals vorgetragen habe, stammt nicht von mir. Meine Managerin Francesca Vielli hat es geschrieben. Das ist Urheberrechtsverletzung und verstößt gegen die Teilnahmebedingungen.«

Information. Punkt. Alles, was gesagt werden musste, hatte er in drei kurzen Sätzen abgehandelt und erwartete wahrscheinlich eine Erwiderung. Doch Kasimir war zu geschockt. Insbesondere der letzte Satz ließ ihn glauben, dass es sich um einen schlechten Scherz handelte.

»Hier steht …«, begann er, »dass der Zweitplatzierte … dass ich …«

»Ich habe dich damals spielen gehört. Du warst unschlagbar. Dein Sieg stand bereits fest, als du die Finger von der Klaviatur genommen hast. Alle waren beeindruckt, wirklich. Jeder, der im Vorfeld über dich getuschelt hat, stand plötzlich auf deiner Seite … ich auch.«

Leonhard sprach eindringlich, als sähe er die Szene wie eine Momentaufnahme vor sich. Es lag eine solch aufrichtige Faszination in seinen Worten, dass Kasimir flau im Magen wurde.

»Ich wollte nicht gegen dich gewinnen. Eigentlich war es zu diesem Zeitpunkt völlig egal, ob ich auftreten würde oder nicht, es hätte nichts an der Entscheidung der Juroren geändert. Außerdem war meine Komposition verglichen mit deiner ein Witz.« Er schüttelte lächelnd den Kopf. »Eigentlich hätte es mir peinlich sein sollen, mich damit zu präsentieren. Aber ich hatte mich zu sehr auf diesen Auftritt gefreut. Ich wollte bloß spielen und fühlte mich durch dein Lied elektrisiert.«

Leonhards Worte tanzten durch Kasimirs Gedanken und würfelten seine Emotionen durcheinander. Vielleicht sollte er wütend sein, aber da war etwas anderes, das alle negativen Empfindungen in den Schatten seiner Seele drängte.

Das Gefühl von Anerkennung.

»Franna sah das ähnlich wie ich und dann wiederum komplett anders. Ich hatte zur Vorbereitung eines ihrer anspruchsvollsten Stücke eingeübt, *Allegretto primaverile.* Ich hätte es mit geschlossenen Augen spielen können. Kurz vor meinem Auftritt kam sie zu mir und sagte, ich solle es vortragen. Und das habe ich getan, kindlich naiv, ohne über die Konsequenzen nachzudenken. Das Ergebnis kennst du.«

Leonhard senkte den Blick und seufzte tief, als hätte er soeben das Codewort für den Safe zu all seinen Wertsachen verraten.

»Du hast *ihr* Lied gespielt?«, setzte Kasimir ungläubig an. »Dann ... das heißt, du ...«

»Ich habe betrogen. Du hättest an meiner statt Sieger werden sollen ... nein, du *bist* es. Ich habe Franna überredet, ihre Signatur unter den Antrag zu setzen.« Er trat einen Schritt auf ihn zu, und Kasimir musste sich beherrschen, nicht vor ihm zurückzuweichen. »Du hast die Harmonica vor sechs Jahren rechtmäßig gewonnen, Kasimir. Und du wirst sowohl die Urkunde als auch den Geldwert des Stipendiums von mir erstattet bekommen.«

Du bist ein Gewinner.

Leonhards Worte drückten so fest auf Kasimirs Brust, dass er nicht wusste, was er erwidern sollte. Sie sagten genau das aus, was er jahrelang hatte hören wollen. Aber sie fühlten sich nicht richtig an. Nicht verdient.

»Entschuldige, dass ich es dir nicht früher gesagt habe«, fuhr Leonhard fort und scharrte mit dem Schuh auf dem Terrassenpflaster. »Ich hätte dir damals nicht Hazel vor die Füße stellen, sondern dich am Ärmel packen und mit in den Bus schleifen sollen. Du wolltest auch zur Harmonica, stimmt's? Ich hab's dir angesehen ... aber ich habe geglaubt, dass du mich nicht mehr erkennst.«

»Dich nicht erkennen?« Kasimir verengte die Lider. »Du schnappst mir meinen Sieg vor der Nase weg und denkst, ich würde dich nicht wiedererkennen?«

Leonhard blickte betroffen auf. »Warum hast du nichts gesagt?«

Kasimir zögerte. Sein Unmut hatte sich so sprunghaft entladen, dass er von seiner eigenen Reaktion überfordert war. Was Leonhard ihm soeben an den Kopf geworfen hatte, kratzte an seinem Selbstbild, und er konnte seine Gefühle nicht einordnen. Er sollte ein Sieger sein? Er?

»Keine Ahnung«, wisperte er und griff sich an die Stirn. »Was wäre denn passend gewesen? ›Tag auch, ich bin der Loser von vor fünf Jahren‹?«

»Quatsch«, meinte Leonhard kopfschüttelnd. »Dein Auftritt war viel besser als meiner.«

»Ach ja?«, erwiderte Kasimir und spürte, wie der Schock allmählich der Gereiztheit wich. »Warum haben sie dich dann bejubelt? Ist mir völlig egal, mit welchem Lied, du hast mich damals an die Wand gespielt. Ich hab's nicht nötig, einen Mitleidspokal hinterhergereicht zu bekommen.«

Kasimir entfernte sich ein paar Schritte vom Terrassengeländer, er musste seine Gedanken sortieren. Allerdings gönnte Leonhard ihm keine Atempause und lief ihm nach.

»Tut mir leid, vielleicht hab ich's mit der Nummer auf der Gala ein bisschen übertrieben. Wenn's dir gerade zu viel ist, können wir uns auch morgen treffen und …«

»Kannst du nicht für eine Minute still sein?«, erwiderte Kasimir und rieb sich mit den Händen übers Gesicht. »Wie du mit deinen Schuldgefühlen fertig wirst, ist deine Sache. Ich habe kein Interesse am Kontakt mit dir.«

»Du hast mein Kaninchen. Ich fordere zumindest Umgangsrecht«, entgegnete Leonhard hartnäckig.

Kasimir wandte sich seufzend um. Wieso gab dieser Junge sich mit ihm ab? Warum ließ er ihn nicht in Ruhe?

Leonhard war mit zwei Metern Abstand vor ihm stehen geblieben. Hinter seiner schmalen Gestalt erleuchteten die Lampions der Restaurantschiffe die Nacht und ließen das schwarze Gewässer in bunten Tönen schillern.

»Ich möchte, dass du wieder Klavier spielst«, sagte er. »Du kannst so viel aus deinem Talent machen.« In seinen Augen lagen keine Zweifel, sein Gesichtsausdruck wirkte ernsthaft und seine Haltung aufrecht. Er strahlte Besonnenheit aus, die echter wirkte als seine glanzvolle Bühnenshow. Und sein zugewandter Blick drang tiefer in Kasimirs Inneres vor, als es ihm behagte.

»Das ist meine Angelegenheit«, murmelte er und vergrub seine Hände in den Hosentaschen. »Kümmer dich um deinen eigenen Kram.«

»Feigling.«

»Wie bitte?«

»Du bist ein Hasenfuß, der sich davor fürchtet, sein Gesicht zu verlieren«, präzisierte Leonhard und verschränkte provozierend die Arme vor der Brust. »Du hast dich all die Jahre in deinem Loch verkrochen, weil du Angst vor mir hast.«

Kasimir ballte die Hände in seinen Hosentaschen zu Fäusten. Machte er sich lustig über ihn? »Ich habe mich vor niemandem versteckt, klar?«

»Auf mich wirkt es so«, meinte Leonhard und nickte hinüber zur Semperoper. »Du hast es nicht mal geschafft, sitzen zu bleiben, als ich dich als Komponisten präsentiert habe.«

Natürlich nicht. Weil es falsch war. Weil er nicht zu den funkelnden Sternen gehörte, die alle Blicke auf sich fokussierten. Sondern in die Dunkelheit, die sie umgab.

»Behalte deine Mutmaßungen für dich. Du kennst mich kein bisschen.«

»Stimmt, aber das würde ich gern ändern«, sagte Leonhard und sah kurzzeitig an Kasimir vorbei, als das entfernte Läuten der Kreuzkirche die nächste volle Stunde verkündete. »Ich glaube, du hast ein übles Selbstwertproblem und versteckst dich hinter deinen Liedern, anstatt zu spielen. Aber das bekommt man mit ein wenig Disziplin wieder hin. Bis zum Wettbewerb bringen wir dich auf Vordermann.«

Er lächelte, während Kasimir wie gelähmt auf der Stelle verharrte. Der Wind zog ihm frisch um die Ohren, aber er nahm ihn kaum wahr. Die Schiffe an den Uferdocks dimmten nacheinander ihre Beleuchtung, und die farbigen Reflexionen auf der Wasseroberfläche verloren ihren Glanz. Stattdessen spiegelten sich silbrige Schlieren in der ruhigen Strömung, und Kasimir richtete den Blick instinktiv hinauf zum Nachthimmel. In diesem Moment, da er sich wie ein schwarzer Mantel über die Stadt legte, erschienen sie ihm plötzlich zum Greifen nah.

Die Sterne.

Er sah seinem Gegenüber wieder ins Gesicht und brachte nicht mehr als ein Wispern über die Lippen. »Was für ein Wettbewerb?«

Leonhards Lächeln intensivierte sich. Er griff in seine Anzugtasche und zog einen langen Schlüssel hervor, der Kasimir schrecklich bekannt vorkam.

»Lass uns das morgen bei einer kleinen Klaviersession besprechen.«

Durchführung

6. Takt

Dur

Der gusseiserne Torbogen des Friedhofsgeländes erinnerte Leo an die Pausenhofbegrenzung seiner ehemaligen Grundschule. Die verschnörkelten Streben waren sein Lieblingsplatz gewesen, wenn er den anderen Kindern beim Toben zugesehen hatte.

»Endstation«, sagte Francesca und manövrierte ihren Wagen in eine enge Parklücke vor dem Eingang der Friedhofsverwaltung. Ihr Blick haftete argwöhnisch am Schild mit den Besichtigungszeiten der Kapelle. »Sicher, dass das hier nichts Illegales wird? Will der dich in eine Falle locken?«

»Ich hab ihn herbestellt«, antwortete Leo und löste seinen Sicherheitsgurt. »Seine Schwester meinte, sie habe einen Deal mit der Verwaltung. Solange wir die Einrichtung nicht demolieren, ist alles im grünen Bereich.«

Das beruhigte Francesca leider nicht im Geringsten.

»Du hast am eigenen Leib erfahren, wie gut sich dieser Typ im Griff hat«, nörgelte sie. »Und was mir an dieser Aktion nicht gefällt, ist, dass dir niemand helfen kann, wenn er durchdreht.«

»Ich kann auf mich aufpassen«, erwiderte Leo schmunzelnd, auch wenn es ihn wurmte, dass sie ihm nicht einmal ein läppisches Treffen unter vier Augen außerhalb ihres Einflussbereichs zugestand. Seit er seine erste Klavierstunde bei ihrem Vater genommen hatte, hielt sie schützend ihre Hand über ihn, als wäre er ein hilfloses Kind.

»Das will ich hoffen. Als deine Managerin fühle ich mich für dein Wohlergehen verantwortlich. Es ist ein Jammer, dass du deine Freizeit mit diesem Psycho vergeudest, aber ich kann dich nicht davon abhalten.«

»Richtig. Als *Managerin* nicht.«

Auf ihren skeptischen Blick hin bereute er seine Betonung und öffnete die Autotür. Die kühle Februarluft ließ ihn in seiner neongrünen Windjacke frösteln, kaum dass er ausgestiegen war.

»Wann soll ich dich abholen?«, fragte Francesca und beugte sich über den Beifahrersitz zu ihm.

»Gar nicht. Ich nehm den Bus zurück.«

»Kriegst du das hin? Hier fahren drei Linien in verschiedene Richtungen.«

»Kein Problem«, sagte Leo mit angekratztem Stolz. Dass sie ihm auch nichts zutraute.

»Bene«, brummte sie und setzte den Blinker zur Straße hin. »Wenn er Schwierigkeiten macht, ruf mich sofort an. Oder besser gleich die Polizei.«

Er winkte ihr mit einem betretenen Lächeln, ehe er das Friedhofsgelände betrat. Löcher in der Rasenfläche und die verdorrten Äste der Koniferen zeugten vom bitterkalten Winter. Leo verschränkte die Arme vor der Brust und folgte dem Kiesweg zur Kapelle. Sie hatte eine ovale Kuppel und war ringsum von bunt gekachelten Fenstern gesäumt. Der Grund, weshalb er sie an diesem Morgen aufsuchte, wartete mit einer Zigarette in der Hand neben der massiven Holztür.

»Hey«, grüßte Leo, als er in Kasimirs Hörweite war, und setzte sein zuversichtlichstes Lächeln auf. Als er vor ihm stehen blieb, schnippte Kasimir seine Kippe in den verschmutzten Schneematsch am Wegesrand. Die monochrom schwarze Garderobe wirkte freundlich im Vergleich zu seinem Gesichtsausdruck.

»Ganz schön kalt heute«, versuchte es Leo mit Small Talk, war aber nicht allzu bestürzt über die Reaktionsstarre seines Gegenübers. »Wollen wir reingehen?«

Kasimir fokussierte ihn stumm, während er in seine Jackentasche griff und den Schlüssel herauszog. Wahrscheinlich war er sauer, dass Leo ihn bei seinem Besuch zusammen mit den Noten von *Face the Facts* hatte mitgehen lassen. Nachdem er jedoch das gezeichnete Klavier auf der Geburtstagskarte gesehen hatte, waren die Kaninchen mit ihm durchgegangen.

Der Fußboden der Kapelle war mit matten schwarzen Fliesen verlegt, die Wände waren alabasterweiß gestrichen. An einem Podest, auf welchem die Särge zur Totenmesse aufgebahrt wurden, lehnte ein vertrockneter Blumenkranz; neben den Ornamentfenstern das einzig Dekorative an diesem Saal. Da die Wolkendecke keinen Sonnenstrahl durch das farbige Glas fallen ließ, herrschte eine triste Atmosphäre. Erst als Kasimir den Lichtschalter betätigte, hellte sich Leos Stimmung auf. Der Grund, weshalb sie sich an diesem grauen Tag hier trafen, stand an der rechten Wand. Ein schwarzes Pianino.

»Die haben hier einen Blüthner stehen?«, staunte er und trat an das Instrument heran. Als er mit der Fingerkuppe über den Lack strich, blieb eine dicke Schicht Staub an seiner Haut haften. »Welches Modell ist das?«

»D«, antwortete Kasimir knapp und legte seine Hand auf den Korpus.

»Nicht schlecht. Auf 'ner High-Class-Marke zu lernen, ist nicht die übelste Voraussetzung. Wie kam's?«

Kasimirs Blick war argwöhnisch, aber nicht so abweisend wie vor dem Betreten der Kapelle. »Meine Großmutter war Friedhofsgärtnerin. Sie hat sich um das Grab der verstorbenen Frau des Pianisten gekümmert, der hier hin und wieder zu Trauerfeiern aufgetreten ist.«

»Verstehe. Und über diesen Kontakt bist du an die Klavierstunden gekommen? Hat der Pianist dich persönlich unterrichtet?«

Leo wusste, dass seine direkten Nachfragen nicht der schonendste Weg waren, ihre Kommunikation in Gang zu bringen. Aber je mehr er über Kasimir erfuhr, desto besser würde er ihn verstehen.

»Normalerweise unterrichtete er keine Anfänger«, erwiderte Kasimir zögerlich und löste sich von dem Instrument, um ein paar Schritte in den Raum zu treten. »Aber er war ihr dankbar. Er forderte einen niedrigeren Stundentarif, dafür trafen wir uns meist spätabends und übten bis zu drei Stunden. Ich war jeden Morgen danach müde in der Schule …«

Ein Schmunzeln umspielte seine Lippen. Leo hatte ihn noch nie lächeln sehen. Es ließ ihn lebhafter wirken, sorgenfreier. Und es stand ihm ausgesprochen gut.

»Deine Oma hat dir das ermöglicht? Wie lange?«

»Bis sie gestorben ist, als ich fünfzehn war.«

»Oh, tut mir leid. Das war das Jahr, als ich …«

»Ja.«

Leo fühlte sich augenblicklich unwohl. Der Grund, weshalb Kasimir aufgehört hatte zu spielen, war wohl vielschichtiger, als er angenommen hatte.

»Und deine Eltern hatten keinen Kontakt zu dem Lehrer, oder wieso ist die Sache eingeschlafen?«

Kasimir blieb stehen und drehte sich zu Leo um. Er antwortete nicht, gab ihm jedoch mit seinem Blick zu verstehen, dass er eine Grenze überschritten hatte. Das Lächeln war von seinen Lippen verschwunden, und in seine hellgrauen Augen hatte sich eine Eiseskälte geschlichen.

»Entschuldige, ich will dich nicht aushorchen«, begab sich Leo eilig auf den Rückzug und deutete auf den Klavierhocker. Vielleicht ließ sich die ungemütliche Stimmung mit ein paar Akkorden auflockern. »Ähm … darf ich?«

Er wartete Kasimirs Nicken ab, ehe er sich ans Klavier setzte und das Verdeck anhob. Über den Tasten lag ein samtener Bezug, der sie vor Verunreinigungen geschützt hatte. Leo faltete ihn sorgsam zusammen und legte ihn zur Seite, danach spielte er kurz Tschaikowskys *Barcarole* an.

»Könnte mal wieder gestimmt werden. Wann hast du zum letzten Mal hier gesessen?«

»Vor über einem Jahr.«

»Okay. Ab heute wirst du regelmäßiger vorbeischauen müssen.«

»Wieso?«

Leo lehnte sich ein Stück zurück und legte seine Hände auf die Knie. »Wusstest du, dass die Harmonica dieses Jahr nicht regulär stattgefunden hat?« Als Kasimir den Kopf schüttelte, fuhr er schmunzelnd fort. »Die Premiere dieses Wettbewerbs liegt genau zwanzig Jahre zurück. Deshalb hat sich der Stiftungsstab dazu entschieden, eine Jubiläumsshow zu veranstalten, in der die Gewinner aller vergangenen Jahrgänge gegeneinander antreten. Die erste Auswahlrunde, in der die achtzehn Sieger auf die besten zwölf eingegrenzt werden, findet am Samstag in zwei Wochen statt. Einschließlich Franna, mir und dir.«

»Was?«

In Kasimirs Blick lag Unbehagen. Er stand in der Mitte des Raumes, umgeben von nichts als der schalen Kapellenluft, und wirkte mit jeder verstreichenden Sekunde eingeschüchterter. Leo begegnete ihm daher mit einem zuversichtlichen Lächeln.

»Den Entschluss, die Sache zwischen uns ins Reine zu bringen, habe ich an dem Abend im *Prélude* gefasst, als du mir deinen Namen zugeflüstert hast. Frau Dr. Weber und ich stehen in engem Kontakt, weil ich den Wettbewerb schon drei… gut, zweimal gewonnen habe. Ich habe ihr erzählt, dass meine erste Teilnahme nicht regelkonform verlaufen ist. Wir haben gemeinsam entschieden, dir den Platz einzuräumen, den du verdienst.«

Leo erwartete keine Euphorie von seinem Gegenüber. Er konnte sich nicht in Kasimirs Lage hineinversetzen und war insgeheim dankbar dafür. Für ihn fußten wahrscheinlich viele Entscheidungen auf dieser falschen Niederlage. Und die damit verbundene Verunsicherung hörte er aus Kasimirs zögerlicher Antwort heraus.

»Zwei Wochen?«

»Na ja … nicht ganz. Aber es ist machbar. In dieser Runde muss man das Stück präsentieren, mit dem man gewonnen hat. Ich habe mich für *Volere la luna* entschieden, meinen ersten echten Siegertitel. Und für dich wäre das *All Eyes On Me.*«

»Wie stellst du dir das vor?«, erwiderte Kasimir und ging abermals ein paar Schritte, vermutlich, um sich die Nervosität aus den Beinen zu laufen. »Wer hat entschieden, dass ich daran teilnehmen soll? Ich habe nichts unterschrieben, keine Einwilligung, gar nichts.«

»Keine Sorge, das lief über Vitamin-B.«

»Ich habe nie gesagt, dass ich das will. Weder die nachträgliche Anerkennung noch irgendwelchen Jubiläumsfirlefanz.«

Kasimir hielt wenige Meter von Leo entfernt inne und hob seine Hände vor die Augen, als erhoffte er sich Bestätigung vom Zittern seiner Fingerspitzen. Leo konnte die Aufregung spüren, die von ihm abstrahlte.

»Niemand zwingt dich«, sagte er schulterzuckend. »Allerdings wärst du der einzige Sieger, der nicht antritt. Siebzehn Pianisten haben zugesagt. Und die Gelegenheit, dich solch einer Konkurrenz zu stellen, kommt vielleicht nie wieder …«

»Was verstehst du daran nicht? Ich kann das nicht!«

Die Worte hallten an den Wänden wider und brachen sich an den Fenstern. Dann war es still. Leos Herz schlug schneller, als er dabei zusah, wie Kasimir seine Finger in die Unterarme krallte. Er hatte Angst vor dieser Chance.

»Ich weiß«, erwiderte er betont ruhig. »Deswegen sind wir hier, um dich fit dafür zu machen. Du kommst hier erst wieder raus, wenn du mir das Lied mindestens fünfmal vorgespielt hast. Die Noten habe ich dabei, wenn du sie brauchst.«

Er erhob sich und bot Kasimir mit einem Kopfnicken den Platz vor dem Klavier an. Von diesem Moment an konnte er nichts mehr tun, um ihn zu überzeugen. Wenn Kasimir es rechtzeitig schaffen wollte, musste er von sich aus diesen ersten Schritt gehen. Zwar war Leo sich nicht sicher, woher dieser Junge, der ihn mit einem gebrochenen Blick ansah, den Mut dafür hernehmen sollte, aber dass er es konnte, daran zweifelte er keine Sekunde.

»Setz dich, spiel mir was vor«, sagte Leo und lehnte sich an die Wand. *»All Eyes On You.«*

Moll

Kasimirs Finger bebten, als er die Zigarette zum Mund führte. Er saß auf der feuchten Bank vor der Kapelle und wechselte alle paar Züge von links auf rechts, um sich mit der freien Hand über die Oberschenkel zu streichen. Es war verdammt kalt, aber er hatte die stickige Luft im Saal nicht mehr ausgehalten. Ebenso wenig die bedrückende Stille, die entstanden war, nachdem er sein Lied zum dritten Mal nach wenigen Takten abgebrochen hatte.

Das vergangene Jahr hatte seine Fertigkeiten verkümmern lassen. Ihm waren vor Wut Tränen in die Augen gestiegen, als sich trotz des langsamen Tempos Fehler an Fehler gereiht hatte. Dennoch hatte sich Leonhard erdreistet, ihm zu applaudieren. Als hätte er mit seinem amateurhaften Geklimper etwas Großartiges vollbracht.

Als die Zugangstür zur Kapelle knarrte, seufzte Kasimir und ließ sein Kinn auf die Brust sinken. »Spar's dir«, murmelte er. »Ich brauche keine Predigt. Geh wieder rein. Oder hau einfach ab.«

Das Knirschen des Kieses verstummte hinter der Bank. Kasimir drehte sich nicht um; die Enttäuschung hatte sich zu tief in sein Ego gefressen, als dass er Leonhard in die Augen blicken könnte. Als er jedoch etwas Warmes auf dem Rücken spürte, richtete er sich überrascht auf.

»Kalt hier draußen, nicht?« Leonhard ließ sich neben ihm nieder, zog ein Stück der mitgebrachten Decke zu sich und legte sie ebenfalls über seine Schultern. Kasimir rückte instinktiv von ihm weg.

»Dann geh rein.«

»Wozu? Ich bin hier, um dich spielen zu hören. Wenn du nicht am Klavier sitzt, hab ich drinnen nichts verloren.«

Kasimir senkte den Blick auf seine fröstelnden Hände. Früher hätte er Handschuhe getragen, damit sie während der Pause nicht auskühlten. Aus dem Augenwinkel erkannte er, dass Leonhard derselben Strategie folgte; seine Finger steckten in dicken roten Fäustlingen. Es sah albern aus und unterstrich seinen geschmacklosen Kleidungsstil, doch er schien sich keinen Deut darum zu scheren. Diese Leichtherzigkeit definierte auch sein vereinnahmendes Klavierspiel.

Beim Gedanken daran atmete Kasimir den Rauch zu tief in seine Lungen ein und musste husten. Als er daraufhin eine Berührung an seinem Rücken wahrnahm, wandte er sich beklommen seinem Sitznachbarn zu, der lächelte, als hätte er soeben einen bemitleidenswerten Witz gehört.

»Hast du's mal mit E-Zigaretten probiert? Franna schwärmt davon, seit Marco darauf umgestiegen ist. Sie sagt, seine Küsse würden jetzt nach Himbeere-Aronia schmecken.«

Seine Worte klangen, als hätte er auf schimmeligem Brot herumgekaut. Kasimir hatte weder eine Vorstellung davon, wer dieser Marco war, noch, was Leonhards dreiste Managerin mit ihm zu schaffen hatte, doch der Stimmungsumschwung dieses notorischen Optimisten verwunderte ihn.

»Ach, pfeif drauf«, sagte Leonhard und deutete auf die Zigarette zwischen Kasimirs Fingern. »Darf ich mal ziehen?«

Kasimir hielt seinem fragenden Blick kurz stand, dann reichte er ihm wortlos die Kippe. Es musste kurios aussehen, mit Fäustlingen eine Zigarette zu halten, aber er gab sich nicht die Blöße, Leonhard bei seinem Rauchversuch zu beobachten. Die Nähe zu ihm fühlte sich seltsam genug an.

»Das schmeckt nach gar nichts«, meinte Leonhard enttäuscht. »Mache ich was falsch?«

»Keine Ahnung«, murmelte Kasimir. Leonhard reichte ihm den Glimmstängel zurück, und als er daran zog, hatte er einen anderen Geschmack im Mund. Einen süßeren.

»Ich fand deine ersten Versuche nach der langen Zeit richtig gut.« Leonhard faltete schmunzelnd seine Fäustlinge ineinander. »Weißt du, wie lange ich üben musste, um *All Eyes On Me* annähernd so hinzubekommen wie du eben?«

Kasimir zischte. »Hör auf, diesen Mist schönzureden. Ich fühle mich armselig genug.«

»Du bist vielleicht ’ne harte Nuss«, lachte Leonhard und klopfte ihm munter auf die Schulter. »Ich bin überzeugt, dass du die zweite Runde erreichst.«

»Was soll das heißen? Gibt es mehrere Durchläufe?«

»Klar«, meinte Leonhard leichthin. »Ist alles halb so wild, glaub mir. Wenn du dein Lied bis Samstag ordentlich vortragen kannst, sind die folgenden vier Runden ein Klacks für dich.«

»Was, vier? Vier weitere Vorspiele?«

Leonhard nickte. »Von zwölf Kandidaten auf acht. Von acht auf vier. Vier auf zwei. Und abschließend das krönende Finale, in welchem der beste Harmonica-Nachwuchssolist gekürt wird und ein Stipendium von zwanzigtausend Euro aus dem Stiftungstopf erhält. Damit könntest du dir ein eigenes Klavier zulegen.«

Kasimir brachte kein Wort hervor. Er hatte keine Vorstellung vom Ausmaß dieses Jubiläumswettbewerbs gehabt, als Leonhard diesen am Morgen kurz umrissen hatte.

»Das heißt ... die Auftritte, die sind vor Publikum?«

»Ja, sicher. Bis zur vorletzten Runde in der Harmonica sind Freunde und Verwandte eingeladen. Die Tickets fürs Finale in der Frauenkirche sind so gut wie ausverkauft.«

»In der Frauenkirche?!«, wiederholte Kasimir entgeistert. Die Angst, die in der Kapelle durch seinen Körper geströmt war, wallte wieder in ihm auf. »Nein, das geht nicht ... Ich bin nicht verpflichtet, an diesem Wettbewerb teilzunehmen.«

»Jetzt halt mal den Ball flach, Angsthase«, sagte Leonhard grinsend. »Ist überhaupt nicht gesagt, dass du es bis in die Endrunde schaffst. Die Jury schmeißt nach dem ersten Vorspiel die sechs schwächsten Beiträge raus, das wird 'ne ziemlich subjektive Geschichte. Deswegen sind wir hier, deswegen möchte ich, dass du übst. Völlig egal, wie oft du danebenhaust. Ich will, dass du ein ernst zu nehmender Gegner wirst. Und dann werden wir sehen, ob die Juroren damals die richtige Entscheidung getroffen haben.«

Jedes Wort drückte sich tiefer in Kasimirs Bewusstsein. War das der Grund, weshalb Leonhard Kontakt zu ihm aufgenommen und ihn provoziert hatte? Eine Revision seines Fehltritts vor sechs Jahren? Das war unmöglich, wieso sollte er das tun? Warum für jemanden wie ihn?

Kasimir fuhr sich überfordert mit den Händen durchs Haar. Seine Finger begannen zu zittern, doch das gebot Leonhard keinen Einhalt. Im Gegenteil.

»In der zweiten Runde muss man ein klassisches Stück interpretieren, in der dritten ein modernes Genre. Die letzten vier begegnen sich im Duell und müssen ein selbst geschriebenes Stück des Gegners spielen. Und im Finale präsentiert man eine vollkommen neue, eigens verfasste Komposition. Die Rohentwürfe sollen bis nächsten Sonntag eingereicht werden, aber das packst du mit links …«

Leonhard sprach sorglos weiter, doch Kasimir konnte sich kaum auf den Inhalt seiner Worte konzentrieren. Er hatte sein Haustier gestohlen, ihm Wein ins Gesicht geschüttet und ihn seiner Wohnung verwiesen. Wieso verurteilte Leonhard ihn nicht dafür? Weshalb war dieser Neunzehnjährige so viel stärker als er?

»Ich weiß nicht«, flüsterte Kasimir.

»Von wegen. Du kannst genau einschätzen, wie viel Zeit und Arbeit du aufwenden musst, um dieses Ziel zu erreichen, da bin ich mir sicher. Wenn es nach mir ginge, wären wir schon seit Minuten wieder da drinnen und würden üben, bis uns Ohren und Finger bluten.«

Leonhards energische Worte berührten Kasimir. Sein entschlossener Blick und der Siegeswille, mit dem er seine albernen Fäustlinge ballte, alles wirkte so aufrichtig, dass er sich nicht vor seiner Zuversicht verschließen konnte. Nie zuvor hatte ihm jemand, der nicht zu seiner Familie gehörte, freiheraus gesagt, dass er an ihn glaubte, dass er Talent in ihm sah. Allem voran das Talent, über seinen eigenen Schatten zu springen.

»Also, sind wir uns einig?«, fragte Leonhard und bedachte ihn mit einem solch warmen Schmunzeln, dass Kasimir ungewohnt leicht ums Herz wurde. »Wenn du dich nicht selbst dafür begeistern kannst, dann sieh es als Wiedergutmachung für deinen Kaninchendiebstahl. Und wenn du mir ein wenig bei meiner Komposition unter die Arme greifst, sorge ich dafür, dass du im Finale deine Revanche erhältst. Deal?«

7. Takt

Moll

Die Metrik war unausgereift, das Motiv kaum einprägsam. Der Rhythmuswechsel, die Dynamik der Kadenz, das war alles zu kurz gedacht.

Kasimir lehnte sich seufzend in seinem Schreibtischstuhl zurück und schloss die Augen, um sich den Klang von Leonhards Komposition bildlich vorzustellen. Er fand keinen roten Faden in der schluderig gezeichneten Notenfolge, die er ihm beim letzten Treffen in der Kapelle überreicht hatte. Die Melodie ähnelte weder einem Fluss, der gemächlich durch die Lande glitt, noch einem Sturzbach, der das Auditorium mit voller Wucht erfasste.

»Die chromatische Folge ab Takt 11 harmoniert nicht mit der Basslinie«, tippte er in sein Smartphone, sendete die Nachricht und rieb sich mit den Händen übers Gesicht. Seit knapp zwei Stunden saß er vor diesem halbgaren Entwurf, anstatt seinem eigenen Stück den Feinschliff zu verpassen; das Lied, welches er für das Motto »Liebe« geschrieben hatte. Doch er wollte sich im Moment nicht mit diesem Gefühl auseinander-

setzen. Nicht nach allem, was er in den vergangenen Tagen zu hören bekommen hatte.

»Ich möchte, dass du wieder Klavier spielst. Du kannst so viel aus deinem Talent machen.«

Leonhards Stimme klang wie eine Melodie in seinen Ohren nach, verschaffte sich Zugang zu seinem Herzen und spornte es an. Wenn Kasimir daran gewöhnt gewesen wäre, Lobpreisungen zu hören, könnte er die Wirkung seiner Worte wahrscheinlich besser von sich fernhalten. Aber das, was ihm sein Herzschlag weiszumachen versuchte, verkomplizierte die Abmachung mit Leonhard.

Dieser Junge war sein Konkurrent. Nicht mehr und nicht weniger.

Er atmete tief durch und wollte sich wieder dem knittrigen Notenblatt zuwenden, als es an der Tür klopfte. Sein Blick fiel auf die Wanduhr, es war zwanzig vor acht. Cecilies Zeit, sich auf den Weg zur Arbeit zu machen.

»Ja?«

»Oh, du bist wach?«, flüsterte es überrascht von der anderen Seite der Tür. »Kann ich reinkommen?«

Cecilie drückte die Klinke vorsichtig herunter, wahrscheinlich lag Thomas noch im Bett. Als Kasimir gestern Nacht nach Hause gekommen war, hatte er die beiden lautstark debattieren hören. Heute sah er wieder ein Schmunzeln auf ihren Lippen. »Schläfst du zwischendurch auch mal?«

»Der Entwurf für den Wettbewerbsbeitrag muss übermorgen eingereicht werden.«

»Ach? Ich dachte, du wärst fertig?«

»Ich schon, aber das hier … keine Ahnung. Ich komme nicht zurecht damit.«

Sie trat näher an den Schreibtisch heran und lugte ihm über die Schulter, wobei ihm ihr langes Haar ins Gesicht fiel. *»Solitario?* Was soll das heißen?«

»Weiß ich nicht«, erwiderte er und schob mürrisch ihre roten Strähnen zur Seite. »Ist Italienisch.«

»Elegant. Wieso gibst du deinen Kompositionen keine italienischen Namen? Macht mehr her als dieses schnöde *Face the Facts* letztens. Oder dein Schwieriges damals, *All Ice for Me.«*

»All Eyes On Me«, verbesserte er ernüchtert und schüttelte den Kopf. »Ich will, dass jeder auf Anhieb versteht, wovon das Stück handelt. Englisch lernt man in der Schule.«

»Na und? Mama hat später noch einen Französischkurs besucht«, warf sie ein und überflog mit gerunzelter Stirn die Notenhälse. Die bloße Erwähnung seiner Mutter zerrte wie ein Widerhaken in seiner Brust, und er ging nicht auf Cecilies Kommentar ein. Er hatte kein Recht, über die Frau zu sprechen, deren Leben er zerstört hatte.

»Die schönste Schrift hat der Gute ja nicht gerade«, fuhr seine Schwester fort. Kasimir war dankbar für den Themenwechsel und beugte sich ebenfalls wieder über das Blatt.

»Nein, Schreiben scheint ihm nicht zu liegen. Er schickt mir ständig Sprachnachrichten. Geht mir tierisch auf die Nerven.«

»Warum?«

Weil sich seine Stimme wie ein Ohrwurm durch Kasimirs Gedanken fraß und nicht verschwand. Aber das würde er kaum seiner sensationsgierigen Schwester anvertrauen.

»Er macht einen auf Freundschaft, obwohl wir nichts miteinander gemein haben.«

»Bis auf das Klavierspiel, deinen Lebensinhalt.« Cecilie stupste ihm grinsend gegen den Oberarm und musterte ihn mit einer Zuversicht in den Augen, die ihm gar nicht gefiel. Sie interpretierte definitiv zu viel in diese Zweckbeziehung hinein. »Kein Wunder, dass er dich als Freund betrachtet. Ihr verbringt ziemlich viel Zeit miteinander.«

»Nicht freiwillig«, erwiderte Kasimir, obwohl ihm die Treffen mit Leonhard weniger ausmachten, als er zugeben wollte. Seine ersten kläglichen Spielversuche auf dem alten Blüthner lagen eine Woche zurück, inzwischen hatte er sich auf ein annehmbares Niveau herangearbeitet. Dafür war er zuletzt nicht vor Mitternacht ins Bett gekommen und schlug meist gegen sechs Uhr morgens wieder die Augen auf, um sich mit Leonhards Kompositionsentwurf auseinanderzusetzen.

»Jedenfalls freut es mich, dass du deine Klavierscheu überwunden hast«, sagte Cecilie, während sie dazu überging, seine verspannten Schultern zu massieren. »Und finanziell hat sich das Ganze gelohnt, auch wenn Leo mir ein bisschen leidtut. Um fünftausend Euro zusammenzubekommen, muss er bestimmt viele Engagements annehmen. Hat er dir das Geld schon überwiesen?«

Kasimir zögerte kurz. Es war ihm unangenehm, einem Schüler das Honorar für seinen nachgereichten Sieg abzuknöpfen, aber Leonhard hatte auf die Einhaltung seiner Pflicht bestanden. Das war Ansporn genug für Kasimir gewesen, es ihm gleichzutun. »Ich habe es nicht genommen.«

»Was? Warum? Das ist doch dein Preisgeld.«

»Ja, aber ... es ist auf deinem Konto«, murmelte er und heftete seinen Blick an das Notenblatt. Ihm wurde flau im Magen, doch Cecilie schien ihm seine gemischten Gefühle nicht anzusehen. »Ich habe dich in den vergangenen Jahren mehr gekostet als diesen läppischen Betrag. Hast du geglaubt, ich würde es behalten? Nach dem ganzen Ärger, den ich dir eingehandelt habe?«

Kasimir traute sich nicht, zu seiner Schwester aufzusehen, er fühlte sich noch immer schäbig, weil sie aufgrund seines Ausrasters ihren Job verloren hatte. Dass sie kurzfristig als Aushilfe in einer Zoohandlung untergekommen war, verbesserte die Situation zwar, entschuldigte aber nicht sein Fehlverhalten.

Plötzlich spürte er, wie sie ihre Arme um seinen Oberkörper legte und sich sanft gegen seinen Rücken lehnte.

»Was wird das?«, murrte er, doch Cecilie ließ sich nicht beirren.

»Lass mich«, wisperte sie und schmiegte ihren Kopf an seinen. »Du bist ein lieber Junge, Kasi. Also hab bitte keine allzu schlechte Meinung von dir, okay?«

»Ja, schon gut …« Kasimir seufzte, da sie nicht von ihm ablassen wollte. Wann hatten sie sich das letzte Mal so umarmt?

»Ich bin froh, dass du wieder spielst. Und dass du Leo dabei hilfst, sein Lied zu schreiben. Und dass du dir seine Sprachnachrichten anhörst.«

Sie zwinkerte, woraufhin Kasimir mit den Augen rollte. »Wie gesagt, nicht freiwillig.«

»Schon klar«, meinte Cecilie amüsiert und erlöste ihn von der Umarmung. »Seit Omas Tod hast du niemanden mehr an dich herangelassen. Allein dafür bin ich ihm dankbar.«

»Musst du nicht zu deinen Vogelspinnen?«, erwiderte er betreten, was ihr ein Lachen entlockte.

»Ja, hast recht. Ich bin gegen vier wieder da. Bitte mach leise, wenn du dein Zimmer verlässt, Tommy schläft noch. Er hat vermutlich nicht die beste Laune.«

»Schon gehört.«

Cecilie ging nicht darauf ein, worüber sie gestern Nacht gestritten hatten, und Kasimir brauchte diesbezüglich nicht nachzuhaken. Er wusste, weswegen sie ständig aneinandergerieten. Beziehungsweise wegen wem.

»Okay, dann viel Erfolg! Denk dran, ich glaub an dich. Mindestens so sehr wie dein neuer Freund.«

Sie strich ihm zum Abschied durchs Haar und verließ lautlos das Zimmer. Als die Wohnungstür ins Schloss klackte, stand er auf, ließ sich rücklings auf seine Matratze fallen und legte seufzend die Handflächen über sein Gesicht.

Freunde. Leonhard und er?

Kasimir wusste nichts über diesen Jungen und hatte sich ihm gegenüber bislang nicht besonders kameradschaftlich verhalten. Trotzdem beharrte Leonhard darauf, dass sie sich regelmäßig trafen, lauschte geduldig Kasimirs Spiel und gab ihm konstruktive Hinweise. Jeden anderen hätte Kasimir mit seinen Launen längst vergrault, doch Leonhard schien fest an ihn und diesen Wettbewerb zu glauben. Kasimir bewunderte seinen Optimismus und hatte sich inzwischen sogar an seine Aufdringlichkeit gewöhnt, aber er hatte noch nie aktiv eine Freundschaft geschlossen, geschweige denn gepflegt. Wie sollte ihm das mit Leonhard gelingen?

Der Benachrichtigungston seines Smartphones durchkreuzte seine ziellosen Gedanken. Er zog es aus der Hosentasche und atmete tief durch, als eine neue Sprachnachricht auf dem Display aufploppte.

»Morgen, Hasitzky! Du bist bestimmt zu Hause, oder? Wärst du so freundlich, dieses Öffnungsautomatikdings zu betätigen? Ich steh vor eurer Haustür und hab was dabei, das bald Frostbeulen bekommt.«

Kasimir sah schweigend dabei zu, wie Leonhard sich seiner quietschbunten Winterkleidung entledigte. Am Kunstpelzsaum seiner Kapuze hafteten Schneereste, und seine Wangen waren deutlich gerötet, als hätte er den Weg von der Bushaltestelle zu seinem Wohnblock im Vollsprint zurückgelegt. Offenbar hatte er es eilig gehabt, Kasimir abermals zu überfallen. Und der Grund dafür war der Tiertransportkäfig, den er neben sich auf den Boden gestellt hatte.

»Ein Glück, dass du schon auf bist«, sagte Leonhard und rieb seine Hände aneinander. »Draußen ist es megakalt ...«

»Sprich leiser, mein Schwager pennt noch.«

Kasimir hatte den Schock über den Überraschungsbesuch noch nicht verdaut, konnte aber zumindest Schlimmeres vermeiden. Einen unterkoffeinierten Thomas zum Beispiel.

»Oh, alles klar. Sorry!«

»Wenigstens hast du nicht sturmgeklingelt wie beim letzten Mal«, merkte Kasimir an und trat vor Leonhard in die Küche. »Willst du was trinken? Tee?«

»Gerne.«

Leonhard folgte ihm und ließ den Transportkäfig neben Hazels Stall auf die Fliesen sinken. Kasimir kam nicht umhin, immer wieder zu dem mit Stroh ausgelegten Kasten zu blicken, während er den Wasserkocher am Spülbecken auffüllte. Sein Gast hockte sich derweil vor Hazels Auslauf und beobachtete sie schmunzelnd beim Dösen.

»Hast du nicht Schule oder so?«, murmelte Kasimir, um das Schweigen zu brechen.

»Bin wegen Krankheit vom Unterricht freigestellt«, erwiderte Leonhard und wies demonstrativ auf den schwarz-gelben Schal um seinen Hals.

»Weil dein Wettbewerbsentwurf fertig werden muss«, korrigierte Kasimir, goss sicherheitshalber eine Kanne Kamillentee auf und stellte sie zum Abkühlen auf den Küchentisch. »Solange du keinen wichtigen Stoff verpasst ...«

»Ach, ich mag die Schule nicht besonders. Außerdem bin ich dir noch eine Entschädigung schuldig. Für die Umstände mit meiner Sauklaue.«

Leonhard zog eine schmale, rechteckige Medikamentenpackung aus seiner Hosentasche und reichte sie Kasimir.

»Antiallergika?«

»Ja, ein kleiner Vorrat. Heute wirst du die doppelte Menge brauchen.«

Kasimir verzichtete auf eine Nachfrage, ihm war das Rascheln im Transportkäfig längst aufgefallen. Leonhard sah sich einen Moment an seinem angespannten Blick satt, ehe er sich vor die Kiste kniete und das Gitter öffnete. Es dauerte keine zwei Sekunden, bis eine rosa Stupsnase aus dem Stroh hervorlugte.

»Darf ich vorstellen?«, sagte er und griff beherzt ins Innere des Käfigs. Zum Vorschein kam eine schneeweiße, samtig anmutende Fellwurst mit beeindruckend langen Ohren. »Das ist Fiver.«

»Fiver?« Kasimir betrachtete das Zwergkaninchen einen Augenblick unschlüssig, dann wanderte sein Fokus zum sichtlich stolzen Besitzer. »Ist das der Ersatz für Hazel?«

»Ich möchte ihn nicht ›Ersatz‹ nennen«, meinte Leonhard und strich besonnen über den Rücken des Kaninchens. »Aber ich war schon traurig, als sie nicht mehr da war. Hab viel Zeit mit ihr verbracht.«

Er sprach diese Worte mit einem Lächeln, doch das schlechte Gewissen nagte an Kasimir. Er wusste nicht, wie er sich bei Leonhard entschuldigen sollte, immerhin schien er nicht mehr unter den Geschehnissen zu leiden. Jedenfalls nicht sichtbar.

»Fiver hat ein völlig anderes Temperament als Hazel«, fuhr Leonhard fort. »Willst du ihn streicheln?«

»Nicht wirklich«, antwortete Kasimir vergebens, da Leonhard ihm das Kaninchen praktisch in die Arme drückte. Während er umständlich versuchte, das rebellierende Fellknäuel von seinem schwarzen Shirt fernzuhalten, machte sich Leonhard an Hazels Käfigklappe zu schaffen.

»Wollen wir sie mal zusammensetzen? Dann können sie sich beschnuppern.«

»Meinetwegen ...«

Kasimir war froh, Fiver wieder los zu sein, wenngleich ihm Hazel leidtat. Sie war den Umgang mit Artgenossen nicht gewohnt; ein fremdes Tier in ihrem Rückzugsort würde ihre Kontaktscheu nur verstärken.

Aber es kam anders.

»Ha, gibt's ja nicht«, sagte Leonhard und deutete zwischen die Gitterstäbe. »Die lieben sich jetzt schon. Hättest du das gedacht?«

»Nein«, antwortete Kasimir ungläubig und lugte ebenfalls in den Käfig. Hazel und Fiver saßen Po an Po geschmiegt vor ihrem Häuschen und mümmelten einvernehmlich Gurkenscheiben. Man hätte meinen können, sie würden sich seit Ewigkeiten kennen oder wären ein Liebespaar, das sich nach vielen Jahren der Trennung wieder gefunden hatte.

»Das muss ich für meine Schwester fotografieren. Sie hat Hazel auch vermisst.«

Leonhard zückte sein Smartphone und begann, aus sämtlichen Perspektiven Schnappschüsse aufzunehmen. Kasimir sah ihm eine Weile zu, bis er die Frage stellte, die ihn beschäftigte, seit er mit der Transportbox in seiner Tür aufgetaucht war: »Und jetzt willst du sie mitnehmen?«

Es fiel ihm schwer, die Worte über die Lippen zu bringen, dabei hätte es der Anstand geboten, Leonhard bereits bei seinem ersten Besuch danach zu fragen. Jedoch hatte er mittlerweile genug Zeit mit Hazel verbracht, dass ihm der Gedanke, sich von ihr zu trennen, wehtat. So ungern er es sich eingestand, er hing an diesem Kaninchen. Mehr, als ihm bislang bewusst gewesen war.

»Wie kommst du darauf?«, erwiderte Leonhard, ohne seine Fotosession zu unterbrechen. »Ich finde, sie hat es gut hier. Willst du, dass ich sie zurücknehme?«

»Nein, das nicht … aber sie gehört dir.«

»Jetzt nicht mehr«, sagte er und wandte sich ihm lächelnd zu. »Du hast dich um sie gekümmert, und sie hat sich an dich gewöhnt. Wäre ziemlich herzlos von mir, euch auseinanderzureißen.«

Irgendetwas regte sich in Kasimirs Brust. Etwas furchtbar Angenehmes.

Er wollte sich soeben bedanken, als die Ohren der beiden Kaninchen nach oben zuckten. Schwere Schritte im Flur ließen Kasimir nichts Gutes erahnen.

»Was ’n hier los? *Du* hast Besuch?«, sagte Thomas, der oberkörperfrei am Türrahmen haltgemacht hatte, und nickte gähnend auf Leonhard. »Ist das dein Freund?«

»Nein«, erwiderte Kasimir kühl und wandte sich ihm widerwillig zu. »Was willst du?«

»Bin von eurem Gequassel aufgewacht, war schwer zu überhören.«

Sein Tonfall drückte Kasimirs Laune merklich nach unten. Allerdings schien der personifizierte Stimmungsdämpfer keine Auswirkungen auf Leonhards Gemüt zu haben.

»Sorry, und guten Morgen! Bist du sein Schwager?«

»Kommt drauf an, wer fragt.«

»Leo«, gab dieser zurück und erhob sich, um ihm die Hand zu reichen. Sein Blick setzte sich beeindruckt an Thomas' definierter Bauchmuskulatur fest, sodass dessen Mundwinkel höherwanderten. »Freut mich, dich kennenzulernen. Und klar sind wir Freunde. Wir nehmen gemeinsam am Wettbewerb teil.«

»Was du nicht sagst!«, meinte Cecilies Verlobter, während er nach der dampfenden Kanne griff und sich die Tasse einschenkte, die Kasimir ursprünglich für Leonhard bereitgestellt hatte. Seinen finsteren Blick ignorierte Thomas. »Dann bist du offenbar der Grund, warum unsere Schlaf-Tarantel auf Beutezug geht.« Er zwinkerte ihm zu und trank einen Schluck Tee, dann nickte er auf das Kaninchenpärchen. »Hat sich die Speckratte dupliziert?«

»Keine Sorge, Fiver ist nur zu Besuch«, erwiderte Leonhard unbeirrt positiv.

Thomas zog skeptisch die Augenbrauen hoch. »So, so. Hauptsache, ihr passt auf, dass die Dinger nicht übereinander herfallen.«

»Ach was, sie sind nicht aggressiv.«

»So meinte ich das nicht«, entgegnete Thomas mit einem anzüglichen Schmunzeln in Kasimirs Richtung. »'ne Romanze kann ich hier nicht brauchen, weder zwischen Karnickeln noch sonst irgendwem. Hast du verstanden, Kleiner?«

Kasimir schob die Backenzähne übereinander, doch Thomas hatte nicht mehr als ein Grinsen für seinen stillen Widerstand übrig. Es war nervig genug, dass dieser Kerl überhaupt auf seine sexuelle Orientierung aufmerksam geworden war. Das Wissen darüber gab ihm nicht das Recht, Kasimir vor einem anderen Menschen bloßzustellen. Schon gar nicht vor jemandem, dessen Bild von sich er mitgestalten wollte.

»Schön. Wenn das geklärt ist, vergnügt euch anderswo. Ich brauch jetzt einen Kaffee.«

»Klar, kein Problem. Wir wollten sowieso noch die einzelnen Takte durchgehen, oder?«

Leonhard sah Kasimir an. Im Gegensatz zum Blick von Thomas lag in seinem kein Hauch von Häme, und er wirkte nicht verunsichert angesichts der Andeutungen dieses Proleten. Er schien darüber hinwegzuhören und nur die Frequenzen herauszufiltern, die in seinen Ohren stimmig klangen. Wie ein Kaninchen, dem Glück und Unheil der Welt vollkommen gleich waren. Leichtlebig, ignorant.

Liebenswert.

8. Takt

Moll

»Ich bin froh, dass du wieder spielst.

Und dass du in Leo einen Freund gefunden hast.«

Kasimir fokussierte ein verlassenes Spinnennetz an der Decke. Er lag in Jogginghosen und einem ausgeblichenen Bandshirt auf seiner Matratze und streichelte über Hazels Rücken, während sie auf seiner Brust an einer Möhre nagte. Es war über ein Jahr her, dass sie auf kleinkriminelle Weise zueinandergefunden hatten, und Hazel schien nicht mehr mit ihrer Entführung zu hadern. Bei Kasimir war es anders.

Wäre er Leonhard nicht vor dieser Praxis begegnet, würde nicht die Möglichkeit existieren, heute sein Versagen von vor sechs Jahren wieder auszugleichen. Und er würde nicht dieses unnachgiebige Flimmern in seinem Bauch wahrnehmen, wenn er an seinen damaligen wie heutigen Konkurrenten dachte.

Er rieb sich mit den Händen übers Gesicht und sah anschließend zur Wanduhr. In Kürze begann die feierliche Eröffnung des Jubiläumswettbewerbs in der Harmonica. Zu

Fuß brauchte er eine Dreiviertelstunde bis zur Zitadelle, aber dafür fehlte ihm mittlerweile die Zeit.

Auf seinem Schreibtisch lag der Zettel, den Cecilie für ihn hinterlassen hatte, ehe sie zur Arbeit aufgebrochen war. Kasimir war sich nicht sicher, ob ihre Zeilen eine Aufmunterung oder eine Drohung waren:

Mein liebster Klavierhase!
Fühl dich gedrückt, glaub an dich und hau kräftig in die Tasten, heute Abend wird angestoßen!
Alles Glück der Welt,
*dein größter Fan :-**

Kasimir war froh, dass es Cecilie nicht gelungen war, ihre Schicht zu tauschen. Nun konnte er ihr das Blaue vom Himmel erzählen. Dass die Konkurrenz zu hart gewesen sei oder er schlichtweg die Nerven verloren hatte. Letzteres war nicht einmal gelogen. Er hatte den halben Morgen über der Kloschüssel gehangen, und seine Finger zitterten unablässig, als fürchteten sie sich vor ihrer bevorstehenden Aufgabe. Dabei war diese Angst unbegründet.

Er würde nicht hingehen. Er würde nicht spielen.

Die Gewissheit darüber milderte seine Aufregung, und seine Hände strichen langsamer über das Kaninchen, das weiter an der Karotte knabberte.

»Ich kann's nicht, Hazel«, wisperte er. »Ich pack's einfach nicht. Sie stellen sich das alle so leicht vor. Cecilie, diese Kuratorin und …«

Leonhard.

Der Gedanke an ihn ließ Kasimir innehalten. Er spürte, wie Hazel ein Stück auf die rechte Hälfte seines Shirts rückte, als fühlte sie sich von dem starken Klopfen in seiner Brust gestört. Die Unverblümtheit seines Kaninchens entlockte ihm ein Seufzen.

»Glaub mir, ich würd's abschalten, wenn ich könnte …«

Der Empfangston einer Sprachnachricht unterbrach ihn, und er betrachtete gedrückt das Display seines Smartphones.

»Morgen, Hasitzky! Na, aufgeregt? Fahren jetzt los, sollen wir dich irgendwo aufgabeln?«

»Bin unterwegs. Treffen uns dort«, schrieb er zurück und ließ das Handy neben sich aufs Kissen fallen. Als hätte er geahnt, dass diese Aussage dem Empfänger nicht genügen würde, erreichte ihn eine Minute später eine weitere Nachricht.

»Alles klar, dann bis gleich! Und Durchatmen nicht vergessen!«

Auf die Voicemail folgte eine Audio-Datei. Kasimir drückte auf Play.

»Breathe«, las er den Titel vor und erkannte die Melodie nach wenigen Takten.

Just breathe. Don't drown your heart.

Als Wortspiel ein netter Gag, aber was wollte ihm Leonhard damit sagen? Hatte er neben dem Refrain auch auf den Inhalt der Strophen geachtet?

You're killing me over love.

Mit einem weiteren Seufzen widmete Kasimir sich wieder Hazels Streicheleinheit. Der Track lief ohne Rücksicht auf seinen inneren Zwiespalt weiter, und die Bässe stimulierten nach und nach seinen Herzschlag. Er lag mit geschlossenen Augen auf dem Rücken und atmete im Rhythmus der Akkordwechsel. Es war ein Moment, in dem er ganz bei sich war und niemand etwas von ihm erwartete. Leider hielt er nicht besonders lange an. Ein Klopfen riss ihn aus seiner Traumwelt, und er stellte das Lied auf Pause.

»Ja?«, erwiderte er verwirrt. War Cecilie zurückgekommen?

»Sag mal, was soll der Powersound?«, fragte Thomas durch die geschlossene Tür, kam jedoch nicht herein. »Wenn du schon vor deinem Wettbewerb taub wirst, kannst du das mit der Klimperkarriere knicken.«

»Geh in dein Fitnessstudio, wenn's dich stört«, gab er zurück und setzte Hazel neben sich auf die Bettdecke, um sich die Tierhaare vom Shirt zu streichen.

»Da komm ich grad her, Pfiffikus. Bist du fertig?«

Kasimir zögerte einen Moment. »Womit?«

»Wenn wir nicht in zwei Minuten losmachen, kommst du zu spät.«

»Wohin?«

»Junge, willst du mich veräppeln?«, entgegnete Thomas zunehmend energisch. »Dein Schwesterchen hat mich angerufen und mich gebeten, nach dir zu sehen. Sie hat geahnt, dass du dich drücken willst.«

»Tue ich nicht. Mir geht's nicht gut, klar?«

»Ach, dir geht's doch nie gut, wenn irgendwas Wichtiges ansteht«, erwiderte Thomas ungerührt, und die Tür flog auf. Kasimir legte seine Hände schützend um Hazels kleinen Körper, als sich sein Schwager in spe vor ihm aufbaute und erstaunt die Augenbrauen hob. »So willst du dort erscheinen? Respekt, das nenne ich Anarchie.«

»Spar's dir«, murmelte Kasimir abweisend. »Musst du nicht arbeiten?«

»Korrekt. Und die Zitadelle liegt auf dem Weg, also pack deinen Krempel zusammen und setz deinen Hasenbraten zurück in den Käfig.«

»Hörst du schlecht? Ich bin krank, ich kann mich auf nichts konzentrieren. Es wäre reine Zeitverschwendung, wenn …«

»Meine Güte, ihr seid alle gleich. Die ganze Familie Hasenick ist ein feiger Haufen.«

Kasimir war von Thomas' Erwiderung so überrascht, dass ihm keine Antwort über die Lippen kam. Sein Schwager fühlte sich anscheinend genötigt, seine Aussage zu präzisieren. »Cecilie ist genauso. Anstatt mit der Wahrheit über diesen Alain Irgendwas rauszurücken, verhätschelt sie dich. Aus

Angst, du würdest ihr nicht verzeihen. Ihr zwei seid massiv konfliktscheu.«

»Alain ...?«, wiederholte Kasimir. Thomas rasselte ungeduldig mit den Autoschlüsseln in seiner Hand.

»Das soll sie dir selbst beichten. Kannst sie gleich zur Rede stellen, wenn du deinen Auftritt hinter dich gebracht hast. Und jetzt schwing deinen Hintern in den Wagen, Mozart.«

Es waren die unangenehmsten zehn Minuten seines Lebens. Normalerweise störte sich Kasimir nicht daran, aber diese Stille fühlte sich dermaßen falsch an, dass er konsequent aus dem Beifahrerfenster starrte. Er trug verdreckte Turnschuhe, eine schwarze Jogginghose und ein labbriges Bandshirt. Fünf Notenblätter lagen lose auf dem Rücksitz. Es fehlte bloß eine Plastiktüte vom Discounter, dann wäre sein Kostüm preisverdächtig.

»Kriegst du die Zwanzigtausend auf die Kralle?«, fragte Thomas, während sie an einer Ampel hielten.

»Im Moment bekomme ich gar nichts. Außer vielleicht den Rausschmiss wegen Nichteinhaltens der Kleiderordnung«, erwiderte Kasimir unterkühlt. Wieso konnten sie nicht in eine Verkehrskontrolle geraten?

»Selbst schuld, du hattest genug Zeit, dir was Vernünftiges rauszusuchen. Außerdem juckt es keinen dort, wenn du spielst wie Franz Lust.«

»Liszt«, korrigierte Kasimir, obwohl ihm klar war, dass Thomas sich das nicht merken würde. »Und es ist nicht gesagt, dass ich die erste Runde überstehe ...«

Sechs Kandidaten schieden bereits am heutigen Tag aus dem Wettbewerb aus. Kasimir hatte sich nicht informiert, wer seine Gegner waren, geschweige denn auf welchem Niveau sie spielten. Er hatte die Wettbewerbsergebnisse seit seiner Niederlage nicht mehr verfolgt, allerdings würde er sich hinter Leonhard und seiner Managerin einordnen müssen, das stand außer Frage. Francesca Vielli spielte Pianoforte und Violine auf Orchesterniveau und würde nach fünfjährigem Studium bald ihren Master abschließen. Er hingegen hatte erst vor zwei Wochen wieder damit begonnen, ein paar klassische Stücke vom Blatt abzuspielen, und war mit seinem derzeitigen Leistungsstand überhaupt nicht zufrieden.

»Ach, wird schon. So schwer kann's nicht sein, wenn das alles so Pfeifen sind wie du und dein *Freund.«*

»Wieso betonst du das so?« Kasimir zupfte missmutig ein zurückgebliebenes Kaninchenhaar von seinem Shirt. »Er ist nicht mein Freund.«

»Schon klar. Und Glutaeus-Muskeln bekommt man vom Sitzen.«

»Was willst du von mir, Thomas?«

»Dass du aufhörst, dir selbst was vorzumachen«, meinte sein Schwager mit einem selbstgefälligen Schmunzeln. »Deine Schwester mag glauben, dass du bloß schüchtern im Umgang mit Mädchen bist. Aber ich merke, wie du den Jungen anstarrst. Sind endlich die Hormone angesprungen?«

»Ich glaube nicht, dass dich das irgendwas angeht«, gab Kasimir verdrossen zurück und rieb sich mit den Handflächen über die Oberschenkel. Thomas' Nachfragen brachten ihn ins Schwitzen. »Funktioniert eine Freundschaft zwischen mir und einem anderen Typen für dich nur auf Partnerschaftsebene?«

»Das nicht, aber du wirst kaum abstreiten, dass sich deine ›Freundschaft‹ mit genau diesem Interesse entwickelt, oder?«

Kasimir zischte und hüllte sich für den Rest des Weges in Schweigen. Als sein Schwager bald darauf an der Bushaltestelle vor der Zitadelle den Motor abstellte, zeigte sein Smartphone-Display drei Minuten vor zehn an.

»Da wären wir«, sagte Thomas und klickte provokativ Kasimirs Gurt aus dem Schloss. »Ich hoffe, du wirst dem Namen deiner Schwester keine Schande bereiten. Auch wenn sie bald einen neuen trägt.«

»Dann kann's dir ja egal sein«, erwiderte Kasimir, stieg aus und öffnete die Hintertür, um seine Noten zu packen und aus dem Sichtradius dieses Proleten zu verschwinden.

Leider nicht schnell genug.

»Streng dich an, Kleiner. Vielleicht hat dein Freund dann nicht nur Augen für dein Karnickel.«

Kommentarlos ließ Kasimir die Tür zufallen und seufzte, als in seinem Rücken der Motor aufheulte und die Autoreifen über den Asphalt schrubbten. Er würde nie begreifen, was Cecilie an diesem Macho fand.

Die Zitadelle Harmonica war ein unscheinbares Gebäude in einer schmalen Altstadtgasse. Der bröckelnde sandgelbe Außenputz verlieh ihr den Charme eines alten Herrenhauses, für dessen Renovierung in den vergangenen zwanzig Jahren die Mittel gefehlt hatten. Dennoch empfand Kasimir dieses Bauwerk, das als »Refugium für die klassische Musik« *Zitadelle* getauft worden war, als Sehnsuchtsort. Ein Traum aus Angst und Glorie. Beide Gefühle kämpften in ihm um die Vorherrschaft, als er die hölzerne Pforte nach innen aufschob.

Im Gegensatz zur Fassade hatte sich im Inneren des Gebäudes einiges getan. Die einst weißen Wände waren mit Grafiken verschiedener Straßenkünstler verziert worden, und der Teppich war rot und samtig unter den Sohlen. Als Kasimir sich der betagt wirkenden Rezeptionistin hinter dem Empfangstresen näherte, blickte sie durch ihre runden Brillengläser auf. »Ja, bitte?«

»Hallo, ich ... wollte zum Vorspielen.«

»Sind Sie zum Wettbewerb angemeldet, Herr ...?«

»Hasenick.«

»Hm …« Sie ging mit einer pedantischen Gründlichkeit die Teilnehmerliste durch, dann schüttelte sie den Kopf. »Nein, tut mir leid.«

Kasimir rutschte das Herz in die Hose. »Was?«

»Sie sind hier nicht verzeichnet«, präzisierte sie und sah ihm tief in die Augen, als wollte sie ihn der Betrügerei überführen. »Obwohl Sie mir bekannt vorkommen. Wann haben Sie den Wettbewerb angeblich gewonnen?«

»Vor sechs Jahren …«, murmelte er, darum bemüht, seine Verunsicherung im Zaum zu halten. Das konnte nicht sein. Nicht nach allen Entbehrungen, den schlaflosen Nächten und Krämpfen in den Händen.

»Ach!«, bemerkte die Dame, und ein Lächeln zeichnete sich auf ihren Lippen ab. »Hasitzky? So heißt es richtig, nicht wahr?«

Kasimirs Atem stockte. Er wusste nicht, ob er vor Erleichterung auf die Knie sinken oder frustriert gegen den Tresen treten sollte. Dieser Schwachkopf. War es so schwer, seinen Nachnamen richtig zu schreiben?

»Ja«, grummelte er. »Wahrscheinlich.«

»Gut, damit sind wir vollständig. Jetzt erinnere ich mich auch wieder. Sie waren der junge Mann mit der düsteren Aufmachung und dem grimmigen Gesicht, nicht wahr?« So aufgeschlossen, wie sie diese Attribute aufzählte, kam ihm ihre Vorstellung von seinem früheren Ich vor wie eine Parodie. »Ihr Kleidungsstil wird aber auch immer unkonventioneller …«

»Hasitzky!«

Kasimir und die Rezeptionistin wandten sich zur breiten Treppe, die in die erste Etage führte; dort, wo sich die Konzertsäle befanden. Leonhard sprang förmlich die Stufen herunter und winkte ihm freudestrahlend zu. Sein rapsgelbes Jackett blendete Kasimir wie die Sonne. »Da bist du ja endlich. Wir warten schon alle auf dich.«

Während sich die Dame vergewisserte, dass es sich um den notierten Nachnamen handelte, fiel es Kasimir schwer, seine Contenance zu wahren. Es war, als kämpften sich die verdrängten Erinnerungen mit jedem von Leonhards Schritten zurück in sein Gedächtnis. Sein grandioser Auftritt als vorletzter Teilnehmer. Der tosende Applaus. Dann seine schmerzhafte Niederlage und der Moment, in dem er wütend den Antrag unterschrieben hatte, um seinen Namen aus der Anthologie zu streichen. Es war alles genau wie damals. Der Ort war der gleiche, die Uhrzeit. Und sein Konkurrent begegnete ihm ebenso bunt, laut und offenherzig.

»Na komm, mach hin«, drängte Leonhard lächelnd und streckte die Hand aus, als er ihn erreichte. »Wenn die Begrüßung vorbei ist, geht's sofort los. Die Lieder werden in alphabetischer Reihenfolge vorgetragen. Und jetzt rate mal, wer als Erster auftritt.«

Dur

Leo hielt Kasimirs Hand fest umschlossen, während sie den Konzertsaal betraten, es kam ihm vor, als müsste er ihn regelrecht in den Raum hineinziehen. Die übrigen sechzehn Teilnehmer, fünf Juroren und die mit angereisten Zuhörer standen in losen Grüppchen beieinander. Die Sitzreihen erstreckten sich ringförmig um ein rundes Plateau, auf dem der Wettbewerbsflügel positioniert war. Ein nussbaumfarbener Bechstein, welcher der Zitadelle seit ihrer Gründung sonore Dienste leistete. Leo liebte seine Klangfarbe und konnte es kaum erwarten, seine Siegerkomposition darauf vorzutragen. Was ihn jedoch in noch größere Vorfreude versetzte, war die Aussicht, nach so langer Zeit wieder *All Eyes On Me* von seinem Schöpfer darauf vorgespielt zu bekommen. Auch wenn

Kasimir das Instrument musterte, als wäre es seine persönliche Guillotine.

»Na so was, wen haben wir denn da?«

Leo drehte sich überrascht um, wenngleich ihm diese Stimme inzwischen gut bekannt war. Dawids flegelhaftes Zahnpastalächeln strahlte ihm entgegen, und er erwiderte die Geste ehrlich erfreut. Als er bemerkte, wie Kasimirs Blick zwischen ihm und dem Neuankömmling wechselte, zog er Dawid am Ärmel heran und legte ihm kameradschaftlich die Hand auf die Schulter.

»Hasitzky, darf ich vorstellen? Das ist Dawid Eilinger. Wir kennen uns seit einigen Jahren. Er hat die Harmonica auch zweimal gewonnen.«

»Und bald werden es drei Siege sein«, vollendete Dawid und reichte Kasimir die Hand. »Wie heißt du? Hasi?«

»Hasenick«, erwiderte Kasimir kühl und ignorierte Dawids Begrüßungsgeste.

Leo überkam ein zwiespältiges Gefühl dabei, dass Kasimir dem mutmaßlich besten Pianisten des Wettbewerbs zuerst begegnete. Dawid hatte zweimal an der Harmonica teilgenommen und war aus beiden Versuchen erfolgreich hervorgegangen. Er musste inzwischen Ende zwanzig sein, nahm niemals ein Blatt vor den Mund, und seine hochgewachsene, stämmige Statur hatte bisher jeden Konkurrenten eingeschüchtert. Hinzu kam sein bis ins letzte Detail durchdachter Kleidungsstil: ein hochwertiges Jackett mit Hahnentrittmuster, ein faltenfrei gebügeltes weißes Hemd, beigefarbene Chinohosen und Designer-Schnürschuhe. Daneben wirkte Kasimirs Homewear-Kombination farblos. Oder Dawids Blick nach zu urteilen: schäbig.

»Netter Style«, sagte er grinsend, fuhr sich leger mit der Hand durch seinen dunkelbraunen Seitenscheitel und musterte Kasimir von Kopf bis Fuß. »Selten, dass man Leonie mit jemand anderem sieht als seiner hübschen Italienerin, Freunde sind ja nicht so sein Ding.«

Seine Worte hinterließen einen üblen Nachgeschmack in Leos Mund, doch er ließ sich seine Empfindungen nicht anmerken. Dawid konnte nicht wissen, dass ihn dieser beiläufige Kommentar traf. Und daran durfte sich auch nichts ändern.

Als er aus dem Augenwinkel erkannte, wie sich Kasimirs Blick verfinsterte, setzte Leo ein entwaffnendes Lächeln auf und lenkte vom Thema ab. »Sag mal, Dawid, hast du Paula gesehen?«

Sein Gesprächspartner zuckte mit den Schultern. »Wahrscheinlich häkelt sie wieder irgendwo Glücksbringer. Lustig, dass unser Angsthäschen gleich als Zweite ranmuss. Wer war noch der arme Kerl vor ihr?«

Dawid blickte sich suchend um, während Leo unangenehm berührt die Lippen verzog.

»Ich«, sagte Kasimir. »Ich eröffne den Wettbewerb.«

»Im Ernst?« Dawid zog die Augenbrauen hoch. »Dann hoffe ich für dich, dass deine Bühnenqualitäten mehr hermachen als deine Garderobe, Hasi.«

Er klopfte ihm amüsiert auf den Rücken und verabschiedete sich fürs Erste. Kasimir blickte ihm düster nach.

»Nimm's ihm nicht übel«, sagte Leo beschwichtigend. »Dawid gibt sich gern großspurig, aber er hat privat ein paar ziemlich harte Sachen hinter sich. Einer seiner Siegertitel ist *Broken Rainbow.* Er hat das Stück auf Grundlage seiner Eindrücke bei einer Massenpanik während eines queeren Musikfestivals geschrieben.«

Leo biss sich auf die Unterlippe, als Kasimir keine Regung zeigte. Am liebsten hätte er ihm verraten, dass Cecilie in der letzten Bankreihe saß und zu ihnen herüberblickte, doch er wollte seine Belastungsgrenze nicht überschreiten. Umso beruhigender war es, als Francesca endlich in der Tür auftauchte. Sie trug ein bezauberndes Hemdblusenkleid im Millefleurs-Stil, und ihre Locken waren zu einem französischen

Zopf geflochten. Als sie auch ihn entdeckte, stapfte sie forsch auf ihn zu und packte Kasimir an den Schultern.

»Du! Was fällt dir ein, so spät hier aufzukreuzen? Deinetwegen hat sich alles verzögert!« Daraufhin wandte sie sich mit unerbittlicher Miene an Leo. »Dieser Mistkerl!«

»Beruhig dich mal, Franna. Kasimir ist noch rechtzeitig ...«

»Ich rede von Marco! Er kommt nicht, ist das zu fassen? Der Termin dieses Vorspielens steht seit Monaten fest, und plötzlich behauptet er, verplant zu sein! Ich dachte, er müsse jeden Augenblick hier sein, dieser elende ...«

Sie spulte zahllose Beschimpfungen herunter und fixierte dabei zornig ihr Smartphone. Leo konnte sich nicht helfen. Ihre Flüche waren Musik in seinen Ohren.

Ein Klingeln ertönte und ließ Francescas Raserei abrupt verstummen, der Fokus aller Anwesenden verlagerte sich auf den Flügel in der Mitte des Saales. Davor hatte sich die Stiftungsvorsitzende im silbergrauen Seidenblazer positioniert und lächelte in die Reihen.

»Liebe Kandidaten und Gäste, wir wollen anfangen! Wie bereits angekündigt, möchten wir in alphabetischer Reihenfolge der Titel vorgehen. Daher wird der Wettbewerb mit der Etüde *All Eyes On Me* von Kasimir Hasitzky eröffnet. Kasimir, komm bitte nach vorn. Die Bühne gehört dir.«

Mit diesen Worten trat sie vom Podium und setzte sich zu den übrigen Jurymitgliedern in die erste Reihe. Während alle ihre Plätze einnahmen, warf Leo einen flüchtigen Blick zu Cecilie, die kurz beide Daumen in die Höhe streckte. Er schmunzelte und wandte sich Kasimir zu. Dieser starrte sich am Flügel fest und schien sowohl Schwierigkeiten zu haben, seine zittrigen Finger ruhig zu halten, als auch, einen Schritt auf das Instrument zu zu machen. Leo griff nach seinen Händen und begegnete seinem verunsicherten Blick mit all der Zuversicht, die er aufbringen konnte.

»Das ist dein Moment«, versuchte er, ihn zu ermutigen. »Vollkommen egal, wie viele Menschen dir jetzt zuhören. Ich will, dass du nur an eine Sache denkst, wenn du dort sitzt.«

Er trat an ihn heran, bis kaum ein Notenblatt zwischen ihnen Platz gefunden hätte. Kasimirs Herz raste, so schnell, dass Leo selbst nervös wurde. Ihre Wangen berührten sich, als er ihm ins Ohr flüsterte: »Spiel so, dass ich die Augen nicht von dir lassen kann.«

9. Takt

Moll

Alles schwieg. Bis eben hatte Kasimir befürchtet, er würde an seiner Anspannung ersticken, doch selbst sie schien vor Schreck erstarrt. Leonhards Worte rankten sich um seine Furcht und ließen sie nicht bis zu seinem Herz vordringen. Erst als er sich achtsam vor dem Flügel niederließ, ergriff das Lampenfieber wieder Besitz von seinen Nerven.

Wie war es vor sechs Jahren gewesen? Hatte er nicht darauf gebrannt, es ihnen allen zu zeigen? All die anderen Auftritte hatte er verfolgt und dabei nicht eine Sekunde daran gezweifelt, sie übertreffen zu können. Niemand hatte ihn gekannt oder Erwartungen an ihn gestellt, und diese Freiheit hatte ihm ermöglicht, ein Palastorchester aus seinen Fingern sprechen zu lassen.

Warum sollte er das nicht noch einmal schaffen?

Er legte seine Fingerspitzen auf die Klaviatur. Seine Hände hatten aufgehört zu zittern, auf sie würde er sich verlassen können. Er war imstande, sein Lied fehlerfrei vorzutragen, und wann hatte der Titel besser zugetroffen als in diesem Augenblick? Alle sahen zu ihm auf, die Juroren, die anderen

Kandidaten, selbst dieser eingebildete Poser Dawid. Er würde ihm zeigen, mit wem er sich angelegt hatte.

Fang an. Der Auftakt, komm schon.

Die Sekunden verstrichen. Jemand im Publikum hustete. Kasimirs Puls steigerte sich, seine Hände waren schwitzig vor Aufregung.

Zur Hölle, wie beginnt das Stück?

Er fuhr sich mit der Zunge über die trockenen Lippen und wandte den Blick unauffällig ins Publikum. Er durfte seine Angst nicht zeigen, sonst würde man ihn dafür belächeln, was er sich eingebildet hatte.

Kriech in dein Loch und versteck dich. Belaste uns nicht mit deinen Träumereien.

Versager.

Kasimirs Schultern verkrampften sich, er rutschte ein Stück zurück auf dem Hocker. Ganz gleich, was von diesem Moment an geschah, tiefer sinken konnte er nicht. Dann amüsierten sie sich über ihn, na und? Was kümmerten ihn die Häme und der Spott, sie reichten nicht heran an seine Selbstvorwürfe in den vergangenen Jahren. Vielleicht spornten sie ihn sogar an?

Ihn, den Sieger, der keiner war.

Mit einem Schlag wallte Panik in Kasimir auf. Nein. Er machte sich bloß etwas vor. Eine Herabwürdigung durch diese Menschen würde ihn zerstören, ein für alle Mal, und er würde in der Finsternis ertrinken, der er seit seiner Geburt zu entfliehen versuchte. Es war Angst, die ihn in die Enge trieb. Nackte Angst.

Als er abermals in die Menge blickte und Leonhard in einer der mittleren Reihen entdeckte, bemerkte er, dass seine Lippen stumme Worte formten, er langsam Luft holte und wieder ausatmete. Sein Gesichtsausdruck gab keinen Hinweis darauf, was er ihm mitteilen wollte. Aber die Botschaft war ihm gewidmet. Ihm allein.

Just breathe. Don't drown your heart. – Lass dein Herz nicht in Zweifeln ertrinken.

Kasimir wandte sich wieder dem Flügel zu und atmete tief durch. Es war der Popsong von heute Morgen, der seine Gedanken zuerst einnahm und dann davonschwemmte. Obwohl ein Ohrwurm im Moment das Letzte war, das er brauchen konnte, fühlte er sich von einer Sekunde auf die nächste freier. Er konnte sich nicht davor verschließen. Er musste zuhören.

Und das war er. Der Grund, weshalb er sich seine Angst aus den Fingern zu spielen begann.

Die Juroren, die anderen Pianisten und Gäste, sie alle waren hier, um seiner Musik zu lauschen. Ob sie wollten oder nicht, ob sein Klang ihnen gefiel oder nicht. Sie mussten seinem Tempo folgen, selbst wenn seine Interpretation sie verstörte. Kasimir zerhämmerte seine Komposition mit Gewalt, prügelte die Melodie herunter wie ein Folterknecht, der sein Opfer zum Geständnis zwingen wollte. Sein Lied sollte schreien, weil es in Selbstzweifeln ertrank und sich nicht zu retten wusste. Und das Publikum sollte dabei zusehen, wie es elendig zugrunde ging.

Das konnte Kasimir. Er konnte ihnen mit voller Härte demonstrieren, was die vergangenen Jahre aus ihm gemacht hatten.

Die letzten Takte. Schneller, vernichtender. Seine Hände krampften, und sein Herz pumpte auf Höchstleistung. Vielleicht erlitt er einen Infarkt, wenn die letzte Note gespielt war. *Wäre schade, wenn du der Welt als Angsthase in Erinnerung bleibst,* dachte er sich, als er den Akkord ausklingen ließ und den Fuß vom Pedal nahm.

Und dann erklang Applaus.

Kasimir wandte sich mit rasendem Puls dem Publikum zu. Ausnahmslos alle Anwesenden klatschten. Leonhard strahlte und hielt seine Hände höher als seine Sitznachbarn, und jemand aus den hinteren Rängen rief seinen Namen. War das Cecilies Stimme?

»Hasitzky!«, hörte er Leonhard durch den Beifall rufen und sah, wie er auffordernd mit beiden Händen in die Höhe wies.

Ach, richtig. Aufstehen. Verbeugen.

Kasimir erhob sich zögerlich, seine Beine fühlten sich an wie Gummi. In seinem Kopf breitete sich eine eigenartige Leere aus, dennoch gab er sein Bestes, dem Auditorium Dank zu zollen.

Sie würdigen deine Leistung. Sie applaudieren dir.

»Ein guter Start«, sagte Frau Dr. Weber und lächelte ihm zu. »Vielen Dank, Kasimir! Setz dich in Ruhe.« Daraufhin wandte sie sich an die anderen Kandidaten. »Als Nächstes bitte ich Paula Amadhila-Schuhmacher mit ihrem Siegerstück *Belüge mich* auf die Bühne.«

Kasimir bemerkte, wie sich die Jurymitglieder angeregt Notizen machten, und die Ungewissheit drängte zurück in sein Bewusstsein. Wie bewerteten sie die Darbietungen? Hatte er einen ausreichend guten Eindruck hinterlassen?

Benommen von den überbordenden Reizen tappte er zu den Sitzreihen, aus deren Mitte sich soeben ein Mädchen mit dunklem Teint und glatten schwarzen Haaren in einem hochgeschlossenen Etuikleid hervorkämpfte. In ihrer rechten Hand hielt sie eine braune Häkelpuppe, deren lange Ohren und Knopfaugen an ein Kaninchen erinnerten. Als sie einander passierten, hörte er sie leise »Gut gemacht« wispern, war jedoch zu perplex, um etwas zu erwidern.

»Hasitzky«, zischte es amüsiert aus der dritten Reihe. »Komm her und setz dich.«

Leonhard. Leonhard.

Sein Name tanzte durch Kasimirs Gedanken wie eine Ballerina auf Speed. Er folgte seiner Stimme und schob sich an unzähligen Kniepaaren vorbei, bis er seinen blonden Schopf entdeckte. Francesca saß an Leonhards rechter Seite und würdigte ihn keines Blickes, während dieser Dawid grinsend auf den unbesetzten Stuhl neben sich klopfte.

»Die Leidenschaft in deinen Händen gefällt mir, Hasi.«

Kasimir musterte ihn unschlüssig, ehe er sich Leonhard zuwandte, der seine Hand zum High five erhoben hielt. »Klasse gemacht. Jetzt durchatmen und Puls senken, okay?«

»War es gut?«, fragte Kasimir und fing sich stierende Blicke ein. Nachdem er Platz genommen hatte, wiederholte er seine Worte im Flüsterton.

»Ja, war es«, erwiderte Leonhard gedämpft, aber voller Überzeugung. »Nicht dein Maximum, aber es sollte für die nächste Runde reichen. Erst mal abwarten, wie die anderen abschneiden, alles klar?«

Er nickte zum Plateau, wo sich das Mädchen soeben am Flügel niederließ. Sie war jünger als Kasimir, vielleicht sogar als Leonhard, und ihr Blick ruhte konzentriert auf der Tastatur.

»Das ist Paula«, wisperte Leonhard schmunzelnd, als sie nervös mit den Handflächen über den Stoff ihres Kleides strich. »Sie ist technisch stark, obwohl sie erst vor sechs Jahren angefangen hat. Wir treffen uns jeden Sommer auf einem Klassikworkshop in Potsdam. Ihre Kompositionen sind verträumt und melodisch, ich kann sie alle auswendig.«

Es dauerte keine fünf Takte, bis Kasimir verstand, wovon Leonhard schwärmte. Paulas Klavierspiel wurde von einer Zartheit getragen, die einen starken Kontrast zu seiner Tastenmisshandlung bildete. Es war ein melodisches, wenn auch eingängiges Stück, das seinen Adrenalinspiegel nach und nach senkte. Innovation klang anders, nichtsdestotrotz war es gut. Vermutlich ein besserer Auftritt als seiner, doch das kümmerte Kasimir nicht, während er Paula applaudierte. Sie verbeugte sich kurz, presste die Hasenpuppe in ihrer Hand fest zusammen und begab sich unverzüglich an ihren Platz zurück. Kasimir bemerkte, wie Leonhard ihr fröhlich zuwinkte, und sie erwiderte seine Geste mit einem verschüchterten Lächeln.

Die nächste Darbietung bildete abermals einen gewaltigen Kontrast zu den vorangegangenen Stücken. So argwöhnisch Kasimir diesem Kerl gegenüberstand, Dawids *Broken Rainbow* war ein Meisterwerk. Die Dynamik, der technische Anspruch, alle Stilelemente waren bis ins letzte Detail ausgefeilt. Eine konstante Spannungssteigerung bis zur Eskalation auf dem Festgelände, Panik, Verzweiflung und die Stille danach. Dawids Spiel ließ eine Geschichte entstehen, eine Strecke aus Bildern, die schmerzten und hilflos machten. Repetitionen, die einen immer wieder zurückwarfen in das Gedränge, und ein einprägsames Motiv, das jeden unter sich begrub. Kasimir hatte das Gefühl, dass alle im Raum die Luft anhielten, und wenn er sich nicht täuschte, hatte Francesca mit den Tränen zu kämpfen. Was für ein Auftritt, was für eine grandiose Komposition!

Allmählich spürte er ihn wieder, diesen Dorn, der sich in sein Bewusstsein bohrte und es bluten ließ. Sie waren erst bei der dritten Präsentation angelangt, und jede von ihnen erschien ihm um Welten besser als seine. Als die Zweifel seine Fingerspitzen zum Zittern brachten, nahm er eine Berührung an seinem Handrücken wahr und blickte zu seiner Rechten. Leonhard zwinkerte ihm zu.

»Keine Sorge. Du hast es geschafft. Das kann dir keiner nehmen.«

Sein zuversichtliches Lächeln löste den Knoten in Kasimirs Brust und erhitzte gleichermaßen seine Stirn. Leonhards Nähe, ja, sogar die vor Aufregung schwitzigen Finger fachten eine so wohlige Glut in seinem Bauch an, dass er seinem Blick nicht standhalten konnte. Und er wusste, was all dies bedeutete.

Auch wenn er es aus tiefster Seele ablehnte, Thomas' Andeutungen recht zu geben.

»Mach nicht so ein Gesicht«, sagte Cecilie und rückte näher an ihren Bruder heran, um ihm den Arm um die Schultern zu legen. Sie waren die Einzigen, die nach Ende der Vorspielsession im Sitzplatzbereich zurückgeblieben waren, alle anderen hatten sich im Saal verteilt oder bedienten sich am Buffet im Gang. »Du hast gut gespielt.«

»Kann sein«, erwiderte Kasimir und seufzte leise. Leider würde »gut« auf diesem Niveau nicht ausreichen.

Nach den ersten Auftritten war er zuversichtlich gewesen, dass die Qualität der Kompositionen abnehmen musste. Diese Hoffnung hatte sich spätestens nach Leonhards mitreißender Darbietung zerstreut, und nun war er nicht mehr in der Lage, einzuschätzen, auf welchen Platz die anderen ihn verweisen würden. Umso dankbarer war er seiner Schwester, dass sie ihn in den zehrenden Minuten der Ungewissheit nicht allein ließ.

»Mach dir keinen Kopf. Jetzt kannst du eh nichts mehr ändern, dein Schicksal liegt in den Händen der Jury.«

»Großartig«, gab er müde zurück. Das lange Warten und das Adrenalintief nach dem Auftritt machten es ihm schwer, die Augen offen zu halten. »Gut, dass ich mich so respektvoll in Jogginghosen präsentiert habe.«

»Selbst schuld«, erwiderte Cecilie nüchtern. »Hättest du nicht wenigstens dein Jackett überwerfen können?«

»Hätte mir dein Auserwählter Zeit dafür gelassen?«

»Schieb die Schuld nicht auf Tommy, ja? Nimm dir lieber ein Beispiel an Leo, der kann sich selbst in seiner gruselgelben Weste wie ein Gewinner präsentieren. Und charmant ist er obendrein. Glaub mir, wenn ich zehn Jahre jünger wäre, der Junge hätte längst 'nen Ring am Finger.«

Kasimir musterte sie betreten. Säte ihr vernarrter Ton allen Ernstes Eifersucht in seinem dummen, verwirrten Herzen?

»Echt schön, dass das zwischen euch funktioniert. Du solltest diese Freundschaft wertschätzen, Kasi. Leo ist ein lieber

Mensch, und ich glaube, er mag dich wirklich. Als Person und als Pianist.«

»Ja, ja ...«, murmelte er und senkte den Blick. Cecilie war zwar diesem Macho verfallen und hatte bis heute nicht bemerkt, dass Kasimir nicht für Frauen schwärmte, trotzdem besaß sie ein gutes Gespür für Menschen. Thomas war anstrengend, aber kein humanitärer Totalausfall. Und Kasimir teilte ihre Einschätzung, dass Leonhard gutherzig war. Dass er ihn anders behandelte als die übrigen Kandidaten.

Besonders.

»Wer ist eigentlich die Kleine dort hinten?« Cecilie wies unauffällig mit dem Daumen über ihre Schulter. Das Mädchen, welches direkt nach Kasimir aufgetreten war, saß in der letzten Reihe und war in eine Häkelarbeit vertieft. Anscheinend hatten weder Freunde noch Familie sie zu ihrem Auftritt begleitet. »Sie hat wunderschön gespielt.«

»Paula oder so«, erwiderte er schulterzuckend. Seine Schwester setzte einen mitleidigen Blick auf.

»Ob ich mal zu ihr gehen soll? Sie ist ganz allein hier.«

»Mach, was du willst. Ich komm klar.«

»Na sicher«, gab Cecilie mit hochgezogenen Brauen zurück. »Wenn ich das glauben würde, säßest du jetzt noch zu Hause. Ein Glück, dass Tommy dich aus deiner Höhle gezerrt hat, auch wenn das Outfit darunter leiden musste. Keine Ahnung, wie ihm das gelungen ist.«

Statt einer Antwort fokussierte Kasimir seine Finger. Es gab einen Grund: Alain Irgendwer. Allerdings war er sich nicht sicher, ob es der richtige Zeitpunkt war, sie darauf anzusprechen.

»Cecilie ... Thomas hat Andeutungen gemacht. Dass du etwas wüsstest über meinen ...«

Stopp!

Kasimir verstummte. Nein. Das hier war sein Tag, seine Leistung, und er würde sich seinen Erfolg nicht ruinieren lassen. Nicht von diesem Monster.

»Was denn?«

»Nichts«, erwiderte er und nickte hinüber zu Paula. »Gib deinem Helfersyndrom nach und geh zu ihr.«

»Du willst mich bloß loswerden«, gab sie zurück und zwickte ihm in die Seite, ehe sie sich zu ihrem neuen Opfer aufmachte. Während Kasimir ihr nachsah, breitete sich beißendes Unwohlsein in seiner Brust aus, das er am liebsten mit ein oder zwei Kippen ausgeräuchert hätte. Aber er widerstand dem Verlangen. Heute hatte die Vergangenheit keine Macht über ihn. Das hatte er mit seinem Vorspiel bewiesen.

»Hey«, hörte er jemanden sagen und wandte den Blick wieder nach vorn. Leonhard stand lächelnd mit einem angebissenen Sandwich in der Hand vor ihm. Ein Kribbeln nistete sich in Kasimirs Bauch ein, als er sich neben ihm niederließ.

»Weißt du, dass ich verdammt stolz auf dich bin?«, sagte er und strich ihm unbedarft mit der freien Hand über den Oberschenkel, während er den Rest seines Mittagessens zu sich nahm und sich anschließend jeden seiner Finger einzeln ableckte. »Die harte Arbeit hat sich ausgezahlt. Du bist so was von weiter.«

»Wenn du meinst … «, erwiderte Kasimir und atmete bewusst flach, um sein aufgeregtes Herz zu beruhigen. Ihm wurde schwummerig unter seiner Berührung.

»Wie weit bist du mit deinem Stück fürs Finale?«, wollte Leonhard wissen. »Hast du die Endversion schon fertig?«

»So gut wie … Du?«

»Na ja, es zieht sich, aber ich werd's packen. Im besten Fall komme ich nicht weiter, und wir können uns auf dich und dein Lied konzentrieren.«

»Du bist auf jeden Fall in der nächsten Runde«, entgegnete Kasimir reflexhaft. »Dein Stück, die Interpretation war, ähm … sehr gut. Hervorragend eigentlich.«

Dass ihn während Leonhards Darbietung Gänsehaut überkommen hatte, verschwieg Kasimir. Es war schlimm genug, dass ein simpler Wortwechsel mit ihm seinen Ruhepuls beschleunigte, und er wollte Leonhard in dieser Situation keinesfalls mit seinem Gefühlschaos konfrontieren. Geschweige denn sich selbst.

»Wow! So was Nettes hast du noch nie zu mir gesagt.« Leonhard sah ihm beseelt in die Augen, und Kasimir wurde immer unsicherer unter seiner Aufmerksamkeit.

»Tut mir leid. Kommt nicht wieder vor.«

»Was, du entschuldigst dich auch noch? Seit wann bist du so sentimental?«

Leonhard rückte näher, bis sich ihre Oberschenkel berührten. Kasimir konnte den Duft wahrnehmen, den er in Vorbereitung auf den Auftritt aufgelegt hatte. Es war ein sanfter, betörender Geruch.

»Bin ich nicht«, sagte er und rutschte auf seinem Stuhl zur Seite, um etwas Distanz zu gewinnen. »Ich hätte nur gern meine Ruhe.«

»Ach, dann gibst du mir damit elegant den Laufpass?«

Leonhards gewitztes Lächeln gab Kasimir den Rest. Am liebsten hätte er seine Mimik erwidert, doch er war sich in diesem Moment selbst zu viel. Als Leonhard sich erhob, fühlte er sich gleichermaßen erleichtert und enttäuscht.

»Dann schau ich kurz bei Celi und Paula vorbei, bevor die Kandidaten für die nächste Runde verkündet werden, okay?«

Leonhard zeigte ihm Mut machend den Daumen nach oben, ehe er leichtfüßig in die hinteren Reihen zu Kasimirs Schwester scharwenzelte. Kasimirs Gesicht glühte, und er konnte nichts tun, um das Pochen in seiner Brust zu beschwichtigen. Dieser Junge stellte seinen Seelenfrieden vor eine Herausforderung.

Und leider nicht nur er.

»Na, Hasi? Wie geht's?«

Dawid Eilinger stand mit gelockerter Krawatte vor ihm und grinste ihn breit an. Seine gletscherblauen Augen strahlten dasselbe Selbstbewusstsein aus, welches sein Klavierspiel charakterisierte.

»Hasenick«, verbesserte Kasimir betont distanziert, während sich Dawid neben ihm niederließ. Sein Argwohn schien ihn nicht zu stören, er spreizte seine Knie so weit auseinander, dass Kasimirs Beinfreiheit eingeschränkt wurde.

»Und? Gefällt er dir?«, fragte er und massierte mit angespannter Miene seine Stirn. Als Kasimir die Augen verengte, nickte er zur hintersten Sitzreihe; dort, wo sich Leonhard angeregt mit Cecilie unterhielt. »Hübsch anzusehen ist er ja. Zeugt von gutem Geschmack deinerseits.«

»Wovon redest du?«

»Ist die Frage ernst gemeint?«, sagte Dawid amüsiert, lehnte sich zurück und streckte genießerisch die Arme in die Luft. »Niedlich. Ich mag Jungs, die's sich nicht eingestehen.«

»Was nicht eingestehen?«

»Dass du dich für das interessierst, was unter seiner Weste ist.«

Seine unverblümten Worte versetzten Kasimir einen Treffer in die Magengrube, genau dort, wo es eben noch gekribbelt hatte. Dawid ergötzte sich an seiner Verlegenheit und holte währenddessen eine halb leere Blisterverpackung Schmerztabletten hervor, drückte eine Pille heraus und warf sie sich in den Mund. Offenbar war er den Konsum von Medizinpräparaten gewohnt.

»Keine Angst, Gleichgesinnte verraten einander nicht«, fuhr Dawid fort, nachdem sich Kasimir betreten an seinen Fingern festgestarrt hatte. »Wollte dich nur darauf hinweisen, dass deine Schwärmerei alles andere als unauffällig ist.«

Kasimir zischte. Er hatte es nicht nötig, sich von einem Phrasendrescher belehren zu lassen. Das lenkte ihn bloß davon ab, weshalb er hier war. Der Wettbewerb, die erste Entscheidung. Nichts anderes.

»Jetzt sei nicht gleich eingeschnappt«, lachte Dawid und klopfte ihm auf die Schulter. »Jeder verliebt sich anfangs in Heteros.«

»Was willst du eigentlich von mir? Wir kennen uns nicht.«

»Stimmt. Aber das ändert sich ja gerade«, sagte er und rückte näher an Kasimir heran. Sein Parfum wurde von einer penetranten floralen Note dominiert, die sich sofort in Kasimirs Geruchssinn festbiss. »Wenn du es ernsthaft bei ihm versuchen willst, nur zu, unerfahrene Jungs wie er sind aufgeschlossen und neugierig. Allerdings hast du Konkurrenz. Leonie hängt seit Jahren an Francescas Rockzipfel. Und Paula dort drüben hat ebenfalls ein Auge auf ihn geworfen. Seit sie von seiner Legasthenie weiß, will sie sogar Sonderpädagogin werden. Das nenne ich Einsatz für die Liebe ...«

»Was?«, erwiderte Kasimir überrascht und wandte sich zu seiner Schwester, Paula und Leonhard um. »Er ist Legastheniker?«

»Sicher, sogar ein ziemlich schwerer Fall. Hat er dir das nicht erzählt?« Dawid schmunzelte vergnügt, als Kasimir den Kopf schüttelte. »Zugegeben, er macht lieber 'nen Bogen um die Thematik. Das weiß nur eine Handvoll Leute. Die, die ihm wirklich nahestehen.«

Kasimir presste die Lippen zusammen. Obwohl sie sich in den vergangenen zwei Wochen nahezu täglich getroffen hatten, hatte Leonhard ihm gegenüber mit keinem Wort erwähnt, dass er unter einer Lernschwäche litt. Weitaus härter traf ihn jedoch, dass es ihm selbst nicht aufgefallen war. Hatte er sich von seinem sorgenfreien Lächeln blenden lassen?

»Mach dir nichts draus. Du bist ein hübscher Kerl, und es gibt viele liebesbedürftige Bengel dort draußen.«

»Lass mich einfach in Ruhe«, wimmelte Kasimir ihn ab. »Ich muss mich auf den Wettbewerb konzentrieren.«

»Musst du das?«, wiederholte Dawid und lächelte süffisant. »An deiner Stelle wäre ich mir nicht so sicher. Im Gegensatz zu mir wirst du zittern müssen.«

»Du bist offenbar überzeugt von dir.«

»Klar. Ich stehe auf Platz eins.«

»Woher willst du das wissen?«

Dawid kostete seine Anspannung genüsslich aus, ehe er fortfuhr: »Ich habe die Jury in einem Nebenraum plaudern hören, als ich vom Buffet wiederkam. Francesca ist Zweite, danach kommt dein Angebeteter. Paula hat es auch geschafft. Aber deinen Namen habe ich nicht gehört, Hasi. Zumindest nicht im ersten Drittel.«

Kasimir versuchte, den Blickkontakt aufrechtzuerhalten, doch es fiel ihm nach diesen Worten zunehmend schwer. Tief im Inneren spürte er, dass Dawid kein Lügner war. Ein arroganter Maulheld, aber kein Schwindler.

»Nichtsdestotrotz, du gefällst mir«, meinte Dawid und griff in seine Hosentasche, zog ein Bündel Visitenkarten hervor und reichte Kasimir ein Exemplar. Dawid Eilingers Name, seine Handynummer und E-Mail-Adresse waren darauf verzeichnet sowie der Grund, weshalb er überhaupt Visitenkarten bei sich trug.

»Du bist Solist beim Bayerischen Staatsorchester?«

»Ganz recht, bereits in der zweiten Saison«, bestätigte Dawid und straffte selbstbewusst die Schultern in seinem hochwertigen Tweedjackett. »Ich habe gute Kontakte, und München bietet immer ein Auskommen für Pianisten. Wenn du einen Tapetenwechsel brauchst, kann ich dir problemlos ein paar Engagements verschaffen. Talent hast du nämlich, auch wenn du ziemlich rabiat in die Tasten haust. Würde mich interessieren, ob du unter der Bettdecke ähnlich wild drauf bist.«

Er zwinkerte, stand auf und wandte sich ab. Kasimir sah ihm irritiert nach. War ihm soeben eine Karriere in der Musikbranche angeboten worden?

Ein Klingeln ertönte, und im nächsten Moment drehten sich alle im Saal zur Eingangstür. Die fünf Jurymitglieder traten nacheinander ein, allen voran Frau Dr. Weber, die eine bedruckte Seite in den Händen hielt. Reflexhaft sah Kasimir zu Leonhard, der sich weiter unbeschwert mit Cecilie unterhielt, nur Paula verfolgte gebannt die Schritte der Juroren. Die Sorge in ihren Augen machte Kasimir wieder bewusst, dass dieser hoffnungsfrohe Anfang bereits das Ende bedeuten konnte. Und als sich sein Blick und der von Leonhard trafen, fügte sich das Durcheinander in seinem Kopf und seinem Bauch perfekt zusammen. Jetzt kam es darauf an.

Alles oder nichts.

»Liebe Kandidaten, wir wollen euch nicht länger auf die Folter spannen. Ihr habt uns wundervolle Interpretationen eurer Siegertitel präsentiert. Seid stolz auf euch, vollkommen gleich, ob ihr es in die zweite Runde geschafft habt oder nicht.«

Es fiel Kasimir schwer, in den aufkommenden Applaus einzustimmen. Der weiße Zettel in den Händen der Stiftungskuratorin ließ seinen Herzschlag verrücktspielen, während er äußerlich kaum eine Regung zuließ. Lediglich der Ellenbogen, der sich kurzzeitig in seine Seite bohrte, bewahrte ihn davor, zur Statue zu erstarren.

»Reiß dich zusammen und zeig ein wenig Respekt«, zischte Francesca zu seiner Linken und musterte ihn wie eine Kassiererin, der man zwanzig Euro in Zweicentmünzen überreicht hatte. Kasimir verstand nicht im Geringsten, wie sich Leonhard ausgerechnet für diese Ziege begeistern sollte. Ihm war es lieber, wenn er nicht mit ihr interagieren musste.

»Ey, Franzi, würdest du bitte meinen Hasen nicht von der Seite anmachen«, erwiderte Dawid grinsend, der zu seiner Rechten Platz genommen hatte. Zu Kasimirs Leidwesen hatte sich Leonhard dazu verpflichtet, der hoffnungslos nervösen Paula seelisch beizustehen. An seiner Seite hätte sich Kasimir wohler gefühlt als zwischen Scylla und Charybdis.

»Wir möchten euch zuerst erklären, auf welcher Grundlage das Ranking beruht«, fuhr Frau Dr. Weber fort und hielt den Bewertungsbogen in die Höhe. »Um die Subjektivität der

Juroren zu minimieren, haben wir ein Punktesystem eingeführt, das eure Darbietung in vier verschiedene Kategorien unterteilt: Korrektheit, Technik, Gefühl und Präsentation. Alle Jurymitglieder haben für jede Kategorie einen Wert zwischen null und zehn festgelegt, wobei zehn die höchstmögliche Wertung symbolisiert. Das heißt, jeder Kandidat hatte die Möglichkeit, maximal 40 Punkte zu erreichen. Die zwölf Teilnehmer mit der höchsten Bewertung haben die zweite Runde erreicht, von den anderen müssen wir uns heute leider verabschieden.«

Kasimir wäre am liebsten im Boden versunken. Statt in ausgetragenen Freizeithosen, wäre er besser splitterfasernackt auf die Bühne gegangen. Er würde sich jedenfalls keine zwei Punkte auf das Präsentationskriterium geben, und dass seine Tastenfolter nicht die liebreizendsten Empfindungen geweckt hatte, hatte ihm bereits Dawids Einschätzung bestätigt.

»Ich bitte euch nacheinander nach vorn. Für die folgenden Runden werdet ihr je nach Platzierung entweder in Gruppe A, alle ungeraden Positionen, oder Gruppe B, alle geraden, eingeteilt. Danach dürft ihr aus der Lostrommel eure klassischen Stücke für Runde zwei ziehen. Anfangen möchten wir mit den drei besten Auftritten.«

Kasimir fiel auf, wie sich Dawid neben ihm mit einem selbstsicheren Lächeln bereit machte. Er war nicht im Ansatz nervös, während Kasimir kaum gleichmäßig atmen konnte und die Kuratorin fokussierte, als wäre sie seine Henkerin. Auch Leonhard hielt seinen Blick gebannt nach vorn gerichtet. Ob er ebenso aufgeregt war wie er?

»Sieger der ersten Runde mit einer beeindruckenden Wertung von 38 Punkten ist Dawid Eilinger mit *Broken Rainbow!«,* sagte die Stiftungsvorsitzende feierlich und ließ sich einen blauen Anstecker in Form eines »A« reichen. »Komm bitte zu mir, Dawid.«

Zufrieden löste sich Kasimirs Nebenmann aus der Reihe. Er hatte nicht geflunkert mit seiner Behauptung, die Jury belauscht zu haben. Das konnte Kasimir bei Nennung des zweiten Namens verifizieren.

»Francesca Sophia Vielli hat mit *La Serenissima* 36 Punkte erhalten, herzlichen Glückwunsch!«

Auch sie trat hoch erhobenen Hauptes nach vorn, erhielt ein rotes »B« als Anstecker und stellte sich neben Dawid, der ihr gönnerhaft auf die Schulter klopfte. Sollte es Kasimir gelingen, die zweite Runde zu erreichen, würde einer von ihnen sein zukünftiger Gegner sein.

»Ebenso hervorragende 36 Punkte gehen an *Volere la luna* von Leonhard Valentin. Eine herausragend gefühlvolle Vorstellung, mein Lieber.«

Kasimir fiel ein Stein vom Herzen. Er hatte zwar nicht an seinem Weiterkommen gezweifelt, doch es beruhigte ihn, dass Leonhard und er sich nicht umsonst mit dem Entwurf seiner neuen Komposition abgemüht hatten. Er beobachtete, wie Leonhard strahlend die Brosche entgegennahm. Gruppe A.

»Eine Wertung von 34,5 Punkten erreicht Lucas Ansbach mit *Figaro* ...«

Die folgenden Minuten entwickelten sich für Kasimir zum Höllentrip. Es war die richtige Entscheidung gewesen, das Buffet auszulassen; die Übelkeit drehte ihm den Magen um. Ein flüchtiger Blick ins Lager der Nominierten verriet ihm, dass Leonhard mitfieberte; seine Unterlippe klemmte fest zwischen seinen Zähnen.

»Platz neun hat uns mit einer herausragenden Technik begeistert, wenngleich an der Präsentation noch gearbeitet werden muss«, sagte Frau Dr. Weber schmunzelnd.

Kasimir hielt den Atem an. Bitte! Nur dieses eine Mal, beim nächsten Auftritt würde er alles besser machen. Er brauchte bloß eine Chance.

»Paula Amadhila-Schuhmacher, 30 Punkte, *Belüge mich.* Du bist in Gruppe A.«

Nein. Nein, lass es noch nicht vorbei sein.

Das fragile Gerüst seiner Hoffnungen fiel nach und nach in sich zusammen, während Paula vorsichtig lächelnd aus der Reihe trat. Er war nicht gut genug gewesen, schlechter als der Großteil der ehemaligen Sieger. Von wegen Genie und Ausnahmetalent. Ein Nichts war er.

Ein Niemand.

»Das bist du, oder?«

Eine Berührung am Oberarm zog ihn sanft aus seinen Selbstvorwürfen, und er hob den Blick. Der Endzwanziger, der neben Dawid gestanden hatte, sah ihn erwartungsvoll an.

»Was?«

»Na, Hasitz... oder so. Das ist dein Name, stimmt's? Du bist auf Platz 10.«

Seine Worte klangen gleichermaßen enttäuscht und achtungsvoll. Kasimir musterte ihn einige Sekunden so ratlos, dass sich sein Leidensgenosse ein »Glückwunsch!« abrang. Daraufhin richtete er den Blick nach vorn, wo Frau Dr. Weber mit einem roten Anstecker in der Hand wartete.

»Kasimir?«, sagte sie. »Kommst du zu mir?«

»Hasitzky!«, rief Leonhard und klatschte enthusiastisch in die Hände, woraufhin die übrigen Anwesenden mit einstimmten. »Super, Kasi!«, hörte er Cecilie hinter sich rufen.

Und endlich machte es klick.

Er trat nach vorn, heraus aus der Reihe der Zitternden. Frau Dr. Weber reichte ihm lächelnd die Hand.

»Nächstes Mal vielleicht im Anzug? Dann schaffst du mit Leichtigkeit 35 Punkte«, raunte sie ihm ins Ohr, während sie die Anstecknadel an seinem Bandshirt befestigte. Kasimir war zu verwirrt, um etwas Sinnvolles zu antworten. *Platz 10.* Zehn war besser als zwölf. Das bedeutete, er war in der zweiten Runde.

Er war weiter.

»Ziehst du bitte dein Los für den nächsten Durchgang?«, erinnerte ihn die Stiftungsvorsitzende, als er an den Lostrommeln vorbeidriften wollte. Er griff gedankenlos hinein, zog einen Zettel heraus und tappte ein paar Schritte weiter – um direkt in Leonhards Armen zu landen.

»Mann, ich hab's doch gewusst!«, krakeelte er Kasimir ins Ohr. »Musstest du's so spannend machen? Ich dachte, mir bleibt gleich das Herz stehen.«

Seine Stimme klang so glücklich, dass Kasimir die überbordenden Reize nicht verarbeiten konnte. Er nahm Leonhards Geruch wahr, einen Mix aus Deo und Angstschweiß, und der Kontakt seiner Haarspitzen hinterließ ein Kribbeln auf seiner Wange.

Ein wundervolles, wildes Kribbeln.

Kasimirs Herz schlug schneller, als er bemerkte, wie Francesca mit den Augen rollte, und sah, dass Dawid die Lippen zu einem vieldeutigen Schmunzeln verzog. Doch es war ihm gleich, was sie dachten, über ihn, seine Leistung oder dieses euphorische Gefühl, das in ihm hochbrodelte. Alles, was er tun wollte, war, Leonhards Umarmung zu erwidern und das Glück zu akzeptieren, das er ihm damit schenkte.

Denn er *war* glücklich. Unbeschreiblich glücklich.

»Ich glaube das nicht«, wisperte er und drückte ihn fester an sich. »Was zur Hölle war das eben ...?«

»Das warst du«, gab Leonhard lachend zurück. »Aber so was von du, Kasimir.«

10. Takt

Dur

Nachdem Leo das Friedhofstor hinter sich gelassen hatte, folgte er eilig dem Schotterweg und blies sich warmen Atem in die Hände. Es war Freitagabend, und die Dunkelheit hatte längst Einzug gehalten. Vor zehn Minuten war er mit Kasimir in der alten Kapelle verabredet gewesen, doch er hatte sich in der Uhrzeit geirrt. Dabei wollten sie einander vor dem morgigen Auftritt noch einmal ihre klassischen Stücke vorspielen. Mit Schuberts *Moment musical Nr. 3* hatte Leo einen wahren Glückstreffer gelandet. Er mochte den verspielt träumerischen Klang, der daherkam wie eine Frühlingsnacht, und hatte es bereits zu den verschiedensten Anlässen vorgetragen. Kasimir hingegen hatte beim Anblick seines Loses bloß den Mund verzogen. Der erste Satz von Ludwig van Beethovens 14. Klaviersonate.

Die *Mondscheinsonate.*

Leo musste schmunzeln, als er sich daran erinnerte. Kasimir wollte immerzu technisch Anspruchsvolles spielen, um sein Können unter Beweis zu stellen. Dabei war das *Adagio Sostenuto* eines der schwierigsten Stücke des gesamten Wettbewerbsrepertoires. Das Gefühl, mit welchem man ihm begegnen musste, war mit kaum einem anderen Lied zu vergleichen. Und genau aus diesem Grund hatte Leo auf dem Treffen bestanden.

Als er vor der Eingangstür angekommen war, lauschte er kurz, konnte jedoch kein Klavierspiel aus dem Inneren der Kapelle wahrnehmen. Also schob er die Tür vorsichtig auf – und war verwundert, als er niemanden im Saal entdecken konnte.

»Hey.«

Er zuckte zusammen und drehte sich nach rechts. Kasimir lehnte mit einer Zigarette im Mund an der Außenwand und musterte ihn reserviert.

»Oh, sorry«, meinte Leo mit einem verlegenen Kichern. »Hab dich in den schwarzen Klamotten im Dunkeln nicht gesehen.«

»Ist mir aufgefallen.«

Kasimir löste sich von der Fassade und trat neben ihn. Augenblicklich kroch der Geruch von Zigarettenrauch in Leos Nase, und er erwischte sich dabei, ihn absichtlich einzuatmen.

Seltsam. Eigentlich mochte er Qualm nicht.

»Hast du schon geübt?«, wollte er wissen, nachdem sie aus der Märzkälte ins Innere der Kapelle geflohen waren. Kasimir rieb seine ausgekühlten Hände aneinander und setzte sich zurück ans Klavier.

»Hab's dreimal durchgespielt. Nicht das große Problem. Der dritte Satz wäre mir lieber gewesen.«

»Natürlich«, erwiderte Leo amüsiert und ließ sich wie gewohnt auf dem Holzstuhl nieder, der dem Piano am nächsten stand. »Du spielst dir lieber Knoten in die Finger, als den Eindruck zu erwecken, deine Technik wäre schwach.«

»Was ist falsch daran?«

»Nichts. Nur weiß nach letztem Samstag jeder, dass deine Fingerfertigkeit außergewöhnlich ist. Jetzt musst du beweisen, dass du auch mit einem langsamen Stück überzeugen kannst.«

Kasimir nahm kommentarlos Haltung an, legte die Hände auf die Klaviatur und spielte die ersten Takte. Leo schloss die Augen und ließ die Melodie durch seine Gedanken fließen. Sie formte eine dunkle, vereinsamte Gasse, die von Schlaglöchern und Pfützen gesäumt war. Der Mond schien durch die dünne Wolkendecke; aus den Kanalisationsgittern stieg Nebel auf. Hinter einem Fenster einer Häuserzeile flackerte Kerzenlicht und beleuchtete ein altes Bücherregal. Verstaubte Einbände, Meisterwerke der Literatur. Sie warteten seit Jahrzehnten darauf, wieder zur Hand genommen zu werden, obwohl längst feststand, dass ihr nächster Leser das Feuer sein würde.

Es war eine Geschichte, die Kasimir mit Beethovens Noten erzählte. Er formulierte sie exakt, wie der Klaviervirtuose sie einst verfasst hatte. Ohne jeden Makel.

Leo seufzte und fuhr sich mit den Fingern durchs Haar.

»Was ist?« Kasimir legte die Stirn in Falten. »Ich habe mich nicht verspielt.«

»Nein, das war schon alles richtig«, gab Leo zurück. »Aber ich bezweifle, dass die Jury eine Tonbandaufnahme hören will.«

Kasimirs Blick wirkte mit jedem Wort ernüchterter. Leo verschränkte die Hände ineinander.

»Hast du mitbekommen, was Dawid spielt? Den fünften Ungarischen Tanz, ein verdammt virtuoses Stück. Und er kann es. Er wird die Juroren vom Hocker reißen.«

»Pah!«

Als wollte er ihm etwas beweisen, spielte Kasimir einen Part von Dawids Wettbewerbsstück in feinster Brahms-Manier, ohne Notenblatt, ohne Fehler. Leo konnte sich das Lachen nicht verkneifen und applaudierte ihm anerkennend.

»Als hättest du's nicht heimlich geübt, Angeber«, sagte er und hielt den Atem an, als sein Konkurrent mitten im Spiel abbrach und sich zu ihm umdrehte. Leo wurde eng um die Brust.

Kasimir lächelte. Er lächelte ihn an.

Der Druck auf Leos Lungen wandelte sich in ein angenehmes Prickeln. Es war ein zurückhaltendes, aber ehrliches Lächeln. Und es stand ihm viel besser als die Niedergeschlagenheit, die ihn so oft wie eine dunkle Wolke umgab.

»Sehr schön, aber darum geht's nicht«, erwiderte Leo, auf einmal fiel es ihm schwer, sich zu konzentrieren. »Dawid spielt sein Lied und du spielst deins. Wie gewinnst du mit einem leichten, langsamen Stück gegen ein kompliziertes und eindrucksvolles?«

Kasimir verzog abwägend die Lippen, wandte sich der Klaviatur zu und begann von Neuem. Er spielte deutlich gediegener, allerdings hatte Leo nicht das Gefühl, dass sich die Tiefe der Darbietung maßgeblich veränderte. Kasimir interpretierte den Satz mit Verstand und gutem Handwerkszeug, dennoch klang er wie die Stimme eines berühmten Opernsängers, dem das Timbre abhandengekommen war.

Aber das ließ sich ändern.

»Stopp mal kurz«, sagte Leo und erhob sich, nachdem Kasimir von den Tasten abgelassen hatte. Sein ratloser Blick entlockte ihm ein Schmunzeln. »Ist es in Ordnung, wenn ich dir etwas zeige?«

Er wartete Kasimirs Nicken ab, ehe er hinter seinen Rücken trat und sich so weit nach vorn beugte, dass seine Fingerspitzen an die Tasten reichten. Als seine Wange dabei Kasimirs Schläfe berührte, wich dieser ein wenig zur Seite.

»Sorry, könnte etwas touchy werden«, sagte Leo betont heiter, um seine Verlegenheit zu überspielen. »Stell dir einfach vor, ich wäre ein hübsches Mädchen, für das du schwärmst. Eine Person, deren Nähe dir nicht zuwider ist. Kriegst du das hin?« Kasimir musterte ihn auffällig lange, ehe er kaum merklich nickte. »Gut, dann leg deine Hände auf die Klaviatur.«

Aus dieser Perspektive fiel Leo zum ersten Mal auf, wie lang und grazil Kasimirs Finger waren. Kein Wunder, dass er auch schwierige Intervalle in einem hohen Tempo spielen konnte. Als er mit seinen Fingerspitzen Kasimirs Handrücken berührte, ging ein leichtes Zucken durch dessen Körper. Eigenartig. Waren seine Finger kalt oder Kasimirs Haut bloß unglaublich warm?

»Sehr gut«, wisperte er ihm ins Ohr und lehnte sich mit der Brust sanft gegen Kasimirs Rücken. »Und jetzt fang an.«

Es dauerte einige Sekunden, bis Kasimir den Auftakt spielte. Leo war erleichtert, immerhin mutete diese Methode recht unkonventionell an. Vor Jahren hatte Francesca ihn während eines komplizierten Stücks auf dieselbe Weise umarmt und ihre weichen Hände auf seine gelegt. Er hatte sich zunächst geniert, doch nach wenigen Takten hatte er sie gespürt. Ihre Ruhe, die tiefe Geborgenheit und das Gefühl, nicht allein zu sein. Ihre Nähe hatte Empfindungen in ihm aufflammen lassen, die er bis heute in sich trug. Jedes Mal, wenn er sich ans Klavier setzte, begannen seine Finger vor Leidenschaft zu glühen. Er kühlte sie an den Tasten ab und teilte allen Zuhörern über ihren Klang mit, wie es in seinem Innersten zuging: brennend heiß und Funken sprühend. Und wenn er sich nicht täuschte, hörte er diese Nuance nun auch in Kasimirs Spiel.

Die Häuserzeile schimmerte prächtig im Mondschein, Ornamente zierten die Fensterläden. Das Bücherregal erstrahlte rotgolden im Kerzenlicht. Vor Leos innerem Auge entstand ein Gemälde, das eine zarte Sehnsucht in ihm hervorrief. Am liebsten wäre er dort, in diesem Raum, zusammen mit Kasimir. Er würde ihn bitten, ihm aus seinem Lieblingsbuch vorzulesen, und stundenlang dem Klang seiner Stimme lauschen. Sein zurückhaltendes Lächeln betrachten. Die Berührung seiner eleganten Finger genießen …

Moment, was?

Leo löste sich abrupt von Kasimirs Handrücken und trat einen Schritt zurück, woraufhin Kasimir sein Spiel einstellte.

Was war das eben für ein Gedanke gewesen?

»Entschuldige …«, sagte er zögerlich. »Jetzt bin ich dir zu sehr auf die Pelle gerückt, war nicht meine Absicht.«

Kasimir schwieg weiterhin und drehte sich nicht zu ihm um. Wahrscheinlich war es ihm unangenehm, ihm nach dieser Aktion ins Gesicht zu blicken.

»Aber, ähm … der Klang hat sich verändert, du schienst, die Bilder zu sehen, die du gespielt hast. Das war gut, wirklich. Viel besser als davor.«

Nun nickte Kasimir immerhin. Seine Haltung war unnatürlich steif, Leo war wohl zu weit gegangen. Niemand mochte es, aus heiterem Himmel mit Berührungen bedrängt zu werden. Hoffentlich hielt Kasimir ihn nicht für einen Sonderling.

Nicht auch noch er.

Leo trottete zu seinem Stuhl und ließ sich darauf nieder. Zwar hatte er exakt das erreicht, was er sich vorgestellt hatte, dennoch blieb ein seltsames Flimmern in seiner Brust zurück. »Okay, ähm … willst du es noch mal probieren?«

»Nein«, erwiderte Kasimir und wich noch immer seinen Blick aus. »Das reicht.«

»Okay …«

Leo vergrub unschlüssig seine Hände in den Taschen seiner karminroten Jeans. Für gewöhnlich gehörte er nicht zu der Sorte Mensch, der leicht die Worte ausgingen, doch im Augenblick wusste er nichts zu sagen.

»Und du?«, fragte Kasimir, den Blick weiterhin auf das Klavier gerichtet. »Willst du dein Allegro noch mal üben?«

»Nein, muss nicht sein. Wenn wir fertig sind, würde ich mich lieber zu Hause an meine Abschlusskomposition setzen.«

»Ich kann dir helfen. Falls du nicht weiterkommst.«

»Schon gut. Ich will es diesmal alleine hinkriegen.«

Noch während er sprach, drehte Kasimir sich zu ihm um. Er lächelte zwar nicht, aber etwas an seinem Blick hatte sich verändert. Sein Fokus ruhte so intensiv auf ihm, dass Leo verunsichert zur Seite sah. Was war nur los mit ihm?

»Dann lassen wir es für heute bleiben?«

»Ja, ist besser«, erwiderte Leo und kramte mit gesenktem Kopf seinen Schal aus seinem Rucksack. Er hätte gern mehr gesagt, aber es gelang ihm nicht. Wohin war seine Spontanität verschwunden, seine Selbstsicherheit? Waren sie in der Wärme verglüht, die er noch immer in seinen Handflächen spürte?

Als sie die Kapelle verließen, war die Luft kalt und klar, und der Himmel über ihnen erschien ungewohnt dunkel. Es kam nicht oft vor, dass sich die Lichter der Stadt dem zarten Funkeln der Sterne ergaben, doch hier, auf diesem abgelegenen Friedhof, dominierte die Beleuchtung der Natur. Leo betrachtete ihr nächtliches Schauspiel und blieb einige Sekunden fasziniert vor der Kapellentür stehen.

»Echt schön«, sagte er. Kasimir nickte und ließ seinen Blick ebenfalls über die schwarz-silberne Himmelskulisse schweifen. Er verlor kein Wort und wirkte so in sich gekehrt, dass Leo unwillkürlich sein Profil musterte. Er hatte eine markante Nase, die gut zum schmalen Schnitt seines Gesichtes passte. Die Züge um seinen Mund und seine Augen waren jetzt, da er in seiner Welt versunken schien, natürlich und weich. Was sah er wohl, wenn er zu den Sternen hinaufblickte? Was machte seine Mimik so viel verträumter?

»Sag mal«, begann Leo vorsichtig, nachdem sie ihren Weg zum Hauptausgang fortgesetzt hatten, »liegt deine Oma auf diesem Friedhof?«

»Ja. Weiter hinten«, murmelte Kasimir verzögert, als wäre er nicht vollständig anwesend.

»Ah, okay. Und deine Eltern auch?«

»Nur meine Mutter. Und Cecilies Vater.«

»Verstehe ... tut mir echt leid, was passiert ist«, antwortete Leo und betrachtete die ewigen Lichter, deren Schein die Grabsteine abseits des Weges sanft umhüllte. »Celi hat mir von dem Unfall erzählt. Ich wusste nicht, dass ihr nur Halbgeschwister seid.«

Kasimir erwiderte nichts darauf und lief weiter, ein wenig schneller als zuvor. Leo tappte ihm eine Zeit lang schweigsam hinterher, konnte seine Neugier jedoch nicht zügeln. »Was ist eigentlich mit deinem leiblichen Vater? Kennst du ihn?«

»Nein.«

»Wirklich? Celi hat erwähnt, dass er auch Pianist sei, deshalb dachte ich ...«

Leo verstummte, als Kasimir ruckartig vor ihm stehen blieb und sich umdrehte. Die Unbeschwertheit war endgültig aus seinen Gesichtszügen verschwunden, stattdessen lag eine tiefe Distanziertheit in seinen grauen Augen, die Leo nicht einzuordnen wusste. Francesca sprach stets voller Stolz von ihrem Vater, dem sie das Klavierspiel und ihre Förderung verdankte. Leo war sich sicher gewesen, dass auch Kasimir seinem Vorbild nacheiferte. Aber dem war offenbar nicht so.

»Weißt du, was mir auffällt?«, sagte er mit einer Anspannung in der Stimme, die Leo kleinmütig werden ließ. »Du willst unheimlich viel von mir wissen. Warum?«

»Na ja ... weil ich mich für dich interessiere. Wir sind Freunde, oder?«

»Keine Ahnung«, entgegnete Kasimir so direkt, dass Leo einen Stich im Herzen spürte. »Ich weiß überhaupt nichts von dir. Ich erfahre mehr von einem Wildfremden über deine Probleme als von dir selbst ...«

Seine Worte wurden zum Ende leiser, doch das nahm ihnen nicht ihre Eindringlichkeit. Leo brauchte einen Moment, um ihre Tragweite zu begreifen.

Oh nein. Bitte nicht.

»Meinst du Dawid?«, hakte er nach. »Was hat er dir erzählt?«

»Dass du eine Lese-Rechtschreib-Schwäche hast.«

Natürlich.

Leo atmete langsam aus, während sein Blick über das Kiesbett wanderte. Er hätte darauf gefasst sein müssen, doch die Enttäuschung kratzte trotzdem an seiner Maske. »Ich hatte ihn gebeten, das für sich zu behalten.«

»Warum?«

»Weil es alles ändert und nichts verbessert«, antwortete er und legte den Kopf in den Nacken, um sich wieder den Sternen zu widmen. Es war jedes Mal ein Kampf für ihn, wenn dieses Thema zur Sprache kam, und er hatte gehofft, es ein wenig länger vor Kasimir geheim halten zu können. »Ich kann nicht besser lesen, nur weil mein Umfeld davon weiß. Dafür behandelt mich anschließend jeder wie einen Außerirdischen. Und ich will nicht, dass du das auch tust ...«

Nein, hör auf. Das ist nicht fair.

Leo seufzte leise, er wollte seinen Missmut nicht auf Kasimir abwälzen, bloß weil er sich für ihn interessierte. Warum musste es ausgerechnet dieser Aspekt seines Lebens sein?

»Dann ... sag mir, wie es für dich ist«, hörte er Kasimir murmeln. Leo senkte den Kopf, woraufhin sein Gegenüber seinem Blick auswich und die Hände in den Hosentaschen vergrub. »Deine, ähm ... Legasthenie. Ich will dich nicht wie einen Außerirdischen behandeln. Aber auch nicht wie einen Fremden. Also erklär's mir. Das ist wahrscheinlich das Einfachste.«

Leo zog ungläubig die Augenbrauen hoch. Es kam so gut wie nie vor, dass jemand auf seine Lernschwäche stieß, ohne anschließend aus Befangenheit das Thema zu wechseln.

»Na ja ... ich habe Probleme damit, Wörter zu erkennen und sinnvoll in einen Kontext zu setzen. Es ist, als würden Buchstaben wahllos zusammenkleben. Zahlen liegen mir auch nicht besonders.«

»Okay … aber das ist nichts, wofür du dich schämen müsstest, oder?«

Kasimirs vorsichtige Wortwahl entlockte Leo ein Schmunzeln.

»Weißt du«, begann er, »bevor die Störung diagnostiziert wurde, bin ich in vielen Schulfächern nicht mitgekommen. Wenn ich gebeten wurde, vor der Klasse etwas vorzulesen, endete das meist in 'ner peinlichen Stammelaktion. Das führte so weit, dass ich die dritte Klasse freiwillig wiederholen wollte, um mitzuhalten … aber das war im Nachhinein ein Fehler.«

Lange verdrängte Bilder flackerten in seinem Gedächtnis auf, und er war froh, dass Kasimir sie nicht sehen konnte.

»Als vermeintlicher Idiot habe ich andauernd Sprüche von meinen Mitschülern zu hören bekommen. ABC-Schütze, IQ-Loser … manchmal haben sie meine Hefte mit ellenlangen Sätzen bekritzelt oder mich mit Zettel und Stift auf dem Klo eingesperrt. Ich musste Codewörter schreiben, damit sie mich wieder rauslassen, und das waren meist Beleidigungen.«

»Wie bitte …?«

Aus Kasimirs Worten sprach Fassungslosigkeit. Ähnlich jener, die Leo einst im Gesicht seiner Mutter gesehen hatte, als sie ihn eines Nachmittags heulend in seinem Zimmer entdeckt hatte. Der bloße Gedanke daran betrübte ihn.

»Das ist eine fiese Zeit gewesen … ohne Franna hätte ich das nicht durchgestanden. Sie hat mich mit gemeinsamen Übungen am Klavier abgelenkt, wenn ich nach der Schule geknickt in den Musikunterricht gekommen bin, und sie hat meine Eltern und die Schulleitung auf meine Probleme aufmerksam gemacht, nachdem ich sie jahrelang überspielt habe …«

Eigenartig, wie leicht sich die Erinnerungen in Worte fassen ließen. Irgendwie tat es gut, sich seine Gedanken und Gefühle von der Seele zu reden, im Wissen, dass ihm jemand ernsthaft zuhörte.

»Warum?«, fragte Kasimir nach und trat auf ihn zu. Die Härte war aus seinem Blick gewichen, und seine Stimme klang deutlich weicher. »Wieso hast du deine Schwächen überspielt?«

»Weil ich normal sein wollte.«

Darauf erwiderte Kasimir nichts. Seine starre Mimik ließ Leo ahnen, dass er diese Denkweise nicht nachvollziehen konnte.

»Ich weiß, das klingt naiv, aber ... ich wollte wie die anderen Kinder sein«, seufzte Leo. »Ich wollte gemeinsam mit ihnen nach der Schule ins Eiscafé gehen und etwas aus der Karte bestellen. Selbstständig, verstehst du? Das war mein großes Ziel. Und ich wollte es mir nicht von etwas kaputtmachen lassen, das ich aus eigener Kraft nicht bezwingen kann.«

Er fuhr sich mit den Fingern durchs Haar, während sich sein Lächeln wieder zu dem verfestigte, das er seit Kindertagen mit sich herumtrug. Eine Maske, die jedes düstere Gefühl aus seinem Gesicht filterte.

»Ich habe mit der Zeit gelernt, meine Defizite zu verstecken. Aber es ist verdammt schwierig, sich jeden Abend mit einem Buch ans Bett seiner kleinen Schwester zu setzen und sich Gutenachtgeschichten auszudenken, die zu den Bildern auf den Seiten passen ...«

Während er sprach, fiel Leo auf, dass sich Sorgenfalten auf Kasimirs Stirn abzeichneten. Er hörte geduldig zu, wirkte jedoch zunehmend mitgenommen.

»Tut mir leid ... ich wollte dich damit nicht runterziehen.« Leo kratzte sich verhalten am Hinterkopf. »Seit meinem Schulwechsel sind Anfeindungen zum Glück kein Thema mehr. Durch meine Lernhelferin habe ich weniger Schwierigkeiten und komme deutlich besser mit meinen Mitschülern klar. Trotzdem fällt's mir schwer, echtes Vertrauen zu ihnen aufzubauen …« Leo begann, mit seiner Schuhspitze im Split zu scharren. Er konnte sich nicht daran erinnern, wann er zuletzt so viel von seiner Gefühlswelt preisgegeben hatte, und wollte Kasimir nicht mit seinem Geständnis überfordern. »Sorry … Ich weiß, wie erbärmlich das klingt. Deswegen spreche ich nicht gern darüber …«

»Das ist nicht erbärmlich«, unterbrach ihn Kasimir. »Ich, ähm … ich verstehe, dass es dir schwerfällt, darüber zu reden, aber nenn es nicht armselig. Das ist es nicht. Das bist du nicht.«

»Oh … okay«, erwiderte Leo zögerlich. Kasimirs Stimmfall streute eine flirrende Wärme in seine Brust, ähnlich wie zuvor in der Kapelle. Dieses Gefühl, diese ganze Situation – das war alles neu für ihn.

Neu und ungemein spannend.

»Danke, dass du es mir gesagt hast«, meinte Kasimir nach einer Weile, nahm seine Hände aus den Taschen und rieb sie in der kalten Nachtluft aneinander. »Du kannst das öfters tun, wenn du willst, dass wir … Freunde sind. Du bist nicht der Einzige von uns, der sich für den anderen interessiert.«

Die Worte gingen ihm zäh über die Lippen, als hätte er sie ewig nicht mehr ausgesprochen. Dennoch spürte Leo, dass er jedes von ihnen ernst meinte. Und das machte das eigenwillige Klopfen in seiner Brust aufregend angenehm.

»Ich werd's probieren. Aber dann erwarte ich, dass auch du vernünftig mit mir sprichst.«

»Mache ich doch.«

»Fast«, sagte Leo mit einem Schmunzeln, das sich erfrischend ehrlich anfühlte, und streckte Kasimir die Hand entgegen. »Wenn du mich bei meinem vollen Namen nennst, klingt es, als hätte ich was verbrochen. Also wär's nett, wenn wir uns auf Spitznamen einigen könnten. Das hat dann wirklich was von Freundschaft.«

Es war ungewohnt, dieses Wort in den Mund zu nehmen. Freundschaften zu schließen gehörte, im Gegensatz zu seinem Lächeln, nicht zu den Fähigkeiten, die Leo während seines Erwachsenwerdens perfektioniert hatte. Aber irgendwann musste der Junge hinter der Maske damit anfangen, einer Zukunft an der Seite anderer Menschen eine Chance zu geben. Nein, er wollte es sogar. Und dass dieser Wunsch auf Gegenseitigkeit beruhte, spürte er in Kasimirs zaghaftem, aber festem Händedruck.

»Einverstanden ... Leo.«

Moll

Nachdem die Wohnungstür ins Schloss gefallen war, rieb Kasimir sich übers Gesicht. Was war nur in ihn gefahren? Er war selbst kein redseliger Mensch, und ausgerechnet *er* forderte von Leonhard ein, sich ihm zu öffnen. Es tat ihm leid, die verstörenden Erinnerungen in Leonhard wachgerufen zu haben, die sich hinter seinem Lächeln verbargen; seine Worte hatten Kasimir den gesamten Heimweg über nicht losgelassen. Aber er wollte mehr von ihm wissen, viel mehr als Dawid und Francesca.

Kasimir blinzelte in die Dunkelheit des Flurs, dann seufzte er leise. Wo sollte das bloß enden? Ständig begleitete ihn die Angst, Leonhard könnte bemerken, was er inzwischen für ihn empfand. Seine freundschaftliche Umarmung nach der ersten Wettbewerbsrunde hatte viel mehr in Kasimir ausgelöst, als Leonhard bezweckt hatte. Und spätestens seit vorhin, als er mit den Fingerspitzen seine Handrücken berührt hatte, war es um Kasimirs Besonnenheit geschehen gewesen. Er konnte an nichts anderes mehr denken als an ihn. Der Drang, ihm näherkommen zu wollen, wurde immer stärker.

Kasimir zischte, seine Wangen glühten trotz Zimmertemperatur. Hoffentlich war das nicht seinem langen Freiluftaufenthalt geschuldet, eine Erkältung konnte er jetzt nicht brauchen.

Plötzlich ploppte eine Erinnerung in seinem Gedächtnis auf. Der Wettbewerb. Sein Auftritt. Morgen.

Nur die acht besten Teilnehmer würden es bis in die dritte Runde schaffen, zudem wurden die Ergebnisse aus den Vorrunden dazuaddiert. Auf die Kategorie »Gefühl« fühlte sich Kasimir nach Leonhards Initiative besser vorbereitet, als ihm lieb war. Dass das jedoch nicht ausreichen würde, hatte ihm sein vorangegangener Jogginghosen-Fauxpas vor Augen geführt.

»Der Anzug …«, murmelte er und rekapitulierte mit Schrecken die Bilder des vergangenen Mittwochs, als Cecilie ihn zur Schneiderin geschleift hatte. Er war innerlich gestorben, als sie ihm eine schneeweiße Kombination hatte aufdrängen wollen. Gnädigerweise hatte ihr die Boutique-Inhaberin diesen Irrglauben ausgeredet und stattdessen ein schwarzes Modell mit schlichten weißen Applikationen am Revers herausgesucht, in welchem er sich sogar wohlgefühlt hatte. Die nötigen Anpassungen waren auf zwei Tage angesetzt worden. Dementsprechend hätte der Anzug heute abgeholt werden sollen. Von ihm.

Sein Blick fiel auf die Wanduhr. Es war kurz nach neun, das Geschäft hatte seit einer Stunde geschlossen. Kasimir verlor sich kurzzeitig in Gedanken über einen nächtlichen Einbruchversuch, als ihm ein blauer Kleiderschoner am Garderobenhaken auffiel. Der beschriebene Zettel, der mit einer Sicherheitsnadel daran befestigt war, ließ seinen Puls sofort abflauen.

Liebstes Brüderchen!
Da ich dein Amöbengedächtnis seit 21 Jahren kenne, habe ich deine Kostümierung für den Auftritt abgeholt. Leider kann ich dieses Mal nicht dabei sein, aber du hast ja inzwischen ein paar Freunde gefunden. ❤

Heute Abend bin ich mit Tommy verabredet und übernachte bei ihm. Pastinaken-Kohl-Auflauf ist im Kühlschrank. Hazel habe ich versorgt, aber sie frisst nicht gut. Kannst du das im Auge behalten?
Geh früh ins Bett und viel Erfolg morgen!!!!!!!!!!!

Kasimir steckte die Notiz in seine Hosentasche und tappte schmunzelnd in die Küche zum Kaninchenkäfig. Er kniete sich davor und begutachtete Hazels Anläufe, Cecilies Fairtrade-Mohrrübe zu vertilgen.

»Magst du lieber was vom Discounter?«, fragte er und beobachtete, wie Hazel dösig mit den Lidern zuckte. Er öffnete das Gitter und strich ihr über den Rücken; sie war tatsächlich ein wenig abgemagert. Da er keinen blassen Schimmer von Kaninchenkrankheiten hatte, würde er auf eine Online-Recherche zurückgreifen.

Zuerst holte er Cecilies Experimentalauflauf aus dem Kühlschrank, ließ die Mikrowelle ihre Arbeit verrichten und ging anschließend samt dampfender Keramikschüssel ins Wohnzimmer. Der Laptop seiner Schwester stand aufgeklappt auf dem Couchtisch. Als er den Internetbrowser aufrief, bemerkte Kasimir, dass sie die Tabs ihrer letzten Sitzung nicht geschlossen hatte. Beim ersten handelte es sich um ihren YouTube-Kanal, der zweite zeigte eine Stafette von Hochzeitskleidern im »Meerjungfrauenschnitt«. Thomas und sie würden wohl demnächst ernst machen, Familiengründung inklusive. Kasimir war bewusst, dass bald kein Platz mehr für ihn an ihrer Seite sein würde. Maximal als Babysitter für Thomas' Stammhalter, und er konnte sich inzwischen Schöneres vorstellen, als den Rest seines Lebens im Schatten seines erfolgreichen Schwagers zu verbringen. Vielleicht hatte Dawid recht, und er war talentiert genug, um auf eine Karriere in der Musikbranche hinzuarbeiten. Es war ihm auch gelungen, die Schule mit einem Abschlusszeugnis zu verlassen. Warum sollten sich die zwölf Jahre Paukerei nicht auszahlen?

Kasimir schüttelte den Kopf und verwarf für den Moment seine Zukunftsfantasien. Wenn er morgen sein Vorspielen vergeigte, wären sie sowieso nichtig, also schloss er lieber mit seiner Recherche ab und legte sich früh schlafen. Noch ein Klick auf den letzten Tab, dann ging es mit Hazels Anamnese weiter.

Als auf dem Bildschirm abermals ein YouTube-Video erschien, zog Kasimir die Augenbrauen zusammen. Es handelte sich weder um einen Upload auf Cecilies Kanal, noch hatte es mit ihren Interessen zu tun. Er beugte sich nach vorn und musste die Beschreibung unter dem Clip zweimal lesen, ehe er begriff, was sich seine Schwester dort zehn Minuten lang angesehen hatte.

Maurice Ravel: Gaspard de la nuit (troisième pièce: Scarbo)

Pianiste: Alain Gaillard

Das angehaltene Bild zeigte eine Person an einem weißen Konzertflügel, die Bühne war spärlich beleuchtet. Kasimir konnte erkennen, dass es sich um einen Mann um die dreißig handeln musste.

»Anstatt mit der Wahrheit über diesen Alain Irgendwas rauszurücken, verhätschelt sie dich. Aus Angst davor, du würdest ihr nicht verzeihen …«

Kasimirs Blick haftete am Bildschirm. Das Video zeigte den Mitschnitt einer Konzertgala vor rund zehn Jahren. Ein hagerer Mann am Klavier, geschniegelt bis in die schwarzen Haarspitzen, war im Begriff, eines der anspruchsvollsten Stücke des zwanzigsten Jahrhunderts vorzutragen. Mit dieser Profession, diesem Aussehen. Diesem Namen.

Was, wenn …?

Kasimir tippte wie ferngesteuert auf Play und ließ das Video ablaufen, erhöhte sogar die Lautstärke, als der Pianist nach mehrmaliger Verbeugung zu spielen begann. Es war eine herausragende Darbietung auf höchstem Niveau. Kasimir hatte sich nie tiefer mit dem impressionistischen Werk auseinandergesetzt, weil es ihm schlichtweg nicht gefiel. Daran änderte sich nichts, obwohl dieser Pianist es grandios interpretierte. Im Gegenteil.

Er fing an, das Lied zu hassen.

Alains konzentrierter Blick, die zusammengepressten Lippen und fliegenden Finger; seine Performance war Kasimir zuwider. Wie konnte es sein, dass er in der Öffentlichkeit stand und bejubelt wurde? Dass jemand wie er nach allem, was er angerichtet hatte, eine Karriere im Rampenlicht genoss? Vermutlich wusste er nicht einmal, dass Cynthia Hasenick seit zwanzig Jahren tot war. Und dass aus der Vergewaltigung ein Kind hervorgegangen war.

Kasimir stand auf und lief fahrig im Raum auf und ab. Er war es. Er *musste* es sein, dieser elende Scheißkerl. Jetzt kannte er sein Gesicht und seinen vollen Namen. Vielleicht schrieb er ihm voll Abscheu eine Komposition, die er ebenso brillant vor versammelter Mannschaft herunterklimperte. Die ersten Takte manifestierten sich bereits in seinem Kopf, als Ravels Stück sein Ende fand und sich der zu erwartende Applaus erhob.

»Ja, klatscht ruhig, ihr Penner«, zischte er und ließ sich wieder auf die Couch fallen. Missmutig sah er dabei zu, wie Alain sich vor seinem Publikum verbeugte. Nichts an seiner Ausstrahlung ließ vermuten, was für eine Bestie diesem Mann innewohnte. Das wühlte Kasimir am meisten auf.

»Merci beaucoup«, sagte er mehrmals nacheinander. »La prochaine morceau est une composition personelle que j'ai écrite pour une fille très spéciale. Cynthia, si jamais tu l'écoutes, je veux que tu saches …«

In diesem Moment brach die Aufnahme ab. Kasimir hielt inne. Er spulte das Video zurück bis zu der Stelle, an der er zu sprechen begann. Kein Zweifel. Auch wenn er kein Französisch verstand, das war eindeutig der Name seiner Mutter.

Nachdem er den Wortlaut wiederholt abgespielt hatte, suchte er fieberhaft nach der Fortsetzung des Mitschnitts. Doch auch nach stundenlanger Recherche kam er zu keinem brauchbaren Ergebnis. Es fanden sich keine aktuellen Einträge über Alain Gaillards Verbleib, geplante Konzerte oder Gastauftritte. Er war wie vom Erdboden verschluckt. Nur bei zwei Sachen war sich Kasimir sicher.

Erstens: Sein Erzeuger erinnerte sich an den Kontakt zu seiner Mutter. Und zweitens: Cecilie war sich dessen bewusst und hatte es ihm verschwiegen.

Was zur Hölle ging hier vor sich?

11. Takt

Moll

Als er am Tag der zweiten Wettbewerbsrunde aus dem Bus stieg, spürte Kasimir, dass dieser eine schreckliche Berg-und-Tal-Fahrt werden würde. Er hatte wegen dieses aufwühlenden Videos kein Auge zugetan und sah sich zu allem Überfluss seit den frühen Morgenstunden mit heftigen Bauchkrämpfen konfrontiert. Entweder litt er an einer Pastinaken-Unverträglichkeit, oder Cecilie hatte das Verfallsdatum ihrer Gratin-Zutaten ignoriert. Das Ergebnis war jedenfalls ein rebellierender Verdauungstrakt, und die Aussicht, in frühestens zwanzig Minuten in die Nähe einer Toilettenkabine zu kommen, entwickelte sich zunehmend zur Tortur.

Vor dem Eingangsbereich der Harmonica standen bereits einige Teilnehmer und warteten in kleinen Gruppen. Während er sich dem Gebäude näherte, bemerkte Kasimir zuallererst Francesca, die an der Hauswand lehnte und angesichts ihrer hitzigen Gebärden ein intensives Telefonat führte. Sie trug schwindelerregend hohe Pumps und ein knielanges, dunkelblau funkelndes Kleid unter ihrem Mantel. Der Großteil der Kandidaten hatte sich in Schale geworfen. In der zweiten Runde wurde nichts mehr dem Zufall überlassen.

Am Rande der Ansammlung entdeckte er Paula, die an den Ohren ihrer kleinen Häkelpuppe herumzupfte. Ihre Gesellschaft stellte vermutlich das geringste Übel dar. Auf eine erneute Herabwürdigung durch Dawid, der im Zentrum des Geschehens ausschweifend gestikulierte, konnte er verzichten.

»Morgen«, sagte er matt, als er Paula erreichte. Sie blickte überrascht auf, lächelte dann jedoch und erwiderte seinen Gruß.

»Du bist Cecilies Bruder, richtig?«, fragte sie vorsichtig. Kasimir schmunzelte betreten. Anscheinend hatte Cecilies bloße Anwesenheit einen nachhaltigeren Eindruck hinterlassen als sein Auftritt. »Sie hat mir am Samstag Mut gemacht.«

»Ich weiß. Wäre aber nicht nötig gewesen. Du hast gut gespielt.«

Paulas dunkle Augen weiteten sich, und ihr Gesichtsausdruck wirkte so verblüfft, dass Kasimir sich seinen Wortlaut ins Gedächtnis rief. Eigentlich meinte er, nicht allzu dick aufgetragen zu haben.

»Oh, das … a-also, danke sehr. E-Es hat mich motiviert, vorher dein tolles Stück gehört zu haben. Ich kannte es aus dem Kompendium, aber ich wusste nie, wer es verfasst hat. Mir war nicht klar, dass du so jung bist …«

»Schätze, du bist jünger«, gab er zurück. »Ich bin einundzwanzig.«

»Dann warst du damals … fünfzehn? Wow … mein Lied ist nicht annähernd so gelungen. Kein Wunder, dass du gegen Leo gewonnen hast …«

Autsch! Noch während sie sprach, zog sich ein schmerzhafter Krampf durch Kasimirs Bauch, und er biss gequält die Zähne zusammen, zudem wallte Übelkeit in seiner Kehle auf. Es war die reinste Zumutung, sich in diesem Zustand einem Wettbewerb zu stellen, doch er hatte keine Wahl. Wenn er sich krankmeldete, wurde er disqualifiziert und verlöre abermals das Gesicht vor allen Teilnehmern. Am meisten vor sich selbst.

»Alles in Ordnung mit dir …?«, fragte Paula mit besorgter Miene.

»Ja … alles okay«, brachte er mühselig hervor und atmete tief durch, als der Schmerzschub langsam nachließ. »Weißt du vielleicht, wann die uns reinlassen? Ich …«

»Kasi! Paula!«, hörten sie es aus der Ferne rufen und wandten sich um. Leonhard nahm ihre Absprache wohl ernst, denn bis auf seine impertinente Schwester hatte ihn niemals jemand bei diesem Spitznamen genannt.

Sein Konkurrent hatte dieses Mal Verstärkung im Schlepptau. Eine Frau und einen Mann mittleren Alters sowie ein kleines Mädchen im Rüschenkleid, das ihm wie aus dem Gesicht geschnitten war. »Mann, bin wohl spät dran, wenn ihr beide schon da seid.«

»G-Guten Morgen, Leo …«, wisperte Paula so zaghaft, dass Kasimir sie kaum verstehen konnte. Wenn er ihre Nervosität richtig deutete, hatte Dawid bezüglich ihrer Gefühle für Leonhard nicht gelogen.

»Ich bin heute mit Familie angereist. Mama, Papa, das ist Kasimir Hasenick. Erinnert ihr euch an seinen Auftritt vor sechs Jahren?«

»Aber natürlich«, sagte Leonhards Mutter und reichte ihm die Hand. »Eine so beeindruckende Komposition vergisst man nicht. Freut mich sehr.«

Auch sein Vater begrüßte Kasimir mit einem festen Händedruck und grinste verschlagen. Jetzt wusste er, von wem Leonhard dies geerbt hatte.

»Guck mal, Mira.« Leonhard bückte sich zu seiner Schwester herunter und zeigte auf Kasimir. »Das ist der coole Typ, der das Lied geschrieben hat, das du so magst.«

Das lichtblonde Mädchen musterte Kasimir von Kopf bis Fuß, ehe sie sich zum Eingang der Harmonica wandte. »Da ist Franna«, sagte sie und lief davon. Auch Leonhards Eltern lösten sich mit einer freundlichen Abschiedsfloskel von der Gruppe.

»Ihr macht ja einen fabelhaften Eindruck«, stellte Leonhard amüsiert fest, während sein Blick über Paulas angespannte Miene und Kasimirs Augenringe schweifte. »Du siehst aus wie ein Zombie im Anzug, Kasi. Was ist los, alles gut bei dir?«

Kasimir nickte, erwiderte jedoch nichts. Er wollte Leonhard vor diesem wichtigen Auftritt nicht mit seinen privaten Problemen belasten.

»Wir sind ein wenig au-aufgeregt ... oh!« Paula gab einen schreckhaften Laut von sich, als ihr die Hasenpuppe aus den Fingern rutschte und auf den Pflastersteinen landete. Bevor sie sich danach bücken konnte, war Leonhard neben ihr in die Hocke gegangen und hob ihre Häkelkunst galant auf.

»Hast du die wieder selbst gemacht?«, fragte er und lächelte, als sie scheu nickte. »Echt süß. Du kannst das richtig gut.«

»O-Oh ... danke schön!«

Kasimir bemerkte das Funkeln in Paulas Augen, als sie die Puppe wieder entgegennahm. Sie musste schon längere Zeit in Leonhard verliebt sein, das wirkte nicht wie eine Schwärmerei.

»Gut, ich, äh ... ich möchte noch mit meinen Eltern telefonieren, bevor es losgeht. Wenn das für euch in Ordnung ist ...«

»Klar, nur zu«, ermunterte sie Leonhard und winkte ihr nach, als sie mit einem verlegenen Lächeln zwischen den anderen Teilnehmern verschwand.

»Wie alt ist sie?«, fragte Kasimir, nachdem Paula außer Hörweite war. Er schämte sich dafür, dass er unterschwellig eifersüchtig auf ihren vertrauten Umgang mit Leonhard war, das hatte dieses gutherzige Mädchen nicht verdient. Nichtsdestotrotz ließ ihn das Interesse für Francesca hoffen, dass Leonhard sich nicht für Jüngere begeisterte.

»Paula? Siebzehn, glaube ich. Schade eigentlich, sie kann noch nicht mit in den Club. Hab gehört, da soll was steigen, heute Nacht. Hast du Lust?«

»Worauf?«

»Party in der Neustadt. Wenn wir weiterkommen, haben wir was zu feiern, meinst du nicht?«

»Heute ...?«, wiederholte Kasimir zögerlich und griff sich intuitiv an den Bauch. »Ich, ähm ... ich weiß nicht ...«

»Habe ich hier Club gehört?«

Unvermittelt wurde Kasimir ein Arm um die Schultern gelegt, der ihn und Leonhard näher zusammenrückte. »Servus, ihr zwei Hübschen. Ihr wollt es heute Abend krachen lassen? Bin dabei.«

Kasimir zog befangen die Unterlippe zwischen die Zähne. Auf Dawids Gesellschaft hätte er lieber verzichtet.

»Morgen, Dawid«, erwiderte Leonhard mit einem breiten Grinsen. »Klar, je mehr, desto besser. Allerdings täte dir 'ne Mütze Schlaf gut. Du siehst genauso zerstört aus wie Kasi.«

»Ach, das hat nichts zu bedeuten«, wiegelte Dawid ab und gab sie frei, um pedantisch die entstandenen Druckstellen auf seinem Nadelstreifenanzug glatt zu streichen. »Ich hab seit Wochen Migräne. Manchmal ist mein Nacken so steif, dass ich die ganze Nacht wach liege. Was soll man da anderes tun, als in Elbflorenz die Bars unsicher zu machen?«

»Das erklärt zumindest die Augenringe.«

»Charmant wie immer, Leonie. Aber ich bereue nichts. Ich hatte letzte Nacht fantastischen Sex mit einem Kerl.«

Kasimir hielt den Atem an, als Dawid ihm zuzwinkerte, während Leonhard verblüfft die Augenbrauen hochzog.

»Okay, ähm ... Glückwunsch? Ich denke, genauer brauchen wir's nicht.«

»Sicher? Ich lasse euch gern an meinem Erfahrungsschatz teilhaben. Mit Männern ist es am besten, glaubt mir.«

Kasimirs Handflächen begannen zu schwitzen, während Dawid ihn unverhohlen angrinste. Nein, das war ganz falsch. Wenn es so weiterging, würde alles auffliegen, was er sorgfältig vor Leonhard verborgen hatte. Und wahrscheinlich zielte Dawid genau darauf ab.

»Tut mir leid, da kenne ich mich nicht so gut aus«, meinte Leonhard schmunzelnd, woraufhin ihm Dawid einen Klaps auf die Schulter gab.

»Was, mit Sex? Oder Zärtlichkeiten zwischen Männern?«

»Mit beidem.«

Nein. Nein.

»Oho, unser Edelmann spart sich für die Ehe auf?«, kokettierte Dawid und führte amüsiert Zeigefinger und Daumen zum Mund. »Hat dich deine Primadonna noch nicht von ihrer Lasagne kosten lassen?«

»Spar dir die Sprüche, Dawid. Zwischen Franna und mir läuft nichts.«

»Armer Junge. Dann entsagst du der fleischlichen Liebe?«

Hör auf. Hör bitte auf!

Kasimirs Brust fühlte sich an wie zugeschnürt, und ihm wurde mit jedem Wortwechsel elender zumute. Was auch immer Dawid mit seiner Strategie bezweckte, Leonhard kam der Wahrheit unweigerlich näher.

»Habe ich das behauptet?«, gab er schief schmunzelnd zurück. »Es hat sich bisher eben nichts ergeben.«

»Niedlich. Dann könnt ihr zwei Hasen ja einen Club aufmachen.«

Verdammt noch eins, warum hielt er nicht den Mund? Der überraschte Blick, den Leonhard Kasimir zuwarf, verstärkte seine Übelkeit, und er brachte kein Wort hervor.

»Vielleicht ist das ein Zeichen«, fügte Dawid zwinkernd an. »Warum sammelt ihr nicht gemeinsam eure ersten Erfahrungen? Ihr versteht euch doch so gut.«

»Ach, komm schon«, gab Leonhard zurück und wandte sich lächelnd an Kasimir. »Kasi und ich sind mit unseren Klavieren verpartnert, stimmt's?«

Kasimir erstarrte vor Panik. Er wusste nicht, wohin er den Blick richten sollte, fühlte sich in die Enge getrieben wie ein gehetzter Feldhase. Dawid war sein Jäger und Leonhard die Kugel, die ihn mitten in die Brust traf.

»I-Ich, ähm ... ich ...«, stammelte er. Doch er brachte seinen Satz nicht zu Ende.

Seine Arme verkrampften sich vor seinem Bauch, und er musste den Oberkörper tiefer beugen, um diesem höllischen Stechen standzuhalten. Alle Schmerzschübe der vergangenen halben Stunde rumorten auf einmal durch seinen Körper.

»Hey, was ist los ...?«, hörte er Leonhard sagen. Der Frohsinn in seiner Stimme war der Sorge gewichen. Kasimir brachte bloß ein gequältes Japsen zustande. »Mist, dir geht's nicht gut. Komm mit, ich kenn den Personaleingang.«

Kasimir spürte, wie Leonhard den Arm um seinen Oberkörper legte und ihn aufs Gebäude zuführte. Dawid begleitete sie zur Tür und hielt Kasimir fest, als ihm kurz die Knie wegsackten. Vielleicht war es ein Wink des Schicksals, dass die Schmerzen ausgerechnet in diesem Moment wieder eingesetzt hatten. Allerdings konnte er deswegen nicht erleichtert sein.

Dur

»Dir ist bewusst, dass du gleich ein heiteres Lied spielst?«

Leo nickte, konnte sich aber kaum auf Francescas Worte konzentrieren. Sein Blick haftete an der Eingangstür des Konzertsaals, in der Hoffnung, Kasimir würde endlich auftauchen. Die ersten drei Stücke waren bereits vorgetragen worden; sein eigener Auftritt war der fünfte. Gefolgt vom ersten Satz der *Mondscheinsonate.*

»Leonhard Valentin«, sagte Francesca streng und verzog die Lippen, als er nur verzögert reagierte. »Zerbrich dir nicht den Kopf. Der kreuzt schon auf.«

»Ich weiß nicht ... mit einer Lebensmittelvergiftung ist nicht zu spaßen. Vielleicht sollte er lieber ins Krankenhaus.«

»Dann ist er disqualifiziert. So, wie ich ihn nach seiner letzten Darbietung einschätze, würde er lieber auf der Bühne sterben, als aus gesundheitlichen Gründen aufgeben. Das bisschen Entscheidungsfreiheit musst du ihm schon zugestehen.«

Es überraschte Leo, dass Francesca sich kritiklos auf Kasimirs Sturheit einließ. Normalerweise war sie froh, wenn ein Konkurrent ausschied, der ihre Chancen auf den Sieg gefährdete. Kasimirs Leistung, sich in kürzester Zeit an sein altes Niveau heranzuarbeiten, musste sie nachhaltig beeindrucken.

»Es nützt keinem von uns, wenn du seinetwegen deinen Auftritt in den Sand setzt. Du weißt, wie viel für dich auf dem Spiel steht. Dieser Wettbewerb kann dein Karrieresprung nach ganz oben sein.«

»Ja, ist gut«, murmelte Leo resignierend. »Ich bekomme das schon hin.«

»Das will ich hoffen. Ich versuche, den Kerl rechtzeitig in den Saal zu bekommen.«

Ehe Leo etwas erwidern konnte, eilte Francesca bereits zur Tür, und ihm blieb nichts anderes übrig, als seine Maske wieder aufzusetzen. Auch wenn ihre Last heute viel schwerer wog als gewohnt.

Die Melodie flatterte durch den Raum wie ein buntes Schmetterlingspaar. Verspielt und feingliedrig, losgelöst von weltlichen Problemen. Leo liebte Schuberts fantasievollen

Klavierzyklus, doch er konnte sich seinem dritten Werk nicht von Herzen widmen.

Warum hatte Kasimir ihm nichts von seinen Schmerzen gesagt? Auf der einen Seite wünschte er sich von Leo, dass er ihm seine Gefühle offen mitteilte. Doch dass dieses Vertrauen auf Gegenseitigkeit beruhte, schien ihm nicht in den Sinn zu kommen. Oder, und diese Möglichkeit zermürbte Leo weitaus mehr, er hielt seine inneren Konflikte absichtlich von ihm fern. Aus Rücksicht.

Nachdem der Schlussakkord unter dem Beifall des Publikums ausgeklungen war, erhob sich Leo und verbeugte sich tief. Das Lächeln klebte tadellos auf seinen Lippen, obwohl ihm nicht danach zumute war. Als er wieder aufsah, rutschte es ihm allerdings aus dem Gesicht.

Dort war er.

Der Applaus hatte ihre Rückkehr akustisch verschluckt, doch Leo erkannte, wie Francesca Kasimir die Saaltür aufhielt. Er wirkte kraftlos und lief gekrümmt, stimmte jedoch mit einem schwachen Klatschen in die Ovation ein. Diese Geste berührte Leo so sehr, dass er es kaum erwarten konnte, das Plateau zu verlassen. Unter anhaltendem Jubel trat er ab und lief zur Tür.

»Wird es gehen?«, fragte er, ohne zu zögern. Kasimir zuckte fad mit den Schultern. Er sah schrecklich ausgezehrt aus. Bleich, als hätte er sich übergeben.

»Muss wohl.«

»Du hast echt das mieseste Krankheitstiming, das ich mir vorstellen kann.«

»Jeder hat verborgene Talente«, erwiderte er und schmunzelte so abgebrüht, dass Leo erschauderte. »Ich bring's hinter mich, und dann ist gut.«

Offenbar wollte Kasimir es dabei belassen und an Leo vorbeigehen, doch er griff geistesgegenwärtig nach seinem Handgelenk.

»Denk an gestern«, flüsterte Leo ihm zu und drückte seine kalte Hand. »Die Straße ist gepflastert, nicht asphaltiert. Und die Bücher in dem Zimmer sind alt und ehrwürdig, ja?«

»Keine Ahnung, wovon du redest«, murmelte Kasimir, erwiderte jedoch seinen Händedruck. »Ich bekomme das hin, Leo. Hab ein bisschen Vertrauen.«

»Okay …«

Trotz der kargen Antwort spürte Leo, dass Kasimir auf diesen Auftritt brannte. Dieses Funkeln in seinem Blick, während er den Flügel betrachtete, diese Verbissenheit, mit der er sich seinen Schmerzen widersetzte. Seine bloße Präsenz wirkte wie eine gefährliche Mischung aus Starrsinn und Ignoranz gegenüber dem Wettbewerbsdruck. Haargenau wie damals, als er zum ersten Mal vor dem Publikum der Harmonica aufgetreten war. Für einen Moment überkam Leo das Gefühl, den Jungen von vor sechs Jahren vor sich zu sehen. Der Junge, der einen Konzertsaal im Klang seiner Noten auflodern ließ. Und er hoffte so sehr, dass Kasimir mit dem Kerzenlicht, das Leo gestern auf seinen Handrücken entzündet hatte, heute ein Inferno entfachte.

Nein. Er glaubte fest daran.

»Zeig ihnen deine Flammen, Hasitzky.«

12. Takt

Moll

Kasimir löste seine Fingerspitzen von den Tasten und spürte, wie sein Bewusstsein langsam in die Realität zurückglitt. Minutenlang hatte es sich verloren in den Mollklängen der *Mondscheinsonate.* Nun zog ihn verrauschtes Klatschen aus seinem melodischen Traum. Er konnte nicht einschätzen, ob der Applaus stärker oder schwächer ausfiel als bei seinem letzten Auftritt, aber es spielte keine Rolle. Er ließ ihn über sich ergehen, erhob sich träge und verbeugte sich so tief, wie es seine gepeinigten Innereien zuließen. Erschöpfung drückte auf seine Lider, und er sehnte sich danach, in seine Sitzreihe zurückzukehren. Allerdings ebbte der Beifall nicht ab. Wenn er sich nicht täuschte, war sogar jemand aufgestanden. Zwei ... drei Personen aus den Zuschauerreihen boten ihm Standing Ovations. Wofür?

Er schleppte sich in die dritte Reihe und ließ sich ermattet neben Leonhard nieder. Das Einzige, das durch seinen wachkomatösen Zustand drang, war Leonhards ungläubiger Gesichtsausdruck.

»Was?«, wisperte er. »War's so schlecht?«

»Nein, überhaupt nicht. Ich meine ... was hast du da gemacht?«

»Was weiß ich ... hab einfach unter diesen üblen Schmerzen gespielt.«

»Das hat man gemerkt«, erwiderte Leonhard und strich ihm behutsam mit der Hand übers Knie. »Ich hatte durchgehend Angst, dass du am Flügel zusammenklappst. Du glaubst nicht, wie authentisch das gewirkt hat.«

Kasimir verzog bitter die Lippen. »Das *war* authentisch.«

»Ich weiß, aber die Jury ist völlig ahnungslos. Die müssen den Eindruck haben, dass du bei deiner Interpretation total mitgelitten hast.«

»Rede bitte einfach Klartext«, wisperte Kasimir. »War es gut oder schlecht?«

Leonhard beugte sich herüber, um ihm ins Ohr zu flüstern. Sein Atem traf lau auf Kasimirs Ohrmuschel. »Es war absolut perfekt.«

Nicht einmal sein angeschlagener Gesundheitszustand konnte Kasimirs Herz davon abhalten, schneller zu arbeiten, wenn Leonhard ihm solche Worte zuraunte.

Als ein »Pst!« aus der hinteren Reihe zu ihnen drang, lehnte sich Leonhard ertappt zurück und grinste, dann widmete er sich Paula, die als Nächste ihr Stück vortragen würde. Kasimirs Energiereserven waren jedoch aufgebraucht, sodass ihm vor Müdigkeit die Augen zufielen. Die Welt um ihn herum verglomm. Allein Leonhards gehauchte Wertschätzung begleitete ihn in seine Ruhe.

»... dieser Idiot sich zum Teufel scheren, wenn er ernsthaft denkt, dass ich ihm nach der Geschichte verzeihe.«

Von irgendwoher riss weibliches Gezeter Kasimir unsanft aus dem Schlaf. Er lag längs über vier Stühle ausgestreckt; in der Nähe von Francesca, die Leonhard wild gestikulierend als Stressventil missbrauchte. Über sich entdeckte er die kunstvollen Deckenornamente des Konzertsaals. Er war also noch hier. Und die Entscheidung? War sie schon gefallen?

Zermartert kämpfte er sich in den Sitz, während der Schwindel seinen Kopf in Knechtschaft hielt. Leonhard bemerkte seinen kläglichen Versuch, sich aufzurichten, als Erster.

»Da bist du ja wieder«, sagte er lächelnd. »Dachte schon, wir müssen einen Krankenwagen rufen.«

»Wo sind denn alle ...?«

»Nach Hause gefahren.«

»Was?«, gab Kasimir zurück und war mit einem Schlag hellwach. »Warum habt ihr mich nicht geweckt? Was ist mit der Entscheidung, wer ...?«

»Ganz ruhig, Kasi«, erwiderte Leonhard und senkte die Handflächen, um seine Aufregung zu mildern. »Komm erst mal zu dir. Die Entscheidung steht schon lange fest.«

Wie bitte? Und diesen Umstand gab er von sich, als handelte es sich um den Ausgang einer Kissenschlacht? Kasimir hatte einen völligen Filmriss und offensichtlich den wichtigsten Teil des Tages verschlafen.

»Sag schon ...«, murmelte er ungeduldig. Statt einer erlösenden Antwort reichte ihm Leonhard ein bedrucktes Dokument.

»Sieh selbst. Gruppe B ist blau geschrieben.«

Nervös überflog Kasimir das Ranking, die Namen, die Punkte. Und konnte nicht recht glauben, was er da las.

Gruppe B
Rang 1, **Francesca Sophia Vielli**
Runde 1 = **36**/*Runde 2 =* **37**//**73 Punkte**
Rang 2, **Kasimir Hasitzky**
Runde 1 = **30**/*Runde 2 =* **40**//**70 Punkte**
Rang 3 ...

Kasimir überprüfte noch einmal den Punktestand und realisierte, dass er es in die dritte Runde geschafft hatte. Und nicht bloß das.

»Vierzig Punkte«, sagte Leonhard voller Stolz. »Du bist bislang der Einzige, der das Maximum erreicht hat. Was sagst du dazu, Monsieur ›Ich hätte lieber den dritten Satz gespielt‹?«

»Ist das ein Scherz?«, erwiderte Kasimir. Nun klinkte sich Francesca ein und baute sich mit vor der Brust verschränkten Armen vor ihm auf.

»Nein, leider nicht. Hätte ich geahnt, dass du mir dermaßen in die Quere kommst, hätte ich die Klotür von außen verriegelt. Stehst mächtig in meiner Schuld, Fifone.« Sie wandte sich ab und machte eine wegwerfende Handbewegung in Leonhards Richtung. »Ich bin draußen bei deinen Eltern, Leo. Lass uns nicht zu lange warten.«

Kasimir sah ihr unschlüssig nach, während sie forschen Schrittes aus dem Raum stöckelte. Als sie ihn vorhin am Waschbecken des Männerklos überrascht hatte, war sie vollkommen anders aufgetreten. Sie hatte ihn nach seinem Befinden gefragt und daran erinnert, dass er nicht kampflos aufgeben dürfe, wofür er nächtelang gearbeitet hatte. Es war eine unerwartet sanfte Seite an ihr gewesen, die es ihm ein klein wenig verständlicher machte, was Leonhard an ihr schätzte.

Richtig, Leonhard. Kasimir drehte sich angespannt zu ihm um. »Was ist mit Gruppe A?«

»Ich bin Zweiter nach Dawid«, antwortete er mit einem Schmunzeln, das Kasimir augenblicklich den Druck von der Seele nahm. »Er führt vor Franna die Gesamtwertung an. Paula hat es auch ins Viertelfinale geschafft.«

»Verstehe … gut.« Kasimir ließ sich seufzend zurück auf sein provisorisches Stuhlbett sinken und legte den Zettel auf seine Brust. Geschafft. Sie waren beide noch im Rennen.

Leonhard setzte sich in die Reihe vor ihm und lehnte sein Kinn gegen das Rückenpolster. »Zufrieden?«, fragte er lächelnd.

»Schon ...«

»Nix schon. Du hast unfassbar gefühlvoll gespielt, ich hatte Gänsehaut. Selbst Franna war gefesselt. Sie hat nur fies reagiert, weil du ihr beinahe die Poleposition streitig gemacht hast. Außerdem hat sie Stress mit Marco.«

Nun strahlte er übers ganze Gesicht und sah dabei aus wie ein verknallter Mittelschüler. Das war also das Lächeln, das seine Liebe formen konnte. Eine flegelhafte, sonnenhelle Vernarrtheit, die alle Unreinheiten seiner Haut wunderschön erscheinen ließ.

»Ich hab übrigens was für dich«, meinte Leonhard und zog einen schmalen Papierstreifen aus seiner Anzugtasche. »Das Los für die dritte Runde. Ich war so frei, für dich zu ziehen, da du leider nicht wach zu kriegen warst.«

»Oh ... okay«, murmelte Kasimir und faltete das Schriftstück auseinander. Er musste den Titel mehrmals lesen, ehe die Melodie seinen Kopf infiltrierte. »*When the Rain Begins to Fall* ... Jermaine Jackson und Pia Zadora.« Daraufhin hob er ernüchtert den Blick. »Ist das nicht so eine totgespielte Achtzigerschnulze?«

»Nein. Das ist das Stück, mit dem du die Jury vom Hocker reißen wirst.«

Erneut grinste Leonhard so verschmitzt, dass Kasimirs Puls seine Gedanken vor sich hertrieb. »Was hast du gezogen?«, fragte er.

»*Another Place* von Bastille. Franna hat *Born to Die* von Lana Del Rey. Die sind zumindest noch aus diesem Jahrtausend.«

»Okay ... eine Woche ist keine lange Zeit für ein innovatives Arrangement.«

»Stimmt. Franna hat vorgeschlagen, dass wir nach dem Essen zusammen zur Kapelle fahren sollten, aber ... mir schwebt da was Besseres vor. Vorausgesetzt, dir geht es wieder gut.«

Die Zuversicht in Leonhards Augen wandelte sich in Ernsthaftigkeit, und er strich ihm sanft mit der Hand über die Schulter. Seine Berührung entzündete ein so behagliches Flackern in Kasimirs Bauch, dass die Restschmerzen darin verglühten.

»Es geht schon«, erwiderte er zögerlich, »aber was meinst du mit ›Essen‹? Geht ihr in ein Restaurant?«

»Nein, *wir* gehen in ein Restaurant«, betonte Leonhard und tippte ihm auf die Brust. »Du kommst mit. Meine Eltern waren begeistert von deiner Performance und haben dich ausdrücklich eingeladen. Du musst nichts essen, wenn dir nicht danach ist. Sieh es einfach als gemütliches Beisammensein nach einem erfolgreichen Wettbewerbstag, ja?«

Seine Stimmlage kletterte mit jedem Satz höher. Kasimir hatte das Gefühl, dass er sich wirklich darauf freute, mehr Zeit mit ihm zu verbringen. Und wenngleich er sich geschwächt fühlte, ließ diese Gewissheit in seinem Herzen nur eine Antwort zu.

»Okay. Wenn du mich dabeihaben willst.«

»Unbedingt«, bestätigte Leonhard und zeigte beide Daumen hoch, ehe er sich erhob und zum Ausgang wies. »Meine Familie beratschlagt draußen über die Wahl des Restaurants. Ich sag ihnen Bescheid, dass du mitkommst. Wir warten im Foyer auf dich.«

Daraufhin wandte er sich schmunzelnd ab und tappte zur Tür, sodass Kasimir ihm nachblicken konnte, ohne seine Empfindungen zurückzuhalten. Er mochte sich kaum eingestehen, mit einundzwanzig Jahren erstmals Gefühle für jemanden entwickelt zu haben, noch dazu für einen wandelnden Modeschreck mit Sonnenscheingemüt. Doch es ließ sich nicht mehr leugnen. Leonhard hatte seinem Leben wieder einen Inhalt gegeben. Das Feuer für die Musik, das er für erloschen gehalten hatte, war erneut in seiner Brust aufgelodert. Da war noch viel, viel mehr, was er entdecken wollte, und er konnte die Flammen nicht länger ersticken, ohne sich die Luft zum Atmen zu nehmen. Er liebte dieses Feuer.

Er liebte ihn.

13. Takt

Dur

Leo musste nicht lange überlegen, wenn man ihn nach seinem Lieblingslokal in der Dresdener Altstadt fragte. Dank Francesca ging er seit Jahren in den nobelsten italienischen Restaurants ein und aus und lernte mit jedem Besuch eine neue Geschmacksfacette der mediterranen Küche kennen. Die besten Erinnerungen verband er jedoch mit einer kleinen, verwinkelten Trattoria am Rande des Neumarkts. Die pittoreske Deckenmalerei hatte bereits vor Jahren seinen Blick gefesselt, und mittlerweile fühlte er sich in dem liebevoll gestalteten Gastraum wie zu Hause. Der Grund dafür war neben dem freundlichen Service zweifellos die Speisekarte – denn die zeigte zu jedem Menüeintrag ein Bild des Gerichts.

Während Leo seiner Schwester an der Garderobe aus der Jacke half, bemerkte er, wie aufmerksam Kasimir die Räumlichkeiten musterte.

»Warst du schon mal hier?«, fragte er, worauf Kasimir zunächst nicht reagierte. Erst als Leo seine Worte wiederholte, blinzelte er und wandte sich ihm zu.

»Nein, ähm ... wir waren nicht oft essen. Meine Oma war nicht gut zu Fuß, und nach ihrem Tod, na ja ...« Er senkte den Blick und vergrub die Hände in den Hosentaschen. »Ich bin arbeitslos, und Cecilie verdient auch nicht die Welt.«

»Oh, verstehe«, erwiderte Leo, hing Miras pinke Daunenjacke an den Haken und trat anschließend näher vor Kasimir, damit niemand mithören konnte. »Mach dir darüber keine Gedanken, ja? Du bist eingeladen.«

Kasimir biss sich peinlich berührt auf die Unterlippe. »Ihr müsst mich nicht aushalten ...«

»Meine Eltern bestehen darauf. Nach deinem Wahnsinnsauftritt hast du dir das allemal verdient. Und wenn du die Harmonica gewinnst, kannst du dich meinetwegen mit einer Gegeneinladung revanchieren. Okay?«

Kasimir öffnete den Mund und schloss ihn wieder, ohne ein Wort hervorzubringen. Als Leo ihm ein Lächeln schenkte, rang er sich ein Nicken ab. »Danke ...«

»Leo! Kommst du?« Mira winkte aus der Mitte des Gastraums und zeigte auf einen großen Eichenholztisch, an dem seine Eltern und Francesca Platz genommen hatten. Er befand sich unmittelbar vor einem Rundfenster, das zum Neumarkt ausgerichtet war und sein barockes Herzstück in voller Schönheit präsentierte.

»Die Frauenkirche sieht von hier total groß aus«, sagte Mira und zeigte auf das opulente Sandsteinmonument, als Leo und Kasimir gemeinsam mit ihr vor das Fenster getreten waren. »Und dort spielst du dann das Finale?«

»Wenn ich es bis in die letzte Runde schaffe, ja«, erwiderte Leo und streichelte ihr über den blonden Schopf. »Vielleicht ist Franna besser als ich. Oder dieser Virtuose hier.«

Er stupste Kasimir sanft mit dem Ellenbogen in die Seite, doch der schien wie hypnotisiert vom Anblick der beleuchteten Kirche. Ihr Schein spiegelte sich in seinen grauen Augen und ließ sie funkeln. Dieser Glanz faszinierte Leo so sehr, dass ihm das unnachgiebige Zupfen an seinem Hemdärmel erst verspätet auffiel.

»Findest du Kasimir hübsch?«, flüsterte Mira, nachdem er sich zu ihr heruntergebeugt hatte. »Du guckst ihn so lange an.«

Beeindruckend, welche Kleinigkeiten einer Sechsjährigen auffielen.

»Jetzt, wo du's sagst?«, wisperte er zurück, während er unauffällig zu Kasimir hinaufsah. Er hatte sich noch nie Gedanken darüber gemacht, ob ein Mann in seinen Augen attraktiv war oder nicht. Bislang hatte sein Herz nur auf Francescas Schönheit reagiert. Aber wenn er seine Empfindungen für sie ausblendete, gefielen ihm Kasimirs hohe Wangenknochen und sein chaotisches tiefschwarzes Haar außerordentlich gut. Am meisten mochte er jedoch seine Hände. Die langen, grazilen Finger und die Kraft, die ihnen innewohnte. Sie schufen aus schwarzen und weißen Tasten farbenprächtige Fantasien, die über Leos Ohren pinselten und bis auf sein Herz abfärbten.

Leo seufzte, als die Vorstellung das Pochen in seiner Brust verstärkte. Jetzt ging das wieder los.

»Jungs, wie sieht's aus? Ein Glas Crémant auf euren Erfolg?«

Leo stand auf und sah, wie sein Vater einen Kellner heranwinkte. Auch Kasimir hatte sich vom Fenster abgewandt und verfolgte die Szene mit starrem Blick. Leo griff nach seiner linken Manschette, ließ sich gemeinsam mit ihm zwischen Francesca und seiner Schwester nieder und flüsterte ihm hinter vorgehaltener Hand ins Ohr.

»Du siehst noch recht blass aus. Heb einfach zum Anstoßen dein Glas, den Rest übernehme ich. Deal?«

Kasimir nickte stumm und knetete seine Hände. Es fiel ihm offenbar schwer, Geschenke anzunehmen, ohne eine Gegenleistung dafür zu erbringen. Dabei hatte er heute allen an diesem Tisch mit seinem Spiel viel mehr gegeben, als dieser Abend aufwiegen konnte.

Als eine Servicekraft reihum die Speisekarten ausgab, trommelte Mira ungeduldig mit den Zeigefingern gegen die Tischkante. »Ich will eine Franna Cotta«, sagte sie so überzeugt, dass Leo sich das Lachen verkneifen musste und unauffällig zu Francesca linste. Doch sie stierte auf das Display ihres Smartphones und reagierte nicht auf den Versprecher. Seit sie die Harmonica verlassen hatten, textete sie nahezu ununterbrochen, und Leo konnte sich denken, wessen Nachrichten diesen feinen Glanz in ihren Augen hinterließen. Aber er würde ihr in ihrem Konflikt mit Marco nicht beistehen können. Sein Zuspruch drang nie bis zu ihrem Herzen vor.

»Schau mal, Leo, die sieht ganz anders aus.« Seine kleine Schwester zeigte auf die aufgeschlagene Seite ihrer Speisekarte. Das kunterbunte Design der vergangenen Jahre hatte ausgedient; das Menü erschien nun deutlich gediegener und eleganter. Und noch etwas hatte sich verändert. Etwas, das Leo schwer schlucken ließ.

Die Bilder waren verschwunden.

»Die Essen heißen auch ganz anders«, murmelte Mira und ging in bester Schulanfängermanier die Gerichte durch, während Leos Herzschlag zunehmend aus dem Takt geriet. Da waren ellenlange Reihen von Buchstaben, Zahlen und Zeichen – und nichts davon ergab Sinn.

»Ha, der ANALphabet nimmt immer denselben Kantinenfraß, weil er die Karte nicht lesen kann. Was für ein Idiot!«

Leo biss sich auf die Unterlippe und versuchte, sich die Erinnerungen aus dem Gedächtnis zu schmunzeln, doch seine Maske kooperierte nicht mit seinem Willen. Seine Zähne begannen vor Anspannung zu beben. Nein, nicht jetzt. Dieser Abend war zu schön, um ihn mit schmerzhaften Gefühlen zu zerstören. Er wollte diese Bilder nicht sehen, nicht heute.

»Mira. Kannst du mir das vorlesen?«

Die Szene in Leos Kopf brach ab, als hätte Kasimirs Stimme die Filmrolle durchgeschnitten. Er wandte sich zur Seite, wo Kasimir sich zu seiner Schwester herübergebeugt hatte und stirnrunzelnd die Menükarte betrachtete. Leo hielt den Atem an.

Konnte es sein? Hatte er das für ihn getan?

»Klar«, antwortete Mira schulterzuckend und fing an, einen Eintrag nach dem anderen laut vorzulesen. Leos Eltern bedachten ihre Gründlichkeit mit einem liebevollen Lachen, und auch auf Kasimirs Lippen lag ein Schmunzeln. Als er kurz zu Leo aufsah und ihm unscheinbar zuzwinkerte, zischte ein Schauer durch Leos Brust. Kein Zweifel. Kasimir hatte gespürt, was in ihm vorging. Und er hatte seine Sorgen auf so spielerische Art aufgelöst, dass ihm die Worte fehlten.

Kurz nachdem sie ihre Gerichte bestellt hatten, erreichten die Champagnergläser den Tisch. Mira rümpfte die Nase über ihre Apfelschorle, und auch Kasimir drehte den Stiel des Glases unschlüssig um die eigene Achse. Als Leos Vater seine Lobrede anstimmte, zeichnete sich auf seinen fahlen Wangen eine Rötung ab.

»Auf unsere drei Klaviertalente und ihr fantastisches Vorspielen«, sagte er und prostete Leo zu. Kasimir bedachte er mit einem wertschätzenden Blick. »Du bist ein hervorragender Interpret, Kasimir. Ich bin mir sicher, dass du eine großartige Karriere vor dir hast. Man merkt, dass dir das Klavierspiel im Blut liegt.«

Leos Mutter stimmte mit ein, und auch Mira reckte ihr Glas übertrieben weit in die Höhe, ehe sie es in einem Zug austrank. Allerdings schien keinem von ihnen aufzufallen, dass das Lächeln auf Kasimirs Lippen flackerte.

Dir liegt das Klavierspiel im Blut.

Während sich seine Eltern mit Francesca in eine Diskussion über die Weinkarte vertieften, nippte Leo an seinem Glas und beobachtete aus dem Augenwinkel, wie Kasimir seines auf den Tisch zurückstellte, ohne einen Schluck getrunken zu haben. Das erzwungene Lächeln war verschwunden, und sein Blick klebte am Besteck. Bei ihrem gestrigen Gespräch in der Kapelle hatte Leo gemerkt, dass er nicht gut auf seinen Vater zu sprechen war. Dass ihm eine Anspielung jedoch so zusetzte, hätte er nicht geglaubt. Und das konnte er nach dem, was Kasimir vorhin für ihn getan hatte, nicht auf sich sitzen lassen.

Er trank seinen Schaumwein in einem Zug aus und tauschte Kasimirs Glas mit seinem leeren. Der irritierte Blick, den er ihm daraufhin zuwarf, entschädigte Leo für das beschwipste Sirren in seinem Kopf.

»Hör mal«, flüsterte er und legte Kasimir kurz entschlossen den Arm um die Schultern. »Es ist völlig egal, wessen Gene du hast. Das, was du vorhin am Flügel abgeliefert hast, kam allein von dir. Du hast deinem Publikum das Staunen ins Gesicht gespielt. Du und niemand sonst.«

Leo schmunzelte, als Kasimir die Lippen aufeinanderpresste. Seine Gesichtsfarbe intensivierte sich, und er wand sich unter den salbungsvollen Worten. Aber er wich seinem Blick nicht aus. Im Gegenteil. Es lag eine solche Tiefe darin, dass Leo beinahe selbst vor Verlegenheit weggeschaut hätte.

»Tut mir leid, wenn Papa eben nicht den richtigen Ton getroffen hat«, fuhr er leise fort, »aber er hat definitiv das Richtige gemeint. Und wenn dich diese Umgebung hier nicht in Stimmung bringt, dann warte, bis wir das Restaurant verlassen haben.«

Leo konnte es kaum erwarten, diesen scheuen Jungen etwas ausgelassener zu erleben. Er wollte Spaß mit ihm haben, mit ihm lachen und feiern, bis ihnen beiden die Energie ausging. Das war es, was er sich schon so lange wünschte. Einen Freund, der sich nicht von seiner Schwäche abstoßen ließ, jemand, der ihm seine Aufdringlichkeit verzieh. Jemand, dem er sich näher fühlen durfte als Francesca.

Und diesen Menschen hatte er in Kasimir gefunden.

Der Tanzclub war verraucht, stickig und menschenüberfüllt. Die Bässe zerhämmerten Kasimirs Trommelfell, während er sich mit Leonhard zwischen den eng stehenden Partygästen hindurchzwängte. Das und die epileptisch flackernden Neonlichter waren mit Abstand das Letzte, was er nach diesem nervenaufreibenden Tag brauchen konnte.

Obwohl, nein. Es gab noch etwas Schlimmeres.

»Da seid ihr ja endlich. Dachte schon, ihr lasst mich im Stich.«

Kasimir war während der S-Bahn-Fahrt in die Neustadt mehrere Szenarien durchgegangen, die dieses Vorhaben in einer Katastrophe enden lassen konnten. Keines davon hatte die Anwesenheit Dawid Eilingers eingeschlossen, der plötzlich breit grinsend vor ihnen stand, Leonhard sein leeres Bierglas in die Hand drückte und Kasimir vieldeutig zuzwinkerte. Im Gegensatz zu ihnen hatte er die Zeit zwischen Vorspiel und Abendgestaltung genutzt, sein Outfit an die Gegebenheiten anzupassen. Sein rotes Hemd war bis zur Brust aufgeknöpft, und er hatte ein anrüchiges Parfum angelegt, das man gewiss aus zwei Kilometern Entfernung roch. Dieser Mann war auf Beutezug.

»Sorry, hab die Adresse falsch gelesen«, brüllte Leonhard ihm angeheitert entgegen. Lachend klopfte Dawid ihm so fest auf die Schulter, dass er kurz aus dem Gleichgewicht geriet.

»Und während der Fahrt noch einen gehoben, was, Leonie? Wie wär's, wenn du auf dem Weg zur Theke ein bisschen ausnüchterst und uns einen Drink spendierst?«

Er deutete zur Cocktailbar, was Leonhard ein gönnerhaftes Grinsen ins Gesicht malte. Als er sich abwenden wollte, griff Kasimir nach seinem Anzugärmel.

»Lass es ruhig angehen«, sagte er. »Wir sind gerade erst angekommen.«

»Sei kein Spielverderber, Hasi. Happy Hour, halber Preis. Wann kommen wir so jung wieder zusammen?«

»Seh ich genauso«, gab Leonhard zurück und löste sich von ihnen, um sich mit Dawids Glas zur Getränkeausgabe durchzukämpfen. Es wurmte Kasimir, dass Leonhard im Restaurant um seinetwillen mehr getrunken hatte, als er offenbar vertrug. Anstatt Leonhard dabei zuzusehen, wie er auf einen Morgenkater zusteuerte, wäre er lieber mit ihm in die Kapelle gefahren und hätte sich ans Klavier gesetzt.

»Tut mir übrigens leid, dass ich dich heut Morgen aufgezogen habe«, sagte Dawid laut genug, um den Lärm zu übertönen. »Hatte keine Ahnung, dass es dir so dreckig geht. Ist es wieder besser?«

Kasimir zuckte mit den Schultern und lockerte seinen Kragen; die Hitze in diesem Spaßverlies war unerträglich. Dawid beobachtete jede seiner Bewegungen, und ihn überkam das ungute Gefühl, dass er sich an seiner nackten Haut feststarrte.

»Ich bin ziemlich fertig«, antwortete er und nickte bedeutsam zum Ausgang. »Wir bleiben nicht lange.«

»Ach komm, lass den armen Kerl ein bisschen Spaß haben. Deswegen seid ihr hergekommen, oder nicht?« Dawid stupste ihm mit dem Ellenbogen in die Seite. »Wer weiß, vielleicht entdeckt er im Zauber des Promilletanzes sein Herz für verklemmte Hasen? Dürfte in deinem Interesse sein.«

»Behalt deine Theorien für dich. Du weißt überhaupt nichts über mich.«

»Mag sein«, erwiderte Dawid und deutete zur Bar, wo Leonhard soeben drei volle Gläser Bier entgegennahm. »Aber ich sehe dir an, dass du in den Jungen verschossen bist. Und zwar hoffnungslos.« Seine Worte jagten Kasimir einen Schauer durch den Körper, und Dawid trat unter dem Pochen der Bässe näher an sein Ohr heran. »Ich verstehe, was dir an ihm gefällt. Aber du wirst ins Unglück laufen, wenn du weitermachst wie bisher. Glaub mir, ich habe auch mal klein angefangen.«

»Ich brauche keine Ratschläge von einem Aufreißer«, erwiderte Kasimir und schob ihn von sich. Dawid klopfte ihm unangenehm fest auf den Rücken.

»Zum Aufreißer wird man nur durch ein gebrochenes Herz, Hasi. Das würde ich dir gern ersparen.«

»Kasimir. Ich heiße Kasimir, verdammt noch mal.«

»Und du stehst auf Kerle«, sagte Dawid geradeheraus. »Kannst du das Leonie auch ins Gesicht sagen?«

Seine Direktheit verschlug Kasimir die Sprache. Dawids erwartungsvoller Blick ließ ihn keinen klaren Gedanken fassen, und so wurde er mit einem überlegenen Schmunzeln bestraft.

»Du hast Angst davor, dass er dich zurückweist oder sich von dir abwendet. Und wir wissen beide, dass du sie nur auf eine Art loswirst, stimmt's?«

Kasimir wich seinem Blick aus und zupfte rastlos am schwarzen Stoff seiner Hemdärmel. »Ich will ihn nicht damit bedrängen. Er hat im Moment genügend andere Sachen im Kopf.«

»Aber du nicht.«

Kasimir musste unwillkürlich schlucken. Dawids Mimik war heiter, doch seine Worte klangen ernst. »Du denkst die ganze Zeit nur an ihn. Er wiederum hat keine Ahnung von deinen Gefühlen. Wie lange, glaubst du, geht das gut?«

Leonhards Hemd strahlte im Schwarzlicht bläulich und hob sich ab vom Rest der Partygäste, die an der Bar warteten. Es fokussierte Kasimirs Blick regelrecht auf ihn.

»Du musst die Karten auf den Tisch legen«, sagte Dawid und blickte ebenfalls in Leonhards Richtung. »Ich weiß nicht, wie er reagieren wird. Vielleicht hast du Glück, vielleicht nicht. Sag ihm, was du fühlst, und akzeptiere, was er dir antwortet. Dann wird auch niemals ein Aufreißer aus dir.«

»Und wenn er das nicht will …?«, brachte Kasimir zaghaft hervor. »Was, wenn er mich danach …«

... meidet?

Kasimir entdeckte gerade erst, wie schön es sich anfühlen konnte, einen Menschen an sich heranzulassen, und er wollte diese Verbundenheit nicht mit einem voreiligen Geständnis gefährden.

»Traust du ihm das zu?«, hakte Dawid nach. »Glaubst du wirklich, ein einsames Herz stößt ein anderes weg, nur weil sie nicht im Einklang schlagen? Das ist die Sichtweise eines scheuen Zwergkaninchens, Hasi. Nicht die eines Freundes.«

Er gab Kasimir einen brüderlichen Klaps auf die Schulter und nickte zum Loungebereich am anderen Ende des Saales, ehe er sich abwandte. Seine Botschaft blieb zurück.

Sag es ihm! Sei ehrlich zu ihm!

Kasimir blinzelte und sah wieder zur Bar. Leonhard war inzwischen bis zur Hälfte der Menschenmenge vorgedrungen und hob grinsend die Gläser. Kasimir konnte gar nicht anders, als seine Mimik zu erwidern. Er wollte auf diese Art von Leonhard angesehen werden. Er wollte gemeinsam mit ihm Erinnerungen schaffen, seine Gedanken mit ihm teilen und vielleicht auch seine Gefühle. Aber das konnte nur Wirklichkeit werden, wenn er sich ihm offenbarte. Und das war der eine Punkt, bei dem er Dawid zustimmte.

»Mann, das war vielleicht ein Gedränge«, sagte Leonhard, als er ihn erreichte, und drückte ihm das Glas in die Hand. »Tut mir leid, hab was verschüttet. Bin ganz schön rumgeschubst worden.«

»Kein Problem«, erwiderte Kasimir knapp und nahm einen großen Schluck von seinem Bier, er musste seine Nervosität schnellstmöglich zum Schweigen bringen.

»Wo ist Dawid?«, fragte Leonhard und sah sich suchend um, bis Kasimir zur Loungeecke deutete. Als sie sich überschwänglich zuwinkten, trank er den Rest seines Glases ex und atmete tief durch.

»Wow, du hast vielleicht 'nen Zug«, meinte Leonhard und hielt ihm lächelnd Dawids volles Glas vor die Nase, doch er schüttelte den Kopf und sah ihm direkt in die Augen. Jetzt oder nie.

»Leo. Ich muss dir etwas sagen.«

»Ja? Gerne, immer raus damit.«

»Ich, ähm …«, wisperte er und krampfte seine schwitzigen Finger um das Bierglas. »Leo, ich, ähm … ich bin schwul …«

Die Aufregung drückte so fest auf seine Stimmbänder, dass er kein weiteres Wort hervorbrachte. Er konnte nur still beobachten, wie Leonhards Blick skeptisch zwischen ihm und dem Lounge-Bereich wechselte. Als er ihm schließlich ins Gesicht sah, brachte der Stress Kasimirs Sinne zum Flimmern.

»Bist du sicher?«, fragte Leonhard.

Kasimirs Anspannung verpuffte augenblicklich. Es fühlte sich an, als wäre sein Herzschlag auf der höchsten Leistungsstufe zwangsabgeschaltet worden.

»Ob ich … Männer mag?«, würgte er hervor. Leonhard schüttelte den Kopf.

»Nein, ich meine … Dawid? Stehst du ernsthaft auf Dawid?«

»Was …?«

»Na ja, eben habt ihr euch noch unterhalten, und plötzlich outest du dich vor mir. Hängt das nicht zusammen?« Leonhard war sichtlich darum bemüht, sein Grinsen zu unterdrücken, und stieß sein Bier prostend gegen Kasimirs leeres Glas. »Was genau wolltest du von mir hören?«, lachte er. »Einen entrüsteten Aufschrei? Komm schon, Kasi, das ist völlig okay. Entspann dich …«

Leonhard plauderte diese Worte lächelnd daher, als führten sie ein Gespräch über die Wetteraussichten. Dabei war es so viel mehr für Kasimir. Er hatte laut ausgesprochen, was ihn tief in seiner Seele bewegte. Zum ersten Mal in seinem Leben.

»Du bist nicht wirklich in Dawid verschossen, oder?«, fragte Leonhard und zwickte ihn in die Seite. Die Irritation verbannte allmählich Kasimirs Schrecken.

»Nein ... natürlich nicht.«

»Ein Glück«, sagte Leonhard freudestrahlend. »Hätte mir das Herz gebrochen, wenn du lieber Zeit mit ihm verbracht hättest als mit mir.«

Die Bässe hatten an Schlagkraft verloren, und der künstliche Rauch verklebte seine Atemwege. Kasimir lehnte an der Wand neben dem Ausgang und sehnte sich danach, dass die Tür aufschwang und so den dunstigen Raum kurzzeitig mit frischer Luft versorgte. Es waren zwei Stunden vergangen, seit Leonhard in dieser Multimenschensauna verschwunden war, doch er schien des Feierns nicht überdrüssig zu sein. Kasimir seufzte. Es zermürbte ihn, dass Leonhard zwar von seinen Gefühlen wusste, aber nicht begriffen hatte, dass er der Auslöser war. Selbst der Umstand, dass er Dawid dabei beobachtet hatte, wie er mit einem wildfremden Kerl ausgelassen herumgeknutscht hatte, war ihm übel aufgestoßen. Es war würdelos, stillos und reizte ihn dennoch, sodass er zähneknirschend die Augen davor verschlossen hatte. Er wollte das nicht. Er wollte es so sehr. Aber nur mit ...

»Haaaasitzky ...«

Leonhard näherte sich ihm taumeligen Schrittes. Er blieb vor ihm stehen, grinste mit halb geschlossenen Augen und wankte auf der Stelle wie eine Boje im Hafen.

»Wie viel hast du getrunken?«, fragte Kasimir, erhielt jedoch nur ein infantiles Lachen als Antwort. Das war Hinweis genug, dass der Abend bereits zu lange andauerte. »Wir gehen jetzt besser. Ich hole unsere Sachen.«

»Nee, lass noch bleiben, bitte«, erwiderte Leonhard, überwand den letzten Meter und legte ihm die flache Hand an die

Brust. Ein warmes, prickelndes Rauschen wanderte von dieser Stelle bis in Kasimirs Bauch. »Es is' grad so schön …«

»Wenn du so weitermachst, ist es morgen nicht mehr schön«, entgegnete Kasimir. Leonhards Blick wirkte zwar müde und sein Lächeln abgekämpft, doch es kam ihm viel natürlicher vor.

»Is' doch egal …«, wisperte er und lehnte sich gegen Kasimirs Brust. »Ich will nich', dass es aufhört.«

»Was aufhört …?«, murmelte Kasimir und spürte, wie sich Leonhard enger an ihn schmiegte. Sein Hemd war verschwitzt, und sein Körper glühte, doch es fühlte sich unbeschreiblich gut an, ihm so nahe zu sein. Kasimir tastete mit beiden Händen über seinen Rücken und drückte ihn fester an sich.

»Ich find's schön, dass ich hier sein kann«, raunte er in Kasimirs Hemdkragen, »mit Dawid und dir. Ich wollt' das schon immer.«

»Was?«

»Irgen'wo hingehen und Spaß haben … mit Freunden …«

Erneut kicherte Leonhard und vergrub sein Gesicht in dem schwarzen Stoff. Das aufgeregte Pochen in Kasimirs Stirn war nichts im Vergleich zu diesem spitzen Flackern in seiner Brust, als Leonhards Handflächen langsam über seine Taille wanderten.

»Nicht …«

Er hatte zu leise gesprochen. Zu wenig nachdrücklich. Was immer es war, das zarte Gefühl ließ nicht nach, und Leonhard machte keine Anstalten, sich aus dieser innigen Position zu lösen.

»Ich bin froh, dass'u mit mir hergekommen bis' …«, murmelte er ihm ins Ohr. »Dass'u mit mir am Wettbewerb teilnimms' und nich' mehr böse auf mich bis'.«

Kasimir antwortete nicht. Ihm war heiß und kalt zugleich. Er schaffte es nicht, Leonhards Hände von seinen Hüften zu lösen und wieder auf den nötigen Abstand zu gehen.

»Ich glaub, ich hab das gar nich' verdient, weiß' du … ich hab' dir deinen Sieg geklaut und trotz'eem bis'u so nett zu mir. Ich hab dich nich' verdient …«

Endlich gelang es Kasimir, ihn an den Schultern sanft von sich zu schieben und ihm in die Augen zu sehen. »Was redest du da?«

»Du könn'est ganz woanders stehen, wenn ich nich' gewesen wär. Ich hab dich aufgehalten … ich halte immer alle auf …«

»So ein Unsinn. Du hältst niemanden auf. Ich bin froh, dass du auf mich zugegangen bist, dass du meine Musik magst und …«

… mich.

»Das kling' voll süß aus deinem Mund«, sagte Leonhard und legte ihm grobmotorisch die Hand an die Wange, um konzentriert zärtlich mit seinem Daumen darüberzustreichen. »Du has' so ein schönes Gesich' … hab ich dir das schon gesagt?«

»Nein …«, wisperte Kasimir und war sich sicher, dass seine Worte vom Discolärm geschluckt wurden. Aber er konnte ihnen nicht mehr Kraft verleihen. Er war so aufgeregt. Sein Herz stolperte über seinen eigenen Takt.

»Dein Gesicht is' noch schöner als deine Lieder … und ich liiiebe dein Spiel. Ich will, dass'u gewinns'. Die Harmonica, den Nobelpreis … egal, alles. Ich will, dass a-alle dich angucken. Dass alle ihre Augen auf dich rich'en …«

Kasimir hielt den Atem an. Das passierte gerade nicht wirklich. Leonhards Worte, seine Berührungen. Sein Blick. Es war wie im Traum.

Er drückte Leonhard an sich. Seine Finger zitterten, seine Arme, sein ganzer Körper. Aber er wollte ihn nicht loslassen. Er beugte sich ein wenig tiefer, lehnte den Kopf an seine verschwitzte Stirn und sah ihm in die wunderschönen goldbraunen Augen. »Deine reichen.«

»Waaaas …?«, erwiderte Leonhard lang gezogen. Sein Blick war glasig, doch er lächelte verschlagen wie immer.

»W-Wenn du mich ansiehst, reicht mir das«, wiederholte Kasimir stockend. Seine Nervosität war an den Bässen zerbrochen, sein Verstand in der aufgeheizten Luft erstickt. Alles, was diesen Augenblick untermalte, war Leonhards Berührung. Die Berührung seiner Fingerspitzen, die sanft über seine Wange nach unten wanderten. Der zarte Druck, den sie auf sein Kinn ausübten, um es tiefer zu senken. Und das flammende Prickeln auf seinen Lippen, als Leonhard sie zu seinem Mund führte. Neugierig wie eine Sonatine. Sehnsüchtig wie ein Impromptu.

Formvollendet wie ein Kuss.

Reprise

14. Takt

Dur

Eine melancholische Melodie weckte Leo. Er schlug blinzelnd die Augen auf und fürchtete, sein Schädel würde jeden Moment in tausend Teile zersplittern. Wo war er? Was war passiert? Und wieso roch alles nach Prada Milano?

Er drückte sich das Kissen aufs Gesicht, in der Hoffnung, dem Presslufthammer in seinem Kopf entgegenzuwirken, dennoch konnte er ein Wimmern nicht vermeiden. Kurz darauf verstummte das Klavierspiel und wurde von forschen Schritten abgelöst. Er lugte unter dem Kissen hervor und erkannte schneeweiße Lackmöbel mit Glastüren, hinter denen eine alte Violine ausgestellt war. Dieser Ausschnitt kam ihm bekannt vor. Und als der Hall der Schritte erstarb und jemand im Türrahmen stehen blieb, wurde ihm bewusst, dass er sich in einer ganz ungemütlichen Lage befand.

»Na? Ausgeschlafen, stupido?«

Francesca musterte ihn wie einen hartnäckigen Soßenfleck auf ihrer Echtlederjacke. Zugegeben, Leo fühlte sich wie mindestens dreimal durchgeschleudert.

»Ich glaub nicht ... autsch«, murrte er, ehe der Schmerz in seiner Stirn wieder seine volle Aufmerksamkeit beanspruchte.

»Geschieht dir recht. Eigentlich hätte ich dich achtkantig rausschmeißen müssen, nachdem du letzte Nacht ins Waschbecken gekotzt hast.«

»Was ...?«, erwiderte Leo und rieb sich mit den Händen übers Gesicht, bis sich seine Augen an die Helligkeit gewöhnt hatten, dann sah er sich um. Er befand sich in der Villa der Viellis. Warum? Wie war er hierhergekommen? »Warte, ich war mit ... Kasimir«, murmelte er und blickte wieder zu Francesca. »Wo ist Kasimir?«

»Nicht hier«, sagte sie knapp. Die Art, in der sich ihr Tonfall verhärtete, ließ Leo nichts Gutes ahnen. »Ist dir eigentlich klar, in welcher Situation du dich befindest? Dein nächster Auftritt ist am Samstag. Das ist in sechs Tagen!«

»Franna, leiser, bitte ...«

»Ich rede, so laut ich will«, entgegnete sie und trat einen Schritt näher. »Wenn du denkst, du kannst den Tag im Bett ausnüchtern, hast du dich gewaltig geschnitten, Leonhard Valentin. Kaum zu glauben, dass man dich mit neunzehn Jahren nicht alleine auf die Straße lassen kann, du rennst fröhlich pfeifend ins Verderben. Wenn ich diesen Kerl nicht erreicht hätte, lägst du in irgendeinem Vorgarten und würdest an deinem Erbrochenen ersticken.«

»Jetzt mach mal halblang«, grummelte er, während der unterdrückte Missmut in seinem Bauch rumorte. Er war volljährig, er konnte tun und lassen, was er wollte. Wieso drückte sie ihn in die Rolle eines aufsässigen Kindes? Das war das Letzte, was er in ihren Augen sein wollte. »Kann sein, dass ich's ein bisschen übertrieben hab.«

»Ein bisschen? Wohl kaum. Oder erinnerst du dich, was gestern Nacht passiert ist?«

»Meine Güte, ich hab zu viel getrunken, was ist schon ...«

»Zwischen dir und Kasimir Hasenick?«, fügte sie scharf an.

Jetzt verstand er gar nichts mehr.

»Was meinst du?«

Sie presste ihre Lippen aufeinander. »Ich habe dich bis Mitternacht mehrfach angeklingelt, aber du hast auf keinen meiner Versuche reagiert. Was blieb mir anderes übrig, als diesen Sozialhilfeempfänger anzurufen? Und höre und staune, kaum nimmt er ab, schlägt mir irgendein Powerbass entgegen.« Sie tippte rhythmisch mit dem Ballen auf den Fußboden, und ihre Stimme wurde schroffer. »Ich habe ihm eingeschärft, dass er dich sofort von dieser Party wegbringen soll, und ihm meine Adresse gegeben. Eine Stunde später standet ihr vor der Tür.«

Bilder blitzten in schnellen Schnitten in Leos Gedächtnis auf. Dawid mit irgendeinem Typen, Kasimir, der an der Wand lehnte ... und Bier. Eine Menge Bier. Allein beim Gedanken daran wurde ihm wieder schlecht.

»Okay ...«, murmelte er. »Und warum bist du wütend auf ihn? Er hat mich hergebracht, oder nicht?«

»Ich bin nicht wütend auf ihn, sondern auf dich. Was du angestellt hast, ist ganz übel.«

»Hör auf, in Rätseln zu sprechen, und sag einfach, was passiert ist. Ich weiß es nicht mehr.«

»Umso schlimmer«, antwortete sie mit einem Seufzen. Dann ließ sie sich auf der Bettkante nieder. »Was hast du ihm gestern eingeredet?«

»Keine Ahnung. Wenn ich betrunken war, bestimmt nichts Sinnvolles.«

»Er hat dich geküsst.«

Leo blickte sie ungläubig an. »Was?«

»Vor meinen Augen. Provokativ, um genau zu sein«, gab sie zurück und rümpfte die Nase. »Und du Dummkopf hast mitgemacht! Als ich dich durch den Flur geführt habe, hat er dir nachgeblickt wie ein verknallter Teenager.«

»Was …?«, wiederholte Leo und berührte seine Unterlippe. Warum sollte Kasimir ihn küssen? Warum sollte er Kasimir … zurückküssen?

»Ich habe ihn weggeschickt, ehe er auf die Idee kam, hier übernachten zu wollen«, meinte Francesca und nickte auf einen Stuhl neben der Tür, über dessen Lehne eine schwarze Anzugjacke hing. »Im Gegensatz zu dir war er nicht vollends weggetreten. Er hat dir sein Sakko gegeben, weil du auf dem Rückweg gefroren hast. Der Kerl wusste genau, was passiert und was er tut.«

Leo drehte sich langsam auf den Rücken und rieb sich mit den Händen über die Augen. »Okay …«

»Mehr hast du nicht zu sagen?«, hakte Francesca nach. »Ich gehe stark davon aus, dass das ein Versehen deinerseits war. Du bist nicht schwul, oder?«

Leo drehte den Kopf zu ihr und betrachtete ihr brünettes, langes Haar. Ihre faszinierend grünen Augen. Dann sah er wieder zur Decke. »Ich bin gerade ein bisschen überfordert.«

»Was?«

»Ich meine, ich … *mag* ihn, aber … Mann, ich erinnere mich an nichts davon …«

»Das ist egal. Du hast ihm Hoffnungen gemacht.«

Francescas Stimme klang ernst und eindringlich. Vorwürfe flackerten in ihren Augen, und Leo wusste, dass er alles von sich abprallen lassen konnte. Ihren Ausflug, das lange Wegbleiben. Aber nicht dieses emotionale Chaos.

»Das wird sich irgendwie klären lassen …«, wisperte er, seine Gedanken waren ein heilloses Durcheinander. »Kasimir war auch betrunken. Vermutlich kommt ihm das heute genauso komisch vor.«

»Er ist aber nicht wie du«, gab sie zu bedenken. »Dieser Angsthase hat jahrelang kein Klavier angefasst, bis du ihn dazu gebracht hast. Du bist nicht irgendwer für ihn, Leo.« Daraufhin erhob sie sich und wandte sich von ihm ab, um ans Fenster zu treten. Draußen herrschte strahlender Sonnenschein. »Ganz ehrlich? Es würde mich nicht wundern, wenn seine Gefühle für dich echt sind. Ich kenne diesen Blick, mit dem er dich seit einer Weile beobachtet. Marco hat mich auch so angesehen, kurz nachdem wir uns in Turin kennengelernt hatten. Zwei Wochen später waren wir ein Paar.«

Marco, Marco … Wieso kam sie immer auf ihn zu sprechen, noch dazu in einer so sentimentalen Tonlage? Es entmutigte Leo, dass alle wunderbaren Eigenschaften stets in Verbindung mit ihrem Freund standen, obwohl er nie für sie da war. Leo konnte sich um ihre Gunst bemühen, wie er wollte – er würde niemals so leidenschaftlich von ihr angesehen werden wie Marco.

»Glückwunsch«, murrte er. »Ich glaube kaum, dass man Marco und ihn vergleichen kann. Kasimir ist kein Idiot.«

»Das mag stimmen.«

Ihre karge Antwort machte Leo stutzig. Er warf ihr einen fragenden Blick zu, den Francesca fad, fast traurig erwiderte. »Ich habe Schluss gemacht«, gestand sie ihm.

»Was?«

»Auseinander, getrennt, nenn es, wie du willst«, gab sie zurück, trat vom Fenster weg und ging in Richtung Tür. »Steh auf, zieh dich an und komm ins Musikzimmer. Ich habe gerade eine Version deines Stücks ausprobiert, die du einstudieren kannst.«

Der Schmerz, den Leo zuvor aus ihrem Klavierspiel herausgehört hatte, bekam plötzlich eine andere Bedeutung.

»Und bevor du das auch *versehentlich* verdrängst«, sagte sie mit zurückgewonnener Strenge und wandte sich im Türrahmen um. »Du musst die Sache zwischen Kasimir und dir ausräumen. Ruf ihn an, sobald du deine Gedanken geordnet hast. Und sein Sakko gibst du ihm persönlich zurück, klar?«

15. Takt

Moll

Es war federleicht. Kasimirs Fingerspitzen berührten kaum die Tasten, schon jagten sie der nächsten Harmonie hinterher. *When the Rain Begins to Fall* schickte sie den Regenbogen hinauf und wieder herunter. Er spielte, als gäbe es keinen Widerstand, als schlügen die Hämmerchen von selbst gegen die Saiten. Seine Hände waren Tänzer und die Melodie ihr Partner, wie von Sinnen rauschten sie über das schwarzweiße Parkett und hinterließen Klangspuren. Er war konzentriert wie nie zuvor, befreit und doch verloren in seinem Universum aus Noten und Empfindungen. Schwerelos schwebten seine Gedanken durch Raum und Zeit, während sein Spiel wie eine Rakete durch den Orbit brauste. Den Sternen so nah.

Ein letzter Akkord, und die Vorstellung war beendet. Die Tänzer rangen nach Luft, verbeugten sich und ließen sich feiern. Er, der Marionettenspieler, genoss den stillen Jubel, während sich sein Blick an der Decke verlor. Dieser Augenblick war perfekt. Er würde Kasimir erhalten bleiben, bis er ihn morgen vor allen Kandidaten und Zuschauern noch einmal übertreffen würde. Der kleine, aber feine Unterschied war die Anwesenheit einer einzigen Person. Der Junge, dessen Lächeln die Finsternis seines Alls erhellte. Für ihn würde er dieses Lied unsterblich machen.

Kasimir nahm die Finger von der Klaviatur und rieb die Hände aneinander; sie hatten sich eine Pause verdient. Die vergangenen Tage hatten nächtlichen Frost mit sich gebracht und das alte Gemäuer der Kapelle auskühlen lassen, doch ihm war so warm, dass er sich am liebsten ohne Jacke vor die Tür gestellt hätte. Allerdings gab es keinen Anlass mehr dafür. Seine letzte Schachtel Zigaretten hatte er in den versifften Mülleimer vor seinem Wohnblock geworfen. Es war eine schwachsinnige Idee gewesen, mit dem Rauchen anzufangen. Immerhin wusste er jetzt, wie süß Lippen schmeckten, die nicht tagtäglich mit Tabak in Berührung kamen.

Beim bloßen Gedanken an diesen Moment breitete sich ein Kribbeln in seiner Brust aus. Es war schummrig gewesen, nur Bässe und kurze Lichtblitze hatten die Szenerie um Leonhard und ihn aufrechterhalten. All die fremden Menschen, die drückende Luft und die Musik waren verschwunden, die Zeit war stehen geblieben. Sie hatten schweigsam kommuniziert über die Verbindung ihrer Lippen, Kasimirs Herzschlag an seinem. Leonhards weiche Handflächen auf seiner Haut.

Sofort stieg ihm Wärme ins Gesicht, und er erhob sich, um die Morgenfrische einen Spaltbreit in den Saal zu lassen. Nachdem er seine Gedanken heruntergekühlt und die Tür geschlossen hatte, tappte Kasimir zurück zum Klavier und warf einen flüchtigen Blick auf sein Smartphone. Er wolle mit ihm telefonieren, hatte Leonhard ihm am Morgen kurz angebunden per Sprachnachricht mitgeteilt. Nun war es bereits mittags, und Kasimir erwischte sich immer wieder dabei, ungeduldig das Display zu mustern. Allein die Vorbereitung auf sein Vorspiel konnte ihn von dieser schwärmerischen Ruhelosigkeit ablenken, es war ihm sogar gelungen, eine Sequenz des dritten Satzes der *Mondscheinsonate* zwischen die Noten des Popsongs zu basteln. Damit würde er garantiert weiterkommen. Wer oder was sollte ihn jetzt noch aufhalten? Als er sich ein weiteres Mal seinem Viertelfinalstück widmen wollte, klingelte sein Smartphone. Ein Schauer durchzog seinen Körper, und er nahm eilig die Finger von den Tasten, griff nach dem Handy und legte es ans Ohr.

Durchatmen. Ganz ruhig.

»Ja?«

»Huch?«, schlug es ihm überrascht entgegen. »Wer bist du, und was hast du mit meinem nörgeligen Bruder gemacht?«

Kasimirs Herzschlag ebbte genauso schnell ab, wie er angestiegen war. Er nahm das Smartphone vom Ohr und las ernüchtert die Kontaktinformationen auf dem Display.

»Cecilie. Was gibt's?«

»Wie, was gibt's? Begrüßt man so seine große Schwester? Charmeur.«

»Ich sitze am Klavier.«

»Oh, ach so. Dann störe ich gerade?«

»Nein …«

Doch.

»Wollte nur fragen, wie's dir geht«, fuhr Cecilie munter fort. »Du hast die Woche ganz schön durchgehangen. Sieht dir gar nicht ähnlich, spontan feiern zu gehen und dir die Rübe wegzuballern, kleiner Partylöwe.«

»War eine Ausnahme.« Er strich sich über die müden Augen. »Kommt nicht wieder vor.«

»Das war keine Kritik. Ich finde es toll, dass du ein bisschen aus dir rausgehst. Vielleicht lernst du auf die Art jemanden kennen …«

»Sonst noch was?«, unterbrach er sie seufzend. Das Kichern am anderen Ende der Leitung klang nicht besonders eingeschüchtert.

»Nein, ich will dich nicht aufhalten. Wollte dich nur darum bitten, Hazel zum Tierarzt zu bringen, wenn du wieder zu Hause bist. Sie frisst immer noch schlecht, und ich bin zeitlich eingebunden. Im Moment geht die Grippewelle durch Tommys Studio, und drei seiner Angestellten sind krankgeschrieben, also springe ich ein. Kümmerst du dich um sie?«

»Meinetwegen. Wird aber später«, erwiderte er verdrießlich, die Zeit im Wartezimmer verbrächte er lieber am Klavier. Aber das war Thomas natürlich egal. »Wieso spannt er dich in sein Geschäft ein? Du hast selbst einen Job.«

»Wir sind verlobt, Kasi, da bringt man das ein oder andere Opfer füreinander. Tommy hat im Gegenzug versprochen, mich morgen zur Harmonica zu begleiten. Das klingt doch super, oder?«

»Ja, ganz toll ...«

»Ah, da ist er wieder, mein miesepetriger Bruder«, scherzte sie. »Je größer die Fanbase, desto besser wird der Auftritt.«

»Er ist nicht mein Fan. Und ich brauche auch keinen Beistand.«

»Nun hör aber auf«, sagte Cecilie mit verschnupftem Unterton. »Du willst in die nächste Runde kommen, also werden wir dich kräftig unterstützen. Thomas wird dabei sein, ob es dir gefällt oder nicht.«

Kasimir schwieg und trat wiederholt auf das Fortepedal. Als ob es jemals eine Rolle spielen würde, was er wollte.

»Ich werde heute bei ihm übernachten, und morgen früh kommen wir direkt zur Zitadelle«, fuhr Cecilie fort. »Kann ich mich wegen Hazel auf dich verlassen? Geld ist in dem Briefumschlag auf dem Küchentisch. Ich habe gestern noch einen Löwenzahn-Quinoa-Salat gemacht, also wenn du Hunger bekommst ...«

»Ganz sicher nicht«, erwiderte er knapp. Cecilie schien den Grund für seine Abwehrhaltung zu ahnen.

»Ach Mann, bist du immer noch sauer wegen des Auflaufs?«, sagte sie und seufzte. »Tut mir leid, echt. Keiner in unserer Familie hatte bislang Probleme mit Doldenblütlern. Muss etwas väterlicherseits sein ...«

Sie verstummte, aber es war zu spät. Die Worte kratzten mit scharfen Klauen in Kasimirs Gehörgang und fraßen sich in seinen Kopf. Von einem Moment auf den anderen waren seine Gedanken wie ausradiert. An ihre Stelle traten Szenen des Videoclips, den er sich vor einer Woche über Cecilies Account angesehen hatte. Zusammen mit dem Gesicht des Pianisten, das seinem so stark ähnelte.

Etwas väterlicherseits. Etwas, das dieses Monster dir vererbt hat.

»Kasi?«, fragte Cecilie vorsichtig, nachdem er sekundenlang nichts gesagt hatte. Dabei war nicht er es, der reden sollte. Er wusste nichts von dem, was sie ihm verschwieg. Aber er verdiente, es zu erfahren.

»Wer ist er, Cecilie?«, sagte er, so fest er konnte. »Wer ist Alain Gaillard?«

Darauf folgte keine Antwort. Allein das Vogelgezwitscher jenseits der Fenster hallte gedämpft an den hohen Wänden wider.

»Er ist mein Erzeuger, stimmt's?«, versuchte Kasimir es noch einmal, und der verdrängte Missmut legte sich rau auf seine Stimmbänder. »Du wusstest es. Wieso hast du mir das verheimlicht?«

Cecilie schwieg weiter. Er hörte ihre leisen Atemzüge, nahm wahr, dass sie ihr Telefon nah am Mund hielt. Verflucht noch mal, warum sagte sie nichts?

»Cecilie, wieso ...?«

»Wir müssen das nicht zwischen Tür und Angel besprechen«, unterbrach sie ihn entschieden. »Erst einmal ist wichtig, dass du das Kaninchen durchchecken lässt. Alles andere klären wir nach deinem Auftritt.«

Kasimir hielt das Pedal bis zum Anschlag durchgetreten und schob die Backenzähne übereinander. Ob er Cecilie nun mit der Wahrheit konfrontierte oder schwieg, sie allein bestimmte, welche Informationen ihn erreichten. Und wie immer vertröstete sie ihn und drängte ihm ihren Willen auf, um seine Freiheit einzuschränken. Wie damals mit diesem ätzenden Kellnerjob an seinem Geburtstag, dem grässlichen weißen Anzug im Schneidergeschäft oder ihrem krankmachenden Auflauf. Aber das würde er sich nicht länger gefallen lassen.

»Weißt du was?«, sagte er und drückte das Smartphone in seiner Hand fester zusammen. »Vergiss den Auftritt. Ihr seid nicht eingeladen.«

»Was?«

»Bleibt zu Hause oder im Studio, ich will euch nicht sehen. Wenn ihr auftaucht, werde ich nicht spielen.«

»Was soll der Kindergarten?«, erwiderte Cecilie hörbar verunsichert. »Natürlich kommen wir. Du kannst nicht darüber bestimmen, wer dir zuhören darf und wer nicht.«

»Aber du schon?«, zischte er verärgert. »Das ist mein Wettbewerb, mein Auftritt, und ich kann verdammt noch mal selbst festlegen, für wen ich spiele.«

»Kasimir ...«

»Bleibt zu Hause«, gab er mit Nachdruck zurück und legte auf, ohne ihr die Chance auf eine Erwiderung zu lassen. Immerhin darüber hatte *er* die Entscheidungsgewalt. Als er sein Smartphone zurück auf den Klavierkorpus legen wollte, vibrierte es erneut in seiner Hand. Ein kurzer Blick auf das Display ließ seinen Ärger allerdings verpuffen und schürte gleichzeitig eine Gewissheit in Kasimirs Herzen. Es war egal, ob Cecilie zum morgigen Auftritt erschien oder nicht. Die Person, für die er sich seit Stunden die Finger wund spielte, würde anwesend sein. Und in diesem Augenblick trennte ihn nur eine Berührung des Touchscreens von der Stimme dieses Menschen.

Kasimir atmete tief durch und nahm den Anruf an.

16. Takt

Dur

Leo beobachtete, wie die Scheibenwischer alle paar Sekunden die Tropfen von der Windschutzscheibe verbannten. Es war ein endloser Kampf gegen den Regen, der seit den frühen Morgenstunden ununterbrochen vom Himmel prasselte.

»Unfassbar, wie viele Schlafmützen auf der Straße unterwegs sind«, knurrte Francesca, trommelte mit den Fingern auf das Lenkrad und funkelte wiederholt die Digitaluhranzeige ihres Autos an. Seit gut zwanzig Minuten standen sie auf der Carolabrücke im Stau. Wenn es nach Leo ging, brauchte sich das Fahrzeuggedränge nicht aufzulösen. Es war das erste Mal, dass er sich nicht auf einen Auftritt freute. Im Gegenteil: Er hatte Angst davor.

»Jetzt hör auf, Trübsal zu blasen.« Francesca seufzte resigniert. Sie wusste ganz genau, mit welchen Gedanken er sich herumschlug. »Du musstest es ihm sagen.«

Leo betrachtete einige Sekunden wortlos das Bremslicht des Pkws vor ihnen, dessen Rot über die Tropfen auf der Windschutzscheibe streute. Dann senkte er den Blick auf seine Knie. »Du hättest seine Stimme hören sollen. Er klang so glücklich und … ich weiß nicht, irgendwie …«

»Verliebt?«, vervollständigte Francesca. »Was hast du erwartet? Sei froh, dass die Sache so glimpflich über die Bühne gegangen ist. Kaum zu glauben, dass er deine Zurückweisung ohne Weiteres akzeptiert hat. Wahrscheinlich hat er eingesehen, dass er selbst schuld ist. Du warst betrunken, er hat die Situation ausgenutzt.«

»Hör auf, Franna. Das ist bescheuert.«

»Wieso? Du bist seit einer Woche am Grübeln. Wenn dein Auftritt darunter leidet, kann der Kerl was erleben.«

Die Ampeln am Ende der Brücke kamen näher. Ihr schlieriges Farbenspiel zog diese Odyssee in die Länge und jonglierte mit Leos Sinnen. Grün brachte sein Herz vor Nervosität zum Rasen. Gelb rumorte quälend durch seinen Bauch. Und Rot ließ ihn kurz durchatmen, bevor das Desaster von vorne begann. Je geringer der Abstand wurde, desto tiefer fraßen sich die Gewissensbisse in sein Bewusstsein. Und sobald die Farben hinter der Kreuzung verschwanden, blieb ihm nichts als die graue Realität.

Dann würde er Kasimir gegenübertreten müssen.

»Was glaubst du, wie er es wegstecken wird?«, murmelte er und knetete seine Hände ineinander. »Meinst du, er könnte mit diesem Lied rausfliegen, wenn er … unkonzentriert ist?«

»Natürlich. Würde mich nicht wundern, wenn er gar nicht antritt.«

In Leos Brust zog sich alles zusammen. »Was? Aber … das geht nicht. Er hat so hart dafür gearbeitet.«

»Das haben wir alle, Leo«, erwiderte Francesca ungerührt. »Er ist ohnehin nur so weit gekommen, weil du ihn emotional mitgeschleift hast. Er spielt zwar meiner Ansicht nach gefühllos, kann aber ohne Gefühl nicht spielen. Verstehst du, was ich meine?«

»Ja …«

Allerdings hatte Kasimir bewiesen, welche Tiefe er über die Tasten transportieren konnte. Mit seinem letzten Auftritt war er zum Favoriten seiner Gruppe avanciert, dem technisch nichts entgegenzusetzen war. Die einzige Möglichkeit, gegen ihn zu bestehen, bestand darin, ihn zu verwirren. Und das war Leo meisterhaft gelungen.

»Ich hätte das nicht tun dürfen«, wisperte er und vergrub kopfschüttelnd sein Gesicht in den Händen. »Ich hätte ihn nie zu dieser Party mitnehmen dürfen.«

»Du selbst hättest da niemals hingehen sollen, aber es lässt sich nicht mehr ändern. Immerhin hattest du den Mut, zu deinem Fehler zu stehen und reinen Tisch zu machen. Damit hast du euch beiden ein großes Dilemma erspart ... na endlich, wurde auch Zeit.«

Die Fahrzeuge um sie herum setzten sich in Bewegung, und plötzlich ging alles ganz schnell. Leo erkannte die Elbe nur noch als trübes Produkt des trauernden Himmels im Seitenspiegel.

Als sie das Foyer betraten, strich sich Leo die Nässe von den Ärmeln. Der kurze Sprint vom Parkhaus zum Eingang der Zitadelle hatte genügt, um sein Jackett durchzuweichen. Francescas Poncho hatte sowohl ihr Outfit als auch ihr Temperament vor dem Niederschlag bewahrt.

»Komm, wir sind spät dran«, raunte sie und zerrte ihn zum Empfang. Die Dame dahinter lächelte und griff nach dem üblichen Anwesenheitsformular.

»Schön, dass ihr es trotz des Wetters rechtzeitig geschafft habt. Wenigstens hier drinnen haben wir es warm und trocken, nicht?«

Leo zwang sich zu lächeln, während er seine Unterschrift unter seinen Namen setzte. Er hätte lieber zwei Stunden im Regen gestanden, als Kasimir unter diesen Umständen wiederzutreffen. Dass er gekommen war, bestätigte seine Signatur. Allerdings hatte sich der Wortlaut verändert.

»Has...enick?«, las er mühsam vor. Der ursprüngliche Vordruck ›Kasimir Hasitzky‹ war zur Hälfte durchgestrichen und durch den korrekten Nachnamen ersetzt worden.

»Seltsam, nicht? Der junge Mann hat darauf bestanden, dass das geändert wird«, erwiderte die Empfangsdame und schob ihre Brille am Nasensteg etwas höher. »Er hat es eigenhändig korrigiert. Als ich gefragt habe, was er da tut, hat er mir recht ungehalten entgegnet, dass das ›verdammt noch mal sein richtiger Name‹ sei.«

Ihre Worte jagten einen eisigen Schauer durch Leos Körper. Francesca warf ihm einen bedeutsamen Blick zu, ehe auch sie auf dem Blatt unterschrieb und sich den Ablaufplan der heutigen Runde vorzeigen ließ.

»Das Vorspielen findet in zwei Blöcken statt«, sagte sie und ging konzentriert die Reihenfolge durch. »Du eröffnest den zweiten direkt nach der Mittagspause.«

»Okay ... wann spielt Kasimir?«

»Als Letzter der ersten Gruppe ... sieh an, Dawid und Paula begleiten sich selbst«, meinte Francesca und deutete auf das Sonderkürzel, welches hinter ihren Namen in Klammern stand. »Lewis Capaldi und Freya Ridings, interessant. Wusstest du, dass die beiden singen können?«

Leo schüttelte den Kopf. Dawid traute er einen Soloauftritt zu, aber Paula war ihm bislang nicht als extrovertierte Person erschienen. Es brauchte Mut, vor so vielen Menschen allein ein Gesangsstück darzubieten. Er wäre dafür zu feige. Und leider nicht nur in diesem Zusammenhang.

»Ich bin Zweite, ist ja reizend«, sagte Francesca reserviert und gab das Dokument zurück. »Dann sollten wir keine Zeit verlieren. Gib mir dein Jackett, ich halte es ein paar Minuten unter den Trockner im Bad.«

Sie hielt ihm die geöffnete Hand hin, doch er wich zurück und biss sich befangen auf die Unterlippe. »Nein, ähm ... geh schon mal vor. Ich mach das selbst.«

»Wie du meinst«, entgegnete sie und wandte sich schulterzuckend ab. »Aber es bringt nichts, sich zu verkriechen, Leo. Früher oder später lauft ihr euch sowieso über den Weg.«

Leo sah ihr entmutigt nach. Unfassbar, dass seine Gedanken so leicht zu durchschauen waren. Hatte seine Maske unter der seelischen Last Löcher bekommen?

Nachdem sie die Treppen hinaufgestiegen war, trottete er mit gesenktem Haupt zur Herrentoilette und ließ ihr Gespräch im Auto Revue passieren. Sie hatte recht. Er konnte Kasimir nicht ewig ausweichen, doch die bloße Vorstellung ihrer Begegnung schlug Leo aufs Gemüt. Alles in ihm rebellierte vor Angst, Kasimir wehzutun. Vielleicht verbrachte er die verbleibende Zeit vor Showbeginn samt Anzugjacke unter dem Heißlufttrockner und föhnte seine nassen Haare, womöglich vertrieb der warme Wind seine Furcht, und er erhielt noch eine Schonfrist.

Der Gedanke beruhigte ihn. Die Realität weniger.

Als er die Badtür nach außen aufzog, stand Kasimir vor ihm.

Moll

Kasimir lehnte die Hände auf den Waschbeckenrand und betrachtete sein Spiegelbild. Er hatte sein Haar mit einer halben Tube Gel zurückgelegt und trug einen weißen Schlips um den mitternachtsblauen Kragen seines Hemdes. Er sah gut aus, elegant und willensstark. Da war keine Ähnlichkeit zu dem Pianisten in dem Video, das ihm in den vergangenen Nächten den Schlaf geraubt hatte. Seine Augen waren klar und grau, wie die seiner Schwester und seiner Großmutter.

Er war Kasimir Hasenick. Nicht der ausgesetzte Abtreibungstermin seiner Mutter und auch nicht das wandelnde Erbgut eines Vergewaltigers.

Kasimir richtete ein letztes Mal seinen Krawattenknoten, dann wandte er sich ab. Was auch immer Cecilie über seinen Vater wusste, es brauchte ihn nicht zu kümmern.

Du bist nicht wie er. Du bist kein Monster. Du bist ...

Sein Gedankenfaden riss ab, als die Tür vor ihm aufschwang. Kasimir trat intuitiv einen Schritt zurück, nur um im nächsten Moment vom sprunghaften Anstieg seiner Herzfrequenz überrumpelt zu werden. Der Grund dafür war der Junge, der all seine Selbstzweifel und düsteren Gedanken mit seiner bloßen Ausstrahlung verschwinden lassen konnte.

»Oh ... h-hey«, stammelte Leonhard, ehe sich ein unsicheres Lächeln über seine Lippen legte.

»Hallo, Leo«, erwiderte Kasimir kontrolliert ruhig, obwohl ihm die Aufregung auf die Stimmbänder drückte. Es war das erste Mal, dass sie sich seit dieser Nacht gegenüberstanden. Das Telefonat am Vortag war ernüchternd kurz ausgefallen, und bis auf die Information, dass sein Vater Kasimirs Jackett am Abend vorbeibringen würde, hatte Leonhard nichts von sich preisgegeben. Aber das würde sich hoffentlich gleich ändern. »Du ... bist ja ganz nass.«

»Ja, ähm ... Regenschirm vergessen«, antwortete Leonhard und schmunzelte zurückhaltend. »Wollte mich auf dein Lied einstimmen. ›When the rain begins to fall‹, haha ...«

Leonhard schob sich die klamme Anzugjacke von den Schultern. Im Gegensatz zu sonst hatte er sich heute für ein schwarzes Modell entschieden, das ihn ungewohnt vornehm wirken ließ. Auch sein Hemd strahlte in einem schlichten Weiß. Zudem war es vom Unwetter in Mitleidenschaft gezogen worden, der Stoff unterhalb der Reverslage war nass und klebte an seiner Haut. Fast wie in der Nacht vor einer Woche, als sich Leonhard vollkommen durchgeschwitzt an Kasimirs Körper gelehnt und ihn geküsst hatte.

Wieder. Und wieder. Und wieder.

»Dein Gesicht ist noch schöner als deine Lieder … ich will, dass alle ihre Augen auf dich richten …«

Kasimir schluckte, er wollte Leonhards Worte noch einmal hören, fühlte sich plötzlich berauscht von der Sehnsucht danach. Und er wollte ihn berühren, wenn er sie aussprach. Seine Hände, seine Wangen. Seine Lippen …

»Ähm … lässt du mich kurz durch?«

Leonhards Stimme zog ihn aus seiner Fantasie zurück ins Hier und Jetzt, und er trat rasch einen Schritt zur Seite. *Schluss damit, das ist weder der richtige Ort noch Zeitpunkt dafür.* Leonhard war zweifellos nervös angesichts des nahenden Vorspielens, und er wollte ihn auf keinen Fall mit seinen Gefühlen überfallen. Sie mussten sich beide konzentrieren.

»Hoffentlich wirst du nicht krank«, wechselte Kasimir das Thema, nachdem Leonhard an ihm vorbeigetreten war und die Ärmel seines Jacketts über dem Waschbecken auswrang. Er sah in der Reflexion des Spiegels, wie Leonhard die Jacke ausschüttelte, als versuchte er, damit die entstandene Stille zu überbrücken. Wieso? Hatte Kasimir etwas Falsches gesagt?

»Leo, wenn du sehr aufgeregt bist …«

»Mir geht's gut. Du bist das Nervenbündel von uns, schon vergessen?«, unterbrach Leonhard ihn und hielt sein Jackett vor sich, um den Trocknungsgrad des Innenfutters zu überprüfen. Als ihm dabei das Hemd aus der Hose rutschte und seine nackte Lende offenbarte, sah Kasimir beklommen zur Seite.

Reiß dich zusammen! »Keine Sorge. Ich komme klar.«

»Gut«, erwiderte Leonhard kurz angebunden. Anscheinend machte ihm der Wettbewerbsdruck stärker zu schaffen als in den vorherigen Runden.

»Wir beide kriegen das hin«, versuchte Kasimir, ihn zu beschwichtigen. »Du hast ein gutes Lied. Melancholisch, aber nicht so schlimm wie Dawids Stück.«

»Ja. Wird 'ne ziemlich depressive zweite Hälfte.«

»Ich freu mich trotzdem darauf, dich spielen zu hören ...«, wisperte er und zögerte, als ihn abermals die Erinnerungen an die Partynacht überkamen. Leonhards bloßer Anblick holte sie unaufhaltsam in sein Gedächtnis zurück, und die Gefühle, die er damit verband, tanzten durch seinen Körper. Er konnte sie nicht ignorieren. Es ging einfach nicht.

»Leo, vielleicht ... können wir unser Weiterkommen wieder feiern. Wie letzten Samstag. Gemeinsam.«

Als Leonhard zu ihm sah, schlug Kasimir das Herz bis zum Hals. Er hatte das Gefühl, dass sich ein Fadenknäuel in seiner Brust zusammenzurrte, das nur sein Gegenüber entwirren konnte. Allerdings ließ ihn das indifferente Zucken in Leonhards Mundwinkeln ahnen, dass er darauf noch warten musste.

»Ja, ähm ... schauen wir mal, wie das Vorspielen läuft«, sagte er ausweichend und nickte zum Handtrockner an der Wand. »Ich glaube, hier wird's gleich ziemlich laut. Ist es okay, wenn wir uns oben weiter unterhalten? Wird nicht lange dauern, also such dir ruhig einen Platz.«

Auf seinen Lippen lag ein schmales Schmunzeln, doch die Unsicherheit klammerte sich weiterhin an seinem Blick fest. Vielleicht war dies nicht der richtige Moment, ihn zu bedrängen. Vielleicht brauchte Kasimir noch ein wenig Geduld, um das aus Leonhards Mund zu hören, was er seit einer Woche weich auf seinen Lippen spürte.

Und wieder spüren wollte.

Im Konzertsaal herrschte eine gespenstische Stille. Die meisten der verbliebenen Kandidaten hatten sich in der vordersten Reihe niedergelassen und widmeten sich schweigend ihren Smartphones. Sie waren von einer Wolke aus geballter Nervosität umgeben, der Kasimir nicht zu nahe kommen wollte. Zum ersten Mal seit Beginn des Wettbewerbs fühlte er sich gut vorbereitet und konnte sogar den Drang ausblenden, für eine Kippe das Gebäude zu verlassen. Daher beschloss er, sich einen freien Platz in einer der mittleren Reihen zu suchen und auf Leonhard zu warten.

Er wollte länger mit ihm sprechen. Er wollte seine Hand ergreifen und ihm Glück wünschen. Verflucht, er wollte einfach in seiner Nähe sein.

»Kasimir?«, wisperte jemand in seinem Rücken, und er drehte sich überrascht um. Paula saß um einen Stuhl versetzt hinter ihm und arbeitete offenbar an einer neuen Häkelfigur. Ihm war nicht aufgefallen, dass sie ebenfalls den Abstand zu den anderen Teilnehmern gesucht hatte. Als er sie leise grüßte, legte sie ihre Nadel und das schwarze Garn in den Schoß.

»Geht es dir wieder besser?«, wollte sie wissen. Als er unverständig die Augenbrauen zusammenzog, druckste sie verunsichert herum. »I-Ich dachte nur … du hast letzten Samstag ziemlich erschöpft gewirkt, deshalb …«

»Ach so … ja, alles in Ordnung. Ich war nur völlig fertig nach dem Auftritt.«

»Stimmt … du hast die Auswertung verschlafen«, erwiderte sie und zupfte an ihrer Häkelmasche. »Leo hat gesagt, wir sollten dich nicht wecken, und dich die ganze Zeit nicht aus den Augen gelassen. Das war niedlich …«

Da war es wieder, das Flattern in seiner Brust. Am liebsten würde er diesen verdammten Schmetterling erschlagen, der jedes Mal seine Flügel spreizte, sobald Leonhards Name fiel. Er hoffte, dass sich sein Innenleben nicht in seiner Mimik spiegelte, und nickte wortlos. Immerhin schien Paula ähnlich für Leonhard zu empfinden wie er.

»Das war ein toller Moment, als sie deine Punktzahl verkündet haben. Dein Vorspiel war großartig.« Paulas sonst so gehemmte Stimme gewann deutlich an Klangfarbe. »Ich denke, du hast große Chancen aufs Finale. In Gruppe B wird es sich zwischen Francesca und dir entscheiden, bei uns sind es

Leo und Dawid. Zwei von euch treten in der Frauenkirche auf … das ist so cool.«

»Willst du nicht ins Finale?«, erwiderte Kasimir. Paula schüttelte lächelnd den Kopf.

»Gegen Dawid habe ich keine Chance. Und für Leo wünsche ich mir, dass er es schafft. Trotz seiner Krankheit hat er immer an seinem Traum festgehalten. Er verdient es weiterzukommen.« Ihre Augen strahlten, und die Stimme flackerte, als wäre sie mit ihrer Mitteilungsfreude überfordert. »Du übrigens auch. Wie auch immer der Wettbewerb ausgeht, du musst danach unbedingt weitermachen. Deine Kompositionen sind einzigartig und … so wunderschön.«

Kasimir wusste vor Verlegenheit nicht, was er erwidern sollte. Dieses Flimmern in seinem Körper hatte nichts mit der Aufregung vor dem Wettbewerb oder Leonhards Nähe zu tun. Er freute sich über ihre Worte. Ausgerechnet Paula, die selbst so leidenschaftliche Lieder schrieb, erkannte seine Leistung an. Das, was er mit seinen Händen und Emotionen schuf, bedeutete ihr etwas.

Was für ein berauschendes Gefühl.

Aus dem Augenwinkel erkannte er, wie die Saaltür aufgeschoben wurde und Leonhard eintrat. Augenblicklich wandelte sich seine stille Euphorie in Aufregung. Sie stieg kontinuierlich an, während er beobachtete, wie Leonhard zielgerichtet auf den freien Platz neben Francesca zusteuerte. Als er bemerkte, wie auffällig Paula ihm nachblickte, stand Kasimir auf.

»Entschuldige mich bitte«, murmelte er und trat auf die erste Reihe zu, während ihm seine Nervosität auf den Magen drückte. Sonst klebte Leonhard wie eine Klette an ihm, heute wirkte er beunruhigend distanziert. Wenn Dawid recht hatte und er nur wegen seiner fehlenden Erfahrung mit körperlicher Nähe überfordert war, brauchte sich Kasimir keine Sorgen zu machen. Aber das erklärte nicht, warum er ihn auf

Abstand hielt. Seine passive Art zwang Kasimir, sich *ihm* aufzudrängen.

»Ignorier mich nicht«, sagte er und ließ sich auf den Stuhl neben Leonhard sinken. Er sah verschreckt auf, fand jedoch schnell zu seinem Lächeln zurück.

»Sorry, ich war in Gedanken.«

Seine beiläufigen Worte setzten einen Nadelstich in Kasimirs Herz. Auch Francesca nahm nur am Rande Notiz von ihm, allerdings lag zur Abwechslung nicht die gewohnte Abneigung in ihrem Blick. Wenn er es nicht besser wüsste, hätte er es für Mitleid gehalten.

Bevor ihm eine Thematik einfiel, um die angespannte Stimmung zu zerstreuen, zog scharfes Absatzklackern Kasimirs Aufmerksamkeit auf die Eingangstür. Frau Dr. Weber betrat den Saal in einem eleganten Business-Kostüm, gefolgt von ihren vier Mitjuroren. Das Geflüster verstummte, und auch Leonhard erwachte aus seiner Lethargie.

»Herzlich willkommen zur dritten Runde unseres Jubiläumswettbewerbs, liebe Kandidatinnen und Kandidaten«, grüßte die Stiftungsvorsitzende mit einem wohlwollenden Lächeln und trat vor den Flügel, während sich die anderen Juroren setzten. »Heute werden wir uns nacheinander eure Interpretationen moderner Stücke anhören und entscheiden, welche vier von euch ins Halbfinale einziehen.« Frau Dr. Weber machte eine kurze Pause und bat zwei Personen aus der hinteren Sitzreihe zu sich; eine junge blonde Frau und einen Mann Mitte dreißig. »Begleitet werdet ihr von unseren Sängern Marina und Frank. Marina wird den Gesangspart in den Stücken von Lucas Ansbach, Francesca Vielli, Leonhard Valentin und Kasimir Hasitzky übernehmen …«

»Hasenick«, sagte Kasimir reflexhaft, woraufhin sich alle Blicke auf ihn richteten. Die plötzliche Aufmerksamkeit überrumpelte ihn, aber er verbarg seine Finger, ehe sie zu zittern begannen. Er brauchte keine Angst zu haben. Er verdiente es wie jeder hier, korrekt angesprochen zu werden. »I-Ich heiße Hasenick.«

»Oh, nicht doch.« Die Kuratorin faltete betroffen die Hände ineinander. »Da muss uns ein Fehler unterlaufen sein. Entschuldige bitte, Kasimir.«

Sie lächelte versöhnlich und fuhr mit ihrer Einleitung fort, doch er konnte sich nicht mehr darauf konzentrieren. Zu sehr beanspruchte ihn Leonhards Hand, die unvermittelt auf sein Knie gesunken war. Als er den Blick hob, merkte er, dass Leonhard ihn wieder auf dieselbe Weise ansah, wie er es bis zu diesem Tag immer getan hatte. Verschlagen und mit dieser tiefen Freundlichkeit, die seine Dunkelheit überstrahlte.

»Super, Kasimir. Steh zu dir.«

Kasimir verzog den Mund zu einem beklommenen Lächeln, das anhielt, bis Leonhard die Hand von seinem Bein löste. Die Wärme seiner Berührung breitete sich über seinen gesamten Körper aus wie schillernde Polarlichter am Nachthimmel. Er ignorierte, wie Francesca zunächst ihn, dann Leonhard verwirrt musterte. Sie hatte keine Vorstellung davon, was Leonhards Zuwendung mit ihm machte, und es kümmerte ihn nicht. Für ihn zählte nur das sanfte Glühen, das auf seiner Haut zurückblieb. Und die Gewissheit, dass der Stern, nach dem er sich sehnte, endlich zum Greifen nah war.

Die Eröffnungsdarbietung umfasste eine getragene Version von Elton Johns *Tiny Dancer,* die leider kaum mit Gefühlstiefe überzeugte. Francescas Interpretation von Lana Del Reys Ballade berührte Kasimir deutlich mehr, wenngleich ihre verbissene Miene anmutete, als hätte sie einen Scheidungskrieg verloren.

»Don't make me sad, don't make me cry, sometimes love is not enough ...«

Erst während des dritten Auftritts meldete sich seine Nervosität zurück. Als der letzte Akkord des Stücks erklang, setzte das Zittern seiner Finger ein. Kasimir bemühte sich, es durch den Applaus zu überspielen, doch die Aufregung quälte ihn bis in die Pause hinein. Dass Francesca Leonhard nach ihrem Vorspiel am Ärmel gepackt und vor die Tür geschleift hatte, trug nicht zur Beruhigung bei. Immer wieder drehte er sich zum Eingang um, doch sie waren bislang nicht zurückgekehrt.

Kasimir atmete tief durch. Jetzt, da Leonhard nicht bei ihm war, kam er sich seltsam allein gelassen vor. Vielleicht war es ein Fehler gewesen, Cecilie zurückzuweisen. Er hätte sie in diesem Augenblick gern an seiner Seite gewusst.

»Sorry, Kasi, musste kurz was klären.«

Leonhards Stimme zog ihn ruckhaft aus seinen Gedanken. Kasimir ballte seine bebenden Finger zu Fäusten und beobachtete, wie er sich seufzend neben ihm niederließ.

»Kein Problem ... was wollte Francesca von dir?«

»Nichts Wichtiges, erzähl ich dir später. Jetzt geht's erst mal nur um dich.«

Die Zuversicht in seinen Augen senkte zwar Kasimirs Puls, verstärkte jedoch das Kribbeln in seinem Bauch, und er knetete angespannt die Hände ineinander. »Es wird schon klappen. Irgendwie ...«

»Nix irgendwie. Du willst Franna in der nächsten Runde aus dem Rennen kicken, oder nicht?«

»Schon, aber ...« Kasimir zögerte kurz, ehe er sich an seinen Handrücken feststarrte. »Für mich ist wichtiger, dass du weiterkommst ...«

Es entsprach nicht seiner Art, spontane Gefühlsregungen verbal zu kommunizieren, daher traute er sich kaum, zu Leonhard aufzuschauen. Die Neugier zwang ihn jedoch dazu. Und was er sah, ließ das Zittern in seinen Fingern abrupt aufhören.

Leonhards Blick war ungehalten. Regelrecht zornig.

»Das spielt überhaupt keine Rolle, hörst du? Wir sind Konkurrenten, Kasi. Wenn du dich wegen irgendwelcher Gefühlsduseleien nicht konzentrierst, kannst du vergessen, dass wir im Finale gegeneinander spielen.«

Gefühlsduseleien? War das sein Ernst?

»Du bist dir offenbar sehr sicher, Dawid und Paula zu schlagen«, erwiderte Kasimir verdrossen.

»Ja, bin ich. Und dich mache ich auch mit Leichtigkeit platt, so demütig, wie du im Moment drauf bist.« Leonhards Worte schnitten wie Rasierklingen in Kasimirs Ego. Was geschah hier? Er reagierte ungewohnt gereizt. »Du musst mächtig was aufbieten, wenn du diese Runde überstehen willst. Das wird aber nichts, wenn du deinem Gegner zusammengekauert den Sieg versprichst. Setz dich ans Klavier und leg los.«

»Die Pause ist noch nicht zu Ende.«

»Dann beende du sie«, argumentierte Leonhard hartnäckig. »Das ist deine Show, du bestimmst, wann's losgeht. Mach mal was Verrücktes, Kasimir. Etwas, das mich von dir überzeugt.«

Nicht zu fassen. Wo waren Leonhards Mut machende Sprüche, seine vertrauensvollen Gesten? Er drängte ihn von einem Moment auf den nächsten in die Rolle eines bloßen Konkurrenten. Sie waren mehr als das, weit mehr.

»Du hast sie doch nicht mehr alle«, zischte Kasimir in dem Versuch, seinen Frust zu unterdrücken. Die anderen Teilnehmer hatten die Blicke neugierig in ihre Richtung gewandt; selbst Dawid hatte das Gespräch mit seinem potenziell nächsten Opfer unterbrochen und beobachtete die Szene interessiert. »Ich spiele, wenn ich aufgerufen werde, du kannst nicht …«

Er verstummte, als ihm Leonhards Lächeln auffiel. Dieses überhebliche, verschmitzte Lächeln. Es war Wochen her, dass er es zum letzten Mal gesehen hatte. Und es machte Kasimir rasend vor Wut.

»Du bist ein Angsthase, Hasitzky. So wirst du's niemals schaffen, am Ende als rechtmäßiger Gewinner dazustehen.«

Was sollte das? Was hatte diese Schnepfe Francesca ihm über die Pause hinweg eingetrichtert, dass er ihn so rücksichtslos beleidigte? Er benahm sich, als wären sie sich niemals nahe gewesen, als hätte es die vergangenen Wochen nie gegeben. Das war nicht der Leonhard Valentin, in den er sich verliebt hatte. Das war der arrogante Hochstapler, den er im Restaurant vom Stuhl gestoßen hatte.

Kasimir wandte sich schroff von ihm ab und stand auf, um zum Bechstein-Flügel zu laufen. *Zum Teufel mit dir, Leonhard Valentin!* Zum Henker mit all diesen Blendern, die seiner Leistung applaudierten und hinter vorgehaltener Hand über ihn lachten. Er würde ihnen zeigen, was sein Zorn mit ihrer Häme anstellen konnte. Er würde ihr lächerliches Bild von sich in seinem Fegefeuer verbrennen.

Kasimir setzte sich auf den Hocker, hob den Deckel an und strich über die Klaviatur, woraufhin alle Anwesenden im Raum den Blick auf ihn richteten. Die Sängerin, die ihn begleiten sollte, saß in der hintersten Reihe und kaute auf einem Brötchen herum. Offiziell blieben ihr noch drei Minuten, um ihr Mittagessen herunterzuwürgen, aber was kümmerte es ihn? Mit einer Sache hatte Leonhard recht: Es war allein *sein* Auftritt. Also legte er die Finger auf die Tasten und begann zu spielen.

Kasimir verlieh seiner angestauten Wut eine solche Wucht, dass die seichte Melodie von seinen Anschlägen zerfetzt wurde. Er war ein Wirbelsturm, der eine Siedlung heimsuchte und alles niederriss, was sich die Bewohner über Jahre hinweg aufgebaut hatten. Er zog über die Lande und zermalmte Häuser, Äcker und Wälder, hinterließ nichts als Chaos in den Köpfen und gab nicht nach, auch wenn sie ihm die Pest an den Hals wünschten. Niemand konnte ihm sagen, wohin er zu ziehen hatte. Er entschied, es war seine Show, seine Chance auf das große Los.

Spätestens als er zu seinem klassischen Crossover überging, hafteten die Blicke seines Publikums gefesselt an seinen

Händen. Selbst Leonhard ließ ihn nicht eine Sekunde aus den Augen, seine Aufmerksamkeit brannte auf Kasimirs Haut. Er hatte ihn herausgefordert, und das war das Resultat seiner naiven Provokation. Nach diesem Auftritt würde er nur noch die Asche atmen, die Kasimir von seinen Illusionen übrig gelassen hatte.

Als er den Schlussakkord in die Tasten schlug, wusste er, dass kein Weg an seiner Halbfinalteilnahme vorbeiführte. Er hörte es im Applaus und sah es in der Reaktion der Jurymitglieder, die allesamt aufstanden und ihm Respekt zollten. Sogar die Zuschauer in der hintersten Reihe erhoben sich und applaudierten ihm. Auch Leonhard. Und das war alles, was in diesem Augenblick zählte.

Kasimir lehnte seinen Hinterkopf gegen die äußere Wand des Konzertsaals und rieb sich zermürbt mit den Händen übers Gesicht. Er würde hier im Gang warten, bis die Pause vorbei war. Auf keinen Fall konnte er früher zurückkehren, er würde vor Scham vor den Juroren zusammenbrechen. Was war er nur für ein Idiot?

»Ich sollte Schauspieler werden«, sagte Leonhard vergnügt, während er sich am Kuchenangebot des Buffettischs neben ihm bediente, als wäre nichts vorgefallen. »Eigentlich wollte ich dich nur ein bisschen anfixen, aber das ist mir wohl zu gut gelungen.«

Kasimir nahm die Hände nur widerwillig von den Augen und seufzte tief, als er Leonhards schelmisches Grinsen bemerkte. Kaum zu glauben, über welch eine Bandbreite mimischer Regungen dieser Junge verfügte und wie schnell er zwischen seinen Masken hin und her wechseln konnte.

»Wenn ich deinetwegen disqualifiziert werde, kannst du was erleben«, murmelte er. Ihm blieben noch wenige Minuten Karenzzeit, ehe die Ergebnisse des ersten Vorspielblocks verkündet wurden. Wenn die Jury ihn nicht für seinen musikalischen Amoklauf sanktionierte, standen seine Chancen aufs Halbfinale nach eigener Einschätzung gut.

Leonhard kehrte mit einem Stück Schokoladentarte auf dem Teller zurück an seine Seite und schob sich einen übertrieben großen Happen zwischen die Zähne.

»Es war nicht regelkonform, den Gesangspart aus deiner Performance rauszuschmeißen, deswegen werden sie vermutlich ein paar Punkte abziehen«, brabbelte er mit vollem Mund. »Aber wenn du nicht ausgetickt wärst, wäre die Nummer nicht so eingeschlagen. Du hast dem alten Schinken richtig Leben eingedroschen. Wenn man dich auf Temperatur bringt, spielst du wie Glenn Gould.«

Kasimir konnte sich kaum auf seine Worte konzentrieren, denn in Leonhards Mundwinkel klemmte ein Schokoladenkrümel. Es war ein so eigentümlicher und zugleich unwiderstehlicher Anblick, dass er ihm vorsichtig mit dem Zeigefinger über die Lippen strich und die süßen Überreste in seinem Mund verschwinden ließ. Leonhard wirkte für einen Moment wie eingefroren, schenkte ihm jedoch ein scheues Lächeln, das viel natürlicher aussah als die Maske, hinter der er seine Unsicherheit verbarg. Und es machte Kasimir zunehmend Spaß, es hervorzulocken.

»Tja, du hast es hinter dir.« Leonhard stellte den leeren Teller neben sich auf den Tisch. »Jetzt muss ich es schaffen.«

»Das wird nichts«, erwiderte Kasimir und lächelte, als Leonhard betreten die Lippen verzog.

»Die Tour funktioniert bei dir. Mich entmutigen solche Sprüche.«

»Dann sag mir, wie ich dich motivieren kann. Ich will mich revanchieren.«

Es war ein Versuch, wenngleich ihn Leonhards bisherige Vermeidungstaktik ahnen ließ, dass er nicht darauf eingehen würde. Wahrscheinlich musste Kasimir ihre Beziehung eigenständig vorantreiben. Und die Angst davor hatte er sich soeben von der Seele gespielt. »Leo. Ich denke, wir sollten reden. Über letzten Samstag.«

»Oh, ähm ... klar, kein Ding«, erwiderte er zögerlich und tippte mehrfach mit der Spitze seines Schuhs auf das Parkett. »Reicht nach meinem Auftritt?«

»Na ja ...«, begann Kasimir, wurde jedoch unterbrochen, als neben ihnen die Tür aufschwang. Zum Vorschein kam Francesca, die einen Zettel mit sich trug und sie beide prüfend musterte, ehe sie Kasimir forsch die Hand entgegenstreckte.

»Glückwunsch, Fifone. Du bist im Halbfinale.«

Er erwiderte ihre Geste unschlüssig, während Leonhard sich das Blatt Papier schnappte und Wort für Wort die Zeilen auseinandernahm. »Erster ... Platz, Francesca Vielli, 3–7 Punkte, Ges... ähm ...«

»Gesamtleistung«, korrigierte Francesca. »110 Punkte.«

»Und du hast 108, Kasi. Sie haben dir 38 Punkte auf deinen heutigen Auftritt gegeben, du warst wieder besser als alle anderen!«

Pure Freude klang aus Leonhards Worten, und Kasimir wusste nicht, was ihn mit größerem Glück erfüllte: Dass er es tatsächlich unter die letzten vier Teilnehmer geschafft hatte, oder die Begeisterung, mit welcher Leonhard seiner Leistung begegnete. Am liebsten hätte er ihn in den Arm genommen.

Doch daraus wurde nichts.

Als er einen Schritt auf Leonhard zutrat, stellte sich Francesca zwischen sie und sah ihm eindringlich ins Gesicht. Dann wandte sie sich mit derselben Nachdrücklichkeit an Leonhard, dessen Schultern sofort absackten.

»Franna, können wir das nicht später ...«

»Nein«, unterbrach sie rigoros und deutete auf das Dokument in seinen Händen. »Wir hatten eine Abmachung. Sein Auftritt ist vorbei, er ist weiter. Schluss mit dem Theater. Entweder du sagst es ihm jetzt, oder ich werde es tun. Überleg es dir gut.«

Kasimirs Freude wich augenblicklich Nervosität. Er spürte ein tiefdunkles, kaltes Gefühl in sich aufsteigen, das sich um seine Atemwege legte und sie langsam zudrückte. Sein Herz schlug schneller, als es ihm angenehm war.

»Was willst du mir sagen?«

»Nichts …«, erwiderte Leonhard und druckste herum, wich seinem Blick aus. Die Niedergeschlagenheit in seinen Augen ließ alle Gedanken verkümmern, die eben noch Kasimirs Kopf durchgepflügt hatten.

»Es ist so, Kasi … die Sache, die da am Samstag zwischen uns passiert ist …« Er knetete seine Hände ineinander und trat auf der Stelle, als wäre sein Körper mit seinen Gefühlen überfordert. »Das war nicht okay von mir. Für mich war das wahrscheinlich anders als für dich. Ich kann mich nicht richtig daran erinnern, weißt du …?«

Leonhard verstummte, und die Düsternis breitete sich in Kasimir aus. Sie machte sich an seinen Eingeweiden zu schaffen, ritzte seine Lungen auf und setzte sich in seiner Kehle fest wie ein Widerhaken.

»Ich mag dich, Kasimir … wirklich. Und ich will dein Freund sein, aber …« Er seufzte und ließ den Kopf hängen, brachte kaum mehr als ein Wispern hervor. »Das, was du für mich empfindest, kann ich nicht erwidern. Ich kann's nicht. Tut mir leid …«

Es dauerte einen Moment, bis seine letzten Worte zu Kasimir durchsickerten. Zu verklebt waren seine Sinne. Die schwarze Nebelmasse hatte seinen Körper lahmgelegt, seine Emotionen und alles, woran er bis eben fest geglaubt hatte. Und schließlich riss der Widerhaken gewaltsam aus seiner Verankerung und zerschnitt ihn von innen. Doch seine Beine blieben standhaft. Sein Blick ruhte weiterhin unbewegt auf Leonhard. Und seine Lippen formten nur ein Wort:

»Okay.«

17. Takt

Dur

»Möchtest du, dass ich *Another Place* in der Originalversion singe, oder wäre dir auch ein Duett recht? Das gäbe bestimmt eine schöne Harmonie.«

Leo nahm die Worte seiner Gesangspartnerin kaum wahr. Sie klangen, als drängten sie vom Festland her, während er auf einer einsamen Insel im Ozean darauf wartete, dass ihm endlich die Vorräte ausgingen.

»Und?«

»Was?«

»Dein Lied? Solo oder Duett?«

»Ach so … keine Ahnung«, erwiderte er und griff sich seufzend an die Stirn. »Mach, was besser klingt.«

»Okay«, gab sie schulterzuckend zurück, drehte sich um und tappte zum Flügel.

Okay. Es hörte sich so banal an. Dabei lag viel mehr in diesem einen Wort, als der Ozean um Leo herum fassen konnte. Es hatte Kasimirs Stolz, seine Freude und alles, was ihn in diesem Moment erfüllt hatte, vor seinen Augen zersplittern lassen. Leo hatte es sofort gespürt. Ihm wären beinahe die

Tränen in die Augen gestiegen, als Kasimir sich abgewandt hatte und wortlos die Treppe hinuntergeschlichen war. Am liebsten wäre er ihm nachgelaufen, um es ihm besser zu erklären, um es irgendwie geradezubiegen. Doch es hätte nichts geändert.

»Gib ihm Zeit«, hatte Francesca ihn zu beschwichtigen versucht. Aber wie viel Zeit blieb Kasimir denn? In einer Woche sollte er bereits das nächste Stück interpretieren, das ausgerechnet aus ihrem Kompendium stammen würde. Und Leo wusste genau, womit sie ihn konfrontieren würde, um sich den Sieg zu sichern.

Allegretto primaverile. Das Lied, mit dem Kasimir vor sechs Jahren gegen ihn verloren hatte.

Leo sank auf seinem Stuhl zusammen, stützte die Ellenbogen auf die Knie und vergrub sein Gesicht in den Händen. Der Kloß in seinem Hals war zu schmerzhafter Größe angeschwollen, und er schaffte es nicht mehr, ihn herunterzuschlucken. Er hatte Kasimir belogen und ihn mit seinem falschen Lächeln ins Verderben geschickt. Er war nichts weiter als ein widerlicher Heuchler.

»Leonhard, bist du so weit? Wir würden gern mit Gruppe A weitermachen.«

Leo sah sich der warmherzigen Mimik der Kuratorin gegenüber. Sie reichte ihm sogar die Hand, dabei verdiente er ihre Zuwendung nicht. Er verdiente überhaupt nichts.

»Ja, ich ...«, begann er und rieb sich mit dem Handrücken über die Augen, »... ich wollte bloß warten, weil noch einige Stühle leer sind.«

»Wir sind fünf Minuten über der Zeit, ich denke nicht, dass noch jemand dazukommt. Soweit ich weiß, sind bis auf Francesca alle Teilnehmer der Gruppe B nach Hause gefahren.«

»Verstehe ...«

Leo ergriff ihre Hand und erhob sich träge, dann verfolgte er abwesend, wie Frau Dr. Weber alle Zuschauer und Teilnehmer dazu aufrief, Platz zu nehmen. Je mehr die Gespräche verstummten, desto kälter wurde ihm, und der Flügel auf dem Plateau erschien ihm wie ein Folterwerkzeug. Nie hatte es ihm so vor einem Auftritt gegraut wie diesem. Nie hätte er die Zeit lieber zurückgedreht als jetzt. Er hatte alles ruiniert.

Als sich die Publikumsreihen sortiert hatten, setzte er sich auf den Hocker vor dem Klavier, wartete, bis er die Freigabe erhielt, und legte sofort los. Er achtete nicht auf seinen Ausdruck oder technische Unreinheiten, sondern versuchte, die elegische Melodie und ihren zerstörerischen Text irgendwie von sich fernzuhalten.

»So don't make promises to me that you're gonna break ...«

Bastille war eine seiner Lieblingsbands, doch dieses Lied zermalmte seine Konzentration. Er verspielte sich wiederholt und geriet aus dem Takt, weil ihn das Stimmengewirr des Duetts durcheinanderbrachte. Dabei war das Stück nicht besonders anspruchsvoll. Man musste ihm nur mit ausreichend Gefühl begegnen. Doch in Leo schlummerten nicht die Sehnsucht und der Schmerz, jemanden gehen lassen zu müssen, an dem sein Herz gehangen hatte. Er war der Gegenpart der Person, die den Boden unter den Füßen verlor. Er war das Ungeheuer, welches diesen Kummer zu verantworten hatte.

Nach drei endlosen Minuten war sein Martyrium beendet. Marina warf ihm einen verurteilenden Blick zu, als die Vocals zum Erliegen kamen und er die Schlusssequenz vom Blatt abspielte.

»Danke, Leonhard«, sagte Frau Dr. Weber, nachdem der Anstandsapplaus abgeklungen war und er sich vom Hocker erhoben hatte. »Als Nächstes bereitet sich bitte Paula mit *Castles* vor, wir werden uns kurz beraten. In fünf Minuten geht es weiter.«

Fünf Minuten, dachte Leo, während er zu Francesca schlurfte. Bisher hatten sich die Juroren jeweils eine Viertelstunde zur Einschätzung zurückgezogen. Die bittere Erkenntnis las er aus Francescas entgeistertem Blick.

»Ist dir klar, was du da gerade angestellt hast?«, wisperte sie. Als er mit den Schultern zuckte, schüttelte sie tadelnd den Kopf. »Leo, damit kommst du nicht weiter. Im Leben nicht.«

»Mag sein.«

»Mag sein? Weißt du überhaupt, was das für dich bedeutet? Du bist bislang kaum über die Stadtgrenze hinausgekommen. Dieser Wettbewerb sollte dein Sprungbrett zum professionellen Pianisten sein ...«

»Sei bitte einfach leise, ja?«

Darauf erwiderte sie nichts. Leo hatte ihr noch nie das Wort verboten. Aber er war im Moment nicht in der Lage, sich dafür zu schämen oder zu entschuldigen. Er stand vollkommen neben sich.

»Na gut«, sagte sie und drehte sich weg. Es passierte heute bereits zum zweiten Mal, dass sich einer seiner engsten Vertrauten von ihm abwandte. Und wieder war er schuld daran. »Deine Entscheidung. Ändern können wir es ohnehin nicht mehr. Bleibt zu hoffen, dass Paula oder Dawid versagen. Dann bekommst du vielleicht eine Chance auf die Revanche, die du ihm versprochen hast.«

Moll

Es war nur Nieselregen, doch Kasimir saß schon viel zu lange hier draußen. Die Nässe hatte sich durch sein Jackett gefressen und machte sich an seinem Hemd zu schaffen. Er zitterte vor Kälte, aber er konnte nicht zurückgehen in dieses Gebäude. Er würde immerzu Gefahr laufen, ein Fenster oder einen Spiegel zu passieren und sich ins Gesicht zu blicken. In die roten, verquollenen Augen eines Dummkopfs, der sich eingebildet hatte, er könne die Sterne vom Himmel holen. Stattdessen war er von der Leiter gestürzt und im nassen, kalten

Morast gelandet. Dort, wo er geboren war und jedes Mal wieder endete.

Er hatte sich auf eine feuchte Bank im Innenhof der Zitadelle gesetzt, presste seine Beine eng an den Körper und verbarg seine brennenden Augen in den Knien. Es war ein erbärmliches Gefühl, das ihn in dieser unbequemen Position gefangen hielt, ein widerwärtiger Schmerz, den er nicht abschütteln konnte. Dass die Tür zum Foyer klackte, nahm er kaum wahr. Auch als sich jemand neben ihm niederließ, sah er nicht auf. Er wollte in Ruhe gelassen werden, am besten für immer. Doch die Person harrte aus, sprach nicht und scharrte nicht aus Verlegenheit mit den Füßen im Kiesbett. So lange, bis Kasimir kurz den Kopf hob und ihn gleich wieder auf seine Knie sinken ließ. Das war mit Abstand der letzte Mensch, den er sich in diesem Moment an seiner Seite wünschte.

»Der erste Kerl, in den ich verschossen war, war aus meiner Parallelklasse«, begann Dawid und lehnte sich auf der Bank zurück. »Lim Soo-Ri. Er konnte nicht besonders gut Deutsch, war erst im vierten Jahr an unsere Schule gewechselt. Aber was er beherrscht hat, war das Cello. Als er ... ach, verdammt ...«

Kasimir sah aus dem Augenwinkel, wie Dawid die Augen zukniff und sich mit der Hand an die Stirn griff, als wäre ein scharfer Schmerz hindurchgezuckt.

»Als er zum ersten Mal auf dem Schulfest aufgetreten ist, hat er sich in mein Herz gespielt«, fuhr er fort. »Wie alt war ich, zehn, elf? Jedenfalls zu jung, um zu begreifen, was mit mir los ist. In 'ner Großstadt mag das anders sein, aber auf dem Dorf bist du nicht mal eben *schwul.*« Er betonte das Wort abwertend und schmunzelte dann verbittert. »Ich hab mich angepasst, dumme Witze gerissen und mir kurzzeitig sogar 'ne Freundin angelacht. Trotzdem wucherte tief in mir die Hoffnung, dass ich ihm näherkommen würde. Später, nach der Schule. Ich hab mich dumm und dämlich recherchiert, Bilder von seinen Cellokonzerten aus der Lokalzeitung ausgeschnitten … Irgendwann wusste ich so gut wie alles über ihn, ohne ein einziges Mal mit ihm gesprochen zu haben.«

Erneut löste er seine Hände voneinander und massierte seine Schläfen. Kasimir war sich nicht sicher, ob er Schmerzen hatte oder die Erinnerungen ihn schlichtweg überforderten.

»In der zehnten Klasse jedenfalls, am achtzehnten November, lief er plötzlich Hand in Hand mit einem Mädel durch den Gang. Vorbei an mir und meinen Jungs. Ein Mädchen, kannst du dir das vorstellen? Im ersten Moment hab ich das nicht begriffen. Erst in der letzten Schulstunde brach es aus mir raus. Ich hab mitten im Unterricht angefangen zu heulen.« Er schüttelte melancholisch schmunzelnd den Kopf. »Einfach so. Es ging, glaube ich, gerade um Mitochondrien. Ich hatte jahrelang von einem Typen geträumt, den ich niemals, wirklich niemals erreichen würde. Und dann ging alles ziemlich fix. Jemand fand die Bilder in meinem Ordner, die Gemeinschaft zog ihre Schlüsse, und ich war bis zum Abi die Dorfschwuchtel.«

Dawid machte eine wegwerfende Handbewegung, als wäre all das nicht der Rede wert. Doch Kasimir erinnerte sich genau an seine Worte, die ihn dazu gebracht hatten, sich Leonhard zu offenbaren.

»Zum Aufreißer wird man nur durch ein gebrochenes Herz.«

»Lim Soo-Ri hat von alldem nichts mitbekommen. Nach dem Abschluss habe ich nie wieder was von ihm gehört. Schöne Scheiße, was?«

Kasimir schwieg und presste seine Arme enger um seine Schienbeine. Er wusste nicht, was er Dawid antworten sollte. Ihm war schrecklich kalt.

»Was ich damit sagen will: Ich weiß, was du durchmachst. Es ist ein Drecksgefühl. Du kannst ruhig heulen, macht es für den Moment erträglicher. Den Rest erledigt die Zeit. In ein paar Wochen wirst du dich freuen, ihm wenigstens die Zunge in den Hals gesteckt zu haben. In den Genuss bin ich nicht gekommen.«

»Sei still!«, zischte Kasimir und spürte, wie belegt und zerbrechlich seine Stimme klang. Die Scham davor trieb ihm wieder Tränen in die Augen. Warum musste ihm ausgerechnet dieser Kerl in seinem schwächsten Moment beistehen?

»Immerhin hat er die Sache hinausgezögert, bis du mit deinem Auftritt durch warst, sonst wärst du mit Sicherheit nicht im Halbfinale«, sagte Dawid und griff ihm fest in die nasse Schulterpartie seines Jacketts. »Übrigens, Glückwunsch dazu. Charmant, wie du deine Gesangspartnerin hast auflaufen lassen.«

»Hau einfach ab!«

»Haha, nein. Wenn ich das mache, hängst du noch ewig hier draußen rum, bis du irgendwann im Selbstmitleid ersäufst. Alleine kommst du aus dem Brunnen nicht raus, glaub mir.« Dawid ließ von ihm ab, lehnte sich wieder zurück und verschränkte die Hände im Nacken. »Du willst im Finale gegen mich spielen, oder nicht? Dafür musst du Francesca plattmachen. In dem Zustand kannst du das vergessen.«

Sein lässiger Kommentar rief ein Ziehen in Kasimirs Brust hervor, das sich vollkommen anders anfühlte als der bisherige Schmerz.

Doch damit war es amtlich. Dawid war unter den besten vier. Das überraschte Kasimir nicht, er hatte seinen Auftritt durch die geschlossene Saaltür zur Hälfte mitbekommen. Sein Stimmumfang war beeindruckend, neben dem Klavierspiel sicher sein zweitgrößtes Talent. Allerdings hatte er es nur bis zum ersten Refrain ertragen. Der Text hatte seine Situation so treffend untermalt, dass er beinahe mit dem Rücken an der Wand herabgesunken und auf dem Parkett zerflossen wäre.

»I was getting kinda used to being someone you loved ...«

»Was ist mit Leo ...? Ist er raus?«

»Ja. Er hat für seine Nullnummer von Auftritt 27 Punkte bekommen. Paula hat ihn völlig verdient überholt.«

Kasimir vergrub das Gesicht wieder in seinen Armen. Neben der Gewissheit, Leonhard niemals nahe sein zu können, zermarterte ihn nun das Bedauern, ihn durch seine Reaktion aus dem Wettbewerb gezwungen zu haben. Leonhard machte sich garantiert Vorwürfe und hatte sich deswegen nicht konzentrieren können.

Plötzlich spürte er, wie Dawid den Arm um seine Schultern legte, und blickte auf. Sein milder Gesichtsausdruck hielt Kasimir davon ab, die Geste zurückzuweisen.

»Er kommt darüber hinweg. Genau wie du. Was du jetzt brauchst, ist Zerstreuung. Du musst dich anderen Gedanken widmen, zu denen Leo keinen Zugang hat. Vor allem musst du aus den nassen Sachen raus.«

Er sah ihm so tief in die Augen, dass Kasimirs Blick wieder ins Kiesbett sank. Er müsste ihn abweisen. Er müsste hineingehen und sich der Wahrheit stellen, solange es ihm möglich war.

»Ist er noch da?«, flüsterte er.

»Leo? Glaube schon. Francesca diskutiert seit Minuten mit der Jury, wie ungerecht die Entscheidung ist.«

Natürlich. Francesca war diejenige, die Leonhard Halt gab. Sie saß niemals heulend wie ein Kind in der Ecke und bemitleidete sich selbst. Sie war stark, viel stärker als Kasimir. Und diese Stärke bewunderte Leonhard. Diese Stärke *liebte* er.

Kasimir löste den Griff um seine Beine und streckte sie langsam nach vorn. Die Kälte erfasste ihn sofort. Eine schmerzhafte Kälte.

»Ich weiß, was dir durch den Kopf geht, aber lass es bleiben«, sagte Dawid ruhig. »Egal, was du ihm sagen willst, du wirst es morgen bereuen. Du kannst nichts für ihn tun, und er ist dir keinen Trost schuldig. Das kannst du mir überlassen.« Sein Daumen strich sanft Kasimirs Hals entlang. »Mein Hotel ist in der Nähe, du kannst auf meinem Zimmer heiß duschen. Und wenn du es möchtest, bringe ich dich auf andere Gedanken.«

Kasimir spürte einen leichten Druck, Dawid zog ihn näher an seinen warmen Körper heran. Es milderte die Kälte auf seiner Haut, linderte das Bedauern in seinem Kopf. Und es fühlte sich besser an als der erbärmliche Frostbrand in seinem Herzen.

18. Takt

Moll

Die frische Sonntagmorgenluft biss Kasimir in den Fingern, und er vergrub die Hände in den Jackentaschen. Kaum ein Mensch war um diese Uhrzeit auf den Beinen, nicht einmal Spaziergänger mit Hunden begegneten ihm auf dem Fußweg durch sein Wohnviertel. Er wusste nicht, wie spät es war. Nur, dass ihm eine Menge Schlaf fehlte. Vermutlich würde er den Rest des Tages in seinem Zimmer verbringen, sein Smartphone auf lautlos stellen und Musik hören. Klassik. Punkrock. Völlig egal. Hauptsache, seine Gedanken und Erinnerungen trieben davon.

Als er die Betonstufen zur Eingangstür seines Wohnblocks hinauftrat, fiel sein Blick auf den Abfallbehälter unter der Klingelarmatur. Er war seit Tagen nicht geleert worden, die Verpackungsreste quollen bereits aus der Öffnung. Kasimir zögerte einige Sekunden. Dann griff er hinein und wühlte nach der Zigarettenschachtel, die er vor genau einer Woche darin entsorgt hatte. Es überraschte ihn nicht, dass er sie fand. Niemand kam auf die Idee, im Müll nach einer Packung Kippen zu suchen. Niemand sank so tief.

Er lehnte sich mit dem Rücken gegen die Glastür und steckte sich einen Glimmstängel zwischen die Lippen. Die Gewissheit, dass er kein Feuerzeug bei sich trug, hinterließ ein Ziehen in seiner Kehle. Er zog sein Smartphone aus der Jackentasche und musterte die zahllosen Benachrichtigungen, die seit gestern Nachmittag sein Display fluteten. Die jüngste Nachricht hatte ihn vor etwa einer Stunde erreicht und stammte von Dawid Eilinger.

»Gut zu Hause angekommen?«

Während Kasimir die Chatkachel betrachtete, kroch ihm der süßliche Geruch von Dawids blauer Jacke in die Nase, die er gerade trug. Seltsam, wie viel der vergangene Abend zwischen ihnen verändert hatte. Wenn Dawid seinen Schutzschild aus Prahlsucht und Eitelkeit ablegte, kam ein einfühlsamer Mensch zum Vorschein.

Kasimir nahm die Zigarette aus dem Mund und rief die Liste seiner entgangenen Anrufe auf, tippte auf den erstangezeigten Kontakt und legte das Handy ans Ohr. Es dauerte keine zehn Sekunden, ehe das Tuten von einer aufgewühlten Stimme abgelöst wurde.

»Kasi! Mein Gott, ich hab so oft versucht, dich zu erreichen!«

»Ja«, erwiderte er knapp und sah sich an den Leuchtziffern des gegenüberliegenden Häuserblocks fest. Die Aufregung in Cecilies Worten drückte wie ein Bleigewicht auf seine Brust, doch er versuchte, flach weiterzuatmen. Alles andere würde die Rüstung, die ihn mühsam aufrecht hielt, auseinanderfallen lassen.

»Wo in aller Welt bist du gewesen?«

»Bei einem Bekannten.«

»Was? Warum hast du nichts gesagt? Wo bist du jetzt?«

Die Fragen sprudelten nur so aus ihr heraus. Kasimir sah hinauf zu den Fenstern in den oberen Stockwerken und fokussierte anschließend die halb gefrorene Zigarette zwischen seinen Fingern. »Kannst du mir Feuer runterwerfen?«

Darauf erwiderte Cecilie nichts. Allerdings hörte Kasimir bald das Klacken eines Fensters und sah, wie ein Plastikfeuerzeug in dem Rasenstreifen vor dem Gebäude landete. Als er den Blick zu seinem Zimmer hob, erkannte er kurz einen roten Schopf, ehe dieser wieder jenseits des Rahmens verschwand. Er war seiner Schwester dankbar, dass sie wartete, bis er seine Kippe entzündet hatte.

»Kasi ... wieso hast du mir nichts gesagt?«, flüsterte sie. »Leo hat mich gestern angerufen und mir alles erzählt ... ich habe nichts geahnt. All die Jahre. Nichts.«

»Hätte es denn etwas verändert?«

»Ich weiß nicht.«

Kasimir schätzte den Moment der Stille, der folgte. Er gab dem Rauch in seiner Lunge Zeit, seine betäubende Wirkung zu entfalten. »Zumindest hätte ich nicht versucht, dich mit irgendwelchen Mädchen zu verkuppeln. Das tut mir leid«, sagte Cecilie mit einem deutlichen Flackern in der Stimme. »Ich hätte es merken müssen. Dir helfen müssen.«

»Womit?«

»Dich und deine Gefühle anderen Menschen anzuvertrauen. Du hast das nie gelernt. Du hattest nie die Möglichkeit dazu.«

Kasimir beobachtete, wie sich der Qualm im Morgennebel verlor. Ein waberndes Grau, das die Welt um ihn herum in Trübsal verblassen ließ. Trübsal war besser als der dunkle Schmerz, der unter seiner Rüstung lauerte.

»Du bist meine Schwester. Das war nicht deine Aufgabe.«

»Doch, Kasi, das war sie. Und das ist sie immer noch.«

Ihr Flüstern schob sich mit solch einer Leichtigkeit durch die Schwachstellen seines Harnischs, dass er ein Brennen in den Augen spürte. Er blinzelte und nahm einen tiefen Zug von seiner Kippe.

»Es ist kalt draußen, oder? Magst du hochkommen?«

»Nein.«

Cecilie ließ sich nicht von seiner kargen Erwiderung beirren. »Komm. Ich mache dir einen heißen Tee.«

Kasimir schüttelte den Kopf, im Wissen, dass sie ihn nicht sehen konnte. Aber das war im Moment leichter, als Worte hervorzubringen.

»Es tut mir leid, dass ich dir gestern nicht beigestanden habe …«

»Hör auf, dich zu entschuldigen«, sagte er, während sich die Wehmut zunehmend tiefer in seine Seele grub. »Ich habe dich zurückgewiesen. Ich bin derjenige, der dich um Verzeihung bitten sollte.«

»Du musst dich für nichts entschuldigen, Kasi.«

»Doch …«

Seine Finger begannen zu zittern. Seine Stimme wurde brüchig, und die Worte, die er sich über die Lippen quälte, taten weh. Aber er hatte es nicht besser verdient. Dieser Punkt, an dem er jetzt stand, war genau der, an den er gehörte.

»Ich bin froh, dass du wieder da bist«, hörte er Cecilie wispern. »Und ich will mit dir reden. Ich will mit dir über alles reden, was dich beschäftigt. Ausnahmslos alles.«

Er nahm es wahr, das Bedauern in ihren Worten. Und er wusste, dass sie beide an dasselbe dachten. Nur fühlte sich Kasimir im Augenblick nicht in der Lage, sich damit auseinanderzusetzen. Er musste Leonhards Zurückweisung ertragen, seine Zeit mit Dawid verarbeiten. Und er durfte sich nicht länger in die Ausrede flüchten, dass sein Vater der Grund für sein Elend war.

»Ich will nicht reden«, flüsterte er.

»Okay.«

»Ich will mich auch nicht erklären.«

»Ist in Ordnung.«

Der Druck auf Kasimirs Kehle versagte ihm weitere Worte, und er blinzelte mehrmals. Am liebsten würde er seine glühenden Lider fest zusammendrücken, doch er wollte sich nicht verlieren. Nicht schon wieder.

»Kasi«, sagte Cecilie nach einer Weile; ihre Stimme hatte an Kraft gewonnen. »Ich weiß, dass das nicht der richtige Zeitpunkt ist, aber … warst du mit Hazel beim Tierarzt?«

Cecilies Äußerung war so losgelöst von seinen verklebten Gedanken, dass er wie automatisch antwortete. »Nein, war ich nicht.«

Nun schwieg seine Schwester. Kasimir war sich nicht sicher, ob sie eine Rückfrage erwartete. Aber er musste sich nicht lange den Kopf darüber zerbrechen. Diese Mühe nahm ihm das Geräusch des Türsummers ab.

19. Takt

Dur

Leo betrachtete die Decke des Wohnzimmers. Sie lebten erst seit vier Jahren in diesem Haus, trotzdem zog sich bereits ein dünner Riss durch die Wandverkleidung. Vielleicht hatte er mit seinem Klavierspiel dazu beigetragen. In der alten Wohnung hatten sich die Nachbarn häufig darüber beschwert, was für einen Lärm er verbreiten würde und ob man sich als Teenager nicht normalen Hobbys widmen könnte. Mit Freunden rausgehen zum Beispiel.

»Leeeo!«

»Waaas?«, ahmte er seine Schwester unmotiviert nach, während er eine Fliege neben der Deckenleuchte ins Visier nahm und mit dem Zeigefinger einen Schuss auf sie abgab. Eigentlich wollte er seine Ruhe haben. Wirklich vergönnt war das großen Brüdern an freien Samstagen aber nie.

»Komm, wir gehen raus!«, krakeelte Mira durchs Zimmer und rannte mit ausgestreckten Armen auf ihn zu. »Ich will Fußball spielen. Papa hat mir gestern gezeigt, wie man eine Blutgrätsche macht. Ich will das an dir ausprobieren.«

»Keine Lust.«

»Wieso nicht?«

»Das muss man nicht begründen.«

Ihre Lippen verzogen sich zu einem Schmollen. »Bist du traurig, weil du rausgeflogen bist?«

»Nein.«

»Ist auch nicht schlimm. Jetzt können wir alle zusammen Franna anfeuern.« Mira wartete einen Moment vergeblich auf eine Bestätigung, dann legte sie den Kopf seitlich. »Oder bist du für Kasimir? Oder Paula? Aber nicht für Dawid, oder?«

»Ich bin für alle und gar keinen«, erwiderte er und richtete sich mit einem Seufzen auf der Couch auf. »Ist mir völlig egal.«

»Ist es gar nicht … Paula, oder? Ihr habt gestern lange telefoniert. Magst du Paula?«

»Sie hatte Fragen zu Dawids Lied. Es ist ziemlich schwer zu spielen. Ich habe ihr nur ein paar Tipps gegeben.«

»Aber sie mag dich.«

Die Überzeugung in ihrer Stimme ließ Leo die Lippen verziehen. Er hatte nie hinterfragt, wie Paula über ihn dachte. Hoffentlich war er im Hinblick auf ihre Gefühle nicht genauso blind wie gegenüber Kasimir.

»Wir sind Freunde, Mira. Da redet man miteinander.«

»Mit Kasimir redest du nicht mehr. Ihr seid doch auch Freunde, oder?«

Ja. Nein. Keine Ahnung.

Seit vergangenem Samstagabend hatte Leo mehrmals täglich versucht, Kasimir zu erreichen, war aber entweder ignoriert oder aktiv weggedrückt worden. Auf seine Sprachnachrichten folgte keine Antwort, selbst im schriftlichen Chat blieben seine Nachfragen unkommentiert. Leo konnte nicht einschätzen, ob Kasimir überhaupt die Kraft hatte, sich auf den morgigen Auftritt vorzubereiten. Francesca ließ keine freie Minute verstreichen, um *All Eyes On Me* zu perfektionieren, und er hatte bereits bei ihrer gestrigen Probe keinen

Fehler mehr gehört. Kasimir hingegen musste sich mit seiner Trauma-Komposition alleine herumschlagen. Eine schlimmere Halbfinalpartie hätte sich Leo nicht ausmalen können.

»Manchmal gibt es halt nicht viel zu sagen«, murmelte er und starrte auf sein Handydisplay, ehe er es seiner kleinen Schwester vor die Nase hielt.

»Zwölf Uhr zehn«, sagte sie. »Und ein verpasster Anruf von Franna.«

»Was, echt?«

Als er ungläubig die Benachrichtigung mit dem roten Telefon musterte, schnippte ihm Mira grob gegen die Stirn. »Du bist gar nicht richtig da, Leo. Wie ohnmächtig mit offenen Augen.« Er sah sie betreten an, woraufhin sie die Lippen schürzte. »Rufst du sie zurück?«

»Wäre besser, schätze ich.«

Mira zuckte mit den Schultern. »Na gut. Aber dafür nimmst du mich morgen mit zur Harmonica. Ich will Franna spielen hören.« Anschließend wandte sie sich ab und tippelte aus dem Zimmer. »Und Kasimir vielleicht auch.«

Seit Tagen zupfte zum ersten Mal ein Schmunzeln an Leos Lippen. Dann aktivierte er die Wahlwiederholung und lehnte sich zurück ins Polster. Francesca ging bereits nach dem zweiten Freizeichenton ran.

»Hast du gepennt?«, nörgelte sie. »Ich habe heute Morgen dreimal versucht, dich zu erreichen.«

»So ähnlich, ja ... was gibt's?«

Sie schwieg einen Moment. Das kam zu Beginn eines Gesprächs so gut wie nie vor. »Hast du Kontakt zum Kaninchendieb?«

Etwas in seiner Brust zog sich zusammen. »Nein. Wieso?«

»Kannst du ihn anrufen?«

»Schon versucht, geht nicht ran. Hast du Probleme mit seinem Lied?«

»Natürlich nicht«, schlug es ihm entgegen, und Leo verdrehte die Augen. Selbstverständlich benötigte sie nicht seine

Hilfe. Er hatte ewig gebraucht, um Kasimirs Siegertitel vernünftig spielen zu können. Francesca brauchte nicht mal eine Woche dazu. »Es geht um ihn persönlich. Als Halbfinalisten, meinen Gegner. Die Stiftungsvorsitzende hat mich angerufen und mir mitgeteilt, dass ich morgen nicht gegen ihn antreten werde. Kasimir Hasenick hat seine Teilnahme zurückgezogen.«

Die Worte brauchten einen Augenblick, um sich in Leos Verstand einzunisten. Sein Sprachzentrum war schneller. »Was?«

»Er wurde auf eigenen Wunsch vom Wettbewerb freigestellt.«

Unmöglich. Nicht nach allem, was passiert war. Die ganze Arbeit, der Kummer, die Freude. »Das geht nicht«, wisperte Leo.

»Sehe ich genauso«, erwiderte Francesca ungerührt. »Ich werde es jedenfalls nicht akzeptieren, eine Woche meiner Lebenszeit umsonst an dieses Lied verschwendet zu haben. Frau Dr. Weber und ich haben uns darauf verständigt, dass er seine Disqualifikation noch bis vierzehn Uhr rückgängig machen kann.«

Sofort kam Leo Miras Zeitdurchsage ins Gedächtnis. »Das ist in nicht einmal zwei Stunden.«

»Genau. Deswegen ist es wichtig, dass du Kontakt mit ihm aufnimmst, meine Anrufe ignoriert dieser Sturkopf nämlich ebenfalls.«

»Wie soll ich das anstellen?«, entgegnete Leo und erhob sich aufgewühlt vom Sofa, um ein paar Schritte durch den Raum zu gehen.

»Indem du zu ihm nach Hause fährst und ihn umstimmst. Immerhin bist du schuld an der Misere. Hättest du es ihm früher gesagt, wäre er längst wieder auf dem Damm.«

»Dann wäre er in der letzten Runde rausgeflogen«, revidierte Leo und griff sich an die Stirn. »Er wird mir nicht zuhören.«

»Aber er wohnt nicht alleine, oder?« Francesca blieb hartnäckig. »Seine Schwester schien mir vernünftig zu sein. Bestimmt ist sie daran interessiert, diesen Trauerkloß aus seiner Kuschelecke zu zerren. Also schwing deinen Hintern ins Sozialviertel und bring das in Ordnung, Bambino.«

Zersplittertes Panzerglas. Eine ellenlange Klingelarmatur. Leo stand im strahlenden Sonnenschein vor einem Betonplattenbau und wartete darauf, dass der Mut zu ihm zurückkehrte. Er musste die Sache innerhalb der nächsten halben Stunde abhandeln. Doch so leicht, wie er es sich während der Busfahrt ausgemalt hatte, gestaltete es sich nicht. Zwar wusste er inzwischen, welches Schildchen die Aufschrift »Hasenick« trug, allerdings konnte er nicht einschätzen, wie Kasimir auf seinen Überraschungsbesuch reagieren würde. Er musste wenigstens versuchen, ihn umzustimmen. Also drückte er nach endlosem Abwägen den Klingelknopf. Jemand nahm ab.

»Hasenick. Hallo?«

Leo zögerte. Er hatte mit einer anderen Stimme gerechnet.

»Hallo?«

»Ja, äh ... Cecilie? Hier ist Leonhard Valentin ...«

»Leo? Was machst du denn hier?« Ihre Stimme klang ehrlich erstaunt und glücklicherweise nicht abweisend.

»Ich, ähm ... ist Kasimir da? Ich wollte mit ihm reden, wenn das geht ...?«

»Kasi ist in seinem Zimmer. Kann aber sein, dass ich ihn erst wecken muss, er war gestern Nacht lange weg. Worum geht's denn?«

»Den Wettbewerb«, erwiderte Leo, ohne zu zögern, obwohl ihre Worte ein flaues Gefühl in seinem Magen auslösten. Seines Wissens war Kasimir kein Partygänger. Wo war er so lange gewesen? »Ich habe gehört, dass er seine Teilnahme zurückgezogen hat, deswegen ...«

»Was?«, schlug es ihm verwirrt entgegen. Ihre Reaktion verunsicherte Leo.

»Wusstest du davon nichts?«

»Nein, überhaupt nicht«, meinte sie bestürzt. *»Warte mal kurz … Kasi!«*

Daraufhin kappte sie die Verbindung, und Leo blieb am Lautsprecher zurück wie ein zu alter Hund im Tierheim. Es verging fast eine Minute, ehe Cecilies Stimme wieder erklang. *»Von wem hast du das?«*

»Von seiner Gegnerin. Francesca.«

»Okay? Seltsam. Auf jeden Fall ist es nicht wahr, Kasi wird antreten. Er hat es mir gerade bestätigt.«

»Oh … wirklich?« Leo wusste nicht, wie ihm geschah. Hatte er Francesca falsch verstanden? »Tut mir leid. Irgendwie ist in der Kommunikationskette was schiefgelaufen.«

»Ja, echt. Du hast mir vielleicht einen Schrecken eingejagt.«

»Entschuldige …«

Was nun? Wo er einmal hier war, könnte er sie bitten, ihn hineinzulassen. Es gäbe so viele Dinge zu besprechen, so viele Unklarheiten auszuräumen. Vor allem aber hatte Leo das Bedürfnis, Kasimir aufrichtig um Verzeihung zu bitten. Der abrupte Abschied ließ ihn nicht los, und die Vorstellung, dass Kasimir unter der Situation litt und im schlimmsten Fall nicht zum Üben kam, belastete Leo seit einer Woche.

»Kein Problem. Sehen wir uns morgen?«

»Äh, ja. Ich denke schon.«

»Okay.«

Das Wort versetzte Leo einen Stich, und er biss sich auf die Unterlippe. Er fühlte sich wieder wie nach seinem Auftritt vor sechs Tagen. Wie ein herzloser, gewissenloser Täuscher. »Ja, dann … schönen Samstag wünsch ich euch noch …«

»Willst du nicht hochkommen?«, erwiderte Cecilie eilig. *»Sonst bist du ja den ganzen Weg umsonst angereist. Ich kann uns einen Tee machen.«*

Leo brauchte einen Moment, um ihre Worte einzuordnen. Dann sah er unsicher hinauf zu Kasimirs Zimmerfenster. »Na ja ... schon gerne, aber ...«

»Kasi ist damit einverstanden. Er hat gesagt, er will mit dir sprechen.«

»Komm in Ruhe rein«, sagte Cecilie schmunzelnd und verschwand in der Küche. Leo betrat den Flur viel bedächtiger als all die Male zuvor. Wenn er darüber nachdachte, wie häufig er Kasimir unangekündigt hier überrumpelt hatte, wurde ihm mulmig zumute. Er hatte nie auf seine Blicke oder sein Verhalten geachtet. Seit wann hatte er etwas für ihn empfunden? Von Anfang an? Oder hatte das gemeinsame Üben der *Mondscheinsonate* seine Gefühle heraufbeschworen?

Er tappte an der Wohnzimmertür vorbei und atmete auf, als er Kasimir weder dort noch in der Küche erblickte. Cecilie werkelte allein am Wasserkocher herum. Und noch etwas war seltsam. »Wo ist Hazels Stall?«

»In Kasis Zimmer«, gab Cecilie zurück, während sie den Tee aufgoss.

»Echt? Geht das denn mit der Allergie?«

»Er wollte sie bei sich haben«, antwortete sie und reichte ihm eine Tasse in Form eines Hasenkopfes. »Tut mir übrigens leid, dass du aus dem Wettbewerb geflogen bist. Die Sache hat dich bestimmt mitgenommen.«

»Ich denke, ich bin der Letzte, der sich beklagen sollte«, gab Leo zurück, nippte an seinem experimentellen Gewürztee und verbrühte sich die Zunge.

»Na ja. Anstatt gleich wild rumzuknutschen, hätte er dich im Vorfeld ruhig über seine Gefühle in Kenntnis setzen können.«

Ihre leichtfertigen Worte trieben Leo die Röte ins Gesicht, und er war dankbar, den Blick in seinem gewöhnungsbedürftigen Aufguss ertränken zu können.

»Trotzdem komisch, dass deine Freundin dir diese Infos weitergeleitet hat. Wahrscheinlich wollte sie, dass ihr miteinander redet«, sagte Cecilie, lehnte sich an die Theke und stellte ihre Tasse auf der Herdplatte ab. »Er ist ziemlich fertig. Isst kaum und schläft wenig ... irgendwie kam alles auf einen Schlag. Ich bin mir nicht sicher, ob er den Auftritt morgen meistert, aber immerhin verschließt er sich nicht davor. Ich denke, das Klavierspiel lenkt ihn ab. Er fährt jeden Morgen zur Kapelle, kommt spätabends wieder und verbarrikadiert sich. Sonst geht er nur zum Rauchen vor die Tür und gibt bis auf das Nötigste nicht viel von sich preis. Aber das wirst du gleich selbst sehen.«

»Ja ...«, murmelte Leo.

»Ich bin überrascht, dass er mit dir sprechen will. Bislang hat er deine Anrufe allesamt abgeblockt. Aber sei ihm nicht böse, das liegt nicht allein an deiner Abfuhr. Die Sache mit Hazel zieht ihn runter.«

Leo sah überrascht auf. »Was ist denn mit Hazel?«

»Ich denke, das kann Kasi dir besser erklären«, erwiderte sie und tippte mit den Fingern auf das Armaturenbrett. »Er wollte mich bei der Tierärztin nicht mit dabeihaben.«

»Tierärztin? Ist sie krank?«

»War sie, ja«, meinte Cecilie und hielt in ihrem Tippen inne. »Kasi musste sie gestern einschläfern lassen.«

Cecilie klopfte vorsichtig an Kasimirs Zimmertür. Als Leo leise Schritte und schließlich das Geräusch eines klackenden Schlosses wahrnahm, wich er instinktiv ein Stück zurück. Cecilie gab ihm einen Mut machenden Klaps auf die Schulter, ehe sie wieder in die Küche tappte.

»Ich komm rein, ja?«, sagte er und wartete anstandshalber drei Sekunden, ehe er die Tür nach innen aufschob. Leos Blick fiel sofort auf Hazels leeren Käfig, der direkt neben Kasimirs Bett stand. Er selbst saß in Jogginghosen und schwarzem Shirt im Schneidersitz auf der Matratze und fokussierte seine Hände, wofür Leo ihm insgeheim dankbar war.

»Ich glaube, du solltest mal frische Luft reinlassen«, sagte er verhalten. »Was dagegen, wenn ich das Fenster aufmache?«

Als Kasimir den Kopf schüttelte, trat Leo vor die schlierigen Scheiben. Generell befand sich der Raum in einem recht verwahrlosten Zustand; überall lagen Klamotten und Notenblätter herum. Leo lehnte sich über den schmalen Fenstersims nach draußen und atmete die späte Märzluft ein, ehe ihm der Ausflug ins Freie Gänsehaut über die Arme trieb. Als er sich wieder umdrehte, bemerkte er eine hellblaue Daunenjacke, die nicht zu Kasimirs Schwarz-in-Schwarz-Stil passte.

»Darf ich mich setzen?«

Auf Kasimirs abermaliges Nicken hievte er einen Berg zusammengeknautschter Kleidungsstücke vom Schreibtischstuhl und ließ sich darauf nieder. Die Jacke, die über der Lehne hing, strömte einen penetrant süßlichen Duft aus, der ihm eigentümlich bekannt vorkam.

»Die gehört nicht zufällig Dawid, oder?«, fragte er und hielt die Luft an, als Kasimir aufsah. Es lag etwas Dunkles in seinen Augen, und es fiel Leo unglaublich schwer, diesem Blick standzuhalten.

»Ich weiß nicht, wo ich anfangen soll«, meinte er und verknotete seine Finger ineinander. »Vielleicht sollten wir ...«

»Sie hatte Krebs.«

Leo drückte seine Hände fester zusammen. Kasimirs Stimme klang rau, als hätte er sie mehrere Tage nicht benutzt, und sein Blick sank hinunter auf den Hasenstall. »Sie hat in den vergangenen Wochen schlechter gefressen und war apathisch, aber ich habe es nicht ernst genommen.«

Leo musste schwer schlucken. Es lag viel mehr in seinen Augen als Düsternis.

»Im Nachhinein bereue ich das. Ich hätte ihr viel Leid ersparen können, wenn ich auf ihre Zeichen geachtet hätte.

Darüber zerbreche ich mir seit Tagen den Kopf. Aber es ist sinnlos.«

Leo wurde das Gefühl nicht los, dass Kasimir nicht nur über Hazels Verlust sprach. Er bildete sich ein, ihr gemeinsames Dilemma in seinen Worten wiederzuerkennen. Kasimirs intensive Blicke, die Leo nicht hinterfragt hatte, sein stiller Wunsch nach Nähe. Es war, als hielte er ihm einen Spiegel vor.

»Sie hat sich auf ihre Art mitgeteilt, aber ich habe sie nicht verstanden. Vielleicht hat sie zu viel von mir erwartet. Vielleicht hat sie gedacht, ich würde es wortlos begreifen. Aber so funktioniert das nicht. Das habe ich zu spät erkannt.«

»Kasimir, ich, ähm ...«

»Entschuldigung.«

»Was?« Leo schüttelte vehement den Kopf. »Nein, du musst dich nicht bei mir entschuldigen ...«

»Es tut mir leid, dass ich dir damals nicht geantwortet habe, als du mich nach meinem Namen gefragt hast«, begann Kasimir und richtete den Blick wieder auf seine Hände. »Es tut mir leid, dass ich Hazel mitgenommen und dir nicht die Chance gegeben habe, sie wiederzusehen. Auch, dass ich dich im Restaurant angegangen bin und dir deinen Erfolg nicht gegönnt habe. Und am meisten bereue ich, dir niemals gesagt zu haben, was in mir vorgeht. Ich habe erwartet, dass du es wortlos verstehst und so handelst, wie ich es will. Das ist es, was mich am meisten fertigmacht. Ich habe die ganze Zeit nur an mich gedacht und vollkommen ignoriert, wer du eigentlich bist ...«

Mit jedem weiteren Satz wuchs der Kloß in Leos Hals an. Er hatte keine Idee, wie er darauf reagieren sollte.

»Das Schlimme ist, dass ich es nicht mehr rückgängig machen kann.« Kasimirs Stimme klang gefasst, doch seine Finger zitterten. »Wenn ich dir ein guter Freund gewesen wäre, hätte ich verhindern müssen, dass du aus dem Wettbewerb ausscheidest.«

»So darfst du das nicht sehen ... Ich habe dich dazu gebracht, an der Harmonica teilzunehmen. Letztlich habe ich mich *dir* aufgedrängt.«

Kasimir erwiderte nichts darauf, verschränkte nur ruhelos die Hände. Es musste ihm schwerfallen, sich ihm zu offenbaren.

»Was ich nicht bereue, ist, dich getroffen zu haben. Und das macht alles nichtig, was ich im Nachhinein vielleicht bedauern sollte.« Daraufhin blickte er wieder auf. Leo hatte das Gefühl, dass sich die Resignation in seinen grauen Augen ein wenig gelichtet hatte. »Ich sage es dir jetzt genau so, wie ich es denke, ja?«

Leo nickte zögerlich. Die plötzliche Bestimmtheit in Kasimirs Tonfall hinterließ eine Gänsehaut auf seinen Unterarmen.

»Ich will in deiner Nähe sein, egal, auf welche Weise. Ich fühle mich besser bei dir, viel besser. Kann sein, dass das purer Egoismus ist, aber so bin ich eben. Das wird dir ab und an auf die Nerven gehen, aber ich denke, du kommst damit klar. Ich hoffe es. Ich meine, ich will nur ...« Er verstummte kurz. Leos Atem ging flach, während Kasimir mit sich rang. »Ich wünsche mir, dass du an meiner Seite bleibst. Ich will diesen Wettbewerb gewinnen, aber ohne deine Hilfe packe ich es nicht. Deshalb bitte ich dich ... lass mich nicht hängen. Wir brauchen uns nichts vorzumachen, ich fühle ganz anders für dich, als du es tust. Trotzdem möchte ich nicht, dass alles, was uns an diesen Punkt geführt hat, umsonst war, bloß weil ich die Zähne nicht auseinanderbekommen habe.«

Leo war heillos überfordert. Er konnte sich rational erklären, was Kasimir ihm mitteilen wollte, aber die ergreifende Art, wie er es formulierte, verschlug ihm die Sprache. Selbstverständlich würde er ihn nicht fallen lassen. Er liebte sein Spiel und schätzte ihn gleichermaßen als wertvollsten Freund. Er könnte ihn niemals dafür verurteilen, tiefere Gefühle für ihn zu hegen.

»Meinst du, du kriegst das hin?«, wisperte Kasimir.

Leo nickte, ohne ihn anzusehen. »Ja sicher. Kein Ding.«

»Okay.«

Es klang anders. Dasselbe verfluchte Wort fühlte sich so viel besser an, fast befreiend. Als wäre die Mauer, die zwischen ihnen gestanden hatte, krachend in sich zusammengefallen. Leo konnte sogar schmunzeln, als ihm auffiel, wie sehr sich Kasimirs Gesichtsfarbe intensiviert hatte, seit er zu sprechen begonnen hatte.

»Habt ihr Hazel schon begraben?«

»Nein. Ich habe sie in einem Karton in den Keller gebracht. Dachte, ich nehme sie heute mit zum Friedhof, wenn ich zum letzten Mal übe.«

»Kann ich mitkommen?«

Kasimir zögerte kurz, seine Bitte schien ihn zu verunsichern. Dann zuckte er mit den Schultern. »Meinetwegen.«

»Und wenn du spielst, kann ich zuhören?«

»Wenn du nichts Besseres zu tun hast ...«

Leo lächelte. »Es gibt für mich nichts Besseres als dein Klavierspiel.«

»Übertreib's nicht«, gab Kasimir zurück. Als sich jedoch Zuversicht flüchtig auf seine Lippen stahl, blendete Leo aus, was ihn noch vor wenigen Stunden niedergedrückt hatte. Das Wettbewerbsaus, die Sorge, Kasimir nicht mehr in die Augen sehen zu können – alles war dahin. Er konnte wieder Mut fassen.

»Dann bin ich gespannt, ob du *mein* Lied auf die Reihe kriegst. Dir bleibt ja nichts anderes übrig, als dich morgen damit selbst zu schlagen.«

20. Takt

Moll

»Ich habe als Kind übrigens auch Klavier gespielt«, erklärte Thomas stolz.

»Was?« Cecilie zog die Augenbrauen hoch. »Echt?«

»Jepp. Bin sogar mal im Bürgeramt unseres Dorfs aufgetreten.«

Als Kasimir vom Rücksitz aus dabei zusehen musste, wie fasziniert seine Schwester an den Lippen ihres Verlobten hing, schlug er sich innerlich die Hand auf die Stirn. Er ahnte, was gleich kommen würde.

»Wahnsinn, Tommy, warum hast du mir nie davon erzählt? Dann hättest du ja zusammen mit Kasi ...«

»April, April«, unterbrach Thomas sie und warf einen genüsslichen Blick über die Schulter, um Kasimirs Augenrollen nicht zu verpassen.

»Ach, Mann, du bist doof«, gab Cecilie zurück. »Kasi hat eine schwere Aufgabe vor sich, zieh uns nicht mit schlechten Witzen auf.«

Kasimir lehnte kommentarlos seinen Kopf gegen die Scheibe. Ausgerechnet heute, am zweitnervigsten Tag des Jahres, musste dieses verdammte Duell stattfinden. Blieb zu hoffen, dass sich sein Auftritt nicht als Lachnummer erweisen würde.

»Macht euch locker«, sagte Thomas und schnitt, ohne mit der Wimper zu zucken, den neben ihm fahrenden SUV. »Ich meine, wie war das? Du trittst mit dem Stück an, gegen das du vor sechs Jahren verloren hast, und deine Konkurrentin spielt im Gegenzug deinen Losersong. Wenn du gewinnst, ist alles paletti, wenn du versagst, siegt immerhin dein Lied. Win-win, würde ich sagen.«

»Kasi verliert aber nicht«, erwiderte Cecilie und warf ebenfalls einen Blick über ihre Schulter. »Stimmt's?«

Kasimir konnte dem Siegeswillen in ihren Augen nicht standhalten und widmete sich wieder der Fensterscheibe. Sie hatten das Altstadtzentrum fast erreicht, und ihm war schlecht vor Nervosität.

»Glaub ich auch nicht«, meinte Thomas. »Als ob sich dein Angsthasenbruder so kurz vorm Ziel trauen würde, alles hinzuschmeißen.«

Kasimir faltete seine Hände ineinander, während sie sich seinem Schicksalsort näherten. Auch wenn er es ungern zugab: Thomas hatte recht. Es war zu viel geschehen; er war aus seinem Loch gekrochen und hatte gekämpft, gelitten und sich durchgebissen. Alles für diesen Moment. Der Wettbewerb hatte ihn angespornt, sein altes Niveau zu erreichen, und die Bekanntschaft mit Leonhard hatte seine Fertigkeiten um eine Nuance ergänzt, ohne die er nicht bis zu diesem Punkt gekommen wäre. Er wusste, dass es in ihm ruhte. Das Feuer, an dem sich Francesca die Finger verbrennen würde. Allerdings fürchtete er sich davor, selbst in Flammen aufzugehen, wenn es ihm am Ende nicht gelang, es im Zaum zu halten.

»Steigt ihr schon mal aus? Ich suche noch 'nen Parkplatz, für die Tiefgarage ist mir das Geld zu schade.«

Dass sie mitten auf der Hauptverkehrsstraße im Stop-and-go standen, schien Thomas entgangen zu sein. Dennoch befürwortete Cecilie seinen Vorschlag, und so schoben sie und Kasimir sich kurz darauf zwischen den eng stehenden Fahrzeugen hindurch, um die letzten Meter zur Harmonica zu Fuß zu bestreiten.

»Fühlst du dich fit?«, fragte Cecilie, als sie in die Galeriestraße einbogen. »Ihr habt gestern noch ziemlich lange geübt, du und Leo.«

»Geht«, murmelte er.

»Klingt nicht besonders überzeugend.«

Natürlich nicht. Erwartete sie, dass es ihm leichtfallen würde, Leonhards Hilfe in Anspruch zu nehmen? Es war erst eine Woche vergangen, seit Kasimir von ihm zurückgewiesen worden war, und wenngleich er es rational akzeptiert hatte, ließen sich seine Gefühle nicht einfach abstellen. Er spürte noch immer ein sengendes Flackern in der Brust, wenn Leonhard ihm sein Lächeln schenkte. Aber diese Hitze ging nun mit einer unerbittlichen Traurigkeit einher.

»Die Jacke steht dir nicht«, stellte Cecilie fest und zupfte an seiner hellblauen Kluft.

»Dein Kleid ist auch völlig daneben«, erwiderte er mürrisch. Entgegen seiner Erwartung ließ sich Cecilie zu einem Lachen hinreißen. Selbst Thomas hatte sich in Schale geworfen. Wahrscheinlich wollten sie ihm im Falle einer Niederlage zumindest als adrett gekleidete lebendige Taschentücher beistehen.

»Das wird schon, Kasi. Wir sind bei dir und klatschen, auch wenn du keinen Ton triffst.«

»Wie beruhigend.«

»Und Leo wird auch da sein. Ich bin froh, dass ihr euch wieder vertragen habt. Das hat dir über Hazels Tod hinweggeholfen, denke ich.«

Kasimir ließ ihre Worte unkommentiert und folgte ihr durch die kleine Gasse. Sicher hatte ihn die Vorbereitung auf den heutigen Tag abgelenkt, und die Versöhnung mit Leonhard spendete einen gewissen Trost, das wollte er nicht abstreiten. Darüber hinweg war er nicht im Geringsten. Die Sorge, dass all sein angestauter Missmut unkontrolliert aus ihm herausbrechen könnte, zermarterte ihn seit den frühen Morgenstunden, doch es half nichts. Er durfte keine Impulshandlung zulassen, er musste sich zusammenreißen und dieses Vorspielen überstehen. Auch wenn der Kummer ihn innerlich zerfraß.

Als sie das Foyer der Zitadelle betraten, wurden sie von einer großen Ansammlung Gäste überrascht. Gewiss vierzig Personen drängten sich in der Eingangshalle dicht an dicht, und Kasimir hatte Schwierigkeiten, sich zwischen all den Fracks und langen Kleidern zur Anmeldung durchzukämpfen. Erst als er kontinuierlich italienische Gespräche wahrnahm, dämmerte ihm der Ursprung dieser Massenveranstaltung. Francescas Signatur auf der Anwesenheitsliste war der letzte Beweis dafür, dass er einem parteiischen Publikum gegenübertreten würde.

Es wunderte Kasimir, dass Paula bereits unterschrieben hatte, obwohl ihr Duell gegen Dawid erst in anderthalb Stunden anberaumt war. Als er sie in einer Ecke des Saales neben einer Yuccapalme entdeckte, löste er sich aus dem Gemenge und trat zu ihr.

»Kasimir«, sagte sie, als sie ihn erblickte, und winkte zurückhaltend.

»Warum bist du schon hier?«, fragte er und beobachtete, wie sie nervös auf etwas herumknetete; vermutlich eine ihrer Häkelfiguren.

»Ach ... im Hotel mache ich mich bloß verrückt«, murmelte sie und zögerte, ehe auch sie den Blick auf ihre beschäftigten Hände senkte. »Außerdem, ähm ... wollte ich dir noch etwas geben.«

Sie öffnete die Handflächen. Zum Vorschein kam ein teelöffelgroßer schwarzer Stoffhase, an dessen Ohr ein Schlüsselring befestigt war. Seine Augen bestanden aus hellgrauen Bastelperlen, und auf der Brustpartie war ein roter Knopf in Form eines Herzens eingenäht. Kasimir hielt den Atem an, als Paula ihm das Kleinod entgegenreichte.

»Für mich …?«, wisperte er so perplex, dass Paula schmunzelte.

»Ja, als Glücksbringer. Du bist so ein toller Pianist, und ich wünsche dir … v-von Herzen, dass du ins Finale kommst. Du kannst ihn in deine Hosentasche stecken, wenn du am Klavier sitzt. A-Aber wenn du ihn nicht willst, ist das auch in Ordnung …«

»Doch«, sagte Kasimir eilig und nahm ihr kleines Kunstwerk entgegen. Sein Puls stieg vor Aufregung an, während er mit dem Daumen über die filigranen Häkelmaschen strich. Das Garn hatte seinen Lieblingston, und die Perlen trugen die Farbe seiner Iris. Paula hatte das Design exakt auf ihn abgestimmt. Sie hatte diesen Hasen für ihn hergestellt.

Mehr als ein kümmerliches »Danke« brachte er nicht hervor. Paula lächelte verständnisvoll und erlöste ihn von seiner Verlegenheit, indem sie sich suchend umblickte.

»Weißt du, wo Leo ist?«, fragte sie. Als er den Kopf schüttelte, presste sie ratlos die Lippen zusammen. »Er bekommt auch einen Anhänger von mir, aber ich habe ihn heute noch nicht gesehen. Eigentlich wollte er zur ersten Runde kommen, wir haben gestern Abend telefoniert …«

Autsch. Da war es wieder, dieses elende Stechen in der Brust, das er trotz aller Gewissheit nicht loswurde. Obwohl Paula ihm so viel Freundlichkeit entgegenbrachte, obwohl er nur Gutes aus ihren kurzen, leisen Gesprächen zog – das Brennen in seiner Seele verwandelte seine Willensstärke zu Asche. Dabei wollte er nicht eifersüchtig sein. Auf jeden anderen, aber nicht auf sie.

»Paula!«, rief jemand hinter ihnen. Francesca lief zielgerichtet auf sie zu, im hautengen Dress und mit roten High-Heels. Kasimir merkte, wie Paula instinktiv einen Schritt zurückwich, als wollte sie sich hinter der Topfpflanze verstecken. »Hast du Leonhard gesehen?«

»Ich …? Äh, nein …«

»Dieser Idiot«, zischte sie und zog ihr Smartphone aus ihrer Clutch. »Seine Eltern sind schon hier, aber er wollte unbedingt alleine kommen. Wahrscheinlich hat er sich wieder in der Buslinie geirrt.«

Etwas in Kasimirs Brust verkrampfte sich. Es blieben bloß noch fünfzehn Minuten bis zum ersten Auftritt. Dass Leonhard nicht abnahm, als Francesca ihn zweimal nacheinander anklingelte, drückte die verdrängte Übelkeit wieder in seine Kehle. Leonhard durfte sich nicht verspäten. Kasimir brauchte ihn an seiner Seite, wenn er diese Darbietung meistern wollte. Er schaffte es nicht ohne ihn.

»Ich sehe nach, ob er vielleicht draußen wartet«, schlug Paula vor. »Ihr wollt euch bestimmt noch abstimmen.«

Ehe einer von ihnen widersprechen konnte, war sie bereits in der italienischen Menschenmasse verschwunden. Nun standen sie dort, am Rande des Trubels, der nur ihretwegen stattfand – und schwiegen. Kasimir hielt den Blick auf seine Fußspitzen gesenkt und bemerkte aus dem Augenwinkel, dass Francesca die blaue Jacke unter seinem Arm auffällig lange musterte. Sie wusste vermutlich, wem sie gehörte. Aber was kümmerte es ihn. Er musste sich vor niemandem rechtfertigen.

»Und?«, sagte sie irgendwann.

»Was?«

»Hat er dir gestern bei den Vorbereitungen geholfen?«

»Ja.«

»Und du fühlst dich in der Lage zu spielen?«

»Sicher.«

»Schön.«

Kasimir erwiderte ihren Blick so fest wie möglich, doch Francesca ließ sich nicht beirren. Ihr musste bewusst sein, dass etwas in ihm zerbrochen war und dass sich die Chancen auf ihren Sieg in genau diesen Scherben spiegelten. Wenigstens rieb sie ihm diesen Umstand nicht unter die Nase.

»Was wirst du tun, wenn der Wettbewerb hinter dir liegt?«, fragte sie stattdessen. Er zögerte einen Moment, dann zuckte er mit den Schultern.

»Keine Ahnung. Wüsste nicht, was dich das angeht.«

»Du hast einen Abiturabschluss, oder? Hast du über ein Musikstudium nachgedacht?«

Kasimirs Desinteresse wich unwillkürlich der Skepsis, und er zischte abweisend. Francesca schien mit dieser Reaktion gerechnet zu haben.

»Es gibt bundesweit mehrere Unis, die Klavierspiel als Bachelorstudiengang oder Konzertexamen anbieten. Mit einem Hochschulabschluss öffnen sich viele Türen für dich, um in der Branche Fuß zu fassen. Vielleicht solltest du diesen Gedanken in Erwägung ziehen, wenn du deine privaten Probleme verarbeitet hast und …«

Ein Klingeln setzte ihrer Ansprache ein Ende, und der Gästeschwarm begann sich in Richtung der Treppen zu bewegen. Kasimirs Blick streifte die verwaiste Eingangstür, die Nervosität zurrte ihre Fäden enger um seinen Brustkorb. Leonhard hatte nie zuvor so lange auf sich warten lassen.

»Versteh mich nicht falsch«, sagte Francesca und wandte ihm provokativ den Rücken zu, als er ihren Blick suchte. »Mir ist gleich, was aus dir wird. Als deine Konkurrentin rate ich dir jedoch, deine Zukunft nicht von den Schritten anderer abhängig zu machen. Weder deine Schwester noch Leo sind dafür verantwortlich, dass du dein Glück im Leben findest. Wird Zeit, dass du den Titeln deiner Lieder Taten folgen lässt.«

»Willkommen zum Halbfinale unseres Jubiläumswettbewerbs«, grüßte Frau Dr. Weber und ließ ihren Blick über die voll besetzten Reihen schweifen. Zwischen den Gewändern der Gäste wirkte ihre violette Bluse wie ein Frühblüher inmitten einer Winterwiese. Ähnlich wie das Lied, das Kasimir in wenigen Augenblicken präsentieren musste. »Hinter unseren vier verbliebenen Kandidaten liegt ein arbeitsamer Monat voller Entbehrungen und Triumphe. Daher freut es mich sehr, Ihnen Frau Francesca Sophia Vielli und Herrn Kasimir Hasenick als die beiden Erstplatzierten der Gruppe B vorstellen zu dürfen.«

Mit einem unscheinbaren Fingerzeig gab sie ihm und seiner Konkurrentin zu verstehen, sich zu erheben und vor dem Auditorium zu verbeugen. Er ließ den Applaus über sich ergehen, wenngleich ihm bewusst war, dass er größtenteils Francesca galt.

»In dieser vorletzten Runde, in welcher sich zwei der vier verbliebenen Kandidaten für das große Abschlusskonzert in einem Monat qualifizieren, werden die Pianisten ein eigens komponiertes Stück des jeweils anderen präsentieren. Kasimir wird mit der Sonate *Allegretto primaverile* beginnen, Francesca spielt im Anschluss den Siegertitel aus demselben Jahr, *All Eyes On Me.* Die Kandidaten gehen mit einer Ausgangswertung von 108 und 110 Punkten ins Rennen.«

Kasimir atmete durch. Er musste wahrscheinlich die volle Punktzahl erspielen, um eine Chance auf den Einzug ins Finale zu haben. Zum wiederholten Mal blickte er über seine Schulter, entdeckte Cecilie und Thomas, die ihm mit verbissenen Gesichtern die Daumen drückten, und starrte sich an der Tür fest. Es war drei Minuten nach zehn.

Leonhard war nicht erschienen.

»... schon anfangen. Kasimir?« Seine Anspannung wuchs, als er auf das Nicken der Jurorin vor den Flügel trat. Er war zu diesem Anlass auf Hochglanz poliert worden, Kasimir konnte sich darin spiegeln. »Dann beginnen wir nun mit *Al-*

legretto primaverile, einer frühlingshaften Sonate in zwei Sätzen.«

Applaus erhob sich, nachdem Kasimir sich verbeugt und am Klavier niedergelassen hatte. Seine Hände ruhten auf seinen Oberschenkeln, und er schloss für einige Sekunden die Augen, bis Ruhe im Raum eingekehrt war.

»Das ist dein Moment. Vollkommen egal, wie viele Menschen dir jetzt zuhören.

Spiel so, dass ich die Augen nicht von dir lassen kann.«

Leonhards Worte kratzten an seiner Konzentration, doch dieses Mal hielt er sie von seinem Herzen fern. Denn mit einer Sache hatte Francesca recht: Wenn er im Leben vorankommen wollte, musste er eigenständig seinem Pfad folgen. Er durfte sich nicht von falsch verstandenen Beteuerungen aus der Bahn werfen lassen, er musste ihnen ausweichen und weiterlaufen. Aber seinen Beinen fehlte noch die Kraft, sich dem Ballast zu widersetzen, der ihn seit seiner Geburt niederdrückte. Auch wenn Francesca über seine Zaghaftigkeit die Nase rümpfte: Es war verdammt noch mal nicht leicht für ihn, vorwärtszugehen.

Kasimir atmete tief durch und legte die Finger auf die Klaviatur, um mit dem Auftakt des Stücks zu beginnen. Es war ein geruhsames Einstiegsthema, das Frühlingserwachen aus einem frostkalten Winter. Krokusse schlugen ihre Blätter durch die dünne Schneedecke, Eichhörnchen hinterließen Spuren im durchweichten Waldboden. Er spielte diese Harmonie mit einer Mischung aus Widerwillen und Bedauern, folgte dem bittersüßen Pfad, den Francesca ihm geebnet hatte.

»Und wenn du spielst, kann ich dir zuhören?«

Er verengte die Lider, während sein Blick am Notenblatt haftete. Warum war Leonhard nicht hier? Wieso entzündete er mit arglosen Worten Hoffnungen in Kasimir, die unweigerlich zu Asche verbrannten? Er hätte es niemals so weit kommen lassen dürfen, dass sein Herz beim bloßen Gedanken an ihn schneller schlug. So schnell, dass es schmerzte.

Der zweite Satz gestaltete sich virtuoser. Die ersten Schmetterlinge schlüpften aus ihren Kokons und erhoben sich in die Lüfte, zappelten und regten sich wie das erwachende Leben. Oder die Wut, die immer stärker in Kasimir aufloderte.

»Ich liiiebe dein Spiel.«

Dein Spiel. Nicht dich.

Wieso hatte er sich so aus dem Konzept bringen lassen? Er hatte sich an Leonhards Worten festgeklammert, bis sie seine Gefühlswelt ausfüllten. Er war unheilbar an dieser ekelhaften Zuneigung erkrankt, die wucherte wie ein Tumor, keine Therapie hatte angeschlagen. Und jetzt, ohne Leonhard an seiner Seite, fühlte er sich wie ein aufgegebener Patient, dem niemand mehr helfen konnte. Von wegen, er würde ihn nicht fallen lassen. Elendig verrecken ließ er ihn.

Kasimir spürte, wie sein Gesicht immer heißer wurde, während er sich in Rage spielte. Die Verbitterung kroch aus den verborgenen Winkeln seiner Seele hervor und drängte nach außen, in seinen Mund, seine Nase. Seine Augen. Er spielte weiter, obwohl ihm die Blockade in seiner Kehle das Atmen erschwerte und die Noten allmählich vor seinen Pupillen verschwammen.

»Ich mag dich, Kasimir, aber … das, was du für mich empfindest, kann ich nicht erwidern. Ich kann's nicht.«

Leonhard würde sich an seinem Eingeständnis verschlucken, wenn er wüsste, was es mit Kasimir gemacht hatte. Er stand in Flammen, zerbiss sich die Unterlippe und konnte nicht mehr die Tränen zurückhalten, die sich über die vergangene Woche angestaut hatten. Er spielte heulend ein Stück herunter, das er hasste, für ein Publikum, welches ihm nichts bedeutete. Nichts besaß einen Wert für ihn, nachdem er verloren hatte, was ihm entgegen aller Vernunft ans Herz gewachsen war.

»Du hast dich um Hazel gekümmert, und sie hat sich an dich gewöhnt. Wäre ziemlich herzlos von mir, euch auseinanderzureißen.«

Es tat so weh. Er hatte nichts getan, um ihr zu helfen, sie lediglich entführt und dahinvegetieren lassen. Allein in einem engen Käfig, lethargisch und einsam wie ihr Entführer. Nur für einen kurzen Moment hatte sie mit Fiver jemanden kennengelernt, in dessen Gesellschaft sie sich wohlgefühlt hatte. Wie er in Leonhards Nähe. Dieses Glück war ihr entrissen worden. Und letztlich war sie vor Kummer vergangen.

Er spielte den letzten Akkord und nahm die Hände von der Klaviatur, um seine tränenden Augen darin zu verbergen. Seine Schultern zuckten, und er bekam kaum Luft, die Stille ummantelte ihn wie eine Aschewolke aus verbrannten Träumen. Sie hatte zu lange in ihm gebrütet, diese zerreißende Wehmut.

Irgendwann erhob sich Applaus. Überwältigender Applaus. Kasimir gelang es nicht, die Tränen zu unterdrücken, doch er nahm die Hände vom Gesicht und blickte ins Publikum; erkannte, dass es unzähligen Anwesenden ebenso erging wie ihm. Cecilie verbarg ihr Gesicht an Thomas' Schulter, und Leonhards Mutter sah mit wässrigem Blick zu ihm auf, selbst dessen kleine Schwester trug eine Traurigkeit in den Augen, die sich kaum beschreiben ließ. Ihre Reaktionen brachten seine Gefühle zum Flattern und ließen seine Finger erzittern. Und als Francesca schließlich aufstand, mit glänzenden Wangen zu ihm blickte und ihm applaudierte, als wären sie beide die Einzigen im Saal, brachen alle Dämme.

Die Gäste begannen zu jubeln, während Kasimir sich kaum auf dem Hocker halten konnte. Es tat weh, den Beifall zu ertragen, im Wissen, dass *er* nicht da war. Er hatte noch nie so unter einem Erfolg gelitten.

»Geht's wieder?« Kasimir spürte, wie Cecilie sanft ihren Arm um seine Schultern legte. Seine Augen brannten, und auf seiner Brust lag ein schwerer Druck, sodass er kaum sprechen konnte. Er hatte nicht geglaubt, dass sein musikalischer Gefühlsausbruch derart hohe Wellen schlagen würde, und die Scham darüber drang allmählich zu seinem Verstand durch.

»Wenn das jedes Mal so abgeht, kann ich verstehen, warum Menschen Geld dafür zahlen«, sagte Thomas, der sich nicht sattsehen konnte an den triefenden Gesichtern. »Du bist ja richtig aus dir rausgegangen, Kleiner. Hätte nicht gedacht, dass man trotz Flennerei die Tasten trifft.«

Kasimir hatte keine Kraft, sich über Thomas' Ansichten aufzuregen. Er wusste nicht einmal, wie er Francescas Vorspielen überstehen sollte. Zwar war er überzeugt davon, einen emotionalen Auftritt abgeliefert zu haben, aber das nutzte nichts, wenn sie sein Lied ausreichend gut interpretierte.

»Huch, wo kommst du denn her?« Cecilies Stimme durchschnitt seine Gedanken, und augenblicklich zog sich sein Herz zusammen.

Dort stand er. Zwei Meter von ihnen entfernt, munter zur Begrüßung winkend.

»Sorry für die Verspätung! Mir ist was dazwischengekommen.«

Leonhards Lächeln raubte Kasimir die Fassung. Sein Entsetzen musste sich in seinen Augen spiegeln, anders ließ sich kaum erklären, wieso Leonhards Mundwinkel nach unten sanken. Er setzte sich neben Kasimir, stützte die Hände auf seine Knie und sah ihm direkt ins Gesicht. »Tut mir leid. Ich weiß, ich bin ein Mistkerl.«

Kasimir konnte nicht verhindern, dass ihm erneut die Tränen in die Augen stiegen. Warum? Er hatte es ohne Leonhards Beistand geschafft, war auf sich allein gestellt vorwärtsgelaufen. Aber anstatt stolz auf sich und seine Leistung zu sein, ließ er wieder zu, wie sich seine Würde aus dem Staub machte. Es war erbärmlich, wie sehr er an diesem Jungen hing.

»Du hast echt was verpasst«, sagte Cecilie an Leonhard gewandt, und Kasimir war ihr dankbar, dass sie das Reden übernahm. »Kasi hat einen Wahnsinnsauftritt hingelegt, die Jury muss sich erst mal erholen.«

»Schon gehört, Franna war auch total aufgelöst. Sie weiß, dass sie es ganz schwer hat.«

Kasimir biss die Zähne zusammen. Natürlich. Er war zuerst zu ihr gegangen.

»Tut mir wirklich leid«, sagte Leonhard erneut und wandte seinen Blick nicht von ihm ab, obwohl Kasimir den Kopf schüttelte. »Ich werde mich revanchieren, okay? Ich habe eine Überraschung für dich. Nach Frannas Auftritt zeig ich sie dir.«

Francesca spielte *All Eyes On Me* getragener, als Kasimir es konzipiert hatte. Entweder sie wollte nach seiner dramatischen Show auf Nummer sicher gehen, um eine hohe Punktzahl in Präsentation und Technik zu erzielen, oder sie setzte auf den Kontrast ihrer Darbietung.

»Sie hat dein Lied immer niedergemacht, und jetzt sieh sie dir an«, wisperte Leonhard fasziniert. »Ich hätte nie geglaubt, einmal ihre Interpretation davon zu hören.«

Als Francesca das Stück beendete, jubelte der Saal mindestens genauso laut wie nach seinem Auftritt, allerdings schien niemand feuchte Augen bekommen zu haben.

»Vielen Dank, Francesca und Kasimir.« Frau Dr. Weber trat applaudierend aufs Podium, nachdem Francesca auf ihren Sitzplatz zurückgekehrt war. »Wir werden unsere Wertung nach einer kurzen Pause verkünden, also bitte geduldet euch noch ein paar Minuten.«

Die Gäste erhoben sich, und augenblicklich setzten Gespräche ein. Auch Leonhard stand auf und lief zu Francesca, um sie in den Arm zu nehmen und sie zum Erfolg ihrer Darbietung zu beglückwünschen. Kasimir verharrte an seinem Platz und beobachtete die Szene teilnahmslos, bis sich Cecilie und Thomas aus der hinteren Zuschauerreihe vorkämpften und an seine Seite traten.

»Die hat keine Chance gegen dich«, sagte Thomas und klopfte ihm bestärkend auf die Schulter. »Das Lied war dermaßen langweilig, ich bin fast weggepennt.«

»Gut zu wissen.«

»Ich hoffe so sehr, dass es reicht«, wisperte Cecilie und drückte fest seine Hände. »Ich bin unfassbar stolz auf dich, Kasi. Oma ist es von dort oben ganz bestimmt auch.«

Kasimir seufzte. Er hatte nicht das Bedürfnis, auch noch die Verstorbenen von sich überzeugen zu müssen.

»Kasimir!« Paula eilte mit einem begeisterten Lächeln auf ihn zu. »Dein Auftritt war nicht von dieser Welt. Wenn das nicht reicht, brauche ich erst gar nicht anzutreten.«

»Nicht so bescheiden, Paula«, erwiderte Cecilie erfreut. »Du bist auch gleich dran, nicht wahr?«

»Ja ... wobei das Duell der beiden kaum zu toppen sein wird. Dazu kommt diese Sache mit Dawid ...« Sie nestelte beklommen an den Blumenstickereien auf ihrem grauen Rock herum.

»Dawid? Was ist denn mit ...« Bevor Cecilie ihre Frage beenden konnte, kehrten die Jurymitglieder zurück in den Saal und zogen eine Totenstille nach sich. Während sie sich vor dem Flügel positionierten, setzten sich die Gäste wieder. Leonhard trat an Kasimirs Seite und ergriff, ohne zu zögern, dessen Hand.

Es tat gut. Es schmerzte.

»Wir wollen euch nicht länger auf die Folter spannen, liebe Kandidaten, liebe Gäste«, begann Frau Dr. Weber und ließ sich die Urkunde für den erstplatzierten Finalisten überreichen. Kasimir spürte, wie der Druck auf seine Finger zunahm. »Gemäß der über vier Runden erreichten Punktzahl haben wir eindeutig einen Sieger ermitteln können.«

Die aufwallende Hoffnung drückte von innen gegen seine Rippen und verdrängte den Kummer der letzten Tage. Es war nicht der Wunsch nach Anerkennung oder erfülltem Ehrgeiz, der seine Nervosität ins Unermessliche steigerte. Sondern die festsitzende Angst, ihn, der seine Hand vor Aufregung beinahe zerquetschte, zu enttäuschen.

»Der erste Kandidat, der mit einer Gesamtwertung von 148 Punkten im großen Finale um ein mit zwanzigtausend Euro dotiertes Stipendium spielen wird, ist Kasimir Hasenick! Herzlichen Glückwunsch!«

Kasimir merkte noch, wie Leonhard seine Hand losließ, ehe er stürmisch von ihm umarmt wurde. Er spürte sein aufgeregtes Herzklopfen an seiner Brust, die Spannung seiner Arme um seinen Oberkörper. Die Wärme seiner Wange an seinem Hals.

»Ich wusste es!«, hörte er Leonhard lachen. »Du brauchst niemanden, der dich stützt. Du kannst so viel mehr, als du dir zugetraut hast, Kasi. Du hast das allein geschafft!«

Seine aufgewühlte Stimme brachte Kasimirs Sinne zum Flimmern. Er konnte es kaum glauben, beobachtete nur still, wie sich Cecilie und Thomas in den Armen lagen. Wie sich Francesca von ihrem Stuhl erhob, die Falten ihres Kleides glatt strich und auf ihn zutrat. Es lag keine Verbitterung in ihren Augen, keine Wut angesichts des Verlusts, als sie verdrossen ihre versammelten Tröster beiseiteschob.

Sie baute sich vor ihm auf, wartete, bis Leonhard von ihm abließ – und reichte ihm die Hand.

»Glückwunsch, Fifone! Ich hoffe, du weißt diese Chance zu nutzen«, sagte sie so ernsthaft, dass Kasimir nicht anders konnte, als ihre Geste zu erwidern. Es fühlte sich an, als läge in ihrem Händedruck Respekt dafür, dass er diesen Schritt vollbracht hatte. Allerdings bekam er keine Gelegenheit, ihr für ihre Zuwendung zu danken. Unmittelbar nachdem sich ihre Hand von seiner gelöst hatte, schnellte sie an Leonhards Schulter, und ihre Finger bohrten sich fest in sein tomatenrotes Jackett.

»Und du bist echt das Allerletzte«, fuhr sie ihn so scharf an, dass Kasimir vor Schreck erstarrte. Leonhard kommentierte ihren Angriff überraschend flapsig.

»Komm schon, Franna, sei keine schlechte Verliererin.«

»Das meine ich nicht«, erwiderte sie. »Wann hattest du vor, es mir zu sagen?«

»Was meinst du?«

Leonhard neigte schmunzelnd den Kopf zur Seite. Bevor er sich zu einer Antwort durchrang, nahm Frau Dr. Weber wieder das Mikrofon zur Hand.

»Dann möchte ich nun die beiden Halbfinalisten der Gruppe A nach vorn bitten, um die Reihenfolge der Auftritte festzulegen«, sagte sie und nickte zuerst Paula zu – und dann Leonhard. »Kommt ihr bitte zu mir?«

21. Takt

Dur

Leo lehnte sich gelassen gegen das Rückenpolster seines Stuhls, während Paula *Broken Rainbow* interpretierte. Francesca saß zu seiner Linken und tippte wild auf ihrem Smartphone herum, Kasimir hielt seinen Fokus starr auf den Flügel gerichtet. Beide fühlten sich von ihm hintergangen, aber das war gut so. Es ersparte ihm unnötige Diskussionen über einen Umstand, den er sich selbst nicht erklären konnte.

»Dawid Eilinger ist aus privaten Gründen mit sofortiger Wirksamkeit vom Wettbewerb zurückgetreten.«

Der Anruf der Stiftungsvorsitzenden hatte Leo aus dem Schlaf gerissen, doch seine Bedeutung war ihm schnell klar gewesen. Er war Dritter in der Rangfolge der Kandidaten in Gruppe A – und Paula stand plötzlich ohne Konkurrenten da. Er kannte ihre Lieder auswendig, besonders ihren Siegertitel hatte er oft zu Hause gespielt. Es handelte sich um eine Formsache, für Dawid einzuspringen, also hatte er seiner Nachnominierung zugestimmt und sich morgens um halb sieben ans Klavier gesetzt. Bis zur letzten Minute hatte er geübt und hoffte nun, sich vor Paula als einen ernst zu nehmenden Gegner in Szene zu setzen. Immerhin beherrschte niemand den schönen Schein so gut wie er.

Während des finalen Abschnitts ihres Auftritts sah Leo wiederholt zu Kasimir, doch der Blickkontakt wurde ihm stur verweigert. Unwillkürlich musste er schmunzeln. Kasimir hatte ihm nie etwas vorgemacht. Er ignorierte ihn, wenn er genervt war, oder senkte den Blick, wenn er nicht wusste, was er sagen sollte. Und selbst jetzt, obwohl er ihn demonstrativ mied, spürte Leo, dass er auf seiner Seite stand und seinen Sieg erhoffte. Es fühlte sich schrecklich an, ihn enttäuschen zu müssen, aber seiner Maske merkte man das zum Glück nicht an.

Als der letzte Akkord erklang, erhob Leo sich und applaudierte Paula enthusiastisch. Sie hatte ihm vorhin einen Talisman geschenkt, und nun sollte er mit dem Beistand dieses farbenfrohen, gehäkelten Hasen ihre Finalteilnahme gefährden? Das war nicht fair. Paula verdiente es, in der Frauenkirche zu spielen. Und er würde dafür sorgen, dass es dazu kam.

Als er nach vorn treten wollte, nahm er einen Zug am Ärmel seines Jacketts wahr, danach einen festen Griff. Obwohl Kasimir den Blick noch immer nicht hob, spürte Leo seine Aufregung über die Wärme seiner Fingerspitzen am Handgelenk.

»Was ist?«, fragte er schelmisch lächelnd. »Angst, dass ich dir die Show stehle?«

»Gewinne«, antwortete Kasimir und zog ihn am Ärmel näher heran, bis Leo sich zu ihm herunterbeugen musste. Kasimir flüsterte ihm ins Ohr: »Ich will meine Revanche. Du hast sie mir versprochen.«

Leo hielt den Atem an. In Kasimirs Blick lag Entschlossenheit, als er ihn von sich schob; da waren keine Zweifel in seinen Augen. Er glaubte an ihn. Und wieder, wie so oft in seiner Nähe, war Leo sprachlos.

»Da unser führender Kandidat der Gruppe A, Dawid Eilinger, leider krankheitsbedingt zurückgetreten ist, haben wir uns dafür entschieden, auf Grundlage der Gesamtpunktzahl Leonhard Valentin die Halbfinalteilnahme zu gewähren«, sagte die Stiftungsvorsitzende ans Auditorium gewandt. »Vielen Dank für dein spontanes Einspringen, Leonhard! Wir hoffen, dass du trotz der kurzen Vorbereitungszeit Spaß haben wirst, und drücken dir die Daumen für eine gelungene Interpretation von *Belüge mich*!«

Unter anhaltendem Applaus trat Leo vor den Flügel und verbeugte sich, ein Lächeln brachte er jedoch nicht auf die Lippen. Es war, als hätten ihm Kasimirs Worte die Maske vom Gesicht gewischt. Er nahm seinen Herzschlag viel intensiver wahr und schwitzte angesichts seines bevorstehenden Schauspiels. Warum? Er wollte sich doch für Paula zurücknehmen. Er war vor einer Woche ausgeschieden und hatte im Finale nichts zu suchen.

Mit dieser Gewissheit begann er, Paulas Fantasie auf den Tasten zu verewigen. Ihr Stück war aufrichtig, erzählte eine Liebesgeschichte in einer Einfachheit und Tragik, die jedes Herz berühren konnte. Leo fühlte die Neugier eines schüchternen Blicks unter seinen Fingern und tastete sich vorsichtig bis zum ersten Lächeln. Die Melodie malte eine Romanze in seinem Kopf, vereinigte schwarze und weiße Tasten in den kitschigsten Situationen und ließ sie wieder auseinandertanzen. Ihm war, als führten sie einen harmonischen Wettstreit. Sie unterstützten sich gegenseitig, überwarfen sich und kamen am Ende doch nicht ohneeinander aus.

Ähnlich wie das, was sich zwischen Kasimir und ihm entfaltet hatte.

Leo spürte, wie das Lied von ihm Besitz ergriff. Wie es ihn dazu brachte, beherzter in die Tasten zu schlagen und die Szenen in seinem Kopf mit Noten zu zeichnen. Die Bestürzung in Kasimirs Gesicht, als sie sich vor einem Jahr beim Tierarzt begegnet waren. Die Abscheu in seinen Augen während des Restaurantbesuchs am Valentinstag. Die Angst vor seinem ersten Auftritt, die Freude und Erleichterung danach.

Und nicht zuletzt die Sehnsucht, mit welcher er ihn ansah, seit sie sich nahegekommen waren. Nie zuvor hatte jemand sich ihm so rücksichtslos offenbart, nicht einmal Francesca hatte derart hartnäckig an seiner Maske gezogen. Und niemals hatte Leo sich mehr gewünscht, dass sie fiel.

Er schloss die Augen und ließ seinen Emotionen freien Lauf. Vielleicht verdiente er diesen Auftritt nicht, vielleicht sollte er ihn nicht genießen. Aber er hatte einfach keine Lust mehr, sich selbst zu täuschen. Er wollte Paulas Lied zum Strahlen bringen und damit das Finale erreichen. Er wollte das in sich erkennen, was andere in ihm sahen. Was Kasimir in ihm sah. Denn das war es, was er all die Jahre vergeblich in seinem Spiegelbild gesucht hatte.

Moll

Nein. Nein, nicht jetzt.

Kasimir stemmte sich gegen Francescas Griff, während sie ihn hinter sich aus dem Konzertsaal schleifte. Das durfte nicht wahr sein, Leonhard war noch mitten in der Darbietung! Das war sein dritter Auftritt, den er nicht miterleben konnte, und dieses Mal kannte er nicht einmal den Grund dafür.

»Lass los, verdammt!«, ging er Francesca an, als er forsch die Treppen zum Foyer hinuntergezerrt wurde. Erst als sie sicheren Boden unter den Sohlen hatten, ließ der Druck auf sein Handgelenk nach. Anstatt ihm ihre überstürzte Flucht zu erklären, drängte ihn Francesca an die Wand hinter der Treppe und packte ihn grob an den Schultern.

»Du wirst mir sofort sagen, von wem diese blaue Jacke ist«, fuhr sie ihn so gereizt an, dass es ihm die Sprache verschlug. »Die Jacke, mit der du hergekommen bist. Die gehört Dawid, richtig? Was ist zwischen euch gelaufen?«

Kasimir war in Gedanken noch bei Leonhards Auftritt, und nun löcherte ihn diese Furie mit impertinenten Fragen, deren Antworten sie nichts angingen. »Wovon, zur Hölle, redest du?«

»Du bist nach der letzten Runde mit ihm ins Hotel gegangen, stimmt's? Was ist dann passiert? Hast du mit ihm geschlafen?«

»Was?«, erwiderte Kasimir entgeistert. »Deswegen zerrst du mich aus dem Saal? Was glaubst du, was Leo jetzt denkt?«

»Es geht hier nicht um ihn«, sagte sie, um Beherrschung bemüht. »Ich will, dass du dich zusammenreißt und deinen blöden Stolz beiseiteschiebst. Das ist wichtiger für dich als dieser Wettbewerb.«

Die Härte ihrer Worte ließ ihn innehalten. In ihrem Blick lag mehr als bloße Wut. Was war das? Sorge?

»Und wenn es so wäre?«, zischte er ablehnend.

Das Klacken einer Tür hielt sie von einer Erwiderung ab, kurz darauf hörte Kasimir die Stimme seiner Schwester, die seinen Namen rief. Francesca trat einen Schritt auf ihn zu, ihr scharfes Parfüm biss ihm in der Nase, er fühlte sich regelrecht in die Enge getrieben.

»Antworte mir!«

»Für wen hältst du mich?«, flüsterte er angespannt. »Ich habe mir seine Klamotten geliehen. Mehr nicht.«

Daraufhin erklangen Schritte über ihren Köpfen. Als Cecilie in die Mitte des Foyers getreten war und sich ratlos umsah, ließ Francesca widerwillig von ihm ab. »Wir sind hier.«

Kasimir strich sich reflexhaft über das knittrige Revers, als könnte er damit die vorangegangene Berührung entfernen. Als ihm jedoch Cecilies Gesichtsausdruck auffiel, hielt er inne. Sie starrte zunächst ihn, dann Francesca mit halb offenem Mund an. Kasimir konnte ihr die Fehlinterpretation der Situation vom Gesicht ablesen.

Er und eine Frau, eng aneinandergeschmiegt. Na klasse.

»Kasi …? I-Ich dachte, du bist …«, stammelte Cecilie und verstummte, als Kasimir seufzend die Hand an die Stirn legte. Francesca löste das Missverständnis auf, indem sie Cecilie zu sich winkte.

Nachdem sich seine Schwester vor lauter Irritation zögerlich an Kasimirs Seite begeben hatte, übernahm Francesca wieder die Gesprächsführung. »Es gibt eine Sache, die ihr wissen solltet. Während Leo gespielt hat, habe ich mit Dawid geschrieben, um herauszufinden, warum er zurückgetreten ist. Das hier habe ich als Antwort bekommen.«

Sie zog ihr Smartphone aus der Handtasche, entsperrte es und hielt ihnen das Display vors Gesicht. Geöffnet war der WhatsApp-Chat mit Dawid Eilinger. Die letzte Mitteilung stammte von ihm.

»HIV pos.«

Kasimir starrte sich an der Chat-Kachel fest. Es dauerte einen Augenblick, bis er die Abkürzung entschlüsselte. Als er sich Francesca wieder zuwandte, bekam der harsche Ausdruck in ihren Augen eine völlig neue Bedeutung.

»Verstanden?«, sagte sie mit Nachdruck. »Unter diesem Aspekt frage ich dich noch einmal, ob du Sex mit Dawid hattest.«

Kasimir antwortete nicht, seine Stimmbänder waren wie gelähmt. Dawid war HIV-infiziert? Seit wann?

Cecilie konnte ihre Verstörung in Worte fassen. »Dawid? Ist das nicht der Kandidat, der vom Wettbewerb … warte. Kasi, hast du mit ihm geschlafen …?«

»Nein.«

»Aber …«

»Hörst du schlecht?«, erwiderte er aufgewühlt und brachte es endlich fertig, einen Schritt zur Seite zu treten. In seinem Kopf flogen alle Gedanken durcheinander. »Ich war auf seinem Hotelzimmer, ja, und wir haben geredet. Ich brauchte jemanden, der mir zuhört und der mich versteht, nichts weiter.« Er zog sein Smartphone aus der Hosentasche und rief mit bebenden Fingern seinen Chat mit Dawid auf. »Danach bin ich zur Kapelle gefahren und habe die ganze Nacht dieses Scheißlied geübt, um mich abzulenken. Weil meine Scheißsachen nass waren, hat er mir seine Scheißjacke geliehen. Das ist ... alles ...«

Seine Worte verloren an Kraft, als ihm die letzte Nachricht ins Auge sprang. Dawid hatte ihm bereits vor einer Stunde geschrieben.

»Drück dir die Daumen für dein Vorspielen, Hasi. Sorry, dass ich nicht dabei bin. Telen später«

»Er hat von Anfang an über Kopf- und Gliederschmerzen geklagt«, übernahm Francesca wieder. »Das sind Frühsymptome, Kasimir. Er war schon zu Beginn des Wettbewerbs infiziert. Überleg dir genau, ob es sinnvoll ist zu lügen.«

Ich lüge nicht.

»Sie hat recht«, pflichtete Cecilie nervös bei. »Keinem von uns ist geholfen, wenn du uns etwas vorspielst.«

Ich spiele niemandem etwas vor, verdammt noch mal.

Ihre leichtfertigen Worte schürten die Wut in Kasimirs Brust. Wofür hielt sie ihn, einen Player? Nachdem er vor zwei Wochen zum ersten Mal einen Mann geküsst hatte?

Er schob Cecilie grob an der Schulter zur Seite und lief an ihr vorbei. Wenigstens von seiner Schwester hatte er sich ein bisschen Vertrauen erhofft. Ja, er fühlte sich zu Leonhard körperlich hingezogen. Er wünschte sich, ihn zu berühren und ihm nahe zu sein. Aber er stillte sein Verlangen nicht an irgendjemandem, bloß weil er Leonhard nicht haben konnte. Er war nicht so ... nein. Er *wollte* nicht sein wie *er*.

»Keinem von uns ist geholfen«, wiederholte er abfällig, nachdem er sich einige Meter von ihnen entfernt gegen die Wand gelehnt hatte. »Warum eigentlich nicht? Seit Omas Tod bin ich nichts als ein wandelndes Problem für dich.«

»So ein Unsinn«, gab Cecilie zurück. »Ich mache mir nur Sorgen um dich.«

»Sorgen?«, zischte er und hatte das Gefühl, dass sich sein Frust mit jeder Sekunde weiter hochschaukelte. »Worüber? Dass ich auf die schiefe Bahn gerate? Dass ich so werde wie Alain Gaillard? Dass ich eine widerwärtige Bestie bin?«

»Was …?«

Kasimir sah aus dem Augenwinkel, dass Cecilie von Francesca wegtrat und sich ihm näherte, aber er konnte seinen aufgestauten Zorn nicht unterdrücken. Er fraß sich in seine Seele und zerfetzte seinen Verstand, zwang ihn, alle Worte auszusprechen, die sein kaputtes Herz nicht mehr festhalten konnte.

»Sei ehrlich zu dir selbst, Cecilie. Wenn Mama abgetrieben hätte, wäre sie wahrscheinlich noch am Leben, stimmt's? Meine ganze beschissene Existenz gründet auf einem Verbrechen. Ich sehe aus wie er, ich tue, was er tut, und habe in deinen Augen genauso wenig Selbstbeherrschung wie dieser Scheißkerl, also warum …« Er hörte das Klatschen, ehe er den Schmerz auf seiner Wange spürte. Kasimirs unkontrollierbare Gedanken verloren sich im Schreck, und seine Schmährede stoppte.

Cecilie stand unmittelbar vor ihm, und es lag etwas in ihrem Blick, womit er neben Unverständnis und Verärgerung nicht gerechnet hatte.

Reue.

»Du bist nicht der Sohn eines Verbrechers, Kasi. Dein Vater ist kein Vergewaltiger.« Ihre Augen glänzten, und ihre Stimme erlosch wie eine erstickende Kerzenflamme. Im nächsten Moment spürte Kasimir, wie Cecilie seine Hände ergriff und sie fest zusammendrückte. »Mama hat Alain geliebt. Und ich kann es dir beweisen.«

22. Takt

Moll

27. September
Liebe Cynthia Hasenick,
ich möchte mich auf diesem Weg für deinen Beistand bedanken (Ich hoffe, du kannst meine Schrift lesen ... ich weiß, sie ist nicht gut).
Es macht mich glücklich, dass dir mein Vorspielen gefallen hat ... wirklich. Bitte entschuldige das schweigsame Abendessen. Solltest du Interesse haben, noch einmal ein Konzert mit mir zu besuchen, werde ich mich bemühen, mein Deutsch zu verbessern. Ich würde mich sehr freuen!
Herzlichst, Alain Gaillard

13. April
Liebe Cynthia,
vielen Dank für deine Korrekturen. Du hast recht, es fehlt der Melodie an Prägnanz ... ich glaube, ich brauche eine von deinen kreativen Kopfnüssen.

Ich möchte dich bald wiedersehen. Unbedingt. Ende des Jahres spiele ich ein Konzert im Kulturpalast. Ich hoffe, du findest ein wenig Zeit für mich.
Ich vermisse dich,
Alain

18. März
Meine liebste Cynthia,
ich kann es kaum erwarten, nächste Woche nach Deutschland zu kommen. Hast du die Tickets für meine Auftritte in Frankfurt und Berlin erhalten? Du fehlst mir unfassbar. Deine Briefe helfen mir über die Wochen hinweg, aber es ist schwer …
Ich sage mir selbst, eines Tages wird es einfacher sein. Eines Tages bin ich bei dir. Und du an meiner Seite. Ich liebe dich.
Dein Alain

Kein Sonnenstrahl drang durch die grauen Wolken, die den Innenhof der Zitadelle verdunkelten. Cecilies Smartphone-Display spendete jedoch genug Licht, um die Texte zu entziffern. Nachdem er am Ende des dritten angelangt war, gab Kasimir seiner Schwester das Handy zurück und lehnte sich gegen die Rückenstütze der Bank.

»Was soll das sein?«, fragte er und massierte seine Schläfen. Erst die überstürzte Flucht aus dem Konzertsaal, dann die Offenbarung um Dawid und jetzt *das.*

Cecilies Mimik blieb wie erstarrt, als sie sagte: »Das sind die Übersetzungen einiger Briefe, die sich Mama und dein Vater über drei Jahre hinweg geschrieben haben. Sie sind ursprünglich auf Französisch.«

»Und wo kommen diese *Briefe* plötzlich her?« Wenn sie glaubte, ihn mit ein paar kitschigen Handynotizen von ihrer Behauptung zu überzeugen, überschätzte sie seine Blauäugigkeit. Er hatte zu viel Zeit in der Dunkelheit verbracht, um auf einen faden Lichtpunkt am Horizont hereinzufallen.

Cecilie legte ihr Smartphone zwischen sich und ihn auf die Sitzfläche. »Du erinnerst dich sicher an dein Geburtstagsgeschenk. Den Schlüssel für die alte Kapelle«, sagte sie und strich mit dem Zeigefinger über den schwarzen Bildschirm. »Die Leute von der Friedhofsverwaltung haben sich gefreut, mich wiederzutreffen. Sie sagten, dass Oma sie vor Antritt ihres Krankenhausaufenthalts darum gebeten hätte, einige persönliche Gegenstände für sie aufzubewahren. Unter anderem auch einen Stapel alter Briefe.«

Kasimir verengte die Lider. Das ergab keinen Sinn. Wenn seine Großmutter von der Korrespondenz zwischen ihrer Tochter und Alain Gaillard gewusst hatte, warum hatte sie ihm dann niemals davon erzählt?

Er konnte sein Unverständnis nicht in Worte fassen, doch Cecilie schien zu ahnen, was ihm durch den Kopf ging. Sie fuhr so ruhig fort, als spräche sie mit einem Kind. »Kasi. Ich habe dir letztens bei unserem Telefonat gesagt, dass ich mit dir über alles reden will. Dass ich ehrlich zu dir sein will.«

Er zögerte einen Moment. »Ja.«

»Das bin ich in den vergangenen zwanzig Jahren nicht gewesen.«

Sie hielt inne und sah ihm so tief in die Augen, dass ihm flau im Magen wurde. Das schlechte Gewissen klammerte sich an ihren Blick.

»Du warst erst zwei, als sich der Autounfall ereignet hat. Du konntest nicht wissen, wie oft sich Mama und Papa im Vorfeld gestritten haben, über Dinge, die eigentlich nicht der Rede wert waren. Bis Mama eines Abends am Esstisch gesagt hat, dass sie sich von Papa trennen will.«

Cecilie knetete ihre Hände ineinander. Es sah aus, als drückte sie sie mit jedem Satz fester zusammen.

»Der Unfall ereignete sich, als sie auf dem Weg zum Scheidungsanwalt waren. An diesem Tag herrschte Sonnenschein und die Strecke verlief gerade. Trotzdem ist der Wagen von der Straße abgekommen. Und der Grund dafür war allem Anschein nach ein Streit.«

Sie hielt inne und betrachtete sekundenlang starr die gegenüberliegende Gebäudefassade. Es schien, als sähe sie ihre Erinnerungen wie einen Film vor sich ablaufen, während Kasimir sich mit einer flimmernden Bildstörung zufriedengeben musste. Irgendwann stützte Cecilie ihre Ellenbogen auf die Knie.

»Ich war ein Kind, in meiner Welt gehörten Mama und Papa zusammen. Deshalb war für mich klar, dass nur eine Person die Schuld an diesem Unglück tragen konnte. Der Mensch, der einen Keil zwischen meine Eltern getrieben hatte. Ein böser Mann, der Mama von uns fortreißen wollte.«

Kasimir konnte sich nur still anhören, worüber sie sein Leben lang geschwiegen hatte.

»Mama hat nie von deinem Vater erzählt«, fuhr Cecilie wispernd fort, Bitterkeit schwang in ihrer Stimme mit. »Obwohl sie den Kontakt zu ihm offenbar kurz vor deiner Geburt abgebrochen hat, war seine bloße Existenz für sie Grund genug, ihr Leben ändern zu wollen. Damals habe ich geglaubt, sie würde die Hausarbeit mögen und sich gern wegen Papas Karriere hintanstellen ... sie hat immer mehr gelacht als alle anderen. Aber ich habe inzwischen verstanden, dass sie es nur auf diese Art in ihrer kleinen, engen Welt ausgehalten hat.«

Cecilie verschränkte die Finger ineinander und lehnte ihr Kinn dagegen. Ihre Worte wühlten Kasimir innerlich auf, aber er wagte es nicht, sie zu unterbrechen. Er wusste, wie es sich anfühlte, als winziger Stern allein im Universum zu sein. Und dass ein vorbeiziehender Komet diese Einsamkeit überstrahlen konnte.

»Sie hat die Musik geliebt, weißt du?«, sagte Cecilie lächelnd. »Ich glaube, mit ihm konnte sie kurzzeitig aus ihrem

Alltag ausbrechen. Aber als Kind habe ich das missdeutet. Damals dachte ich, sie ließe uns im Stich …«

»Warte«, erwiderte Kasimir und hielt sich überfordert die Stirn. »Du sagst, sie hat ihn mit keiner Silbe erwähnt. Woher wusstest du von ihrer Affäre?«

»Ach, Kasi. Was glaubst du wohl?«, meinte sie und nickte hinunter zu ihrem Smartphone. Dann lehnte sie sich zurück, legte den Kopf in den Nacken und blinzelte emotionslos in den grauen Himmel. »Nach dem Tod unserer Eltern habe ich mich tagelang in ihrem Zimmer aufgehalten. Ich habe dort geschlafen, Papas Hemden gebügelt und all seine Arbeitsunterlagen sortiert. Mamas Schminksachen habe ich in einer kleinen Truhe unter meinem Bett versteckt und mich damit angemalt, wenn sie mir besonders gefehlt hat. Du warst noch so klein, dass Oma alle Hände voll zu tun hatte, also habe ich die Dinge mit mir selbst ausgemacht. Es war nur eine Frage der Zeit, bis mir die Briefe in die Hände gefallen sind.«

Sie hob die Hand über ihr Gesicht und musterte ihre Nägel, als trügen sie noch immer den Lack ihrer Mutter. Dann verhärteten sich ihre Züge.

»Ich habe Alain Gaillard von dem Moment an gehasst, als ich den ersten Satz gelesen habe. Auch wenn ich kein Wort verstanden habe, habe ich an der Handschrift erkannt, mit welchen Gefühlen er diese Zeilen geschrieben hat. Die beigelegten Fotografien der beiden waren Beweis genug. Und weißt du, was mich am meisten getroffen hat? Dass sein Haar so schwarz war wie deins.«

Ihre Hand sank hinab, und sie legte den Kopf seitlich, sodass sie wieder Blickkontakt zu Kasimir aufnahm. Die Härte, die in ihren grauen Augen lag, jagte ihm einen Schauer durch den Körper. Er hatte diesen Ausdruck seit vielen, vielen Jahren nicht mehr in ihrem Gesicht gesehen.

»Ich habe als Achtjährige nicht gewusst, dass es ein Wort wie ›fremdgehen‹ gibt, aber die Bedeutung dieses Verhältnisses war mir klar. Ebenso wie die Konsequenz, wenn herauskäme, dass jemand existiert, der näher mit dir verwandt ist als Oma.« Sie wandte sich wieder von ihm ab. Ihr Stimmfall klang nun wie der eines trotzigen Mädchens. »Ich habe die Briefe weggeworfen. Wahrscheinlich wäre es klüger gewesen, sie zu verbrennen, aber meine Wut hat mich damals viele dumme Entscheidungen treffen lassen. Fakt ist, dass Oma sie gefunden und aufgehoben hat. Sie hat mich niemals darauf angesprochen und ist mir nicht in die Parade gefahren, als ich dir all diese bösen Dinge an den Kopf geworfen habe. Als du mich zum ersten Mal gefragt hast, warum du Papa nicht ähnlich siehst, erinnerst du dich?«

Natürlich tat er das. Nichts war Kasimir so gegenwärtig wie der Moment, in welchem sein bis dahin unbeflecktes Gewissen in einer graubraunen, modrigen Brühe ertrunken war. *»Dein Vater hat Mama wehgetan.« »Sie hatte Angst vor ihm.«* All diese indirekten Anschuldigungen hatten seine Lebensfreude mit scharfen Klingen attackiert. Aber zerfetzt hatte sie letztlich nur eine.

»Dein Vater ist ein Monster, Kasi. Und du bist ein Teil von ihm.«

»Heute tut es mir unendlich leid, wie ich mit dir umgegangen bin«, sagte Cecilie und zog ihre Unterlippe zwischen die Zähne, ehe sie kopfschüttelnd die Augen schloss. »Ich hatte keine Ahnung, was ich damit anrichte ... dass du dich damit identifizieren würdest. Ich wollte nur verhindern, dass ihr zueinanderfindet und du dich am Ende entscheidest, zu ihm zu gehen. Wenn ich nach meinen Eltern auch noch dich verloren hätte, wäre ich zugrunde gegangen, Kasimir. Alain Gaillard hatte mir meine Mutter weggenommen. Meinen Bruder wollte ich ihm nicht überlassen.«

Obwohl ihre Worte unkontrollierbare Bahnen in seinem Kopf zogen, wusste Kasimir, dass sie lange darüber nachgedacht haben musste, wie sie es ihm sagen würde. Er hörte ihren Schmerz im unsteten Klang ihrer Stimme, aber er erzeugte kein Mitgefühl in seinem Herzen. Dafür war die Wucht, mit der ihn ihr Geständnis traf, zu enorm.

»Ich schäme mich dafür, Kasimir«, flüsterte sie. »Ich wünschte, ich könnte all meine Worte zurücknehmen. Aber wie sollte ich dir nach fünfzehn Jahren erklären, dass ich sie mir nur ausgedacht habe, um dich von deinem Vater fernzuhalten?« Ihre Finger klammerten sich fest um eine Falte ihres Kleides, und sie hielt den Kopf gesenkt, sodass ihr das rote Haar ins Gesicht fiel. »Vielleicht hättest du an seiner Seite ein besseres Leben führen können. Frei von Selbstvorwürfen, mit einem Menschen, der dich liebt. Aber diese Chance habe ich dir genommen …«

Kasimir beobachtete schweigsam, wie sie mit sich rang, die Fassung zu wahren. Eigentlich hätte es sich gehört, sie in den Arm zu nehmen und zu trösten. Im Normalfall hätte er das getan, aber in diesem Augenblick schaffte er es nicht. Es ging einfach nicht.

»Warum hat Oma mir die Briefe vorenthalten?«, fragte er monoton.

Cecilie blickte auf, ihre Augen glänzten. »Es war mein Wunsch, dass wir alle zusammenbleiben. Und sie hat ihn mir mit ihrem Schweigen erfüllt.«

Das waren die letzten Worte, die sie in den folgenden Minuten aneinander richteten. Sie saßen auf dieser Bank, jeder für sich versunken in Überlegungen. Irgendwann erhob sich Kasimir, sah hinauf zur Wolkendecke und hatte das Gefühl, dass die dichten grauen Schwaden im Augenblick seine Realität nachbildeten. Was immer sich dahinter verbarg, er konnte es nicht erkennen.

»Kasi«, wisperte Cecilie und zupfte am Ärmel seines Jacketts. »Bist du mir böse?«

»Keine Ahnung«, sagte er. Seine Gedanken waren wie miteinander verschmolzen, seine Empfindungen trieben losgelöst von seinem Verstand. Er konnte sie nicht einordnen, wollte es im Moment auch nicht.

»Ich habe in den vergangenen Monaten versucht, deinen Vater ausfindig zu machen«, erwiderte Cecilie. »Alles, was ich dir heute erzählt habe, wollte ich dir erst sagen, wenn ich ihn gefunden habe. Aber so leicht, wie ich es mir vorgestellt habe, ist es nicht. Er ist nicht mehr als Pianist tätig. Trotzdem bin ich sicher, dass wir ihn finden können. Ich unterstütze dich mit allen Mitteln. Wenn du das willst.«

»Keine Ahnung«, wiederholte er. Er fühlte sich leer nach dieser Offenlegung, geradezu ausgelaugt. »Ich denke, ich geh jetzt nach Hause.«

»Okay …«, wisperte Cecilie und nahm ihr Smartphone wieder zur Hand. »Ich klingle Tommy an, damit er zum Parkplatz gehen kann. Soll ich ihn fragen, wie Leos Auftritt ausgegangen ist?«

Kasimir zuckte mit den Schultern. Es war ihm im Moment egal, ob er im Finale gegen Leonhard antreten würde. Dieser eine funkelnde Tag wog nichts im Vergleich mit zwanzig lügenverfaulten Jahren.

»Er soll sich mit dem Auto beeilen«, erwiderte Kasimir kühl und hob den Blick zum sturmgrauen Himmel, ehe er sich der Zugangstür ins Gebäude zuwandte. »Fängt sicher bald an zu regnen.«

»Warte, und du?«

»Ich gehe zu Fuß.«

»Den ganzen Weg?«, meinte Cecilie und erhob sich, ohne einen Schritt auf ihn zu zu machen. »Ehe du zu Hause ankommst, bist du klitschnass. Du weißt, wie schnell du dich erkältest.«

»Mir egal.«

»Tommy braucht nur fünf Minuten. Wenn du ein klein wenig Geduld hast, könnten wir gemeinsam …«

»Ich will nicht, Cecilie«, erwiderte er und drehte sich zu ihr um. Sie wirkte wie erstarrt, aber er konnte gerade keine Rücksicht auf ihre Verfassung nehmen. »Ich brauche Zeit, um diesen ganzen Mist zu begreifen. Ehrlich gesagt, wäre es mir am liebsten, wenn du mich in den nächsten Tagen in Ruhe lässt.«

»Was ...?«

Natürlich waren dies die letzten Worte, die sie aus seinem Mund hören wollte. Doch sie war endlich ehrlich zu ihm gewesen, also wollte er es auch sein. »Danke, dass du mir die Wahrheit gesagt hast. Wenn du mich bis zum Ende des Wettbewerbs in Frieden lässt, verzeihe ich dir vielleicht, dass du sie mir so lange verschwiegen hast.«

»Ich erwarte nicht von dir, dass du mir vergibst«, wisperte Cecilie, während sie aussah, als würde sie jeden Moment in Tränen ausbrechen. Aber Kasimir würde sie nicht trösten können. Nicht bei einer Sache, in der er selbst Trost brauchte. Er wandte sich wortlos ab und hatte unwillkürlich das Gefühl, dass die Person, die diesen Ort betreten hatte, nicht dieselbe war wie jene, die ihn verließ.

»Warte!«

Der belegte Klang von Cecilies Stimme zwang seinen Körper innezuhalten. Es war wie ein Reflex, weil ein Teil von ihm noch immer für seine Schwester da sein wollte.

»Wir wollen beide keine Geheimnisse mehr«, sprach sie weiter und ballte ihre Hände zu schwachen Fäusten. »Und bevor du mich verurteilst, diese Sache habe ich dir nicht vorenthalten. Ich weiß es erst seit wenigen Tagen.«

Kasimir drehte sich zu ihr um. Er sah sich einem leidvollen Blick ausgesetzt.

»Was denn?«, erwiderte er resigniert. »Habe ich noch ein uneheliches Geschwisterkind, das unsere Mutter mit diesem Kerl in die Welt gesetzt hat?«

»Nein«, sagte Cecilie und legte demonstrativ eine Hand auf ihren Bauch. »Aber eine Nichte. In sechs Monaten.«

23. Takt

Dur

Leo saß am heimischen Klavier und spielte gedankenlos Tonfolgen herunter. Jenseits der Wohnzimmerfenster erstrahlte die Aprilsonne im Vorgarten, während im Hintergrund dunkle Gewitterwolken aufzogen.

»Wir nehmen auf jeden Fall Bach«, murmelte Francesca, während sie in die Recherche auf ihrem Tablet vertieft war. *»Präludium und Fuge c-Moll,* erstes WTC? Das hat dir immer gut gelegen, auch wenn du das Tempo deutlich steigern solltest. Wir müssen uns aus der Komfortzone begeben, um Kasimirs Tastenjagd etwas entgegenzusetzen. Das Gefühl darf natürlich nicht zu kurz kommen ...«

Sie hockte seit einer geschlagenen Stunde auf dem Sofa und ging sämtliche Kombinationen für die perfekte Liedauswahl durch. Zum Finalauftritt gehörten zwei klassische Stücke, ein zeitgenössisches Werk, die Neuinterpretation eines Popsongs in Begleitung sowie die abschließende Eigenkomposition, mit deren Entwurf Leo sich für die Teilnahme am Jubiläumswettbewerb qualifiziert hatte. Leider fehlte ihm die Motivation, sich ebenso engagiert wie sie mit dem nahenden

Vorspielen auseinanderzusetzen, jetzt, da er von den Hintergründen um Dawids Rücktritt wusste. Zwar befand er sich nach eigenen Angaben auf dem Weg der Besserung und hatte eine antiretrovirale Therapie begonnen, dennoch plagten Leo Skrupel, unter diesen Umständen für ihn eingesprungen zu sein.

»Zu Beginn der klassischen Sequenz schlage ich Rachmaninow vor. Das *fünfte Prélude?*«

»Okay«, antwortete Leo und spielte wahllos Arpeggios auf und ab.

»Ich hoffe, *Solitario* nimmt allmählich Gestalt an?«

»Japp.«

»Gut. Uns bleiben nur zwei Wochen bis zum Auftritt«, mahnte Francesca. »In fünf Tagen legst du mir deine Ausfertigung vor, damit ich die gröbsten Disharmonien korrigieren kann.«

»Nicht nötig. Damit hat Kasimir schon angefangen.«

»Richtig, *angefangen.* Da du keinen Kontakt zu ihm hast, wird er sein Werk kaum vollenden.«

Leo verzog die Lippen. Tatsächlich hatte er seit der Verkündigung seiner Finalqualifikation nichts mehr von Kasimir gehört. Cecilie hatte ihn auf Nachfrage darum gebeten, ihm ein wenig Zeit für sich einzuräumen, und daran wollte er sich natürlich halten. Dennoch erwischte Leo sich immer wieder dabei, nach seinem Smartphone zu greifen und den Chat mit ihm zu öffnen. Er würde so gern wissen, was er davon hielt, dass seine Revanche in greifbare Nähe gerückt war. Wie er die Neuigkeiten um Dawid verkraftet hatte, immerhin hatten sie sich über den Wettbewerb hinweg angefreundet. Oder einfach nur, wie es ihm ging.

»Wenn ich bloß seine Vorauswahl in die Finger bekäme …«, grummelte Francesca. Leo griff mühsam einen kniffligen Quartsextakkord, den Kasimir vermutlich mit Leichtigkeit meistern würde.

»Er wird Beethoven und Liszt spielen. Mit Bach machen wir nichts falsch.«

»Es geht aber darum, besser zu sein als er«, entgegnete sie mit einem Augenrollen. »Wärst du so gütig, dich einen Nachmittag lang auf den Erfolg deiner Darbietung zu konzentrieren?«

Leo seufzte und sah zu ihr hinüber. Früher hätte er sich nie daran gestört, von ihr gemaßregelt zu werden, doch inzwischen ermüdeten ihn ihre gut gemeinten Befehle. Vielleicht hatte er sich zu sehr in der Freiheit seines letzten Auftritts verloren, um ihre Hilfe wertzuschätzen. Aber diese Freiheit gefiel ihm.

»Wie sieht es mit *Summertime* von Gershwin aus? Als zeitgenössische Interpretation?«, fuhr Francesca fort. »Und hast du dir schon einen Titel für das Stück in Begleitung überlegt?«

»Ja«, antwortete Leo und löste die Finger von den Tasten, um in seine Hosentasche zu greifen und Paulas gehäkelten Talisman hervorzuholen. »Ich dachte an *Faded* von Alan Walker.«

»Hm«, gab sie zurück und rief kurzerhand YouTube auf, um einige Sekunden dem Grundmotiv des Liedes zu lauschen. Die traumverlorene Melodie ergriff sofort Besitz von Leos Gedanken und entführte sie in eine düster funkelnde Fantasiewelt. »Kriegt man arrangiert. Wie willst du die Begleitung gestalten? Soll ich Violine spielen?«

»Nein, ich hatte an Gesang gedacht.«

»Aha. Dir ist bewusst, dass ein Schaf besser Töne halten kann als ich, oder?«

»Na ja«, sagte er versonnen und zupfte an den langen, regenbogenfarbigen Ohren seines Schlüsselanhängers, »ehrlich gesagt, hatte ich jemand anders im Sinn.«

Francescas skeptische Miene malte ihm ein Lächeln ins Gesicht. Er hatte befürchtet, es in den vergangenen Tagen verloren zu haben.

»Ist das dein Ernst?«, erwiderte sie und zog die Stirn kraus. Ihr Blick wanderte auf die Häkelpuppe in seinen Händen. »Paula bringt in deiner Nähe kaum einen Ton heraus. Du willst sie vor Hunderten Menschen für dich singen lassen?«

»Warum nicht? Sie hat schon zugesagt.«

»Wie bitte?«

Francescas Irritation zauberte Leo ein Schmunzeln auf die Lippen. In letzter Zeit passierte das häufig, wenn er an Paula dachte.

Nachdem er ihr Lied interpretiert hatte, war sie vor Freude auf dem Weg zur Bühne beinahe über ihre eigenen Füße gestolpert und hatte sich wieder und wieder dafür bedankt. Leo war erleichtert gewesen, dass sie es ihm nicht übel nahm, ihr die Finalteilnahme vor der Nase weggeschnappt zu haben. Im Gegenteil. Sie wäre ihm fast um den Hals gefallen, als er sie um ihre Unterstützung in der letzten Runde gebeten hatte.

»Na schön. Aber behaupte später nicht, ich hätte dich nicht gewarnt, wenn sie die Nerven verliert«, meinte Francesca betont distanziert. »Dann kann ich für deinen Gegner spielen, wenn er mich darum bittet?«

»Was? Hat Kasimir dich gefragt?«

»Noch nicht. Aber er hat keine große Auswahl, was mögliche Kollaborationen betrifft. Seine Kontakte zu anderen Musikern beschränken sich auf die Wettbewerbsteilnehmer, und er lässt sich ohnehin schwer auf Begleitungen ein.«

»Stimmt«, erwiderte Leo und tippte grüblerisch gegen die braunen Perlenaugen seines Häkelkaninchens. »Vielleicht sollten wir ihm helfen.«

»Du kümmerst dich um deine eigenen Probleme«, wiegelte Francesca ab. »Bis zur Generalprobe brauchst du dich nicht mehr mit Kasimir Hasenick zu befassen, das lenkt dich nur ab. Du willst ihm beweisen, dass dein Sieg damals gerechtfertigt war, oder nicht?«

»Schon, aber ...«

»Nichts aber«, sagte sie, erhob sich und stellte ihm ihr Tablet mit geöffnetem Notenblatt auf die Notenstütze. »Reiß dich zusammen und fang an zu gewinnen, Bambinello.«

Normalerweise mied Leo düster-dramatische Stücke wie Rachmaninows *Prélude in g-Moll.* In diesem Fall musste er sich Francescas Vorschlag jedoch beugen. Um Kasimir mit seinem filigranen Spiel unter Druck zu setzen, galt es, ihn mit seinen eigenen Waffen zu bedrängen. Wenn Leo bereits zu Beginn seine Fingerfertigkeit unter Beweis stellte, konnte er seinem Gefühl zum Ende hin freien Lauf lassen. *Solitario* würde den krönenden Abschluss bilden – wenn es ihm gelang, seinen Entwurf rechtzeitig fertigzustellen.

Nachdem er die Partitur seines Einstiegsopus durchgegangen war, stand er auf, schob sich seine Kopfhörer über die Ohren und durchsuchte die Mediathek seines Smartphones nach Inspiration. Wenn er mit Kasimir in der Kapelle geübt hatte, waren ihm immerzu tausend Ideen durch den Kopf gegeistert. Bunte Fantasien, sinistere Prophezeiungen in Gestalt von Notenköpfen. Im Moment ertrank er jedoch in Einfallslosigkeit. Hinzu kam die Gewissheit, dass Kasimir ihm kompositorisch um Welten überlegen war. Er musste für die Interpretation der klassischen Stücke die volle Punktzahl erreichen, um überhaupt eine Chance gegen ihn zu haben.

Während er ideenlos den Blues-Ordner seiner Musik-App durchstöberte, ploppte die Eingangsmeldung einer Nachricht auf. Den Absender konnte er nicht schnell genug erfassen, allerdings hatte er den Klingelton für diesen Kontakt vor längerer Zeit individualisiert. Diese Eingebung erwischte ihn wie ein Aprilschauer, als er Silbe für Silbe den Inhalt der Meldung entzifferte.

1 neue Sprachnachricht, 4:32 Minuten.

Absender: Hasitzky

Leo setzte sich ruckhaft auf. Kasimir hatte ihn selten von sich aus kontaktiert, Voicemails hatte er nie von ihm erhalten. Und dann diese Länge. Ob ihm irgendetwas passiert war? Die Vorstellung ließ Leo frösteln. Als er jedoch die Wiedergabe aktivierte, lösten sich seine Befürchtungen in Luft auf. Denn es waren keine Worte, die seinen Gehörgang heimsuchten.

Es war Musik.

Spätestens nach fünf Sekunden begriff Leo, um welches Stück es sich bei der Aufnahme handelte. Kasimir musste es direkt am Klavier in der Kapelle eingespielt haben. Während er der Melodie lauschte, erreichte ihn eine weitere Nachricht, dieses Mal wie gewohnt in Textform.

»Mir fällt kein Titel ein.«

Leo starrte auf sein Display und wusste nicht, ob er lächeln oder den Kopf schütteln sollte. Es war ihm selten leichtergefallen, eine Kurznachricht zu entschlüsseln. Und er konnte sich nicht daran erinnern, wann sein Herz zuletzt so wild geklopft hatte.

Moll

Kasimir betrachtete mit hochgezogener Braue das Display seines Smartphones. War das sein Ernst? Zwei gewonnene Komponistenwettbewerbe, und dieser Pfeife fiel nichts Besseres ein?

»Leg mal 'nen Zahn zu, Kleiner!«, hörte er Thomas' Stimme durchs Treppenhaus schallen. »Ich will los.«

»Komme«, rief er, band sich die Laufschuhe zu und drückte die Wohnungstür hinter sich ins Schloss. Auf seinem sechsstöckigen Weg nach unten ließ er sich Leonhards Titelvorschlag durch den Kopf gehen. Irgendwie hatte er sich nach ihrer mehrwöchigen Kontaktpause mehr erwartet als ein Wort.

Als er im Erdgeschoss ankam, dehnte Thomas seine Oberschenkelmuskeln am Geländer. Cecilie stand neben ihm und stützte seine Waden, damit er nicht abrutschte und eine Zerrung riskierte. Kasimir hätte nichts dagegen gehabt, auf diese Weise wären ihm die gemeinsamen Trainingseinheiten erspart geblieben, die er anstelle seiner schwangeren Schwester auf sich nehmen musste. Als sie ihn am oberen Treppenabsatz erblickte, gab Cecilie vor, konzentriert die Faszien ihres Verlobten zu massieren. Aber Kasimir war es recht. Immerhin hielt sie sich damit an seine Bitte, ihn in Ruhe zu lassen.

»Du bist ja farbenfroh unterwegs«, meinte Thomas, nachdem er seine Dehnungssession beendet und ausgiebig Kasimirs monochromes Joggingoutfit gemustert hatte. »Warum hat das so lange gedauert? Die Kleiderwahl hat dich wohl nicht aufgehalten.«

»Hab auf eine Nachricht gewartet«, erwiderte Kasimir und gab vor, sich aufzuwärmen.

Thomas grinste süffisant. »Briefe von deinem Schatzi?«

»Er ist nicht mein ›Schatzi‹. Und mit Briefen kannst du mir fernbleiben.«

Kasimir wusste, dass seine Worte Cecilie genau dort trafen, wo es wehtat, aber sie würde mit diesem Schmerz klarkommen müssen. Er musste es auch.

Er trat durch die geöffnete Haustür und beobachtete aus dem Augenwinkel, wie Thomas seiner Schwester einen Abschiedskuss gab, ihren Bauch tätschelte und ihr etwas zuraunte. Die Schwermut in Cecilies Gesicht ließ Kasimir ahnen, worum es sich handelte. Wenn Thomas jedoch glaubte, ihn während ihrer erzwungenen Zweisamkeit aushorchen zu können, hatte er keine Vorstellung von Kasimirs derzeitigem Fitnessstand.

Er würde ihm einfach davonlaufen.

Sie joggten einen schmalen Pfad am äußeren Rand der Elbe entlang, der quer über die Schwemmwiesen führte. Vom Königsufer aus bot sich ihnen ein weiter Blick auf die barocke Altstadt. Am Terrassenufer standen Kirschbäume in blassrosafarbener Blüte, die Flussdampfer schipperten vorüber, und die Eiscafés waren bereits zur Mittagsstunde voll besetzt. Sosehr sich Kasimir gegen die Freiluftaktivität aufgelehnt hatte, er kam nicht umhin, den Anblick Schritt für Schritt zu genießen.

Auf Höhe des Japanischen Palais machten sie eine Pause. Während sich Thomas ein giftgrünes isotonisches Leistungssportlerfluid zuführte, ließ Kasimir seinen Blick über die Prachtbauten der gegenüberliegenden Elbseite schweifen. Mit beinahe jedem dieser berühmten Orte verband er inzwischen Erinnerungen. Aufregung und Euphorie. Angst und Sehnsucht. Diese Stadt hatte ihn auf eine Achterbahnfahrt der Emotionen geschickt, und nun rauschte sein Wagen unaufhaltsam auf die Zielgerade zu.

Der bloße Gedanke daran ließ Kasimirs Herz fester schlagen. Er würde in der Frauenkirche gegen Leonhard antreten. Diese Revanche hatte er sich mit seinen Händen erarbeitet, und er wollte den Mut, den Fleiß und die Tränen der vergangenen Wochen in sein Spiel legen. Er wollte alles, was ihn bewegte, mit seinen Klängen aussprechen. Denn wie unvermittelt sich ein scheinbar sorgenfreies Leben in eine Baustelle verwandelte, hatte ihn Dawids Beispiel gelehrt.

»Wie sieht's aus, Kleiner, geht dir schon der Stift?«, fragte Thomas und rückte ihm mit seiner Giftbrühe auf die Pelle. »Dein erstes Mal vor großem Publikum, noch dazu in 'nem sauberühmten Barockschuppen. Schon 'ne Idee, was du der Oberschicht vorklimpern willst?«

»Ja«, antwortete Kasimir kurz angebunden. »Aber ich glaube nicht, dass dir ein einziger Titel davon etwas sagt.«

»Wieso? Hältst du mich für einen Kulturbanausen?«

»Du dich etwa nicht?«

Thomas grinste wie ein Kind, das man beim Ausspionieren sensibler Daten erwischt hatte. Dann streckte er seine Arme in die Luft und ließ irgendeinen Abschnitt seines durchtrainierten Körpers bedrohlich knacken.

»Dein Schwesterchen würde es auch gern wissen. Und da du dich so erwachsen vor ihr verschließt, muss ich den Vermittler spielen.«

Kasimir seufzte. Er wusste, dass Cecilie auf eine Versöhnung hoffte, aber er fühlte sich noch nicht bereit dafür. Sie hatte mit ihrem Geständnis einen Eimer Farbe über sein Selbstbild gekippt, und er brauchte Zeit, sich an das neue Aussehen zu gewöhnen.

»Ich habe ihr gesagt, dass ich Abstand brauche«, kommentierte er schlicht. Damit gab sich Thomas natürlich nicht zufrieden.

»Mag sein, aber ich kann's nicht ab, wenn meine Frau und Mutter unseres gemeinsamen Engels traurig aus der Wäsche guckt.«

»Schön. Dann kümmere dich um deine Bilderbuchfamilie und lass mich in Ruhe.«

»Als ob du Knilch zu entscheiden hättest, wen ich zu meiner Familie zähle und wen nicht.« Thomas lachte unangemessen laut auf, und Kasimir fühlte sich unwillkürlich eingeschüchtert. »Du bist der Onkel meiner Tochter. Dieser Verantwortung kannst du dich nicht entziehen, Sportsfreund. Du hast für Celi da zu sein, wenn sie dich braucht, also hör auf zu schmollen und mach einen Schritt auf sie zu.«

Kasimir seufzte und befreite seine Stirn mit dem Handrücken von den feinen Schweißperlen, die das Sonnenlicht auf seiner Haut hinterlassen hatte. Kaum zu glauben, was für einen passionierten Rhetoriker sich seine Schwester als Lebenspartner angelacht hatte.

»Mal 'ne andere Frage, Kleiner. Was hast du eigentlich mit deinem Leben vor, wenn der Wettbewerb vorbei ist?«

»Wieso? Will sie das auch wissen?«

»Nö. Mich interessiert bloß, wann du dir deinen Lebensunterhalt selbst verdienst. Du liegst uns mit deinen teuren Hobbys ganz schön auf der Tasche.«

Kasimir zischte und senkte seinen Blick auf die frischgrünen Halme der Uferwiese zu seinen Füßen. »Ich arbeite dran.«

»Sehr schön. Ist der BAföG-Antrag schon genehmigt?«

Ruckartig sah Kasimir auf. In Thomas' Gesicht breitete sich ein selbstgefälliges Grinsen aus. »Mal drüber nachgedacht, den Browserverlauf zu löschen, wenn du unerlaubt an den Rechnern im Studio recherchierst? Mir ist klar, dass du Cecilie nicht mit der Nase auf deine Pläne stoßen willst. Aber Suchbegriffe wie ›Musik studieren‹ und ›Bachelor Klavier‹ kann selbst ich nicht missverstehen. Wo soll's denn hingehen? Berlin? Leipzig?«

»Keine Ahnung ...«, murmelte Kasimir und kickte einen Flusskiesel beiseite. »Mein Abischnitt reicht nirgends für die Anmeldung zur Zulassungsprüfung.«

»Tja, dann solltest du Klinkenputzen üben. Wenn du möchtest, höre ich mich um.«

»Nicht notwendig. Es reicht, wenn Cecilie nichts davon erfährt, bis ich ein Konzept habe. Sie soll sich nicht wieder einmischen ...«

»... und sich Sorgen machen?«, vollendete Thomas, während er sich vorbeugte und mit den Fingerspitzen den Boden touchierte. »Das kannst du sowieso nicht verhindern. Sie hat ihr Leben deiner Aufzucht gewidmet, Kleiner. Die zwei Wochen Bockigkeit reichen nicht aus, um sie vor den Kopf zu stoßen.«

»Von wegen. Sie hat mir jahrelang eine heile Welt vorgespielt und mich belogen.«

»Und? Hat es dir in deiner ›heilen Welt‹ an irgendetwas gefehlt, das dir die Wahrheit hätte geben können?«, meinte Thomas, richtete sich ächzend auf und wischte sich die Hände an seinen Sportshorts ab. »Hast du dich mal gefragt, was deine Schwester hätte werden wollen, wenn du ihr nicht an der Backe geklebt hättest?« Er wartete Kasimirs Antwort nicht ab. »Gamedesign. Das wäre ihr Ding gewesen.«

»Dann hätte sie nicht nach der zehnten Klasse mit der Schule aufhören sollen.«

»Tja. Schwierige Entscheidung, wenn man sich um einen minderjährigen Bruder und eine chronisch kranke Großmutter kümmern muss, meinst du nicht?«

Kasimir wusste auf die Schnelle nichts zu erwidern. Thomas hatte wohl mit dieser Reaktion gerechnet. »Ich unterhalte mich viel mit deiner Schwester. Sie ist 'ne ähnliche Heulboje wie du. Auf unseren ersten Dates hat sie sich stundenlang über die Ungerechtigkeit der Welt beklagt, dass ihr Chef ein mieser Gauner sei und sie nicht in die Klamotten passt, die sie gerne tragen würde. Aber weißt du, worüber sie sich nie beschwert hat?« Er machte eine Pause und sah Kasimir in die Augen, so aufrichtig, dass er seinem Blick kaum standhalten konnte. »Immer wenn wir auf ihren kleinen Bruder zu sprechen kamen, ist ihre Laune in die Höhe geschnellt. Sie konnte ewig von dir und deinem Klavierspiel schwärmen und hat mich über jede noch so schlechte Note, die dich deinem Abi nähergebracht hat, auf dem Laufenden gehalten.«

»Ich bin seit drei Jahren aus der Schule raus«, entgegnete Kasimir. »So lange kennt ihr euch noch gar nicht.«

»Sicher?«

Nun verstand er nichts mehr. Thomas war erst vor einem Jahr in Cecilies Leben getreten und hatte ihr übereifrig einen Antrag gemacht, den sie nicht minder kopflos angenommen hatte. Beruhte all das etwa auch auf einer Lüge?

Thomas kratzte sich grübelnd am Kopf. Offenbar wusste selbst er nicht, wie er ihm die Situation glaubhaft erklären sollte.

»Ich denke, du weißt viel weniger von deiner Schwester als sie von dir«, sagte er. »Während du sie frohen Mutes ignorierst, blendest du aus, dass sie euren Lebensunterhalt bereitwillig mit Drecksjobs erwirtschaftet. Dass sie dir unsere Beziehung und alles, was die Harmonie eurer Zweisamkeit gefährden könnte, jahrelang verschwiegen hat. Und zwar nicht, um dein Leben zu kontrollieren, sondern um sicherzustellen, dass du alles bekommst, was du dir wünschst. Eine sorglose Existenz und die freie Entscheidung darüber, was du mit deiner Zukunft anfangen willst. Und du hast ihr unbewusst das gegeben, was sie stärker gebraucht hat als ein faires Gehalt oder Freizeit.«

Thomas sah ihn an, als ginge er davon aus, dass Kasimir seinen Satz vollenden würde. Dabei konnte dieser die Worte, die er ihm ins Gewissen presste, kaum begreifen. Cecilie und Thomas kannten sich seit Jahren? Das war unmöglich. All die Valentinstage und Weihnachten hatte sie an Kasimirs Seite verbracht und niemals durchblicken lassen, dass da jemand sein könnte, der ihr etwas bedeutete. Die bloße Vorstellung machte ihn beklommen. Hatte sie das alles seinetwegen auf sich genommen?

»Und was?«, wisperte er. Thomas schmunzelte.

»Eine heile Welt.«

Das Dröhnen eines vorbeifahrenden Flussdampfers unterbrach ihn, und sie wandten sich der Elbe zu. Der Sonnenspiegel auf der Wasseroberfläche wurde sanft vom Bug des Schiffes zerschnitten und fügte sich jenseits der Heckturbine wieder zusammen. Beinahe wie Kasimirs Weltbild in den vergangenen Tagen.

»Das wusste ich nicht.«

»Schon klar«, sagte Thomas und joggte einige Schritte auf der Stelle. »Kannst dir auf dem Rückweg den Kopf darüber zerbrechen.«

Kasimir wusste, dass dies die Aufforderung zur Fortführung ihrer Laufsession war, aber er konnte sich nicht darauf konzentrieren. Sein Schwager lachte und klopfte ihm fest auf die Schulter. »Ich schätze, einen kleinen Vorsprung kann sich ein alter Mann erlauben. Oder, Großer?«

Kasimir hatte sich im Schneidersitz auf der Schwemmwiese niedergelassen und beobachtete schweigsam den ruhigen Lauf der Elbe. Früher war er oft hierhergekommen, wenn ihm die Sorgen des Alltags zu schwer geworden waren. Er war von zu Hause losgelaufen, hatte sie in der Wohnung zurückgelassen und sich vom Strom des Wassers trösten lassen. Aber er hatte sich nie gefragt, wer die Probleme an seiner statt schulterte, nachdem er sich davon gelöst hatte.

Er nahm einen Kiesel in die Hand und warf ihn in den Fluss. Ob Cecilie in den vergangenen Jahren auch hier gesessen hatte, um den Kummer über den Verlust ihrer Eltern zu verarbeiten? Oder Leonhard, nachdem er in der Schule drangsaliert worden war? Wahrscheinlich nicht. Im Gegensatz zu ihm jammerten sie nicht über Krisen. Sie gingen sie an. Selbst Dawid, der von nun an sein Leben lang mit seinem Fehler würde klarkommen müssen, zerbrach nicht daran. Weil er stärker war als Kasimir, weil sie alle stärker waren. Oder … nein. Sie hatten nur früher begriffen, wie man in der Welt zurechtkam, ohne ständig über die eigenen Füße zu stolpern.

Kasimir seufzte und lehnte sein Kinn gegen die Knie. Was würde seine Großmutter sagen, wenn sie ihn hier sitzen sähe?

Steh auf, Junge! Greif nach den Sternen!

Auf der gegenüberliegenden Elbseite ragte die Frauenkirche über die Altstadtsilhouette hinaus. Der Ort, an dem sich seine Zukunft entschied. Im Augenblick konnte er ihre Kontur nur schemenhaft erkennen. Aber wenn er sich erhob und ihr näher kam, erschienen ihm die Umrisse womöglich klarer. Wie die Sterne am Nachthimmel.

Kasimir stemmte sich hoch und zog sein Smartphone aus der Hosentasche, deaktivierte die Tracking-App, die seine Joggingrunde dokumentierte, und rief den Kontaktspeicher auf. Während er durch die Einträge scrollte, versuchte er, nicht daran zu denken, dass es in einem Fiasko enden konnte. Was, wenn Thomas recht hatte? Wenn es genügte, einen Schritt auf die Menschen zuzugehen, damit man Halt fand auf dem unbefestigten Pfad unter seinen Füßen? Er musste es wenigstens versuchen. Das war er Cecilie und allen, die ihn bislang an jedem Schlagloch vorbeigeführt hatten, schuldig. Also drückte er auf das grüne Telefon, atmete tief durch und legte das Handy ans Ohr. Wenige Sekunden später hörte er ein Rauschen und schließlich eine übellaunige Stimme.

»Si, pronto?«

»Hallo, Francesca«, sagte er und spürte, wie der Unwillen kurzzeitig seine Zunge lähmte. Aber er schluckte ihn einfach hinunter. »Ich brauche deine Hilfe.«

24. Takt

Dur

Leo schloss die Augen. Wie zarte Flügelschläge hallten seine Noten an den hohen Wänden der Frauenkirche wider. Dieses Stück wirkte viel zu unbekümmert für das barocke Gemäuer mit seiner ehrwürdigen Kuppel. Selbst der Flügel, ein gehobenes Modell der Marke Steinway and Sons, verblasste im Glanz der meterhohen silbernen Orgelpfeifen. Leo konnte diesem geschichtsträchtigen Ort mit seinem Spiel nicht annähernd den Respekt entgegenbringen, den er verdiente. Dennoch wollte er die goldschimmernde Kulisse in seiner bunten Interpretation von *Summertime* erstrahlen lassen. Am heutigen Tag aus reiner Freude an der Musik – und morgen, um eine alte Rechnung zu begleichen.

»Sehr gut. Gleich noch mal«, sagte Francesca aus einer der hinteren Bankreihen, als Leo den Schlussakkord gespielt hatte. »Wir haben nur zwei Stunden, ehe Kasimir mit seiner Generalprobe dran ist. Bis dahin muss dein Programm sitzen.«

»Ist das wirklich notwendig?«, fragte er seufzend, ihm ging allmählich die Konzentration aus. »Ich bekomme das hin.«

»Das hast du über *Solitario* auch gesagt, und trotzdem hast du es mir kein einziges Mal vorgespielt.«

»Weil ich dich damit überraschen will.«

»Ich brauche morgen kein böses Erwachen«, konterte sie strikt. »Hast du dir Kasimirs Programmliste angesehen, die ich dir geschickt habe?«

»Ja.«

»Dann weißt du, dass er Beethovens *Appassionata* spielt? Und *La Campanella?* Ich dachte, ihr hättet euch vertragen, aber diese Kompositionen sind eine Kampfansage.«

Leo schmunzelte, denn genau darauf hatten Kasimir und er all die Wochen hingearbeitet: ein Duell auf Augenhöhe. Ihn beunruhigte vielmehr, dass Francesca an Kasimirs geheime Liedauswahl herangekommen war. Wenn es um seine Karriere ging, war ihr alles zuzutrauen.

»Es ist immer noch ein Wettstreit, auch wenn wir miteinander im Reinen sind«, erklärte er, was Francesca nur mäßig zufriedenstellte.

»Wie du meinst. Solange dir klar ist, dass du zu gewinnen hast ...«

Sie wurde vom Klang dissonanten Mundharmonikaspiels unterbrochen, der dem Saal eine gespenstische Wildwest-Atmosphäre verlieh. Leo musterte Francesca verwundert, während sie ihr Handy aus der Hosentasche fischte. *Spiel mir das Lied vom Tod* war seiner Ansicht nicht der beste Aufhänger für einen Gesprächsbeginn.

»Was willst du?«, meckerte sie und drehte sich weg vom Altarplateau. Wer auch immer der Anrufer war, Francesca strafte ihn mit einsilbigen Antworten und beendete das Gespräch nach wenigen Sekunden. Vielleicht versuchte Marco, sich nach der Trennung wieder bei ihr einzuschmeicheln. Aber irgendwie kümmerte das Leo gar nicht.

»Schlechte Neuigkeiten?«, fragte er, doch Francesca winkte entsagend ab.

»Es gibt Probleme mit dem Outfit, das ich morgen tragen will. Allerdings nichts, was sich nicht anpassen lässt. Das hoffe ich jedenfalls für diesen *Schneider«,* murrte sie und wandte sich dem Ausgang der Kirche zu. »Ich kläre das. Spiel Gershwin und das Präludium noch einmal für dich.«

»Okay. Kommst du danach wieder?«

»Wahrscheinlich nicht«, erwiderte sie kurz angebunden. »Ich muss dich nicht beaufsichtigen, oder?«

»Nein, aber ...«

»Dann nutze die Zeit«, kanzelte sie ihn ab und stöckelte hallenden Schrittes davon. Leo blickte ihr nach, bis sie durch die Eingangspforte verschwunden war. Dann wandte er sich kopfschüttelnd den Tasten zu.

Es hatte sich nichts zwischen ihnen verändert, seit sie und Marco getrennte Wege gingen; sie behandelte ihn weiterhin wie ein ungelehriges Kind. Inzwischen war er sich selbst nicht mehr sicher, ob das, was er für sie empfand, romantischer Natur war. Er hatte sie stets aus tiefstem Herzen für ihre Eigenständigkeit und Willensstärke bewundert – aber sich niemals auf Augenhöhe mit ihr gesehen.

Leo tippte nachdenklich einen langsamen Takt in die Tasten. Ihm war die Stimmung vergangen, seinen zwiespältigen Gefühlen mit einem leichtlebigen Lied Ausdruck zu verleihen. Vielmehr reizte es ihn, sie in einer wilden Orgie aus Raserei und Feingeist zu ertränken. Das perfekte Stück dafür geisterte ihm seit den Morgenstunden durch den Kopf und juckte in seinen Fingern wie einhundert Mückenstiche. Francesca hätte ihn mit Sicherheit gescholten, wenn er es erwähnt hätte.

Er schmunzelte. Und legte los.

Es ging ihm zugleich schwer und federleicht von der Hand, dieses verwegene, von Selbstzweifeln strotzende Lied. Es beschrieb die Liebe einer in sich gekehrten Person; eine tiefe Zuneigung, die niemand zu erwidern schien – bis auf die Musik. Ein Tanz mit zersplitterten Noten, eine Sprache, die man nur verstand, wenn man ihr Hals über Kopf verfallen war. So klang Kasimirs neuestes Meisterwerk in seinen Ohren. Leo wusste, dass er es einst für die Harmonica unter dem Motto »Liebe« geschrieben und für den morgigen Auftritt perfektioniert hatte. Wenn er ihn nicht vor der Tierarztpraxis abgefangen hätte, wäre Kasimir mit diesem Lied bei seiner letzten Teilnahmemöglichkeit angetreten.

Wahrscheinlich hätte er damit gewonnen.

Leo biss sich auf die Lippen, während er unermüdlich weiterspielte. Es war makellos, dieses Stück, so ausgefeilt und voller Empfindungen, dass er die bloße Vorstellung kaum ertrug, es dem Publikum damals vorenthalten zu haben. Aber er konnte es wiedergutmachen. Morgen. Alle Menschen sollten hören und sehen, wozu sein Konkurrent fähig war; sie sollten ihm stehend applaudieren, während Leo von der Bühne verschwand. Kasimir sollte ihm ein für alle Mal die Show stehlen. Das war Leos größter Wunsch.

Noch während er diesem Gedanken nachhing, nahm er plötzlich das Knarzen der Holzbänke wahr und hielt inne. Erwischt.

»Sorry, Franna«, sagte er kleinlaut. »Ich brauchte ein bisschen Abwechslung, ich mach gleich weiter mit …«

Ihm versagten die Worte, als er sich der Person zuwandte, die sich vor der Kanzel niedergelassen hatte. Das war nicht Francesca. Sondern der größte Feind seiner Ambitionen zum Sieg.

»Ganz passabel«, meinte Kasimir und applaudierte ihm bewusst langsam. »Ich kann mich nicht erinnern, dir die Noten geschickt zu haben.«

Leo brachte nur ein verkümmertes Schmunzeln zustande, nahm die Hände von der Tastatur und strich sich über seine Oberschenkel. »Nein … ich musste mir die Aufnahme ziemlich oft anhören, um es einigermaßen hinzubekommen …«

Achtzigmal. Hundertmal. Er hatte nicht mitgezählt, wusste nur, dass er dieses Stück bis zur letzten Viertelpause hatte verstehen und meistern wollen.

Kasimir nickte und stand auf, um sich in dem sakralen Saal umzusehen. Er machte angesichts des morgigen Konzerts einen auffallend abgeklärten Eindruck.

»Ich weiß, das ist deine Generalprobe«, sagte er bedacht, »aber es gibt etwas, das wir klarstellen sollten. Das hier ist die Revanche, die du mir versprochen hast. Und ich habe nicht vor, noch einmal gegen dich zu verlieren.«

Kasimirs Worte klangen hart, beinahe wie eine Drohung. Leo musste sich darauf konzentrieren, sich seine Überraschung nicht anmerken zu lassen. Das war eine Seite an ihm, die er noch nicht kannte.

»Völlig egal, was in der Vergangenheit zwischen uns passiert ist. Ich will, dass du morgen alles zeigst, was du draufhast. Wenn du nicht ernsthaft gegen mich antrittst, können wir uns diesen ganzen Unsinn sparen.«

»Warum sollte ich nicht ernst machen?«, fragte Leo und setzte ein schiefes Lächeln auf. »Glaubst du, ich würde dir den Sieg schenken?«

»Ja.«

Kasimirs Erwiderung folgte so abrupt, dass Leos Mundwinkel unwillkürlich nach unten sanken. Er schaffte es nicht einmal, seine Irritation zu verbergen.

»Ich habe in den letzten Wochen viel über dich und die Art, wie du mit dir umgehst, nachgedacht. Viel zu viel …«, fuhr Kasimir fort und sah zur Seite. Für eine Sekunde wirkte er auf Leo zerbrechlich. »Korrigier mich, wenn ich falschliege. Aber ich glaube, dass du den Menschen um dich herum mehr gibst, als es dir guttut. Du lächelst und verschönerst anderen den Tag, ohne Rücksicht auf dich und deine Wünsche zu nehmen. Du zeigst nicht offen deine Wut oder Enttäuschung … du frisst sie einfach in dich hinein.«

Leo bemühte sich, die Wirkung von Kasimirs Worten nicht in seiner Mimik zu reflektieren, aber es war so gut wie unmöglich. Sie trafen ihn mitten ins Mark.

»Du bist keine unehrliche Person, Leo«, stellte Kasimir klar, zögerte einen Moment, ehe er wieder zu ihm blickte. »Du bist genau wie ich ein Angsthase, der Konfrontationen lieber aus dem Weg geht. Aber morgen werden wir das nicht tun. Morgen sind wir Gegner. Hast du das begriffen?«

Er sprach zunehmend lauter, um seine Botschaft offensiv klingen zu lassen. Dennoch fand das Schmunzeln langsam einen Weg zurück in Leos Gesicht. Diese Art, ihm geradeheraus die Meinung zu geigen, hatte ihn seit jeher an diesem Jungen fasziniert.

»Okay. Du musst ziemlich Schiss haben, wenn du extra hier aufkreuzt, um mir das zu sagen.«

»Wie bitte?«

»Komm schon«, meinte Leo, erhob sich und schlenderte vor dem Altar auf und ab, »allein der Gedanke, ich würde dir entgegenkommen, nachdem du mich wochenlang ignoriert hast ... ganz schön überheblich, Hasitzky.«

»Du weißt genau, wie ich das meine«, grummelte Kasimir und ließ sich mit verschränkten Armen auf die Bank sinken. Grinsend setzte Leo sich ebenfalls in die erste Reihe.

»Gib's zu, in Wahrheit bist du hier, um bei mir um schön Wetter zu bitten.«

»Blödsinn, ich wollte nur ... ich, ähm ...«

Da Kasimir partout nicht die richtigen Worte fand, beendete Leo seinen Erklärungsversuch mit einem versöhnlichen Lachen und rückte auf, bis er den Platz neben ihm erreichte.

»Wenn du dich morgen so leicht aus der Ruhe bringen lässt, verlierst du wirklich«, warnte er und legte Kasimir den Arm um die Schultern. »Glaub mir, ich möchte den Sieg nicht hinterhergeworfen bekommen. Wir beide wollen unserem Publikum eine grandiose Show bieten, oder nicht?«

Kasimir verharrte widerstandslos in dieser innigen Position. Leo hatte sogar das Gefühl, dass er sich ein wenig an ihn lehnte. Es war eine vertrauensvolle Nähe, die vermutlich ihnen beiden guttat.

»Sie werden ihre Show bekommen«, murmelte Kasimir, während sich sein Blick nahe der Kanzel verlor. Leo war sich sicher, dass diese spärlichen Worte nicht alles waren, was er ihm mitteilen wollte. Er tippte ihn neckend gegen die Wange.

»Ist sonst alles okay bei dir? Celi meinte, du bräuchtest Zeit für dich, deshalb hab ich mir Sorgen gemacht …«

»Es tut mir leid«, erwiderte Kasimir eilig. »Ich wollte mit dir reden, aber ich wusste nicht wie. Ehrlich gesagt, weiß ich's immer noch nicht. Also entschuldige, wenn ich dir keine plausible Erklärung für mein Verhalten liefern kann.«

Leo zögerte. Es war das erste Mal, dass Kasimir versuchte, ihm sein Schweigen verständlich zu machen.

»Meinst du deine … Familienangelegenheiten? Oder die Sache mit Dawid?«, hakte er nach. »Franna hat mir alles erzählt … ich konnte es anfangs gar nicht fassen. Hast du eine Ahnung, wie es ihm geht?«

»Er hat den Schock überwunden, schätze ich. Jedenfalls hat er sich mir morgen als Duopartner aufgedrängt.«

»Für das moderne Stück?«, erwiderte Leo gleichermaßen überrascht wie erfreut. »Wow, das ist ja der Jackpot, Dawid hat eine Wahnsinnsstimme. Auf die Art kann er sogar am Finale teilnehmen …« Er stolperte über seine eigenen Worte und verzog daraufhin beklommen die Lippen. »Ich meine … es ist schade für ihn, dass er nicht die Hauptrolle bekommt. Aber Gruppe B hat einen würdigen Repräsentanten. Ich freue mich darauf, noch einmal gegen dich anzutreten.«

»Ich mich auch«, gab Kasimir unmittelbar zurück. Zwar wagte er es nicht, ihn dabei anzusehen, doch allein sein Zugeständnis ließ Leos Herz ambitionierter arbeiten. »Aber das ändert nichts daran, dass du morgen verlierst.«

»Mach dir keine Hoffnungen.« Mit einem Lächeln klopfte Leo ihm auf die Schulter. »Ich bin ein Meister darin, dich unglücklich zu machen, schon vergessen?«

Nun stellte auch Kasimir ein angriffslustiges Schmunzeln zur Schau. »Ich blamiere dich vor den Augen deiner kleinen Schwester.«

»Ich bringe deine große Schwester zum Heulen.«

»Ich bringe *dich* zum Heulen.«

Diese Worte entlockten Leo ein verkorkstes Lachen. Als er merkte, dass Kasimir lächelnd den Kopf schüttelte, löste sich die letzte Anspannung. An seiner Seite vergaß Leo, seine Gefühle durch eine Maskerade zu filtern, und wenn er es doch tat, bemalte Kasimir sie mit derart schrägen Grimassen, dass er sie selbst nicht ernst nehmen konnte. Er fühlte sich frei in seiner Gesellschaft, wie eine Note, die sich über alle Harmonien hinwegsetzte. Weil sie wusste, dass der Takt sie immer wieder einfing, bevor sie sich verirrte. *Sein* Takt, der den Rhythmus von Leos Herzschlag bestimmte, seit er dreizehn Jahre alt war. Schneller, als er es bis zu diesem Zeitpunkt wahrgenommen hatte. Und wundervoll melodisch.

»Ich bin froh, dass dieser Trubel bald ein Ende hat«, sagte er versonnen und strich Kasimir entspannt über den Oberarm. »Wenn du möchtest, können wir danach wieder Stücke in der Kapelle einüben ...«

Noch während er sprach, merkte Leo, dass Kasimir von ihm abrückte. Es fühlte sich seltsam an. Unbehaglich, als ginge ihm etwas verloren.

»Ich denk drüber nach«, meinte Kasimir und sah zum Ausgang der Kirche. Die bloße Geste hinterließ eine glimmende Wehmut in Leos Brust.

»Sag nicht, du haust schon ab?«

»Du solltest deine Zeit zum Üben nutzen, wenn du morgen eine Chance gegen mich haben willst«, erwiderte Kasimir, während er sich erhob. Leo verzog enttäuscht die Lippen.

»Du kannst mich bespitzeln. Stört mich nicht.«

»Als ob ich das nötig hätte.«

»Und was ist mit deiner Generalprobe?«

»Als ob ich die nötig hätte«, wiederholte Kasimir und wandte sich Leo noch einmal zu. Es lag eine Entschlossenheit in seinem Blick, die jeglichen Protest im Keim erstickte. »Ich werde nicht gegen dich verlieren, Leo. Stell dich darauf ein.«

Coda

25. Takt

Moll

Kasimir saß auf dem schmalen Geländer der Brühlschen Terrasse, sein Blick ruhte auf der Kulisse der Neustadt am gegenüberliegenden Elbufer. In den Fenstern des Staatsministeriums spiegelte sich die untergehende Sonne in roten und orangefarbenen Tönen, während die Wolkendecke darüber in Flammen stand. In wenigen Minuten würde das Inferno am Himmel von einer dunkelblauen Woge geglättet werden, und die nächtliche Stille hielte Einzug über der Stadt.

Er zog an seiner Zigarette und entließ den Qualm in den pastellfarbenen Abendhimmel. So sanft sich der Rauch an seine Kehle schmiegte, er wusste, dass er sich mit jedem Atemzug tiefer in ihn hineinfraß und seine Lungenbläschen zersetzte wie feinen Badeschaum. Wenn seine Großmutter noch am Leben wäre, würde sie ihn bestimmt davon abbringen können. Vielleicht auch seine Mutter, wenn sie sich kennengelernt hätten, oder sein Vater, wenn er von seiner Existenz wüsste. Wahrscheinlich teilten sie dieses Laster gar nicht, wie Cecilie damals behauptet hatte, womöglich war sein Vater nicht einmal ein schlechter Mensch. Kasimir wusste nicht, ob er sich eines Tages selbst davon überzeugen würde. Aber immerhin konnte er sich Alain Gaillard nun als Mann vorstellen, der seine Mutter geliebt hatte. Nicht mehr als Monster.

Die Vibration seines Smartphones in seiner Anzugtasche löste ihn von seinen Gedanken, und er schnippte die Zigarette über die Brüstung. Dann nahm er das Gerät zur Hand und überflog Cecilies Nachrichten.

»Bist du unterwegs?«

»Ich weiß, dass du nicht mit mir reden willst, aber es sind schon viele Leute da.«

Während sein Display entsperrt war, ploppte eine weitere Meldung auf.

»Ich hab dich lieb, Kasi. Das ist dein Abend. Bitte komm!«

Kasimir schloss den Chat und ließ das Smartphone in seiner Tasche verschwinden, dann widmete er sich wieder dem schimmernden Fluss vor seinen Augen. Cecilie brauchte ihn nicht an die Bedeutung dieses Moments zu erinnern. Weder fürchtete er sich vor dem bevorstehenden Ereignis, noch würde er seiner Nervosität klein beigeben. Er wartete bloß auf jemanden.

»Kasi!«

Leonhards Schritte waren bereits zu hören, ehe Kasimir seinen blonden Schopf über den Stufen des Terrassenplateaus sehen konnte. Als er die Anhöhe überwunden hatte, stützte er sich aufs Geländer und grinste Kasimir abgekämpft an. In seinem himmelblauen Anzug mit roter Fliege wirkte er wie ein übermotivierter Laiendarsteller auf seiner ersten Low-Budget-Filmpreisverleihung.

»Sorry ... Uhrzeit falsch gelesen«, keuchte er und lehnte seine Stirn gegen die kühle Metallstrebe. »Erzähl ... wieso wolltest du mich hier treffen? Angst, alleine ins Verderben zu laufen?«

»Ja. So ähnlich.«

»Ganz schön großes Spektakel, das wir aufziehen. Hab gehört, das wird sogar im Fernsehen übertragen. So viele Leute werden dich spielen sehen. Das ist genau, was du immer wolltest.«

Ja, diese Aufmerksamkeit hatte er sich sein Leben lang gewünscht. Und jetzt, da er der großen Bühne so nah war, zog er sich absichtlich hinter den Vorhang zurück. Paradox, dass er das ausgerechnet für den Jungen tat, dem er diese Chance verdankte.

»Worüber denkst du nach?«, fragte Leonhard und stemmte sich auf die Balustrade. Kasimir zuckte mit den Schultern. »Nichts.«

»Du denkst nie über nichts nach, wenn du so ein Gesicht machst«, erwiderte er lachend. Vermutlich wäre es mit seiner guten Laune schlagartig vorbei, wenn er wüsste, dass dieser Abend einer der letzten war, die sie zusammen verbringen würden. Aber Kasimir wollte ihm dieses Ereignis nicht verderben und schwieg, als Leonhard ihm gegen den Oberarm boxte. »Grübel dich nicht kaputt. Deine Oma wäre total stolz auf dich und alles, was du bisher geschafft hast.«

»Was habe ich denn geschafft?«

»Im Ernst?« Leonhard schüttelte den Kopf, als hätte er ihm soeben einen absurden Witz erzählt. »Du bist ein wahnsinnig guter Pianist und hast unzählige Lieder geschrieben. Dahinter steckt 'ne Menge Denkarbeit, Inspiration und ein tiefer Geist. Willst du das als Nichtigkeit abtun?«

Kasimir musterte ihn betreten, dann starrte er sich an seinen Händen fest. Wieso versuchte Leonhard andauernd, ihn mental aufzurichten? Wie gelang es ihm nur, seinen Blick stets auf die Sterne zu richten, obwohl die Dunkelheit darum so unendlich war?

»Deine Oma würde dir garantiert dasselbe sagen«, fuhr Leonhard beharrlich fort. »Hast du ihr mal von deinen Werken erzählt?«

Kasimir zog die Stirn kraus. Er gehörte nicht zu der Sorte Mensch, die sich vor einen Grabstein stellte und Monologe hielt. Leonhard bedachte sein gedrücktes Schweigen mit einem Grinsen und legte den Kopf in den Nacken. »Mach's doch hier. Sag ihr, dass du im Finale des Wettbewerbs stehst, den du immer schon gewinnen wolltest.«

»Ich soll mit der Luft reden?«, erwiderte Kasimir skeptisch, aber Leonhard blieb hartnäckig.

»Warum nicht? Vielleicht hört sie's ja und schickt dir Glück vom Himmel.«

Kasimir verengte die Augenlider. Er würde ihm gern entgegnen, dass er romantisch klingenden Schwachsinn von sich gab, aber die naive Ehrlichkeit in Leonhards Mundwinkeln hielt ihn zurück. Einerseits sollte er sich dafür schämen, seinen Vorschlag in Erwägung zu ziehen. Andererseits hatte er in den vergangenen Wochen so viele verrückte Dinge getan, dass ihn Small Talk mit einer Toten nicht aus der Bahn werfen sollte.

»Na gut. Wenn du mich danach in Ruhe lässt …« Als Leonhard nickte, seufzte Kasimir und stimmte seine lapidarste Tonlage an. »Hallo, Oma, ich bin's, dein nichtsnutziger Enkel. Schade, dass du tot bist. Wollte nur Bescheid sagen, dass alles ganz toll ist. Cecilie nimmt einen Idioten zum Mann und hat sich von ihm befruchten lassen. Ich bin arbeitslos und rauche Kette. Mein Abischnitt war unterdurchschnittlich, aber du weißt ja, Auswendiglernen war nie mein Ding …«

In diesem Moment erinnerte er sich an einen Englischtest, den er nur erfolgreich hinter sich gebracht hatte, weil seine Großmutter ihm auf dem Weg zur Schule erbarmungslos Vokabeln abgefragt hatte.

»Als du im Krankenhaus warst, habe ich darüber nachgedacht, ob ich dich in einem Rollstuhl über den Lastenaufzug aus der Klinik schleusen sollte, damit du beim Vorspielen dabei sein kannst. Vielleicht hätte das sogar geklappt. Dann hättest du mich noch mal spielen gehört.«

Die Worte riefen ein Ziehen in seiner Brust hervor und drückten gleichzeitig gegen seinen Kehlkopf. Dabei hatte er längst damit abgeschlossen.

»Es war mein bester Auftritt bis zu diesem Zeitpunkt, und du bist nicht dabei gewesen. Das hat mich wütend gemacht. Richtig wütend. Vielleicht wäre es gut ausgegangen, wenn du nicht in diesem Bett gelegen und irgendwelche Zeitschriften durchgeblättert hättest. Und wenn ich nicht so sauer gewesen wäre, hätte ich dich auch besucht. Aber du musstest ja unbedingt sterben, bevor ich das begriffen habe ...«

Sein Atem wurde flacher, sein Gesicht heißer, und irgendwann stiegen ihm Tränen in die Augen. Wäre ihm sein Stolz nicht im Weg gewesen, hätte er ihr anständig Lebewohl sagen können. Stattdessen hatte er sich nach seiner Niederlage in der Wohnung verbarrikadiert, noch zwei-, dreimal kurz angebunden mit ihr telefoniert und den Großteil seiner Tage damit vergeudet, in Selbstmitleid zu baden. Es war sein Fehler, dass ihm kein aufrichtiger Abschied von seiner Großmutter vergönnt gewesen war. Er wusste das, er wusste es seit Langem.

»Und das Schlimmste, das wirklich Allerschlimmste an dieser ganzen Scheiße ist, dass ich es nie wieder geradebiegen kann. Ich kann die blöden Wolken um Verzeihung bitten oder den Fluss anschnauzen, aber es ... es ist Zeitverschwendung ...«

Warme Tropfen rannen über Kasimirs Wangen und verloren sich im Kragen seines schwarzen Hemdes. Er setzte melodramatisch die Neustädter Kulisse über sein Versagen in Kenntnis, und die Einzigen, die ihm antworteten, waren seine erbärmlichen Schuldgefühle. Wieso kehrten sie ausgerechnet jetzt zurück? Jetzt, da er sein Versprechen ihr gegenüber endlich einlösen konnte?

»Ich habe versucht, dir den hellsten Stern vom Himmel zu holen, aber ... es ist nicht so leicht, wie ich damals geglaubt habe ...«

Nein. Es war unmöglich, sein Licht einzufangen, wenn man sich in seinem finsteren Kopfgefängnis verkroch. Aber Kasimir wollte daraus ausbrechen und es schaffen. Für seine Großmutter, für alle, die an ihn glaubten. Für sich selbst. Als er den Blick nach links wandte, stemmte sich Leonhard vom Geländer und ließ sich mit den Füßen voran aufs Terrassenpflaster gleiten. Kasimir hatte vollkommen ausgeblendet, dass er neben ihm gesessen hatte.

»War wohl bitter nötig.« Leonhard schmunzelte, wenn auch nicht so unbedarft wie vor seinem Bekenntnis. »Wollen wir losmachen? Wenn du die Elbe weiter angiftest, machst du den Chemiefabriken Konkurrenz.«

»Witzig ...«, erwiderte Kasimir und spürte, wie rau seine Stimme geworden war. Er wischte sich die Tränen aus dem Gesicht, während Leonhard vorauslief. Seltsamerweise schämte er sich nicht dafür, sich vor ihm in Rage geredet zu haben. Er fühlte sich wie losgelöst von dem Kummer, der ihn an der Brüstung festgekettet hatte. Leonhard musste gewusst haben, dass er so reagieren würde. Weil er ihn kannte und es ihm immer gelang, sämtliche Emotionen in Kasimir wachzurütteln. Seinetwegen hatte er sich in den vergangenen Monaten lebendiger gefühlt denn je, ihm war es zu verdanken, dass sein trostloser schwarzer Himmel zum weiten Universum expandiert war. Leonhard hatte sein Leben verändert. Oder, nein. Er hatte es verbessert.

»Hey, Heulsuse, kommst du endlich?«, rief er und winkte Kasimir vom Treppenabstieg zu. »Oder gibt's noch was, das du loswerden musst?«

Er grinste ihn verschlagen an und klopfte auf die steinerne Mauer. Wie schön er aussah in seinem todhässlichen Anzug. Wie faszinierend sein blondes Haar im sanften Abendlicht leuchtete.

»Nein«, antwortete Kasimir und folgte ihm schmunzelnd, während sein Herz fest in seiner Brust pochte.

Nichts, was du nicht längst weißt.

26. Takt

Moll

Der Vorbereitungsraum war abgekoppelt vom hektischen Treiben im Kirchsaal. Als Kasimir die Tür hinter sich schloss, befand er sich in einem kleinen Kosmos aus Stille. An den Wänden standen übereinandergestapelte Stühle, Kartons mit Gesangbüchern und ein langer Garderobenständer für die Wechselkleidung des Personals. Zwei in die Jahre gekommene Gitarren lehnten vor einer Freifläche, auf der vermutlich der Steinway gestanden hatte. Kasimir ließ sich neben den Saiteninstrumenten auf dem Boden nieder und schloss seufzend die Augen. Wahrscheinlich sollte er dankbar sein, dass es ihm gelungen war, sich kurz vor Beginn ihres musikalischen Duells von Leonhard loszueisen, doch die Skrupel nagten an seinem Gewissen. Wie sollte er ihm angesichts dessen, was Francesca und er für diesen Abend geplant hatten, gegenübertreten? Für einen Rückzieher war es zu spät, der Deal stand, und er musste sich an sein Versprechen halten. Aber was, wenn Leonhard dahinterkam? Was dann?

Bei einem leisen Knarzen öffnete Kasimir die Augen. Die Angst, dass Leonhard von seinen Gedanken angelockt worden sein könnte, verflüchtigte sich zum Glück schneller als ein Kaninchenhaar im Wind.

»Na, Angsthasi? Verkriechen wir uns im Bau?« Dawid betrat mit einem blendenden Lächeln das Zimmer. Er trug einen grauen Anzug, der im Vergleich zu seinen bisherigen Designeroutfits unscheinbar daherkam. Sein Haar war nicht so meisterhaft gescheitelt wie gewohnt, und er hatte ein wenig zugenommen, doch das beeinträchtigte sein Charisma nicht. Im Gegenteil. Der Dawid Eilinger, der Kasimir heute gegenübertrat, wirkte viel echter als sein geschniegeltes Alter Ego.

Als hinter seinem Rücken Paula im sonnengelben Abendkleid und mit farbenfrohen Knüpfarmbändern ums Handgelenk durch den Rahmen huschte, fühlte Kasimir sich vollends überrumpelt. »Was tut ihr hier?«

»Was wohl? Wir sind die Stars des Abends«, stellte Dawid mit weit ausgebreiteten Armen fest. »Paula singt für Leonie, und ich rette deinen Auftritt.«

»Frau Dr. Weber meinte, wir sollten uns absprechen, bevor es losgeht«, fügte Paula weniger großspurig an. »Leo kommt nach, er gibt gerade noch ein Interview.«

»Verstehe …«, erwiderte Kasimir zögerlich. Ihrem Lächeln zufolge gefiel es ihr, lediglich als gesangliche Begleitung des modernen Stückes neben Leonhard aufzutreten. Sie machte einen befreiten Eindruck und sprach viel offener als noch vor einem Monat. Ob sie und Leonhard sich während der gemeinsamen Proben nähergekommen waren?

Hoffentlich nicht.

»Der macht es richtig, gleich die Juroren bezirzen«, meinte Dawid und zupfte an einer der Gitarrensaiten, ehe er sich neben Kasimir setzte. »Self-Marketing. Solltest du dir auch auf die Fahne schreiben.«

»Dafür habe ich kein Talent.«

»Das hat nichts mit Talent zu tun. Wenn du ernsthaft in der Branche Fuß fassen willst, führt an gezieltem Socializing nichts vorbei.«

»Dawid hat recht«, pflichtete Paula bei. »Wenn du lernst, dich gut zu verkaufen, kannst du viel erreichen.«

»Mag sein«, murmelte Kasimir und sah hinunter auf seine Fußspitzen. Sie hatten leicht reden. Ihnen stand kein emotionales Desaster bevor.

»Mach doch gleich den ersten Schritt und schaff unseren blonden Tastenstreichler her, ehe er sich den Sieg erschmeichelt«, sagte Dawid mit Blick zu Paula. »Ich möchte unter vier Augen mit dem Feind reden, damit wir euch später auf der Bühne richtig kaputtmachen können.«

Paula schmunzelte verunsichert, nickte jedoch und verschwand durch die Tür. Der flüchtige Augenblick, in welchem die Unterhaltungen des Publikums durch den Spalt drangen, jagte Kasimir eine Gänsehaut über die Arme. Jetzt, kurz vor Beginn der Show, nistete sich Nervosität in seiner Brust ein.

»Beneidenswert«, meinte Dawid, zog seine Beine in den Schneidersitz und legte die Hände auf seine Knie. »Macht ihr überhaupt nichts aus, für den Kerl zu singen, dem sie ihren Rauswurf verdankt. Dabei hätte ich dein Gegner sein sollen, nicht dieses Milchgesicht.«

Hinter seinen lächelnd gesprochenen Worten verbarg sich eine tiefsitzende Frustration. Kasimir konnte Dawids Verdruss nachvollziehen, aber er hatte selbst über seinen Rücktritt entschieden. Der Gedanke an die Ursache ließ ihn innerlich frösteln, und er konnte seinen gestressten Körper nicht davon abhalten, ein paar Millimeter Abstand zwischen sich und Dawid zu bringen. Er verabscheute sich sofort für diese Reaktion.

»Ehrlicher Penner«, sagte Dawid, während sein Lächeln verbitterte Züge annahm. »Meine bloße Anwesenheit ist nicht ansteckend, keine Sorge.«

»Ich weiß …«, murmelte Kasimir. Dawid lehnte seinen Hinterkopf gegen die Wand und sah zur Decke hinauf.

»Aber ich glaube, ich habe deine Verachtung verdient.«

»Ich verachte dich nicht.«

»Wieso? An deiner Stelle würde ich mich fragen, wie jemand so fahrlässig sein kann.«

Daraufhin schwieg Dawid. Kasimir wagte es zunächst nicht, auf seinen Kommentar einzugehen. Im Laufe des vergangenen Monats hatten sie sich häufiger im Chat geschrieben, aber Dawid hatte die Thematik stets ausgespart. Auch heute Mittag, als sie nach Dawids Ankunft in der Kapelle geprobt hatten, waren sie nicht darauf zu sprechen gekommen. Nun hatte Kasimir jedoch das Gefühl, dass Dawid sich seinen Unmut von der Seele reden wollte.

»Weißt du, wer es war?«, fragte er vorsichtig. »Derjenige, der dich infiziert hat?«

»Aus deinem Mund klingt das, als wäre ich zum Zombie mutiert«, erwiderte Dawid mit einem trockenen Lachen. »Aber ja, ich weiß es. Ich hatte in den vergangenen drei Jahren bloß mit einer Person ungeschützten Sex. Einem Kerl, von dem ich dachte, dass er clean ist. Wir haben uns beide testen lassen, bevor die Sache ernst geworden ist.«

»Dein Freund?«

»Ex«, korrigierte Dawid und schnippte pedantisch einen Fussel von seinem Ärmel. »Hab ihn vor dem Wettbewerb rausgeschmissen. Dürfte Valentinstag gewesen sein.«

Kasimir verzog den Mund. Offenbar war er nicht der Einzige, der keine guten Erinnerungen mit diesem Datum verband. »Aber wenn eure Tests negativ waren, warum …« Er hielt inne. Dawids trübsinniges Schmunzeln beantwortete seine Frage.

»Mies, oder? Ich bin selbst kein Kind von Traurigkeit, aber in meinen festen Beziehungen war ich treu. Leider gibt es da draußen genug Idioten, die diesen Begriff nach persönlichem Belieben ausdehnen. Und als ich das verstanden habe, war die Sache zwischen uns gelaufen. Auf sein Abschiedsgeschenk hätte ich verzichten können.«

»Tut mir leid«, erwiderte Kasimir zögerlich. Dawid machte eine wegwerfende Handbewegung.

»Braucht es nicht. Immerhin hast du dich bislang ganz klug angestellt, auch wenn deine ersten Erfahrungen anderweitig wehtaten. Ich bin überzeugt, dass du dich niemals mit dem Falschen einlassen wirst.«

»Was macht dich da so sicher?«

»Ganz einfach.« Er klopfte sich den Staub von der Hose und erhob sich, um Kasimir auf die Beine zu helfen. Als sie voreinander standen, strich er ihm sanft das Revers glatt und richtete seinen Kragen, als wollte er dafür sorgen, dass Kasimir für die Show ein bisschen besser aussah als er. Das überlegene Lächeln hatte seine Lippen wieder in Beschlag genommen. »Du verliebst dich nicht in Aufreißer. Sonst hättest du ein Prachtexemplar wie mich nie abblitzen lassen.«

27. Takt

Dur

Strahlend hell, knallbunt und laut. Leo liebte das. Wenn alle Welt schläfrig wurde, wollte er den Bass aufdrehen. Vielleicht war das der Grund, warum er so viele Menschen an sein Herz heranließ. Aber kaum jemanden hinein.

Er strich über den Taufstein vor dem Altar und ließ seinen Blick durch die vollbesetzten Ränge schweifen. Funkelnde Kleider, edle Smokings. Gleich würde er all diesen Leuten ein fulminantes Schauspiel bieten und von ihrem Applaus mit Endorphinen belohnt werden. Manchmal wünschte er, dieses Gefühl würde länger anhalten als einen ekstatischen Moment.

»Alles in Ordnung?«

Leo drehte sich um. Es war gespenstisch, wie zielsicher Kasimir ihn mittlerweile aufspüren konnte. Als wären sie zwei gegensätzlich gepolte Magneten, die immer wieder zueinanderfanden. Zumindest optisch unterschieden sie sich wie Plus und Minus. Kasimir trug ein kohlrabenschwarzes Hemd samt passender Krawatte unter seinem Sakko. Sein zurückgekämmtes Haar glänzte im Scheinwerferlicht, und die Politur seiner abgetragenen Schuhe ließ sie neuwertig wirken. Manchmal erschien er Leo äußerlich wie die Nacht, in deren Tiefe ein gedimmter Stern ruhte. Er war gespannt, ob es Kasimir gelang, ihn heute zum Leuchten zu bringen.

»Klar.«

»Du bist so still.«

»Ist nur meine Ruhe vor dem Sturm«, sagte Leo und schmunzelte, als sein Konkurrent neben ihn trat, um ebenfalls ins Publikum zu blicken. Vor wenigen Wochen hätte Kasimir es niemals gewagt, eine Sekunde länger auf dieser Bühne zu verbringen als notwendig. Heute zitterten trotz der Aufregung nicht einmal seine Finger.

»Hast du Angst vor dem Sturm?«, fragte er. Leo zuckte mit den Schultern.

»Angst ist das falsche Wort. Aber ich bin nicht heiß drauf, von dir in Grund und Boden gespielt zu werden.«

»Das wird nicht passieren.«

Obwohl Kasimir seinen Blick emotionsarm erwiderte, erfüllte ihn seine Aufmerksamkeit mit einem Wohlgefühl. Dabei war er weder bunt und laut, noch spielte er gerade Leos Herzensmelodie.

»Ich kenne deine Abschlusskomposition, Kasi. Ich mache mir keine Illusionen, damit konkurrieren zu können.«

»Du musst nicht mit mir konkurrieren. Du sollst ... Du bist ...« Kasimirs Blick sank aufs Taufbecken hinab, und er vergrub die Hände in den Anzugtaschen. »Ach, egal.«

»Ich bin dir egal?«, scherzte Leo. Kasimir schüttelte seufzend den Kopf.

»Nein ... vergiss es.«

Leo beobachtete, wie Kasimir seine Verlegenheit zu überspielen versuchte, indem er die oberen Ränge betrachtete. Es fiel ihm nach wie vor schwer, seine Gefühle in Worte zu fassen, doch er ging Schritt um Schritt voran. Und das wusste Leo wertzuschätzen.

»Soll ich dir sagen, was du für mich bist?«, sagte er. Die Überraschung in Kasimirs Blick hinterließ ein angenehmes Prickeln in seinem Bauch. Er verschränkte die Hände im Nacken und lehnte seinen Kopf ein Stück zurück, bis er die Kuppelornamente vor sich sah. »Ich glaube, für mich bist du einfach da.«

»Was?«

Leo schmunzelte. Natürlich verstand er das nicht, schließlich hatten sie sich nach diesem verhängnisvollen Tag vor sechs Jahren aus den Augen verloren. Aber Leo ihn nicht aus den Ohren.

»Weißt du … seit ich es zum ersten Mal gehört habe, spiele ich *All Eyes On Me*. Damals wie heute mache ich mir Gedanken darüber, wie du auf diese Tonfolge gekommen bist. Wo du zu dem Zeitpunkt warst und was du dabei empfunden haben könntest … ich habe vermutlich mehr über dieses Lied nachgedacht als du selbst.«

Kasimirs Fantasie säte den Wunsch in Leo, nach den Sternen zu greifen. Niemand konnte *All Eyes On Me* nachspielen wie er. Niemand fühlte das, was er empfand, wenn seine Fingerspitzen Kasimirs Notenköpfen Leben einhauchten. Dieses Lied war ihm aufs Herz geschrieben, und er trug es in jeder Sekunde bei sich. Es war ein unersetzlicher Akkord in diesem verzwickten Stück, das er Leben nannte.

»Selbst wenn du mich anschweigst, deine Noten tun es nicht. Wenn es ihnen nicht gelingt, mich aufzumischen, schaffst du es wiederum mit Sicherheit. Kurz und gut, was ich damit sagen will …« Er löste die Hände von seinem Hinterkopf und wandte sich schmunzelnd Kasimir zu. »Du bist für mich da. Deine Musik ist für mich da. Und das ist mir verdammt viel wert.«

Das Kribbeln in Leos Bauch stimmte in den Takt seines Herzschlags ein. Als applaudierten ihm seine Sinne für die Worte, die er schon weit früher hätte aussprechen sollen.

»Zufrieden mit der Antwort? Oder soll ich noch ein bisschen dicker auftragen?«

Kasimir blieb ihm eine Erwiderung schuldig, stattdessen fokussierte er ihn. Wie er ihn ansah, dieses ungestüme Funkeln in seinen eisgrauen Augen.

Er liebte diesen Blick.

»Leonhard! Kasimir!«, drang es vom Mittelgang zur Kanzel hinauf. Die Stiftungsvorsitzende winkte ihnen zu. »Es ist kurz vor neun, der Einlass ist geschlossen. Ich würde gern mit der Ansprache beginnen.«

»Alles klar«, erwiderte Leo und sah zum glänzenden Steinway. Er schien nur darauf zu warten, das Auditorium mit seinem eleganten Klang zu verzücken. »Dann will ich den Spaß mal eröffnen. Und vergiss nicht, du hast versprochen, mich heute zum Heulen zu bringen. Schauen wir mal, ob dir das gelingt, Hasitzky.«

Moll

Kasimirs Atemzüge verlangsamten sich. Leonhard trat achtsam vor den Flügel, als folgte er den Riten einer Zeremonie. Kurz vor einem Auftritt wirkte er so konzentriert, dass niemand ahnen konnte, welch farbenfroher Kristall in seinem Inneren schimmerte. Auch Kasimir hatte sich jahrelang vom scharfen Glanz seiner Show blenden lassen und die Ungezwungenheit, mit der Leonhard sich verbeugte und schmunzelnd die Finger auf die Klaviatur legte, als arrogantes Schauspiel abgetan.

Heute konnte er nicht mehr die Augen von ihm lassen.

»Vernasch ihn nicht schon vor dem Auftritt«, flüsterte Dawid ihm ins Ohr, woraufhin Kasimir ein Schauer über den Rücken rann. Sie saßen in der Parkettsitzreihe in unmittelbarer Nähe zum Altar. »Wie willst du gegen den Publikumsliebling ankommen, wenn du ihn nicht eine Sekunde lang als Gegner betrachten kannst?«

»Kann dir egal sein«, murmelte Kasimir und nestelte an seinem gehäkelten Talisman herum. Er hatte genug davon, seine Gefühle aufgrund der Konkurrenzsituation zurückzuhalten. Nach Leonhards Worten gelang ihm das ohnehin nicht mehr. Dawid schien sich nicht für seinen Perspektivwechsel zu begeistern.

»Wir sitzen im selben Boot, Hasi. Ich muss sichergehen können, dass du mich nicht vor aller Welt blamierst, wenn wir gemeinsam auf der Bühne stehen.«

Kasimir zuckte mit den Schultern. »Niemand zwingt dich. Wenn du nicht auftreten willst, spiele ich das Stück alleine.«

»Das hättest du wohl gern«, erwiderte Dawid und lehnte sich so weit zu ihm, dass sich sein Atem an seinem Hals niederschlug. »Sei lieber dankbar, dass ich zu dir halte. Nachdem du sogar deine süße Schwester vergrault hast, bin ich der Einzige hier, auf den du zählen kannst.«

Dawids süffisanter Unterton reizte Kasimir, doch er ließ sich nichts anmerken. Stattdessen blickte er ans Ende der Bankreihe. Cecilie und Thomas saßen einige Meter weit entfernt von ihm vor dem rechten Aufgang zum Altarplateau. Seine Schwester trug ein unscheinbares dunkelgrünes Abendkleid, das ursprünglich der Garderobe ihrer Mutter entstammte. Kasimir hatte sie nicht darauf angesprochen, als sie sich vor Beginn der Show kurz im Mittelgang der Kirche begegnet waren, und auch Cecilie hatte ihm nur flüchtig ein gutes Gelingen gewünscht. Es kam ihm vor, als hätte sie sich mittlerweile mit der Funkstille arrangiert.

Während ihrem Verlobten wiederholt die Augen zufielen, verfolgte Cecilie Leonhards Auftaktstück gebannt. Das musste Kasimir ihr zugutehalten. Obwohl sie sich nicht für klassische Musik begeisterte, hatte sie niemals genörgelt, wenn seine Großmutter früher stundenlang von seinem Spiel geschwärmt hatte. Es war ihr nie zu viel geworden, ihn mit ihrer klapprigen Schwalbe zur Kapelle zu fahren und spätabends wieder abzuholen. Tief in sich wusste er, dass er ihr mit seiner derzeitigen Ignoranz mehr zumutete als all diese Ereignisse zusammen, und die Einsicht darüber drückte ihm zunehmend schwerer aufs Gemüt.

»Nicht doch, habe ich dir die Laune verdorben?«, meinte Dawid schmunzelnd und zwickte ihn in die Seite. »Die wird schon wieder ausschnappen, sobald du am Flügel sitzt und deinem Fanboy die Leviten liest. Ist ja niedlich, dass er sich an technisch anspruchsvollen Werken versucht, aber ein paar flott gespielte Präludien werden nicht ausreichen, um den Rückstand zu verkürzen. Diesen Spaß gewinnst du mit Leichtigkeit.«

Dawid lehnte sich zufrieden zurück, und auch Kasimir widmete sich wieder Leonhards Darbietung. Tatsächlich spielte er seinen klassischen Part fehlerfrei und in einem rasanten Tempo. Rachmaninows *fünftes Prélude* galt mit seinem akzentuierten Dreitonmotiv ohnehin als dramatisches Stück, doch Leonhard brachte es fertig, das marschähnliche Hauptthema in eine Hetzjagd zu verwandeln. Er verfiel dem Rausch der Geschwindigkeit und bot seinem Publikum eine unterhaltsame Show, doch die Gefühlstiefe, die sein Spiel einzigartig machte, erreichte er auf diese Weise nicht. Wie auch? Kasimir hatte ihn mit seinen Liedvorgaben gezwungen, virtuosere Pfade zu betreten – er spielte sich wahrhaftig die Seele aus den Fingern. Im Angesicht dieser Emsigkeit kam Kasimir das Abkommen, das er mit Francesca geschlossen hatte, vor wie ein Schlag in Davids Gesicht.

»Du bist für mich da. Deine Musik ist für mich da. Und das ist mir verdammt viel wert.«

Leonhards Worte ließen ihn nicht los. Er war so aufrichtig fasziniert von Kasimirs Fertigkeiten, dass es ihn schmerzte, ihn enttäuschen zu müssen. Am liebsten würde er dieses falsche Spiel überspringen, doch das war ihm nicht möglich.

Daran erinnerte ihn das unnachgiebige Absatztippen seiner Sitznachbarin.

»Kannst du nicht für eine Sekunde deinen Fuß ruhighalten?«, zischte er Francesca zu, als Leonhard bei seiner Interpretation von *Summertime* angelangt war. Ihr mondänes, blau schimmerndes Satinkleid und die gelockte Hochsteckfrisur standen im Kontrast zu dem mürrischen Gesichtsausdruck, mit dem sie Kasimir bedachte.

»Wenn du dein schlechtes Gewissen nicht erträgst, sieh hinter dich«, raunte sie und nickte über ihre Schulter zu einer Dame im grünen Blazer, die in der zweiten Loge saß und aufmerksam das Konzert verfolgte. »Sie ist Profipianistin und verantwortlich für das Auswahlverfahren im Bereich Tasteninstrumente. Sie wird noch heute Abend darüber entscheiden, ob du einen Studienplatz an der Universität der Künste erhältst oder nicht. Mein Teil des Deals wäre somit erfüllt. Dass du deinen auch einhältst, wage ich zu bezweifeln.«

Sie verlieh ihren Worten einen derart zynischen Unterton, dass Kasimir sich unwillkürlich von innen auf die Wange biss. »Was glaubst du eigentlich, was ich hier tue?«, wisperte er. »Dieser ganze Mist war deine Idee.«

Francesca erwiderte seinen Blick fest. »Richtig, und ich habe dich als hervorragenden Pianisten angepriesen, der unbedingt an ihre Hochschule gehört. Mit halbherzigem Geklimper wirst du sie nicht von dir überzeugen können. Du musst alles zeigen, was du kannst, und gleichzeitig gegen Leo verlieren, wenn du Wort halten willst. Mich interessiert, wie du das mit *La Campanella* anstellen möchtest.«

»Ganz einfach.« Kasimir wandte sich wieder Leonhard zu. »Indem ich nicht *La Campanella* spiele.«

28. Takt

Dur

Als der Beifall das Brennen in seinen Fingern löschte, legte sich ein wohliger Schauer um Leos Schultern. Die Stücke waren ihm nicht leicht von der Hand gegangen, und es freute ihn, zuallererst Paulas Lächeln in der ersten Reihe zu erblicken. Er wusste, dass das Gefühl unter seiner Tastenjagd gelitten hatte, aber das tat der Faszination in ihren Augen keinen Abbruch. »Das war beeindruckend, Leo. Eine ganz neue Facette deines Spiels.«

»Danke«, erwiderte er schmunzelnd und ließ sich zwischen ihr und Francesca nieder. »Auch wenn ich mich ziemlich mies fühle. Das hätte dein Auftritt sein sollen.«

»Nein, nicht doch«, sagte sie und wies sein Schuldeingeständnis mit einer hektischen Handbewegung von sich. »Du bist vollkommen zu Recht im Finale. Ich bin glücklich, dass ich den Abend mit dir verbringen kann. I-Ich meine damit nicht, dass ich unbedingt den Abend mit dir ... a-also doch, das wollte ich schon, aber nicht, wie du vielleicht denkst ...«

»Alles gut, Paula«, lachte Leo. »Ich freu mich, dass du hier bist. Und dass wir nachher gemeinsam auf der Bühne stehen.«

»Ja, ich mich auch ... aber erst mal bin ich gespannt, wie sich Kasimir schlägt. Das wird keine leichte Aufgabe für ihn, dich zu überbieten.«

Leo fiel auf, dass Kasimir sich bereits erhoben hatte und über den linken Altaraufgang vor den Flügel trat, allerdings zog ein deutliches Räuspern zu seiner Rechten seine Aufmerksamkeit auf sich.

»Du hast gut gespielt«, meinte Francesca betont beiläufig. »Damit sollte dich die Jury wieder auf dem Schirm haben.«

»Danke. Und da Kasimir seine Etüden versemmeln wird, habe ich das Ding praktisch schon gewonnen ...«

Als ein schmales Lächeln über Francescas Lippen huschte, hielt Leo inne. Eigentlich war seine Erwiderung ironisch gemeint gewesen, dafür wirkte ihr Gesichtsausdruck eine Spur zu siegessicher.

»Wenn er mir eben die Wahrheit gesagt hat, brauchst du dich nicht zu sorgen. Stellt sich die Frage, ob er damit nicht sein eigenes Ziel verfehlt.«

»Wovon sprichst du?«

Die Antwort brauchte sie ihm nicht zu geben. Bereits nach Kasimirs erstem Anschlag bemerkte er, dass es sich bei seinem Stück um eine Komposition aus Franz Liszts Feder handelte – aber nicht um *La Campanella.*

»Die *dritte Consolation?«*, wisperte er.

Francesca nickte. Sie schien nicht überrascht über die unerwartet ruhigen Klänge. »Interessant. Dass er so tief stapeln würde, hätte ich ihm nicht zugetraut.«

»Was?«, fragte Leo. »Das ist nicht Teil seines Programms, oder? Ist es überhaupt erlaubt, sich spontan für ein anderes Stück zu entscheiden?«

»Eine unangekündigte Änderung der zuvor festgelegten Auswahl resultiert in der Disqualifikation des Kandidaten. Ich habe dir die Leitlinien des Wettbewerbs dreimal vorgelesen.«

»Ja, aber ...«, stammelte Leo und blickte hinauf zu Kasimir, dessen Mimik nicht den geringsten Rückschluss auf seine Intention zuließ. »Soll das heißen ... er kann doch nicht einfach ...«

Seufzend wandte Francesca sich ihm mit hochgezogenen Brauen zu, als wäre er schwer von Begriff. »Die Liste, die er mir weitergeleitet hat, war ein Fake. Ich kenne seine Auswahl nicht. Er hat mich offensichtlich belogen.«

»Warum sollte er das tun?«

»Um uns zu täuschen und in eine Richtung zu lenken, die er kontrollieren kann. Immerhin haben wir unsere Stücke so ausgewählt, dass sie sich mit seinen messen können. Gerissen ist er, das muss man ihm lassen.«

Leo zögerte. Hatte Kasimir ihm nicht gestern geschworen, ihn an die Wand zu spielen? Nun trat er mit einem Stück an, das zwar melodisch und gefühlvoll klang, dessen technischer Anspruch in einem Contest auf diesem Niveau aber keine hohe Wertung erzielen würde. Er zupfte an Francescas Ärmel. »Erklär mir, warum er das tut.«

Francesca verdrehte die Augen. »Du bist mit sehr viel Glück in diesem Finale gelandet. Jeder in der Jury ist sich dessen bewusst und wird dich kritischer bewerten, als du es verdienst. Akzeptier einfach, dass er dir auf seine Weise die Chance einräumt, diese Hürde zu überwinden. Er ist schuld daran, dass du damals versagt hast, vermutlich möchte er es wiedergutmachen.«

»Was? Hast du ihm das eingeredet?«

»Blödsinn. Ich lasse mir nicht die Verantwortung für das Handeln eines Sonderlings zuschieben.«

»Er ist kein Sonderling, klar?«, widersprach er. Es war das erste Mal, dass er seinen Frust ihr gegenüber nicht hinter seiner Maske versteckte. Dabei störte es ihn seit Wochen, dass Francesca Kasimir ständig mit herabwürdigenden Attributen bedachte. Wenn sie ihn tatsächlich dazu gebracht hatte, sich um seinetwillen zurückzunehmen, konnte sie sich auf Ärger einstellen.

Bevor Leo nachhaken konnte, berührte Paula seinen Handrücken und nickte ans Ende der Sitzreihe. »Sieh mal, Kasimirs Schwester …«

Er beugte sich ein Stück nach vorn. Cecilie lag in den Armen ihres Verlobten und verbarg ihre Augen hinter den Händen. Thomas streichelte ihr sanft übers Haar und drückte sie an sich, sein Gesicht hatte ungewohnt weiche Züge angenommen. Wenngleich Leo nicht verstand, warum sie weinte, bewunderte er diese aufrichtige Zuneigung. Er wusste, dass Kasimir nicht viel von seinem Schwager hielt, aber er tat ihm womöglich unrecht.

Er sah wieder hinauf zum Flügel. Kasimirs Mimik wirkte, als spielte er für zu wenig Geld vor einer gelangweilten Oberschulklasse. Da waren keine Flammen, die seine Finger umzüngelten, keine Euphorie oder die Virtuosität seiner vergangenen Auftritte. Und dennoch. Etwas an seinem Spiel war anders; fesselnder und tiefer, als Leo es je zuvor erlebt hatte. Während Kasimir eine Miene aufsetzte, als hätte ihm einer der Schüler eine Torte aufs Klavier geworfen, sprachen seine Hände:

Ich weiß, was du durchgemacht hast.

Du brauchst nicht länger allein zu kämpfen.

Verzeih mir!

Leo hörte die Beteuerungen, obwohl er weder wusste, warum es ausgerechnet diese Worte waren, noch, wem sie galten. Nur einer Sache war er sich sicher. Das, was Kasimir soeben den Tasten anvertraute, waren seine aufrichtigen Gefühle.

»Dieser Idiot«, murmelte Dawid, woraufhin Leo unauffällig über Francescas Schulter zu ihm hinübersah. Sein Tonfall klang hart, als wäre er erbost über Kasimirs geruhsame Darbietung.

»Hat er dir nicht gesagt, dass er …«

»Nein. Hat er nicht. Und wenn er sich hier runtertraut, kann er was erleben.«

Leo war froh, dass sein Sitzplatz nicht in Dawids Faustradius lag. Allerdings konnte er seinen Unmut nachvollziehen. Mit seiner langsamen Interpretation konnte Kasimir seinen Vorsprung nicht ausbauen. Zudem war die Erwartungshaltung der Jury gegenüber seinen Fertigkeiten so hoch, dass er sie zweifellos enttäuschte. Auch wenn es Leo ganz anders erging.

Liszts *dritte Consolation* war ein stilles, Trost spendendes Stück. Es konnte sich wie Nebel über den Saal legen und fade Träume aufflackern lassen. Bittersüße Erinnerungen an einen Moment heraufbeschwören, der nie mehr wiederkehrte, oder an eine Begegnung, die vernarbte Gefühle hinterlassen hatte. Keine Umschreibung konnte diese Melodie fassen. Sie setzte sich wie ein farbwandelnder Schmetterling auf die Ohrmuschel, changierte in ihren Tönen und ließ jeden Zuhörer eine individuelle Szene erleben. Leo nahm sie anders wahr als Dawid, und ihm stiegen wiederum keine Tränen in die Augen wie Cecilie. Dennoch spürte er den Flügelschlag des Falters in seinem Herzen. Genau wie die lauschenden Träumer auf den Rängen.

Als der letzte Akkord ausklang, herrschte allumfassende Ruhe. Erst als Thomas kräftig in die Hände klatschte, erhob sich der Applaus. Leo stimmte mit ein, als Kasimir aufstand und sich zögerlich verbeugte; offenbar hatte er nicht mit dieser Resonanz gerechnet. Als sich ihre Blicke trafen, wandte er sich rasch dem Flügel zu.

»Seit wann kann er das?«, meinte Francesca neben Leo ungläubig. »Noch vor einem Monat wäre dieses Stück unter seinen Fingern verendet, jetzt legt er viel mehr Ausdruck in jeden Anschlag.«

»Von wegen«, erwiderte Dawid trotzig, während er Kasimirs Leistung halbherzig applaudierte. »Dem muss bald der Fuß abfallen, so lange, wie er das Forte gehalten hat. Er untergräbt seine Stärken mit einem Lied, das nicht annähernd seine Fähigkeiten repräsentiert. Will er verlieren, oder was?«

»Spar dir deine Theorien«, zischte Francesca und warf ihm einen verurteilenden Blick zu, der Dawid ein müdes Schmunzeln abrang.

»Ach komm, Franzi. Als ob du nicht froh wärst, dass dieser hoffnungslose Romantiker es nicht übers Herz bringt, deinem Schätzchen wehzutun. Wäre ich sein Gegner, würde er so was nicht wagen, sondern …«

Dawid stoppte mitten im Satz, als Kasimir den Auftakt seines zweiten Stückes spielte. Mit jeder Note nahm seine Mimik skeptischere Züge an, doch er schien auf einmal wie gefesselt von Kasimirs Auftritt.

»Ist das sein Ernst?«, meinte Francesca und schüttelte den Kopf. »Wenn er jetzt noch Schumanns *Träumerei* bringt, verleiht man ihm den Preis für die innovativste Liedauswahl.«

Die Juroren hielten ihre Blicke gesenkt, vermutlich machten sie sich Notizen. Keine Spur von der Faszination, welche Leo sonst aus ihren Gesichtern gelesen hatte, sobald sich Kasimir ans Klavier gesetzt hatte. Allerdings wurde er das Gefühl nicht los, dass sich Kasimir keinen Deut darum scherte, ob sein Spiel die breite Masse bewegte. Ihm war, als spielte er Antonín Dvořáks siebte Humoreske für eine einzige Person.

»Tse«, machte Dawid.

Leo wusste nicht, wie er den feinen Glanz in seinen Augen deuten sollte. Die Tonsprünge schienen ihm eine Geschichte zu erzählen, die Leos Ohren verborgen blieb. Er konnte nur fasziniert dabei zusehen, wie sich Dawid mit jedem Takt tiefer darin verlor und seinen Blick nicht für einen Moment von Kasimir abwandte. Als der melancholische Mittelteil erneut vom tanzenden Rhythmus der Staccati abgelöst wurde, schmunzelte Dawid nostalgisch.

»Einen Lausebengel hast du zum Freund, Leonie«, sagte er. Der Argwohn war aus seiner Stimme verschwunden, und der Ausdruck in seinen Augen wirkte weicher, fast sentimental. »Deshalb hat er mich also ausgefragt.«

»Was meinst du?«

»Er hat es damals gespielt, als ich mich in ihn verliebt habe.«

»Was? Kasimir?«, erwiderte Leo irritiert.

»Lim Soo-Ri«, berichtigte Dawid. »Auf dem Cello klingt dieses Stück um einiges interessanter. Das solltest du dir bei Gelegenheit anhören …«

Seine Worte gingen im Applaus unter. Dawid stand auf und klatschte dieses Mal deutlich euphorischer, als wollte er Kasimir zeigen, dass er seine Botschaft verstanden hatte. Falls es ihm auffiel, reagierte Kasimir nicht auf die Geste. Stattdessen sah er erstmals, seit er das Altarplateau betreten hatte, aktiv in Leos Richtung. Nach der geradezu provokativen Ignoranz brannte seine Aufmerksamkeit intensiv auf Leos Wangen, und Dawids Lachen milderte die Wärme nicht. Im Gegenteil.

»Offenbar hat er sich vorgenommen, drei Auserwählten eine kleine Privatshow zu bieten«, sagte er und wischte sich mit dem Handrücken über die Augen, ehe er zum Ende der Reihe nickte, wo Cecilie noch immer in den Armen ihres Verlobten lag. »Vor ein paar Wochen hat er mich angeschrieben und nach meinem Lieblingsstück gefragt. Das hat er eben gespielt. Und ich schätze mal, *Consolation* war das seiner Schwester.«

In Leos Brust braute sich etwas zusammen, das ihn unwillkürlich schwitzen ließ, und er hielt sich mit einer Erwiderung zurück. Francesca leider nicht.

»Und? Was hat das mit Leo zu tun?«

»Er wollte auch unbedingt Leonies Herzensstück wissen«, sagte Dawid und hob kapitulierend die Hände. »Also hab ich's ihm verraten.«

Als Kasimir die erste Taste berührte, setzte Leos Atem aus.

Die Hoffnung war ein launischer kleiner Vogel. Als Kind hatte Leo sich vorgestellt, dass ihm ein Schwarm davon um den

Kopf schwirrte. Einer war die Aussicht, eines Tages Buchstaben und Zahlen lesen zu können; ein weiterer tschilpte ihm den Glauben ins Ohr, irgendwann dem Mädchen aufzufallen, für das sein Herz schlug. Mittlerweile war sie fast mit ihrem Studium fertig, doch er hatte noch immer keines dieser störrischen Federviecher eingefangen und würde es wahrscheinlich niemals tun.

Ob er Francesca mit Mozart, Rubinstein oder Skrjabin lockte – sie hörte ihm nicht zu. Warum sollte sie sich auch nach einem Wellensittich umschauen, wenn ihr Seeadler gefielen?

Dieser zermürbenden Gewissheit war über viele Jahre nur ein Lied gerecht geworden. Eines, das lebhaft über die Notenlinien flatterte und dennoch im geschmeidigen Gleitflug seinem Motiv folgte. Ein Tanz von Kummer und Sehnsucht. Leo fühlte sich geborgen in Ludovico Einaudis träumerischer Melancholie, die so tief in sein Herz vorgedrungen war, dass sie einst sein Verständnis von Liebe definiert hatte.

»Er macht ziemlich viele Fehler«, wisperte Paula neben ihm. »Ungewöhnlich für Kasimir. Aber diese Interpretation von *Experience* ist auch sehr anspruchsvoll …«

Nein, nicht anspruchsvoll. Sie war virtuos. Ein Kolibri in einem Zug Wildgänse, deren schwere Flügelschläge ihn durch die Lüfte schubsten. Es war stürmisch und kalt, doch er trotzte allen Widrigkeiten und kämpfte sich in halsbrecherische Höhen, um die Welt aus einer anderen Perspektive zu betrachten.

»Das macht er mit Absicht«, meinte Dawid und verschränkte die Arme vor der Brust. »Er verspielt sich an völlig untypischen Stellen.«

»Auch ein Ausnahmetalent muss seine Stücke üben, ehe es sie vor Publikum präsentiert«, gab Francesca spitzzüngig zurück. »Es war nur eine Frage der Zeit, bis ihm seine Arroganz auf die Füße fällt.«

So war es nicht. Sie bemerkten sie nicht. Die Schwermut, die Kasimir in jeden Dreiklang legte. Das unscheinbare Zucken seiner Lider, wenn er einen Abschnitt erreichte, der ihm besonders naheging. Er verlor sich im Irrgarten der Melodie, schlug einen falschen Akkord an und geriet vor einer technischen Fallgrube aus dem Rhythmus. Doch er tat es weder absichtlich noch aufgrund schlechter Vorbereitung.

Er konnte nicht anders.

Diese Interpretation war der Ausdruck seines Innersten, ein Hoffnungsvogel mit zerrupftem Gefieder; seine schmerzliche Erfahrung mit der Liebe. Kasimir nahm das Publikum mit auf seine Achterbahnfahrt der Emotionen und ließ Leo begreifen, was es bedeutete, seinen rasenden Herzschlag vor dem Looping unter Kontrolle halten zu müssen. Er spürte die ständige Angst, dass sich die Haltebögen lösten, die aufkommende Übelkeit in den Kurven und kalte Nervosität angesichts der schwindelerregenden Höhe. Sein Adrenalinspiegel schwappte über, als er den höchsten Punkt erreichte. Und er erfuhr am eigenen Leib, wie es sich anfühlte, ungebremst in die Tiefe zu rauschen.

Es tat weh. Es zerriss ihn fast.

»Wie findest du es, Leo?«, fragte Paula und tippte ihm sachte an die Schulter. Er wandte sich ihr zu, doch ihm kam kein Wort über die Lippen. Weil er selbst nicht verstand, was dieses Lied mit ihm machte.

Kasimir nahm ihn mit auf seine Reise. Er teilte seine tiefsten Gefühle mit ihm. Euphorie. Verlustangst. Resignation. Mit jedem Akkord bestimmte er das Tempo der Fahrt neu, fügte riskante Streckenabschnitte hinzu. Die affektierten Fehler wirkten wie kurze Bremsmanöver, damit ihr Wagen nicht entgleiste. Doch ganz gleich, wie sehr er dieses Stück mit seinen Empfindungen verbog: Sie waren bedeutungslos. Sobald der Wagen hielt und die Gurtschlösser klackten, blieb nichts außer der verschwommenen Erinnerung an einen Moment, der das Herz hätte ergreifen können. Wenn die Fahrt nie zu Ende gegangen wäre.

Leos Atem ging so flach, dass er ihn kaum wahrnahm. Zu sehr berührte ihn dieses Stück. Verwirrte ihn. Verletzte ihn, aber nur so tief, wie Kasimir es zuließ. Wer war dieser Mann wirklich für ihn? Der Schlüssel, der all seine Hoffnungsvögel aus ihrem Herzkäfig befreien konnte? Seiner Familie war dies nie gelungen, nicht dem Klavier, nicht einmal Francesca.

»Tja, schade«, sagte Dawid, als Kasimir die Kadenz unter seinen Händen ausklingen ließ. »Da verflüchtigt sich das Preisgeld im Orbit.«

»Ich hoffe, seine Fehler werden nicht so streng bewertet«, meinte Paula und drehte sich beklommen zu den Juroren um. Francesca war da anderer Meinung.

»Das wird ihn den Sieg kosten. Glück für dich ... Leo?«

Der Applaus setzte ein. Laut, bunt und grell. Eine Welle schillernder Emotionen brach über Leos Herzkäfig zusammen und zerstörte das Gitter. All die bunten Vögel verließen ihn und flatterten in die Freiheit. Nur ein einziger blieb zurück. Einer, dessen schwarzes Gefieder im Scheinwerferlicht so bunt changierte, dass Leo den Blick nicht von ihm abwenden konnte. Seine Finger krallten sich ans Sitzpolster, seine brennenden Augen fokussierten einzig und allein den Pianisten. Die Tränen rannen über seine Wangen, doch er konnte und wollte sie nicht zurückhalten. Er hätte niemals geglaubt, dass ihn sein Klavierspiel einmal bis in den Kern seiner Seele berühren würde.

Aber wie hätte er es ahnen sollen?

Wie ergreifend es war. Wie schmerzhaft es war. Und wie unfassbar schön es sich anfühlte. Aus tiefstem Herzen von jemandem geliebt zu werden.

29. Takt

Moll

Kasimir fühlte, wie die Noten durch seine Finger flossen und an den Tasten zerschellten. Wie klanggefüllte Tränen tropften sie auf die Klaviatur und verloren sich in der Stille der Kapelle. Als der Hall seine Wirkung entfaltet hatte, drehte er sich zu seiner Schwester um. »Und?«

»Hm«, murmelte Cecilie, während sie mit starrem Blick auf ihrer Handheld-Konsole Monster massakrierte. »Nicht so toll.«

»Warum? Mein Lehrer sagt, Lacrimosa *berührt jeden.«*

»Kann sein. Du spielst aber nicht auf einer Beerdigung, sondern willst Oma ein Geburtstagsständchen bringen. Ein Requiem ist voll daneben … Mist, jetzt hab ich die Bonus-Münzen liegen lassen.«

»Dann mach dein doofes Spiel aus und hör mir zu«, murrte er und wartete, bis Cecilie seufzend ihre Konsole zugeklappt neben sich auf den Stuhl gelegt hatte, ehe er sich wieder dem alten Blüthner zuwandte. »Wie wäre es damit?«

Mit dem Rondo Alla Turca *konnte er nichts falsch machen. Es klang verspielt und bot zugleich ein gutes Training für seine Fingerfertigkeit. Oma würde das bestimmt gefallen.*

Cecilie leider nicht. »Nee. Blöd.«

Kasimir nahm frustriert die Hände von der Tastatur und sah über seine Schulter. »Wieso? Das klingt total cool.«

»Ist viel zu schnell für dich.«

»Ist es nicht.«

»Und warum verspielst du dich dann ständig?«

Ihre hochgezogenen Brauen machten ihn fuchsteufelswild, doch er versuchte, sich seinen Ärger nicht anmerken zu lassen. Gegen seine große Schwester zog er immer den Kürzeren.

»Du musst Oma nicht beweisen, was für komplizierte Lieder du spielen kannst«, sagte sie und überkreuzte ihre Beine. »Es ist nicht jeder ein geborenes Genie wie dieser ... na, wie hieß er gleich ... der mit den Schokokugeln ...«

»Mozart?«

»Genau«, gab Cecilie fingerschnippend zurück und grinste ihn breit an. »Du bist erst zehn, also darfst du auch wie ein Zehnjähriger spielen.«

Kasimir musterte sie betreten und senkte den Blick auf seine rau gespielten Hände. »Mozart hat seine erste Sinfonie mit acht geschrieben.«

»Selbst wenn, was hat er davon? Sein Gesicht auf 'ner Pralinenschachtel. Willst du das?«

»Nein ...«

»Du musst nicht versuchen, besser zu sein als jemand, den du bewunderst«, sagte sie. »Niemand kann das, was du tust, so wie du. Mozartkugel spielt anders als Bach, und der spielt anders als Shopping.«

»Chopin ...«

»Ja, du verstehst schon, was ich sagen will. Zwing dich nicht zu etwas, womit du einem anderen eine Freude machen willst. Nur wenn es dir selbst gefällt, wird es auch dein Gegenüber berühren.«

Er sah wieder auf, vermutlich so entmutigt, wie er sich fühlte. Doch Cecilies Mitleidsblick brachte ihn ins Grübeln. Es gab da ein Stück, das er gern mochte, obwohl es einfach erschien. Er wandte sich wieder dem Klavier zu und begann, die ersten Takte zu spielen. Langsam, gediegen. Tröstlich.

»Wie heißt das?«, hörte er Cecilie fragen, während er sich auf die Noten konzentrierte. Sie zeigte so selten offenes Interesse an klassischen Stücken, dass sein Herz vor Aufregung schneller klopfte.

»Consolation.«

»Das ist gut.«

»Echt?«

Sie antwortete nicht, also spielte er die Melodie aus Liszts Tröstungen *bis zum Schluss, ehe er sich zu ihr umdrehte und seine Frage, ob es ihr gefallen habe, wiederholen wollte. Aber das brauchte er nicht. Ihr Lächeln war Antwort genug. »Kannst du es noch mal spielen?«*

»Du hörst es doch zu Omas Geburtstagsfeier«, murmelte er zurückhaltend, aus Sorge, dass sie sich bloß über ihn lustig machte.

»Ich weiß, aber dann ist es ja für sie«, sagte sie, und er glaubte, einen Hauch Eifersucht in ihrer Stimme zu hören. »Spiel es bitte noch einmal nur für mich. Muss nicht jetzt sein, aber … irgendwann. Versprichst du mir das?«

Er war sich sicher gewesen, dass sie es vergessen hatte, dieses beiläufige Abkommen lag elf Jahre zurück. Der Glanz in Cecilies Augen bewies Kasimir jedoch das Gegenteil. Jetzt, da er vor ihr stand, umgeben von goldenem Licht, bejubelt von Hunderten Menschen, sah er ihre gemeinsame Erinnerung wie ein barockes Gemälde vor sich. Der Applaus erlosch, der prunkvolle Saal verblasste, und die Deckenmalereien wichen der grauweißen Tapete der Kapelle. Für einen Augenblick waren sie wieder dort, nur sie zwei. Er spielte, und sie gab vor, nicht zuzuhören.

Eine zarte Wehmut breitete sich in Kasimirs Brust aus, während er dieses ausgeblichene Gemälde betrachtete. Die Farbgebung ihrer Gesichter wirkte sanfter, die Konturen seiner Augen und ihres Lächelns weitaus milder als heute. Damals hatten sie nach einem Streit geredet, anstatt sich anzuschweigen, und sich in die Arme geschlossen, ohne einander die Luft zum Atmen zu nehmen.

Dieses Gemälde wollte er restaurieren.

Kasimir trat nach vorn und drückte seine Schwester an sich. Er spürte, wie ihre Schultern zuckten, wie sie ihren Kopf gegen seine Brust lehnte und seinen Rücken streichelte. So wie früher, als er kleiner gewesen war als sie. Die Zeit hatte die Linien ihrer Gestalten verändert und Schattierungen hinzugefügt, die weder Cecilie noch er ausradieren konnten. Doch die einstigen Kunstwerke ließen sich nicht übertünchen. Nicht, solange sie sich darauf besannen.

»Oma hat das bestimmt gehört«, wisperte Cecilie so zaghaft in sein Ohr, dass er sie unter dem Beifall kaum verstand.

»Kann sein«, erwiderte er schmunzelnd. »Aber ich habe es nicht für sie gespielt.«

Cecilie hielt ihn fester. Dann löste sie die Verbindung, legte ihre Hand an seine Wange und strich mit dem Daumen sanft darüber.

»Es tut mir so leid, Kasi. Es war falsch, dir all das zu verschweigen. Ich wusste es einfach nicht besser …«

»Schon gut.«

»Ich möchte, dass alles zwischen uns wie früher wird. Wie ganz früher. Ich habe doch nur dich …«

Als sie ihren Blick senkte, fiel seiner auf Thomas. Er war aufgestanden, machte jedoch keine Anstalten, die Szene zu unterbrechen. Stattdessen zwinkerte er Kasimir väterlich zu und zeigte ihm den Daumen nach oben. Eines Tages würde er Cecilie ebenfalls dabei helfen müssen, zu erkennen, dass sie von so viel mehr Glück umgeben war, als sie sich zugestehen wollte.

»Spar dir deine Nostalgie für später«, sagte er und nickte auf die Wölbung unter ihrem Kleid. »Wenn dieses Ding auf der Welt ist, wirst du noch oft genug heulen.«

Sie kicherte verschluchzt und wandte sich kurz nach Thomas um. Ihr Lächeln hatte fast zu alter Stärke zurückgewonnen.

»Wir kriegen das hin. Wir ziehen um, Kasi, raus aus dieser Bruchbude in eine größere Wohnung, vielleicht in ein Haus mit Garten. Gemeinsam finden wir deinen Vater, versprochen. Und du … du wirst ein großartiger Onkel sein. Du kannst sie im Kinderwagen spazieren fahren und ihr beibringen, Klavier zu spielen.«

Äußerlich schmunzelte Kasimir bei der Vorstellung. Innerlich schmeckte er mit jedem hoffnungsfrohen Wort seiner Schwester einen zunehmend bitteren Geschmack im Mund. Sie wusste nicht, dass sich ihre Zukunftsträume ohne ihn erfüllen würden, und er hätte ihr sein Vorhaben gern länger verheimlicht. Doch er erinnerte sich genau an das Gefühl, als sie ihm die Wahrheit über seine Vergangenheit gestanden hatte. Es war schmerzhaft und zugleich so befreiend gewesen, dass er sich geschworen hatte, den Graben zwischen ihnen nie wieder so weit aufbrechen zu lassen.

»Es gibt etwas, das ich dir gestehen muss.«

Die erwartungsvolle Neugier in Cecilies Augen geißelte sein Gewissen. Wahrscheinlich zögerte er deshalb einen Moment zu lange.

»Kasimir«, sagte jemand hinter ihm angespannt. »Hast du eine Minute?«

Das letzte Mal, als Francesca ihn ohne ein Wort der Erklärung mit sich gezerrt hatte, war Kasimir noch in unschöner Erinnerung, und ihre verhärtete Miene ließ abermals nichts Gutes erahnen.

»Also, was willst du?«, begann er, nachdem sie ihn aus der Kirche hinaus hinter einen Fassadenpfeiler geführt hatte, und zog eine halb leere Zigarettenschachtel aus seiner Anzugtasche. »Wenn du von mir erwartest, noch miserabler zu spielen, vergiss es. Ich werde mich nicht vor zahlendem Publikum blamieren, nur weil dir der Sinn danach steht.«

»Steck dir dein Giftstäbchen an«, erwiderte sie knapp. Er zog die Augenbrauen hoch, kam ihrem Vorschlag jedoch nach, wenngleich er fünf Anläufe brauchte, den Tabak zu entzünden. Francesca blickte sich sorgsam um, ehe sie mit gedrosselter Stimme fortfuhr. »Wenn du dein mittelmäßiges Niveau hältst und Leo keinen Verdacht schöpft, wird er ohne Zweifel zum Gewinner gekürt. Ich habe mich allerdings gerade mit der Dame aus Berlin unterhalten. Sie ist begeistert von der Veranstaltung und hat mir versichert, dass sie eine Immatrikulation an der Universität der Künste garantieren kann ...«

»Dann verstehe ich nicht, wieso ...«

»... für denjenigen, der den Wettbewerb gewinnt.«

Francesca sah ihm in die Augen. Es dauerte einen Moment, ehe Kasimir die Tragweite ihrer Worte verstand. Er nahm die Kippe aus dem Mund und entließ den Rauch in den sternenübersäten Nachthimmel. Nach seinem letzten Lied hatte er gehofft, den Sternen ein wenig näher gekommen zu sein, aber der Morast gab ihn offenbar nicht widerstandslos frei.

»Sie wollen nur den Sieger?«, hakte er nach und wartete ihr Nicken ab. Seine Mundwinkel zuckten kurz nach oben, bevor er sich der Finsternis widmete, die sich in seinem Kopf ausbreitete. »Wäre auch zu einfach gewesen.«

»Ist dir klar, was das bedeutet?«, meinte Francesca nachdrücklich. »Ob du sie mit deiner Komposition überzeugst oder nicht, es steht außer Frage, dass du im Falle einer Niederlage an der Uni angenommen wirst.«

»Ich bin nicht so schwer von Begriff, wie du denkst«, erwiderte er und flippte seine Zigarette gegen die Kirchenwand. Die Lust zum Rauchen war ihm vergangen. »Und? Was erwartest du nun von mir?«

»Ich möchte, dass du trotzdem verlierst«, stellte sie, ohne zu zögern, fest.

»Aha.« Kasimir musste eine zynischere Erwiderung unterdrücken. »Warum sollte ich? Leo ist nicht mal mit der Schule fertig. Ich glaube kaum, dass er sich im Augenblick für ein Studienstipendium interessiert.«

»Richtig, er hat noch keinen Schulabschluss. Er hat nichts zu bieten, das seiner zukünftigen Karriere in die Hände spielt.«

Der Klang ihrer Worte legte sich wie ein schwerer Stein auf Kasimirs Gewissen. Allein dieses Gefühl hielt ihn davon ab, ihr abermals in die Parade zu fahren.

»Orchesterverbände und Konzerthäuser sind an Künstlern interessiert, die mit Leistungsdruck umzugehen wissen. Ein abgeschlossenes Studium ist Grundvoraussetzung dafür.« Sie machte eine Pause, als wollte sie sichergehen, dass er ihr folgen konnte. »Welche Eigenschaften schätzt du an Leo? Seine Treuherzigkeit? Oder diese schlechte Eigenart, sich in einem Licht zu präsentieren, das anderen gefällt? Wirkt er auf dich auch nur ansatzweise erwachsen?«

»Er ist erst neunzehn, warum sollte er ...?«

»Weil er muss«, konterte sie. »An der Uni ist man kein Star, nur weil man auf der ein oder anderen Hochzeit aufgetreten ist. Sollte Leo sich tatsächlich dazu entscheiden zu studieren, was glaubst du, wie lange er durchhalten würde?«

»Bis er seinen Abschluss hat«, meinte Kasimir überzeugt. »Er weiß, was er tun muss, um sein Ziel zu erreichen.«

»Bleibt nur die Frage, ob er dazu auch bereit ist. Im Moment nimmt er seine Karriere auf die leichte Schulter und lebt in den Tag hinein, als würde es immer so weitergehen. Wenn ihm etwas nicht passt, schmeißt er es weg. Denk an seinen Auftritt nach deiner Zurückweisung. Er hat nur an dich gedacht, anstatt sich um sich selbst zu sorgen. So ist er schon immer gewesen und ...«

»Sag einfach, was du sagen willst. Wir haben nicht ewig Zeit«, fuhr Kasimir ihr dazwischen.

Francesca schürzte die Lippen, ließ sich aber von seinem resoluten Auftreten zurechtweisen. »Wenn Leo diesen Wettbewerb gewinnt, erlangt er eine Reputation in Fachkreisen. Ich will, dass er in der Branche Fuß fasst, ehe ich ihn nicht mehr unterstützen kann.«

Kasimir schnaubte spöttisch. »Als ob du ihm jemals freie Hand lässt.«

»Das werde ich. Und zwar noch in diesem Sommer«, sagte sie so ernst, dass Kasimir einen Moment den Atem anhielt. »Ich habe eine Stelle als zweite Violinistin am Orchestra del Maggio Musicale Fiorentino angenommen. Im August fliege ich nach Italien und fange dort an.«

Daraufhin schwieg sie und senkte den Blick. Es war das erste Mal, dass Kasimir Francesca kleinmütig erlebte.

»Weiß Leo davon?«, fragte er zögerlich. Sie schüttelte den Kopf.

»Nein. Er würde versuchen, mich davon abzubringen. Er würde seine Auftritte absagen und im schlimmsten Fall die Schule abbrechen, wenn er der Meinung ist, dass mich seine Hilflosigkeit aufhalten könnte. Das ist seine Art, Probleme zu lösen. Selbstaufgabe. So weit darf es nicht kommen.«

Francesca blickte ihm aufrichtig in die Augen. Kasimir hatte die Art, wie sie ihre Ziele zu erreichen versuchte, nahezu immer verurteilt. Auch dieser Weg erschien ihm falsch, doch er konnte ihr keine Alternative aufzeigen. Sie handelte aus voller Überzeugung und Liebe zu Leonhard. Auf ihre Weise.

»Du willst, dass ich verliere, damit Leo bekommt, was du dir für ihn wünschst«, fasste er zusammen. »Und ich stehe am Ende mit leeren Händen da.«

»Du kannst dich auf die Warteliste setzen lassen«, erwiderte sie. »Der Kontakt ist hergestellt. Man wird dich unter Umständen bevorzugt behandeln.«

»Ich habe nicht gespielt, um jemandem *unter Umständen* zu imponieren, Francesca. Ich wollte damit drei Menschen danken, die mir auf meinem Weg geholfen haben. Zu gewinnen, stand nie zur Debatte, und meine bisherige Leistung rechtfertigt auch keine Bevorzugung.«

»Ich erwarte nicht von dir, dass du meinem Wunsch entsprichst«, sagte sie, ohne eine Miene zu verziehen. Allerdings entging Kasimir nicht, wie angespannt sie den Ärmelsaum ihres Blazers mit den Fingern umschloss. »Aber ich appelliere an deine Rücksicht. Auch wenn Leo es nicht wahrhaben will, er wird es in den kommenden Jahren schwer haben. Du kannst ihm helfen, aber ich kann dir dafür keine Gegenleistung bieten.«

Kasimir seufzte, richtete den Blick hinauf zu den Sternen und fragte sich, was seine Großmutter zu alldem sagen würde. Vor wenigen Wochen hätte er keine Sekunde gezögert, Francesca auflaufen zu lassen. Er wollte studieren und sich beweisen. Er wollte das Licht in seinem kleinen, dunklen Kosmos nie wieder in einem schwarzen Loch verschwinden sehen.

»Wenn du jemanden triffst, der dir das Universum zeigen möchte, kannst du die Welt mit anderen Augen sehen.«

Die Worte seiner Großmutter leuchteten in seinem Gedächtnis auf. Heller als die Sterne am Firmament.

»Du hast ein falsches Bild von Leo«, sagte er ruhig. »Wenn ihm seine Zukunft nicht wichtig wäre, würde er heute nicht hier spielen. Sicher benötigt er hin und wieder Hilfe, aber du musst ihn nicht ständig an die Hand nehmen. Was er braucht, ist Verständnis. Und vielleicht etwas mehr Zeit.«

Francescas Blick nahm mit jedem seiner Worte entgeistertere Züge an. Dabei hatte Kasimir nicht das Gefühl, seine Botschaft besonders harsch zu formulieren. Er wusste, wie ernst es ihr war. Und er hatte sich längst entschieden.

»Was soll's? Ich habe mein halbes Leben verschwendet, die zwei oder drei Jahre können die Sterne auch noch warten. Wir machen weiter wie geplant. Ich werde gegen Leo verlieren ...«

Etwas an Francescas Gesichtsausdruck ließ ihn innehalten. Ihr Fokus ruhte nicht auf ihm. Und den Grund dafür erkannte er, als er sich umdrehte.

»Störe ich?«, fragte Leonhard.

30. Takt

Dur

Leo hätte es wissen müssen. Die scheelen Blicke, die heimlichen Telefonate zwischen Kasimir und Francesca. Er war gelinkt worden.

»Warte …«, hörte er Kasimir halblaut hinter sich rufen; seine Stimme klang deutlich verunsichert.

»Lass mich in Ruhe!«, zischte Leo, während er den Mittelgang entlanglief. Ihm stand nicht der Sinn danach, gute Miene zum bösen Spiel zu machen. Als er jedoch die erste Reihe erreichte, wurde er am Ärmel seines Jacketts zurückgehalten.

»Was?«, sagte er gereizt und drehte sich so ruckartig um, dass Kasimir zusammenzuckte. Einige Gäste hatten ihnen den Blick zugewandt, allerdings war es Leo herzlich egal, welchen Eindruck sein Verhalten hinterließ. Er konnte sich aufführen, wie er wollte – verlieren würde er ohnehin nicht.

»Ich will mit dir darüber reden.«

»Ach, jetzt plötzlich?«

Die Schmach kratzte an Leos Stimmbändern. Gestern noch hatte Kasimir ihn auf ein Duell auf Augenhöhe eingeschworen. Wollte er ihm jetzt offenbaren, dass er sich dafür zu ihm herunterbücken musste?

»Du hast nicht alles gehört«, sagte Kasimir etwas leiser, um keine weitere Aufmerksamkeit auf ihren Disput zu ziehen. »Du kennst die Hintergründe nicht.«

»Das ist der Sinn der Sache, oder? Sonst hättest du's mir erzählt, also behalt es gern für dich.«

Leo wollte sich abwenden, doch Kasimir hielt ihn fest. »Bitte. Lass es mich erklären.«

»Warum? Damit du mir eine Geschichte auftischst, die mich ruhigstellt?«, schnaubte er. Kaum zu glauben, dass er für diese Anmaßung Tränen vergossen hatte. »Spar's dir, Kasi. Ich dachte, wir würden ehrlich miteinander umgehen, aber du hast nichts Besseres zu tun, als über meinen Kopf hinweg Entscheidungen über mein Leben zu fällen. Von Franna hätte ich das erwartet, aber nicht von dir.«

Davon ließ Kasimir sich jedoch nicht abbringen. Er griff abermals nach seinem Ärmel und zog ihn in Richtung Vorbereitungsraum, drängte Leo hinein und schob die Tür hinter sich ins Schloss. »Du wirst mir jetzt zuhören. Wenn du den Grund kennst, wirst du verstehen, warum ich dir im Vorfeld nichts erzählt habe.«

»Was glaubst du, wie lange ich dort gestanden habe?«, erwiderte Leo barsch. »Nach deinem Auftritt brauchte ich frische Luft und hab mir eine ruhige Ecke gesucht, und sieh an, drei Minuten später taucht ihr auf. Witzig, oder? Ich hab noch mit dem Gedanken gespielt, mich aus der Deckung zu begeben. Und dann höre ich plötzlich irgendwas von ›Plan‹ und ›Abmachung‹.«

Kasimir presste wortlos die Lippen zusammen, sein schuldbewusster Anblick linderte Leos Anspannung.

»Warum hast du mir nicht gesagt, dass du studieren willst?«, fragte er gemäßigter. »Anstatt auf Frannas Intrigen einzugehen, hättest du mit mir reden können. Oder habe ich dir das Gefühl gegeben, dass das ein Fehler wäre?«

»Nein«, erwiderte Kasimir zögerlich. »Aber sie hatte Kontakte zu den Schlüsselstellen an der Uni, die sie mir nur beschaffen wollte, wenn du nichts davon erfährst.«

»Ernsthaft? Dachtest du etwa auch, ich würde versuchen, dich aufzuhalten?« Leo schüttelte den Kopf. »Mir ist klar, dass du nicht ewig an meiner Seite bleiben kannst, und das ist in Ordnung. Du musst vorwärtsgehen, wenn du deine Leidenschaft zum Beruf machen willst. Warum lässt du dich von Franna dazu zwingen, das Gegenteil zu tun? Das ist dumm, Kasimir. Völlig bescheuert.«

Kasimir rieb seine Hände aneinander, sichtbar darum bemüht, seinen Vorwürfen etwas entgegenzusetzen. Doch kein Wort verließ seine Lippen.

»Ihr jongliert mit meiner Zukunft, ohne mich nach meiner Meinung zu fragen«, sagte Leo und sah Kasimir in die Augen. Diese schönen hellgrauen Augen, in deren Glanz sich endlich die Person spiegelte, die er sein wollte. Die Tränen hatten seine Abdeckcreme verwischt und die unreinen Partien seiner Haut freigelegt, seine Lider waren gerötet, und seine Stirn lag in Falten – aber das war er. Er sah exakt so aus, wie er sich fühlte. »Ich will mir nicht vorschreiben lassen, wie ich mich auf der Bühne zu präsentieren habe, und noch weniger, wie mein Leben verlaufen soll. Das entscheide ich allein. Und wenn ich es gegen die Wand fahre, dann lasst mich diese Erfahrung machen. Ihr müsst mich nicht vor mir selbst schützen. Weder Franna noch du.«

»Ich weiß, Leo«, antwortete Kasimir kontrolliert, als versuchte er, seine Nervosität im ruhigen Klang seiner Worte zu verbergen. »Aber ich kann meine Immatrikulation auch auf dem normalen Weg erwirken. Selbst wenn es etwas länger dauert …«

Als Leo kichern musste, geriet Kasimir ins Stocken. Hieß das, dass *er* nicht in der Lage war, auf »normale« Weise voranzukommen?

»Du hast mir damals auf dem Friedhof gesagt, dass du mich verstehen willst, stimmt's?«, sagte Leo und wartete Kasimirs Nicken ab, ehe er fortfuhr: »Dann lass es mich unmissverständlich ausdrücken: Ich will keine Rücksicht von dir. Ich will verlieren, wenn ich unterlegen bin, oder siegen, wenn meine Leistung es verdient. Wenn du auf ›normalem‹ Weg dein Ziel erreichen willst, nur zu. Aber nimm mir nicht die Chance, dasselbe zu versuchen.«

Leo sprach mit Bestimmtheit, doch Worte allein würden Kasimir nicht überzeugen, und das Knarzen der Tür vereitelte einen weiteren Versuch. Es war Dawid, der hereinlugte und sie zweideutig anlächelte.

»Ehestress im Hinterzimmer?«, kokettierte er und zeigte mit dem Daumen über seine Schulter in den Kirchsaal. »Ihr könnt euren Disput gern öffentlich austragen, die Pause ist fast vorbei. Wird Zeit für deinen Auftritt, Leonie.«

Er blieb im Rahmen stehen, als ahnte er, dass sie nicht von ihrer Konversation ablassen würden. Wenn Kasimir jedoch glaubte, dass Leo einem aufgezwungenen Sieg nichts entgegenzusetzen hatte, täuschte er sich genauso gewaltig wie Francesca. Der normale Weg war für ihn gesperrt?

Dann gern auf Abwegen.

31. Takt

Dur

»Welche Eigenschaften schätzt du an Leo? Diese schlechte Eigenart, sich in einem Licht zu präsentieren, das anderen gefällt?«

»Meine Damen und Herren, ich begrüße Sie herzlich zum zweiten Teil unseres Abendprogrammes. Nachdem Ihnen unsere beiden Finalisten in klassischer Manier gezeigt haben, welch talentierten Künstlernachwuchs das Land zu bieten hat, wagen wir einen Stilbruch und widmen uns den Klängen der Moderne.«

»Wenn ihm etwas nicht passt, schmeißt er es weg. So ist er schon immer gewesen.«

»Bevor wir zum Höhepunkt des Abends kommen, der Premiere zweier Neukompositionen, werden unsere Pianisten Ihnen ihre eigens arrangierten Interpretationen moderner Chartsongs präsentieren. Gesanglich begleitet werden sie zu meiner außerordentlichen Freude von unseren beiden Halbfinalisten Paula Amadhila-Schuhmacher und Dawid Eilinger!«

»Er soll sein Glück finden, und das wird er nur mithilfe der Musik. Nicht mit mir.«

Applaus. Verbeugung. Strahlendes Lächeln. All das beherrschte Leo. Er konnte ebenso bescheiden auftreten wie Paula oder eine One-Man-Show abziehen wie Dawid, doch es änderte nichts. *Sie* hatte bloß ein Bild von ihm vor Augen. Eines, das sich niemals wandelte, sosehr er sich auch verbog.

»Als Erstes wird uns Leonhard Valentin in Begleitung von Paula eine alternative Version des Electropop-EDM-Hits *Faded* des norwegischen DJs Alan Walker vorstellen. Das Stück beschreibt den Verlust eines geliebten Wesens auf einer fantasievoll entrückten Ebene.«

Leo musste schmunzeln. »Fantasievoll entrückt« traf punktgenau seinen Glauben an eine gemeinsame Zukunft mit Francesca. Wie lange hatte er sich eingebildet, dass seine Chance eines Tages wie ein dünner Ölfilm auf der Wasseroberfläche flimmern würde? Er war all die Jahre eingeschlossen gewesen in einer Blase der Hoffnung, die nicht einmal Marco hatte zum Platzen bringen können. Doch nun war deren Haut so fragil, dass ein Blick genügte, um sie zu zerstören. Und das geschah in genau dem Moment, als er sich erhob und Paula auf die Bühne folgte. Er war weder Francescas Spielzeug noch ein Aushängeschild für ihre hervorragende Erziehung. Wenn sie erzwingen wollte, dass er aus der Masse herausstach, würde sie sich in Zukunft mit seinen Launen arrangieren müssen. Und zwar ab sofort.

»Paula«, wisperte er und zwinkerte seiner Gesangspartnerin zu, woraufhin sie davon abließ, ihr Mikrofon zu erwürgen. »Du erinnerst dich an deinen Auftritt in der dritten Runde, richtig?«

»Was?«, gab sie flüsternd zurück und trat ein paar Schritte auf den Flügel zu. »Wie meinst du das?«

»Ich würde gern was ausprobieren. Hör einfach zu und folge deinem Gefühl.«

Als sie wieder neben das Taufbecken tappte, warf er Francesca einen Luftkuss zu und konnte dabei zusehen, wie ihr die Gesichtszüge entglitten. Wie gut sie ihn doch kannte.

Und gleich würde sie eine ganz neue Seite an ihm kennenlernen.

Er begann mit dem langsamen Auftakt seines Liedes und musste schmunzeln, als Paula sich verschreckt zu ihm umwandte. Auch die Jury sah geschlossen zu ihm auf, aber das war ihm recht. Er wusste, dass es gut werden würde. Auf Paula konnte er sich verlassen.

»You learnt my love, you hit the target …«

Er spürte ihre Worte auf seinen Fingern, als spielte er sie selbst, als sprächen ihm die Tasten aus der Seele und überschwemmten das Auditorium mit seinen Empfindungen. Doch sie brauchten nur eine Person zu erreichen. Den Menschen, der seine Liebe genommen und sie kleingehalten hatte. Ihn kleingehalten hatte, all die Jahre. Sie sollte hören, was er davon hielt. Und Paulas Stimme war sein Sprachrohr zu ihrem Herzen.

»You held my hand into the darkness …«

Francesca wusste es. Leo spürte es in dem Brennen auf seiner Haut; ihre Erkenntnis ließ seine Hände entflammen. Mit jedem Anschlag loderte seine unerwiderte Liebe auf wie das Feuer in der Walpurgisnacht. Ihm war bewusst, dass er erst auf die Grundfesten niederbrennen musste, um aus der Asche aufzuerstehen und seine Schwingen zu spreizen. Er war nicht länger der tschilpende Spatz in Francescas Hand.

Er war ein Phönix.

Als der Refrain einsetzte, schlug Leo kraftvoller in die Tasten. Er befreite sich mit diesem Lied von ihr. Er befreite sie von ihm, damit sie endlich ihren eigenen Weg gehen konnte. Leo wollte nicht länger ein Hindernis sein, sondern ein gleichgestellter Partner. Er würde Schlösser bauen, in denen sie ein gern gesehener Gast war. Den Schlüssel zu seiner Schatzkammer würde er ihr jedoch nie wieder überlassen.

Die Überraschung wog schwer im Publikum, während Leo sich leichter fühlte als jemals zuvor. Auch Paulas gehauchte Verse hatten an Kraft gewonnen. Der dünne Pinselstrich, den ihre Stimme normalerweise hinterließ, erblühte in einem Regenbogen aus Emotionen. Sie erschuf einen Farbensturm, der durch den Saal fegte und alles übertünchte. Leo hatte keine Vorstellung davon gehabt, welche Macht ihr sanftes Wesen entfesseln konnte. Sie konnte im Schatten glänzen und die Stille ohrenbetäubend laut erscheinen lassen. Und sie konnte ihn glauben lassen, er könnte das alles mit ihr gemeinsam.

»I'm gonna be more than you ever thought I was.«

Als die Harmonie ausklang, erhob sich begeisterter Beifall. Leo beobachtete verzückt, wie Francesca aufstand, Kasimir grob am Handgelenk packte und Kurs auf die Jurorenreihe nahm. Aber es spielte keine Rolle. Dieses Mal hatte sich niemand über seinen Willen hinweggesetzt. Und das war ihm nicht zu nehmen.

»Was fällt dir ein, ein anderes Lied zu spielen?!«, keifte Francesca, als Leo sich neben ihr niedergelassen hatte. »Ist dir klar, dass das deine Disqualifikation bedeutet? Die Jury war kurz davor, diese Schmierenkomödie abzubrechen!«

»Ganz ruhig, Franna. Die hören uns alle ...«

»Na und? Du wolltest Aufmerksamkeit, jetzt bekommst du sie!«

Seufzend tauschte Leo einen Blick mit Paula, die ihre Hände ineinander knetete und sich als seine unfreiwillige Komplizin sichtlich unwohl fühlte. Die vorderen Sitzreihen verfolgten interessiert Francescas verbalen Amoklauf. »Ist doch gut gegangen, oder nicht?«

»Ja, ganz toll. Weil Kasimir die Juroren überzeugen konnte, dich wegen des Regelverstoßes nicht vom Finale auszuschließen«, zischte sie gedämpft, nachdem der Begrüßungsapplaus seines Konkurrenten ihre Schmährede zerschnitten hatte. »Wieso bist du nicht dankbar für die Chance, die du hier erhältst?«

»Weil ich den Sieg nicht geschenkt bekommen will«, gab er zurück und beobachtete, wie Kasimir und Dawid auf der Bühne flüsternd noch etwas besprachen. Als sich ihre Blicke trafen, wich Kasimir ihm aus.

»Du musst ihn aber auch nicht gewaltsam von dir wegstoßen«, erwiderte Francesca, als ein Klingeln ertönte. Die Stiftungsvorsitzende war neben den Flügel getreten und legte ihre Hand auf die polierte Oberfläche.

»Meine Damen und Herren, ich möchte Sie im Namen aller Juroren für die kurze Verzögerung um Verzeihung bitten. Leonhards Programmpunktvariation hat für Gesprächsstoff gesorgt.« Leo wand sich geniert unter ihrem sanftmütigen Blick. Wahrscheinlich hatte er es ihrer langjährigen Bekanntschaft zu verdanken, dass er noch im Rennen war. »Nun möchten wir gern fortfahren mit unserem zweiten Arrangement, dem Lied *Natural* der US-Band Imagine Dragons. Ich denke, Kasimir hat dieses Stück nicht ohne Grund ausgewählt, nicht wahr?«

Kasimir hatte augenscheinlich nicht damit gerechnet, vor seiner Darbietung Rede und Antwort stehen zu müssen. Als er nervös Dawids Blick suchte, musste Leo schmunzeln; an seiner Bühnenausstrahlung musste er definitiv noch arbeiten. Dawid, der wie selbstverständlich ans Mikrofon trat, war ihm diesbezüglich um Welten voraus.

»Ganz richtig«, sagte er lächelnd. »Der Song handelt vom Willen, sich entgegen allen Widrigkeiten durchzubeißen. Der Titel bedeutet ›Naturtalent‹. Ich schätze, das trifft auf uns beide zu. Auf mich allerdings deutlich mehr.«

Daraufhin erhob sich heiteres Gelächter im Publikum. Leo sah Dawid an, wie sehr es ihm gefiel, im Rampenlicht zu stehen. Kasimir hingegen verlor keine Zeit, sich der Aufmerksamkeit durch die Flucht zum Flügel zu entziehen.

»Der Kerl hat die Ausstrahlung einer Fledermaus im Vergnügungspark«, murmelte Francesca. »Glaubst du wirklich, dass jemand wie er eines Tages allein einen Konzertsaal füllen wird?«

»Warum nicht?«, erwiderte Leo und beobachtete, wie Cecilie ihr Smartphone in die Höhe hielt, um den Auftritt ihres Bruders aus der besten Perspektive aufzunehmen. »Vielleicht ist es gerade seine eigenwillige Art, die ihn zwischen all diesen Perfektionisten einzigartig macht.«

Als Kasimir den Auftakt spielte, rieselte ein angenehmer Schauder über Leos Unterarme. Er ging nicht davon aus, dass er sich vor all diesen Menschen blamieren würde, um Francescas Plan durchzuziehen. Dafür war Kasimir einerseits zu eitel, andererseits würde ihm Dawid zweifellos das Mikro an den Schädel werfen, wenn er ihn öffentlich vorführte.

Kasimir wirkte hoch konzentriert, während er der Dunkelheit des Textes eine Grazilität verlieh, die ihr Duett in einer unwirklichen Schönheit aufschimmern ließ. Dawids Stimme korrespondierte nahezu perfekt mit den Vocals des Originals, und er schien mit den Worten, die er sang, zu verschmelzen. *Natural* ließ ihn eine Symbiose mit der Finsternis durchleben, einen Kampf ums Überleben in einer Welt von Hass und Trug. Er verschluckte die düsteren Klavierklänge und ließ sie eine Energie in seinem Zwerchfell erzeugen, welche die Zuhörer mit einer unbändigen Wucht erfasste.

»Deep inside me, I'm fading to black, I'm fading ...«

Leo merkte, wie sich seine Nackenhaare aufstellten, als Dawid zur Bridge überging. Viel leiser, fast gehaucht flüsterte er die schwarzen Verse, als könnte seine Stimme an jedem Wort zersplittern. Kasimir untermalte sein Wispern mit einer so minimalistischen Begleitung, dass sein Spiel beinahe zum Erliegen kam. Seine Unterlippe klemmte fest zwischen den Zähnen, während er die Tasten antippte, als könnte er sich daran verbrennen.

»I can taste it, the end is upon us, I swear, gonna make it ...«

Plötzlich lächelte Dawid, trotz der beklemmenden Lyrics. Warum, verstand Leo eine Sekunde später. Als Kasimir kraftvoll in die Tasten schlug. Sich direkt vor sein Mikro lehnte. Und ihm mit einer zerstörerischen Härte klarmachte, dass dieser Wettbewerb noch nicht vorbei war.

»I'm gonna make it!«

Leo hielt instinktiv den Atem an, und auch Francesca hob perplex die Augenbrauen. Dawid hatte wieder den Refrain übernommen, und Kasimir arbeitete mit gesenktem Blick daran, das Stück zu Ende zu bringen, doch sein Kopf war hochrot vor Aufregung.

Unglaublich. Leo hätte niemals gedacht, dass sein schwarzer Angsthase so aus sich herausgehen konnte.

»Stupido«, sagte Francesca, während sie kopfschüttelnd in die Hände klatschte. »Will er nun verlieren oder nicht?«

»Vielleicht weiß er es selbst nicht«, erwiderte Leo lächelnd. »Nach diesem Auftritt dürften wir jedenfalls wieder gleichauf sein. Also entscheidet am Ende das Stück, das jeder für sich verfasst hat.«

»Hervorragend. Und ich habe mir dein Experiment nicht ein einziges Mal angehört.«

Leo applaudierte ambitionierter, als sich Kasimir an Dawids Seite begeben hatte und sich verbeugte. Er wagte es noch immer nicht, wieder in Leos Richtung zu blicken. Bald würde er jedoch die Augen nicht mehr von ihm lassen können.

»Lass dich überraschen.«

32. Takt

Moll

Das Herz klopfte Kasimir bis zum Hals. Nie zuvor in seinem Leben hatte er in ein Mikrofon geschrien. Ihm wurde beim bloßen Gedanken daran übel, und er war dankbar, dass Dawid die Führung übernahm, als sie gemeinsam die Bühne verließen.

»Du solltest an 'ner Castingshow teilnehmen«, wisperte er ihm vergnügt ins Ohr. Kasimir war zu aufgewühlt, um etwas Schlagfertiges zu erwidern, und massierte unnachgiebig seine Hände, während er Cecilie und Thomas passierte. Seine Schwester zeigte ihm enthusiastisch beide Daumen nach oben. Blieb zu hoffen, dass seine Aktion auch Leonhard überzeugt hatte.

»War das Beweis genug für dich, dass ich diesen Wettstreit ernst nehme?«, sagte er mit zittriger Stimme und räusperte sich rasch.

»Das hast du mir laut und deutlich zu verstehen gegeben.«

Leonhards verschlagenes Grinsen verwandelte Kasimirs Aufregung in sanfte Euphorie. Kaum zu glauben, dass ein falscher Blick dieses Jungen ihn so stark ins Wanken gebracht hatte, dass er seine Hemmungen über Bord geworfen und improvisiert hatte, um wieder in seiner Gunst zu steigen. Normal fühlte sich das nicht mehr an.

»Schön, dass die Zwistigkeiten ausgeräumt sind«, meinte Francesca mit betretener Miene. »Zum Glück muss ich mir diesen Blödsinn nur noch eine Runde lang antun. Ihr seid beide miserable Gewinner, wisst ihr das?«

»Wenigstens braucht sich am Ende nur einer so zu schimpfen«, erwiderte Leonhard und lachte, als Francesca die Augen verdrehte und Paula neben ihr verlegen schmunzelte. Doch seine Fröhlichkeit gefiel Kasimir nicht. Er hatte genug Zeit mit ihm verbracht, um Leonhards aufrichtiges Lachen von seiner Maske unterscheiden zu können.

Das war es mit Gewissheit nicht.

»Ihr werdet gleich geschlossen auf die Bühne gehen, wenn Frau Dr. Weber die Ansprache für euren letzten Auftritt hält. Leo wird als Erster spielen, nach dem Schlussakkord von *Solitario* wird direkt gewechselt.«

Kasimir nickte und sah hinüber zum Altar. Während der Pause war ein zusätzlicher Stuhl nahe dem Steinway platziert worden. Offenbar wollte man die Spannung zwischen den Darbietungen durch den Wechsel nicht abreißen lassen.

»Habt ihr alles verstanden?«, fragte Francesca. »Dann informiere ich die Stiftungsvorsitzende. Möge der Bessere gewinnen ... oder wenigstens irgendeiner.«

Von der Mitte des Plateaus aus überblickte Kasimir den gesamten Saal. Das grelle Licht der Scheinwerfer war heiß auf der Haut, und er fühlte sich, als wäre sein Anzug über den Abend hinweg eingelaufen. Dass Leonhard auf dem Weg zur Bühne seine Hand ergriffen und seither nicht mehr losgelassen hatte, trug nicht gerade zur Senkung seines Pulses bei. Auch wenn der Kontakt ihm zumindest so viel Ruhe schenkte, dass ihn die Blicke der Zuschauer nicht zittern ließen.

»Meine sehr geehrten Damen und Herren«, begann die Stiftungsvorsitzende so schwungvoll, dass Kasimir ein Schauer über den Rücken lief. »Seit nunmehr zwanzig Valentinstagen küren wir die besten Nachwuchskomponisten des Landes. Achtzehn jungen Menschen haben wir seitdem diesen Titel verliehen. Diese Ausnahmetalente sind vor zwei Monaten zusammengekommen, um in einem Jubiläumswettbewerb gegeneinander anzutreten. Es ist an der Zeit, ihnen allen für ihr Engagement für die klassische Musik zu danken und ...«

Der aufwallende Beifall unterbrach sie, und er war lauter als je zuvor. Kasimir presste Leonhards Hand fester zusammen. Die Aufregung floss unablässig durch seine Adern und versorgte ihn mit einer Extraportion Adrenalin. Verdammt noch mal! Er stand wirklich an diesem Punkt.

Das war seine Revanche.

»Leonhard Valentin und Kasimir Hasenick haben uns über vier Runden hinweg am nachdrücklichsten überzeugt. Daher ist auch die Jury sehr gespannt auf die eigens für diesen Anlass komponierten Stücke, denn wir kennen bislang nur die Rohentwürfe von *Solitario* und *Easy.*«

Als Leonhard verstohlen grinste, sah Kasimir zur Seite. »Was ist?«

»Nichts. Hab bloß nicht erwartet, dass du meinen Vorschlag annimmst. Der Titel ist total bescheuert für so ein Monster von Komposition.«

»Er kommt ja auch von dir«, murmelte Kasimir.

Die Stiftungsvorsitzende setzte zum finalen Teil ihrer Rede an: »Ich wünsche Ihnen und unseren Pianisten viel Freude mit den Finalkompositionen des Abends. Wir werden unsere Entscheidung unverzüglich nach Kasimirs Auftritt verkünden. Und nun, Leonhard ... darf ich bitten?«

Die Stille vor Leonhards Auftritt war gespenstisch. Nachdem er sich ans Klavier gesetzt hatte, waren alle Gespräche verstummt. Allein das Schleifen des Hockers auf dem rauen Untergrund zerschnitt das Schweigen.

Kasimir atmete instinktiv langsamer, als Leonhard sein Mikrofon auf Sprechhöhe einstellte.

»Es fällt mir nicht leicht, etwas über dieses Stück zu sagen«, begann er lächelnd, »aber wenn ich es spiele, fühle ich mich, als würde ich einem Stern nachlaufen, der jede Nacht an einem anderen Punkt am Himmel auftaucht. Sobald ich ihn entdecke, ändere ich die Richtung, in der Hoffnung, dass er an dieser Stelle auf mich wartet. Doch er bleibt unerreichbar für mich, sosehr ich mich auch um ihn bemühe.«

Seine Worte machten Kasimir stutzig. Derartige Metaphern kamen ihm nicht in den Sinn, wenn er sich an das heillose Durcheinander auf Leonhards Notenblatt zurückerinnerte.

»Trotzdem kann ich ihn nicht loslassen. Nacht für Nacht erscheint er mir, und ich jage ihm nach. Weil ich ihn brauche und nicht will, dass er mir verloren geht. Ich denke, das beschreibt dieses Lied ganz gut.«

Daraufhin erklang Applaus. Auch Kasimir klatschte in die Hände, während er rätselte, ob sich Leonhard eben eine anrührende Story ausgedacht hatte oder es ernst meinte. Aber er würde mit Sicherheit gleich erleuchtet werden.

Und zwar beim ersten Anschlag.

Innerhalb einer Sekunde erstarrte die Welt um Kasimir herum zu Eis. Die Klänge seiner Fantasie hallten am kalten Gemäuer wider, prallten an der Decke ab und schwebten wie Schneeflocken darnieder. Sie legten sich auf seine Schultern und ließen ihn augenblicklich frösteln. Das durfte nicht sein. Nicht schon wieder.

Er wandte den Blick ins Publikum, das hinter einer kristallklaren Wand aus Eis gebannt lauschte. Die begeisterten Gesichter ahnten nicht, dass ihre Bewunderung falsch war.

Dass sie einem Schwindel erlagen, hinters Licht geführt vom begnadetsten Täuscher, dem diese Kirche jemals Einlass gewährt hatte. Und es fiel Leonhard leicht, ihnen diese phänomenale Lüge aufzutischen. So leicht.

Easy.

Mit jeder Note dünnte die Luft in Kasimirs Eisgefängnis aus. Er musste seinen Krawattenknoten lockern, um nicht im Klang seiner eigenen Komposition zu ersticken. Verflucht noch mal, Leonhard spielte *sein* Stück. Er würde dafür disqualifiziert werden, zweimal nacheinander konnte die Jury kein Auge zudrücken. Und wenn nicht, welches Schicksal erwartete dann Kasimir? Er kannte *Solitario* nicht, hatte weder die Endfassung zu Gesicht bekommen noch den Rohentwurf am Klavier gespielt. Es existierte keine Möglichkeit, Leonhards Lüge zu vertuschen. Deshalb genoss er sein falsches Spiel auch aus vollen Zügen, dieser elende Querulant. Genau wie damals. Kasimir musste wieder dabei zusehen, wie dieser sternengleiche Junge sämtliche Herzen für sich gewann, während sein Auftritt von der Dunkelheit verschluckt wurde.

Er ballte die Hände zu Fäusten. Leonhard verfehlte nicht einen Ton und gestaltete die Dynamik exakt nach seiner Vorschrift. Selbst die Auslegung der Coda kopierte er, ehe er die Hände von der Klaviatur nahm, aufstand und sich mit einem Bilderbuchlächeln vor seinem hingerissenen Publikum verbeugte. Obwohl er das Entsetzen in den Augen seiner Managerin sah und sogar wusste, dass der rechtmäßige Urheber vor Zorn in Flammen aufging, hielt er seine Fassade aufrecht. Leonhard stahl ihm vor laufenden Kameras *seine* Show, zersägte *seine* Revanche wie eine Eisskulptur.

Aber diese Genugtuung gönnte Kasimir ihm nicht.

Er stand auf, lief in die Mitte der Bühne, schnappte sich das Mikrofon und wandte sich mit erhobener Hand der Jury zu.

»Sie haben den falschen Titel angekündigt«, sagte er, so klar er konnte, damit jedes seiner Worte auf der anderen Seite des Eiskäfigs ankam. »Das Lied, das Sie eben gehört haben … Leonhards Lied heißt *Easy.*«

Er zögerte kurz, als Leonhard sein Lächeln verlor. Seine Lippen formten ein tonloses »Nicht«, doch Kasimir ignorierte es.

»Ich möchte, dass das bitte korrigiert wird«, fuhr er fort, ohne dass seine Stimme ins Wanken geriet. »*Solitario* ist *meine* Komposition. Und ich werde Ihnen beweisen, dass es besser ist als dieser dilettantische Schund.«

Daraufhin drückte er Leonhard das Mikrofon in die Hände, schob ihn aus dem Zentrum des Plateaus und begab sich umgehend an den Flügel. Ob sein Theaterstück authentisch gewirkt hatte oder nicht, spielte keine Rolle. Als er sich auf dem Hocker niederließ und seine Hände auf die Klaviatur legte, existierte nichts außer ihm und dem Instrument. Seine eisige Welt war kein Käfig mehr, sondern ein majestätisches Iglu.

Er atmete tief durch und besann sich des Entwurfs, den er vor Wochen überarbeitet hatte. Der Auftakt war simpel gewesen, danach war Leonhard in unnötige Höhen geklettert, die den Einstieg in die Melodie erschwert hatten. Die überhasteten Tonsprünge hatten sie gestrichen, um den Übergang zum Motiv fließender zu gestalten. Und dort endete Kasimirs Wissen von *Solitario.* Auf die Schnelle fiel ihm keines seiner eigenen Werke ein, das nahtlos an dieses Chaos anknüpfen könnte. Er musste seinen Fingern vertrauen und sich irgendwie durch die Schneemassen kämpfen, die ihm sein Konkurrent vor die Füße geschaufelt hatte.

Egal, los geht's.

Kasimir begann, die unkonventionellen Passagen aus dem Gedächtnis herunterzuspielen. Jetzt, da er die krakeligen Zeilen akustisch wahrnahm, ergaben sie mehr Sinn als ursprünglich angenommen. Er fügte die ausgesparten Tonsprünge wieder ein, und dann, am Ende des zwanzigsten Takts, sah er sich mit seinem größten Feind konfrontiert: der

Spontanität. Umgeben von eisiger Stille tastete er sich voran und versuchte, Leonhards musikalische Fantasien in seine Improvisation einzuflechten. Krude Ideen, die er während ihrer gemeinsamen Überarbeitung geäußert hatte. Dynamiksprünge, pianissimo zu forte. Sein Spiel wurde breiter und schrumpfte in sich zusammen, preschte nach vorn und verfiel wieder in Schrittgeschwindigkeit. Als wäre es eine alte Frau, die ihrem Handtaschendieb nachjagte, oder ein träges Kind, das zu viele Kirschen von Großvaters Baum genascht hatte. Kasimir spielte mit diesen Bildern, warf sie durcheinander wie Memorykarten, deckte passende Paare auf und mischte sie wieder. Ungezwungen, frei und sooft es ihm beliebte.

Irgendwann schloss er die Augen und gestand seinen Händen die Sorglosigkeit zu, die längst von ihm Besitz ergriffen hatte. Seine Finger schufen Illusionen, die in die Gehörgänge des Publikums schlüpften und Musik in alle Köpfe pflanzten. Kasimir wollte ihnen zeigen, wie farbenfroh die Erde war, aus welcher seine Noten sprossen, und erwartete im Gegenzug, dass sie sie mit ihrem Applaus berieselten. Auf dass sie höher wuchsen. Immer höher. Bis sie den Eiskäfig sprengten und seine Notensplitter herabregnen ließen wie Juwelen.

Allmählich drang der Jubelsturm zu ihm durch. Er fühlte die Schwingungen des Beifalls in der Luft, die ihn ermutigten, seine Augen wieder zu öffnen. Das Rampenlicht blendete ihn so stark, dass er blinzeln musste. Als seine Finger jedoch erschöpft auf die Klaviatur sanken und er nach Atem rang, wurde ihm bewusst, dass es geschafft war. Er hatte sein Können vor all diesen Menschen dargeboten. Sie alle hatten ihm zugehört. Ihn gesehen. So, wie er es sich immer gewünscht hatte.

All Eyes On Me.

Die ersten Gäste erhoben sich. Ihre Hände reichten weit über ihre Köpfe hinaus, als wollten sie den seinigen Respekt zollen. Kasimir sah, wie Cecilie auf und ab hüpfte. Thomas streckte ihm die Fäuste entgegen, als hätte er den Boxkampf des Jahrtausends bestritten; selbst Francesca klatschte voller Anerkennung. Er konnte sich nicht sattsehen an ihren Reaktionen. Das Wagnis hatte sich gelohnt, sein Spiel hatte Gefallen gefunden. Allem voran seinen eigenen. Er konnte sich nicht erinnern, wann ihm das Klavierspiel zuletzt so viel Spaß gemacht hatte.

Als er sich erhob, fühlte er sich wackelig auf den Beinen. Sein Körper war vor Glück betrunken, und die Euphorie widersetzte sich seinem Gleichgewichtssinn, sodass er sich am Flügel abstützte. Was für ein erbärmliches Bild er gerade abgeben musste, und doch konnte er nicht aufhören zu lächeln. Hätte er das nur schon früher ausprobiert.

Während sich seine Atmung normalisierte, fiel ihm ein, dass diese Aktion nicht auf seinem Mist gewachsen war. Kasimir wandte sich um zu dem Übeltäter, der vor seinem Stuhl stand und ihm mit dem ratlosesten Ausdruck applaudierte, den er je in seinem Gesicht gesehen hatte. Wahrscheinlich wusste Leonhard nicht, wie er sich ihm nähern sollte, ohne verprügelt oder wenigstens von der Bühne geschubst zu werden. Doch nach keiner dieser Racheorgien stand Kasimir der Sinn. Stattdessen winkte er ihn zu sich, immer beherzter, bis Leonhard sich in Bewegung setzte und vor ihm stehen blieb. Der Applaus tönte zu laut, Leonhard musste die Stimme heben, um Kasimir zu verdeutlichen, was ihm auf dem Herzen lag.

»Kasi, das … was ich getan hab, das … a-aber du hast das richtig gut gemacht! Wirklich, das war toll, ich meine atemberaubend, ich meine …«

Kasimir legte seine Hände an Leonhards Wangen, beugte sich zu ihm herunter und küsste ihn auf den Mund. Kurz und vollkommen überdreht. Ein Raunen ging durch die Menge, ehe er sich von seinen Lippen löste und Leonhard angrinste.

»Oh, okay … wow!«, brachte Leonhard nur heraus.

»Den vergisst du gefälligst nicht«, sagte Kasimir und schenkte ihm sein ehrlichstes Lächeln.

»Meine Damen, meine Herren!«, hörten sie die Stiftungsvorsitzende durch den Beifall rufen, während sie sich den menschenverstopften Gang zur Bühne freikämpfte. »Was für ein furioses Finale! Wer hätte das gedacht ... Verzeihung ... entschuldigen Sie ...«

Leonhard lachte losgelöst, es machte den Anschein, als hätte man ihm dieselbe Glücksinjektion verpasst wie Kasimir. Kaum zu glauben, was geschah hier eigentlich? Hatte er ihn wirklich vor einer voll besetzten Frauenkirche geküsst?

»Kasimir, Leonhard«, sagte Frau Dr. Weber, nachdem sie endlich die Stufen zum Altar erreicht hatte. »Ich bin überwältigt. Es tut mir leid, eigentlich wollten wir das Ergebnis direkt nach deinem Auftritt verkünden, Kasimir. Aber ich fürchte, im Moment hört uns niemand zu.« Sie drehte sich kurz zum Publikum um, ehe sie sich wieder kopfschüttelnd ihren Schützlingen widmete und ihnen beiden die Hände auf die Schultern legte. »Das wirkt nicht besonders feierlich, aber ich möchte euch nicht unnötig auf die Folter spannen. Wenn ihr einverstanden seid, teile ich euch vor meiner Abschlussrede mit, wer von euch beiden die Jubiläums-Harmonica gewonnen hat.«

Sie musterte jeden von ihnen gleichermaßen wohlwollend. Kasimir und Leonhard tauschten einen kurzen Blick, wobei es vermutlich beiden schwerfiel, beim Anblick des anderen nicht in Gelächter zu verfallen. Die Stimmung war zu überwältigend, als dass sie von dieser unbedeutenden Entscheidung getrübt werden konnte. Letztlich war es vollkommen egal, welchen Namen sie aussprechen würde. Kasimir hatte gewonnen. Leonhard hatte gewonnen. In diesem Moment waren Sieg und Niederlage zwei Harmonien der vollendeten Sinfonie ihrer Freundschaft.

»Dann darf ich dir herzlich zu deinem großartigen Erfolg gratulieren, mein lieber ...«

Schlusstakt

Der heiße Asphalt flimmerte vor seinen Augen, als Leo die Straße zum Weingut hinaufhetzte. Ausgerechnet heute fielen die Lautsprecher in der S-Bahn aus. Wenn er diese verflixte Haltestellenanzeige rechtzeitig entziffert hätte, wäre er früher ausgestiegen. Nun musste er sich, bei dreißig Grad Außentemperatur, zu Fuß und unter Zeitdruck den Elbhang hochquälen. Hätten sich Cecilie und Thomas nicht für eine Location im Tal entscheiden können?

Als er endlich die gepflasterte Allee zum Vierseithof erreichte, hinter dessen Toren die Zeremonie stattfinden sollte, machte Leo einen Moment Pause. Er hatte das Gefühl, in seinem orangeroten Baumwollanzug *sous-vide* gegart zu werden. Sollte er jemals heiraten, würde er den Hochsommer bei seiner Planung definitiv ausschließen. Allerdings konnte er Cecilie die Auswahl ihres Trautermins kaum übel nehmen – in einem Monat würde sie vor ganz anderen Herausforderungen stehen als den Witterungsbedingungen.

Er schnaufte durch, dann richtete er seine getigerte Krawatte und legte die letzten Meter zur Eingangspforte des Gutshofs zurück. Der Weg war gesäumt von prall behangenen Weinstöcken, und Leo konnte nicht widerstehen, eine Handvoll Trauben von den Reben zu pflücken. Eine kleine

Stärkung, schließlich hatte er gleich eine bedeutende Aufgabe zu erfüllen.

Wie bedeutend, wurde ihm bewusst, als er die Festgesellschaft im Innenhof überblickte. Gewiss fünfzig Gäste tummelten sich in festlichen Roben um die mit weißen Hussen verkleideten Stehtische, einige hielten ein Glas Sekt in der Hand. Im Zentrum waren Stuhlreihen aufgestellt, durch deren Mitte ein weißer Läufer auf einen mit Blüten geschmückten Traubogen zuführte. Rechts daneben stand ein elfenbeinfarbener Flügel, dessen Lack im Sonnenlicht glänzte.

Leos Herz machte einen Sprung. Es war nicht die erste Trauzeremonie, die er mit seinem Klavierspiel begleitete, aber zweifellos die, auf die er sich am meisten freute.

»Na, wenn das nicht unser Starpianist ist«, hörte er Thomas rufen, ehe er die Menschenansammlung erreicht hatte. Cecilies Bräutigam lehnte abseits des Geschehens am Geländer der Weinterrasse, die einen weiten Blick auf das Elbtal bot, und bediente sich am Kuchenbuffet. Er trug eine karamellbraune Frackjacke über weißer Piqué-Weste, seine Schuhe waren auf Hochglanz poliert, und seine Armbanduhr funkelte golden in der Mittagssonne. Zusammen mit dem Samtzylinder auf seinem Kopf und dem Seidenschlips wirkte er wie der Protagonist aus einem britischen Adelsdrama – allein seine Ärmel spannten über der definierten Oberarmmuskulatur.

»Sorry ... Thomas ...«, presste Leo hervor, als er ihn erreichte. »Bin eine Station ... zu spät ausgestiegen ...«

»Wieso? Hat dir unser neureicher Student die falsche Adresse gegeben?«

Leo stemmte seine Hände in die Hüften, um wieder zu Atem zu kommen. Wahrscheinlich würde Thomas seinen Schwager niemals ohne eine sarkastische Bezeichnung davonkommen lassen. »Nein, war mein Fehler. Liegt an meiner Lese-Rechtschreib-Schwäche.«

»Lese-wasch?«, erwiderte Thomas undeutlich, nachdem er sich ein halbes Stück Pflaumenkuchen in den Mund geschoben hatte. Wenn ein Fitnessjunkie wie er kurz vor seiner Vermählung dem Zuckerrausch verfiel, musste er ziemlich aufgeregt sein. »Hascht du dasch schon immer?«

»Ja, aber ich hab mich gut damit arrangiert.«

Thomas schluckte das Gebäck hinunter und nickte anerkennend. »Respekt, merkt man dir gar nicht an. Und Hut ab, dass du so selbstständig bist. Da kann sich Celis Bonzenbruder eine Scheibe von abschneiden.«

Leo lachte. Seit er darauf verzichtete, seine Hautunreinheiten mit Make-up zu überdecken, spürte er seine Emotionen viel deutlicher. Je öfter er sich dazu durchrang, offen über sich und seine Besonderheit zu sprechen, desto sicherer fühlte er sich. Auch ohne seine Maske.

»Schau an, wenn man vom Lauch spricht«, sagte Thomas, woraufhin Leo zur Festgesellschaft blickte. Ein junger, hochgewachsener Mann eilte aus Richtung des Gästehauses auf sie zu. Er trug einen mitternachtsblauen Smoking mit einem Satinspitzrevers, das im Sonnenlicht schimmerte wie eine Sternengalaxie. Sein schwarzes Haar lag vornehm gescheitelt, und sein Gesichtsausdruck war so gelöst, dass Leos Herz einen Stolperschritt machte. Er war der Bruder der Braut. Und seit über sechs Jahren die Musik in seinen Ohren.

»Da bist du ja endlich«, rief Kasimir und winkte schon von Weitem. In seiner Stimme klangen Erleichterung und Hektik mit, doch seine hellen Augen strahlten solch ehrliche Freude aus, dass sich das Pochen in Leos Brust bis in seinen Bauch ausbreitete. Vor wenigen Tagen erst hatten sie sich in der Kapelle getroffen und gemeinsam die Stücke eingeübt, die Leo heute darbieten würde. Die Euphorie, die nun in ihm hochbrodelte, als Kasimir vor ihm stehen blieb und ihn, ohne zu zögern, in die Arme schloss, ließ ihn glauben, es wären Jahre gewesen.

»Schalt einen Gang runter, Casanova«, sagte Thomas und zwickte seinem Schwager in die Seite, nachdem er von Leo abgelassen hatte. »Das ist die Hochzeit deiner Schwester, nicht deine, also lass den Jungen heil. Nicht, dass er am Ende 'ne Gage verlangt.«

Leo musste sich ein Grinsen verkneifen, als Kasimir die Lippen zu einem beklommenen Schmunzeln verzog. Noch vor wenigen Wochen hätte er seinen Gefühlen niemals die Freiheit zugestanden, mit der er ihnen heute begegnete.

»Keine Sorge«, beschwichtigte ihn Leo, »das ist mein Hochzeitsgeschenk an euch. Ich find's toll, dass ihr mir die Begleitung der Zeremonie anvertraut.«

»Bedank dich bei deinem größten Fan«, erwiderte Thomas und legte Kasimir großspurig den Arm um die Schultern, woraufhin dieser die Augen verdrehte. »Maestro hat darauf bestanden, seinen Lieblingspianisten zu engagieren, wenn er selbst nicht klimpern kann. Irgendein Kerl muss die Braut schließlich vor den Traualtar begleiten.« Er lachte auf und klopfte ihm so fest auf den Rücken, dass Kasimir aus der Balance geriet. »Apropos, Großer, wie sieht's aus? Will dein Schwesterchen sich allmählich zeigen, oder hat sie kalte Füße bekommen?«

»Schön wär's«, murmelte Kasimir betreten. »Sie hat einen Heulkrampf, weil ihr Kind nicht mit ins Kleid passt. Ich habe zwanzig Minuten lang versucht, den Reißverschluss zuzuziehen. Keine Chance.«

Leo zog die Unterlippe zwischen seine Zähne, um sich ein Grinsen zu verkneifen. Er konnte sich bildlich vorstellen, wie Cecilie mit der gewaltigen Wölbung ihres Bauches zu kämpfen hatte.

»Wahrscheinlich sind deine Akademikerhändchen zu schwach«, konterte Thomas und musterte amüsiert Kasimirs gerötete Fingergelenke, ehe er ihm kurz entschlossen seinen Kuchenteller in die Hand drückte und zum Gästehaus nickte. »Ist sie da drin?«

»Ja. Aber sie will nicht, dass du sie vor der Trauung im Kleid siehst.«

»Tja, alternativ werden sie alle Anwesenden *ohne* Kleid sehen«, erwiderte Thomas süffisant und beugte sich zu Kasimir herunter, um ihm ins Ohr zu flüstern. Leo konnte die Worte nicht verstehen, doch die Art, wie sich Kasimirs Gesichtsfarbe intensivierte, machte ihn neugierig. Ihm gefiel, wie vertraut die beiden miteinander umgingen. Kasimir würde seiner Nichte ein liebevoller Onkel sein, und dass Thomas seiner Rolle als Vater gewachsen war, stand außer Frage. Er hatte sie längst für jemand anderen übernommen.

»Dann werde ich mal meine holde Maid retten«, sagte er und stibitzte das letzte Stück Kuchen vom Teller in Kasimirs Hand, ehe er sich zum Gehen wandte. »Und denk dran, Großer, heute gelten alle Blicke deiner Schwester. Hormone haben Hausarrest.«

Er zwinkerte Kasimir zu und verschwand leichtfüßig in Richtung des Gästehauses. Bei Kasimirs lang gezogenem Seufzen legte Leo verwundert den Kopf schief. »Was meint er damit?«

»Dass ich nicht wieder vor aller Augen den Pianisten küssen soll«, murrte er.

Leo wusste nicht, ob er lachen oder verlegen sein sollte. Kaum zu glauben, wie unverblümt Kasimir seine euphorische Impulshandlung im Harmonica-Finale inzwischen kommunizierte. Es war beruhigend, dass er sie im Nachhinein nicht bereute.

Leo tat es auch nicht.

»Na ja, an Thomas' Stelle wäre ich auch besorgt«, erwiderte er und beobachtete, wie die Gäste sich allmählich auf ihre Plätze begaben. »Du hast mit der Nummer alle im Saal um den kleinen Finger gewickelt. Das Publikum, die Jury, die Dame aus Berlin …«

… und deinen Konkurrenten.

Ein warmer Druck legte sich auf Leos Brust, und er nahm das Klopfen darunter deutlicher wahr. In letzter Zeit geschah das häufig, wenn er an diesen lauten, bunten, aufwühlenden Abend dachte. Er hatte etwas verändert in seinem Herzen, etwas, das ihn seither nicht losließ.

Etwas, das er ergründen wollte.

»Ich hoffe, dass mein Vorspiel den Ausschlag für meine Immatrikulation gegeben hat und nicht das ... *Nachspiel.*« Kasimir schob mit dem Zeigefinger die Kuchenkrümel auf dem Teller in seiner Hand zusammen, um sie in seinem Mund verschwinden zu lassen. »Aber wer weiß schon, ob ich das erste Semester überstehe. Ich war nie gut im Auswendiglernen.«

Ein Krümel blieb an seinem Mundwinkel haften, als er das Geschirr auf den Buffettisch zurückstellte. Der bloße Anblick hinterließ ein zartes Flimmern in Leos Magengegend.

»Wenn du fachliche Probleme hast, kannst du immer Franna um Hilfe bitten«, erwiderte er betont heiter. »Eintausend Kilometer Entfernung reichen nicht aus, um sie davon abzuhalten, anderen Leuten in den Hintern zu treten.«

»Hab ihre Nummer geblockt«, antwortete Kasimir mit einem abgeklärten Schmunzeln. »Außerdem ist sie nicht die Einzige, die sich mit Musiktheorie auskennt. Paula will sich nächstes Jahr auch auf einen Studienplatz in Berlin bewerben, also frage ich eher sie.«

»Stimmt! Oder Dawid. Er hat mir letztens gesagt, dass er dich während seines Sabbaticals besuchen kommt ...«

»Alles, nur das nicht.«

Sein trockener Tonfall zauberte Leo ein breites Grinsen ins Gesicht. In den vergangenen Wochen war ihm immerzu wehmütig zumute geworden, wenn er an Kasimirs Umzug gedacht hatte, aber jetzt, da er an seiner Seite war und den ganzen Tag mit ihm verbringen würde, waren seine trüben Gedanken weiter weg als die Sterne.

Leo legte den Kopf in den Nacken und sah zum blauen Himmel hinauf. Hier oben in den Weinbergen wirkte er malerischer als in der Stadt. Nachts konnte man bestimmt hervorragend ihr silbernes Funkeln beobachten.

»Deine Oma würde sich freuen, wenn sie wüsste, was ihr zwei geschafft habt. Cecilie gründet ihre eigene Familie, du gehst zum Klavierstudium in die Hauptstadt. Echt schade, dass sie das nicht miterleben kann.«

»Macht nichts. Ich kann's ihr jederzeit erzählen.«

Auf Kasimirs Lippen lag ein feines Lächeln, als amüsierte er sich über die Worte, die ihm vor Kurzem noch Tränen in die Augen getrieben hatten. Heute sprachen sie aus, was sein Herz längst verstanden hatte.

Du musst die Sterne nicht sehen, um zu wissen, dass sie da sind.

»Und? Weiß sie schon, dass du von den Zigaretten weg bist?«, hakte Leo nach. Kasimir schob seinen Hemdärmel ein Stück höher, bis sein Handgelenk frei lag und ein breites, quadratisches Patch offenbarte.

»Bevor ich diese Dinger nicht los bin, behalte ich's für mich. Aber immerhin sind es siebenunddreißig Tage ohne Rückfall.«

»Im Ernst?« Leo strich sanft mit dem Zeigefinger über das Nikotinpflaster. Der Kontakt fühlte sich gut an, und er nutzte diesen Moment definitiv länger aus, als es sich gehörte. Aus dem Augenwinkel sah er, wie Kasimir seine Geste schweigsam verfolgte, und sein Herz pochte stärker unter seinem weichen Blick.

Er genoss diese Berührung genau wie Leo.

»Dann muss ich wohl regelmäßig zu Kontrollbesuchen vorbeikommen«, sagte er und schob den Stoff achtsam über Kasimirs Handgelenk. Sein Wohlbehagen färbte offenbar auf Kasimirs Lippen ab.

»Ich bin noch nicht so gut eingerichtet, aber eine Schlafcouch ist da. Du kannst also vorbeikommen, wenn du Ferien hast oder auch zwischendurch. Wann immer du willst …«

Kasimirs Stimme wurde mit jedem Wort leiser, und ein Rotschimmer legte sich auf seine Wangen. Es gelang ihm nicht, den Blickkontakt zu Leo zu halten, und er verbarg seine Hände in den Taschen seiner Anzughose.

Es machte ihn nervös, den Menschen zu sich einzuladen, den er noch immer liebte.

Leo spürte, wie eine Melodie seinem Herzen entsprang und durch seinen Körper tanzen wollte. Sie klang anders als alles, was er bislang gefühlt hatte. Sie glühte nicht rot wie einst seine Zuneigung für Francesca, streute keine Notenkristalle in seine Seele wie Paulas Lächeln. Ihre Klangfarbe war gleichermaßen schwarz und kunterbunt, ihre Dynamik brechend laut und wispernd leise. Und Leo liebte, wie sie ihn und sein Herz verwirrte.

Er liebte das Lied, das Kasimir ihm schrieb.

»Kasi«, sagte er und tippte mit dem Zeigefinger an seine Unterlippe. »Du hast da was.«

Kasimir musterte ihn zunächst verständnislos, dann fuhr er sich ohne sichtbaren Erfolg mit dem Handrücken über den Mund.

Ach, was solls?

Leo trat einen Schritt näher an Kasimir heran, pflückte ihm den Kuchenkrümel von den Lippen und leckte sich genüsslich die süßen Gebäckreste vom Zeigefinger.

»Da fällt mir ein«, fuhr er belustigt fort, nachdem Kasimir wie erstarrt kein Wort hervorgebracht hatte, »hast du noch den Glücksbringer, den Paula dir geschenkt hat?«

Es dauerte eine Weile, bis er seinen Schlüsselbund aus der Hosentasche fischte. Das schwarze Langohr baumelte munter zwischen diversen Schlüsseln.

»Super«, sagte Leo und holte ebenfalls seinen knallbunten Talisman hervor, um ihn in Kasimirs Handfläche zu legen. »Tauschen wir?«

»Die Anhänger?«

»Japp. Du bekommst meinen, ich nehme deinen, und wenn ich dich in Berlin besuche, tauschen wir zurück. Wie klingt das?«

Was immer Kasimir darüber dachte, er sprach es nicht aus. Seine Stirn legte sich in Falten, und aus seinem Blick sprach Skepsis. Aber irgendwo in diesen wunderschönen eisgrauen Augen, glaubte Leo, ein Funkeln zu entdecken.

»Auf so etwas kannst nur du kommen ...«, murmelte Kasimir und löste den Hasenanhänger von seinem Bund, um ihn Leo zu reichen. »Wehe, du verlierst ihn.«

»Wieso, was passiert dann?«

»Dann geb ich dir dein Kaninchen nicht zurück.«

»Wäre nicht das erste Mal, oder?«

Kasimir zischte, lächelte aber, während er die farbenfrohe Häkelkunst in seiner Hand betrachtete. Dieses Lächeln gab der Melodie in Leos Herz einen rhythmischen Schubs, und der Impuls brachte ihn auf eine weitere Idee.

»Weißt du, was mir aufgefallen ist?«, sagte er und deutete zu den Sitzplätzen, die inzwischen vollständig besetzt waren. Inmitten der vielen eleganten Gäste fesselte der glänzende Flügel seinen Blick wie ein Stern im endlosen Kosmos. »Wir haben noch nie vierhändig gespielt. Wie wär's, wenn wir die Zeit bis zur Zeremonie mit ein wenig Livemusik überbrücken?«

»Wir?«, wiederholte Kasimir und sah zwischen Leo und dem Instrument hin und her. »Was, jetzt? Hier?«

»Klar. Oder hast du Angst, dass ich dich von den Tasten schubse, Hasitzky?«

Leo kostete Kasimirs verunsicherte Miene aus, ehe er nach dessen Hand griff und ihn in Richtung der Festgesellschaft schleifte.

»Leo, wir haben das nie geprobt«, unterbrach Kasimir ihn hörbar gestresst. »Ich will auf der Hochzeit meiner Schwester nicht improvisieren. Was willst du spielen?«

»Was wohl?«

Leo zog ihn grinsend vorwärts. Die Melodie in seinem Kopf näherte sich ihrer Schlusssequenz, und er wollte, dass sie ihm und allen Anwesenden in Erinnerung blieb. Ein Schlusstakt, der dauerhaft in seinem Herzen nachhallte.

In perfekter Harmonie von Dur und Moll.

All Eyes On Me.

Zugabe

Die Sinfonie ist beendet, und ich verneige mich vor meinem Orchester. Ihr habt diese Aufführung zu etwas ganz Besonderem gemacht.

Violine: Alex – Danke, dass du seit zwanzig Jahren meine Motivationsvirtuosin bist. Du warst lange vor Konzertbeginn da und hörst geduldig zu, auch wenn meine Ideen ein Stimmengewirr sind.

Cello: Lisa – Ich danke dir für deinen Zuspruch, deinen Glauben an meine Fantasie und dafür, dass du dich von Beginn an durch alle meine Werke kämpfst.

Bratschen: Karamba und Maria – Ihr wart #Leomirs allererste Online-Leserinnen. Ohne euch würde diese Geschichte nicht existieren.

Klavier: Chrissy – Du glaubst nicht, wie viel mir deine Kommentare und dein Feedback bedeuten. Du bist ein großartiger Pianist und Autor. Mach immer weiter.

Harfe: Cornelia Franke – Du hast die Komposition auseinandergenommen und meinen Pianisten ihren individuellen Klang verliehen. Vielen, vielen Dank für die harmonische Zusammenarbeit und deine tollen Ideen. Du hast mir unglaublich geholfen.

Klarinetten: Elke Hittinger und das Team von Piper digital – Danke für einen Platz in eurem Konzertsaal, die wunderbare Show, die ihr mit eurer Arbeit organisiert habt, und euer Vertrauen in meine Geschichte.

Fagotte und Oboen: Petra Zauner und das gesamte Wattpad-Team – Danke für den Watty-Award, danke für eure Promotion, danke für die einzigartige Chance, die ich durch euch und eure Plattform erhalte.

Pauken und Trompeten: Meine Familie, meine lieben Freunde und die weltbesten Kollegen – Euer Verständnis und eure Nachsicht helfen mir seit Jahren, meinen Rhythmus zu halten. Vielen Dank für eure Unterstützung.

Ratschgurke: Basto – Mit dir macht jedes Konzert Spaß. Du bist die Musik in meinem Leben, auch ohne Taktgefühl. Danke, dass du mich zurück auf die Bühne holst, wenn ich mich hinter dem Vorhang verstecke. Danke, dass es *uns* gibt.

Ich möchte mich bei den wundervollen Künstlern bedanken, die mich zu Kasimirs und Leos Geschichte inspiriert haben. Ich hoffe, dass jeder, den ich während des Schreibprozesses mit Fragen gelöchert habe, etwas von sich in diesen Zeilen wiederfindet.

Und am meisten danke ich dir, liebe Leserin, lieber Leser, dass du meinen Worten bis zum Schluss gelauscht hast. Ob auf Wattpad oder mit diesem Buch in der Hand, erst deine Aufmerksamkeit macht aus einer stillen Notenfolge ein Lied.

Ich freue mich auf das nächste Konzert mit euch, ihr seid das beste Publikum.

All Eyes On You.

Inhaltswarnung

Dieses Buch enthält verschiedene Themen und Beschreibungen, die triggernd wirken können. Die im Folgenden aufgeführten Punkte können den Verlauf der Geschichte spoilern.

- Explizite Beschreibung von durch Trauma ausgelösten Bewältigungsstrategien (Verdrängung, Verflachung der Gefühle, depressionsähnliche Episoden, Selbsthass)
- Explizite Beschreibung von sozialen Ängsten und dem Gefühl der Unzulänglichkeit, Imposter-Syndrom (massive Selbstzweifel bezüglich der eigenen Leistung)
- Explizite Beschreibung von Ableismus
- Explizite Beschreibung und Erwähnung von Mobbing aufgrund von: Neurodiversität (10. + 13. Takt), Homosexualität (17. Takt), HIV-Infektion (21. + 26. Takt)
- Erwähnung des Verlusts von Familienangehörigen und die dadurch entstehende frühkindliche Traumatisierung
- Erwähnung eines sexuellen Übergriffs